ALEJANDRO ZAMBRA

Poeta chileno

Tradução
Miguel Del Castillo

5ª reimpressão

Copyright © 2020 by Alejandro Zambra

Todos os poemas citados foram traduzidos para esta edição, com exceção de: na p. 142, a tradução do poema "Embriagai-vos", de Charles Baudelaire, é de Samuel Titan Jr. *O spleen de Paris: poemas em prosa*. São Paulo: Editora 34. p. 81. Na p. 262, a tradução do poema de Emily Dickinson é de Fernanda Mourão. *117 e outros poemas: À procura de Emily Dickinson*. Belo Horizonte: UFMG, 2008. 271 pp. Tese (Doutorado em Literatura Comparada). Na p. 266, a tradução do poema da mesma autora é de Paulo Henriques Britto. "Cinco poemas". In: *Inimigo Rumor*, n. 6, pp. 40-7, 1999. Na p. 340, a tradução do poema "Crônica de Lima", de Antonio Cisneros, é de Carlito Azevedo e Anibal Cristobo. *Sete pragas depois*. São Paulo: Cosac Naify/7Letras, 2003, p. 71; na p. 341, o trecho é do poema "Quatro boleros maroqueros", do mesmo autor e do mesmo tradutor.

Grafia atualizada segundo o Acordo Ortográfico da Língua Portuguesa de 1990, que entrou em vigor no Brasil em 2009.

Título original
Poeta chileno

Capa
Elisa von Randow

Imagem de capa
Stairs, de Jesús Cisneros. Técnica mista (lápis, pincel marcador e grafite).

Fotos de miolo
p. 378: *Oscuridad*, © Laura Wächter, a partir de uma foto de Mabel Maldonado
p. 418: © Toumani Camara

Preparação
Silvia Massimini Felix

Revisão
Erika Nogueira Vieira
Valquíria Della Pozza

Dados Internacionais de Catalogação na Publicação (CIP)
(Câmara Brasileira do Livro, SP, Brasil)

Zambra, Alejandro
   Poeta chileno / Alejandro Zambra; tradução Miguel Del Castillo. — 1ª ed. — São Paulo: Companhia das Letras, 2021.

   Título original: Poeta chileno.
   ISBN 978-65-5921-344-3

   1. Ficção chilena I. Título.

21-72174   CDD-C863

Índice para catálogo sistemático:
1. Ficção: Literatura chilena   C863

Cibele Maria Dias – Bibliotecária – CRB-8/9427

Todos os direitos desta edição reservados à
EDITORA SCHWARCZ S.A.
Rua Bandeira Paulista, 702, cj. 32
04532-002 — São Paulo — SP
Telefone: (11) 3707-3500

www.companhiadasletras.com.br
www.blogdacompanhia.com.br
facebook.com/companhiadasletras
instagram.com/companhiadasletras
twitter.com/cialetras

Para Jazmina e Silvestre

Não há casa, nem pais, nem amor: há apenas companheiros de jogo.
                    Alain-Fournier/ Jorge Teillier

Uma técnica que serve para escrever deve servir também para viver.
                              Fabián Casas

I. OBRA INICIAL

Era o tempo das mães apreensivas, dos pais taciturnos e dos irmãos mais velhos brutamontes, mas era também o tempo das mantas, dos cobertores e dos ponchos, portanto ninguém estranhava que todas as tardes Carla e Gonzalo passassem duas ou três horas no sofá cobertos por um soberbo poncho vermelho de lã de Chiloé, que no gélido inverno de 1991 parecia um produto de primeira necessidade.

A estratégia do poncho permitia que, apesar dos obstáculos, Carla e Gonzalo fizessem de tudo, exceto a famosa, sagrada, temida e desejada penetração. A estratégia da mãe de Carla, naquele ínterim, consistia em simular uma ausência de estratégia, no máximo de vez em quando perguntava, para minar a confiança deles, e com um sarcasmo quase imperceptível, se por acaso não estavam com calor, e eles respondiam em uníssono, com o tom hesitante de dois péssimos estudantes de teatro, que não, que estava um frio de rachar.

A mãe de Carla desaparecia pelo corredor e se concentrava na novela, à qual assistia em seu quarto e sem volume — bastava a ela o volume da tevê da sala, pois Carla e Gonzalo também viam a novela, que não lhes interessava muito, mas as tácitas regras do jogo ditavam que tinham de prestar atenção àquilo, ainda que fosse apenas para responder com naturalidade aos comentários da mãe, que em intervalos incertos, não necessariamente frequentes, reaparecia na sala para arrumar o vaso de flores ou dobrar os guardanapos ou realizar qualquer outra atividade de urgência questionável, e às vezes olhava de soslaio para o sofá, menos para vê-los e mais para que sentissem que ela os estava vendo, e soltava frases como *ela que foi atrás disso* ou *esse sujeito é meio paspalho*, e então Carla e Gonzalo, sempre em uníssono e se borrando de medo, quase totalmente pelados, respondiam *sim* ou *é mesmo* ou *dá pra ver que ela está apaixonada*.

    O intimidante irmão mais velho de Carla — que não jogava rúgbi, mas que por seu tamanho e atitude poderia perfeitamente ser convocado para a seleção — em geral voltava para casa depois da meia-noite, e nas poucas vezes em que chegava cedo se trancava no quarto para jogar *Double Dragon*, mas, de todo modo, existia o risco de ele descer para pegar um pão com mortadela ou um copo de coca-cola. Por sorte, nesses casos Carla e Gonzalo contavam com a milagrosa ajuda da escada, em particular do segundo — ou penúltimo — degrau: do instante em que ouviam o rangido escandaloso até o irmão mais velho surgir na sala transcorriam exatos seis segundos, tempo suficiente para que se arrumassem dentro do poncho até parecerem dois inocentes desconhecidos que combatiam o frio juntos por pura solidariedade.

    A vinheta musical futurista do noticiário marcava, a cada noite, o fim da jornada: o casal protagonizava no jardim da frente uma despedida apaixonada, que às vezes coincidia com a chegada do pai de Carla, que ligava o farol alto e fazia roncar o motor de seu Toyota como forma de saudação ou de ameaça.

— Esse namorico está durando tempo demais — o homem acrescentava, levantando as sobrancelhas, quando estava bem-humorado.

O trajeto de La Reina até a praça de Maipú levava mais de uma hora, tempo que Gonzalo aproveitava para ler, embora a luz minguante dos postes costumasse impedi-lo e às vezes ele precisasse se conformar em apenas entrever um poema rapidamente durante uma parada em alguma esquina iluminada. Todas as noites era repreendido por voltar tarde e todas as noites Gonzalo jurava, sem a menor intenção de cumprir sua palavra, que dali em diante chegaria mais cedo. Dormia pensando em Carla e, quando não conseguia dormir, o que acontecia com frequência, masturbava-se pensando nela.

Masturbar-se pensando na pessoa amada é, como se sabe, a mais ardente prova de fidelidade, sobretudo se as punhetas forem, como dizem nos comerciais de filmes, rigorosamente baseadas em fatos reais: longe de se perder em fantasias improváveis, Gonzalo imaginava que estavam no sofá de sempre, cobertos pelo poncho de lã de sempre, e a única diferença, o único elemento ficcional, era que estavam sozinhos, e então ele metia e ela o abraçava e fechava os olhos com delicadeza.

O sistema de vigilância parecia intransponível, mas Carla e Gonzalo confiavam que em breve uma oportunidade se apresentaria. Aconteceu perto do fim da primavera, justo quando o calor absurdo ameaçava estragar tudo. Uma freada estridente e um coro de gritos interromperam a calma das oito da noite — um mórmon havia sido atropelado na esquina, a mãe saiu correndo para fofocar, e Carla e Gonzalo entenderam que o momento tão esperado chegara. Considerando os trinta segundos que durou a penetração e os três minutos e meio que demoraram para limpar o pouco de sangue e assimilar a experiência atrapalhada, o processo todo levou apenas quatro minutos, depois dos quais Carla e Gonzalo se juntaram sem mais delongas à turba de curiosos em volta do jovem loiro, que jazia próximo a sua bicicleta quebrada na calçada.

Se o jovem loiro tivesse morrido e Carla tivesse engravidado, estaríamos falando de um ligeiro desequilíbrio no mundo a favor dos morenos, porque um filho de Carla, que era bem morena, com o ainda mais moreno Gonzalo dificilmente teria saído loiro, mas nada disso aconteceu: o mórmon ficou coxo, e Carla, ensimesmada e tão dolorida e triste que por duas semanas, lançando mão de desculpas ridículas, se negou a ver Gonzalo. E quando o viu foi somente para terminar com ele, "cara a cara".

Em defesa de Gonzalo, é preciso dizer que naqueles anos miseráveis a informação circulava mal e porcamente, não havia ajuda dos pais nem conselhos de professores ou orientadores educacionais, nem mesmo o auxílio de campanhas governamentais ou qualquer coisa do tipo, porque o país estava preocupado demais em manter a salvo a recém-recuperada e cambaleante democracia para pensar em coisas tão sofisticadas e primeiro-mundistas como uma política integral de educação sexual. Libertos de repente da ditadura da infância, os adolescentes chilenos viviam sua própria transição para a vida adulta fumando maconha e escutando Silvio Rodríguez ou Los Tres ou Nirvana enquanto decifravam ou tentavam decifrar todo tipo de medos, frustrações, traumas e perplexidades, quase sempre através do perigoso método de tentativa e erro.

Naquele tempo não havia, é claro, milhões de vídeos on-line promovendo uma ideia maratônica do sexo; e embora Gonzalo conhecesse publicações como *Bravo* e *Quirquincho*, e vez ou outra tivesse, digamos, "lido" umas *Playboys* e umas *Penthouses*, nunca havia visto um filme pornô, de modo que tampouco contava com apoios audiovisuais para compreender que, de qualquer ponto de vista, sua performance havia sido desastrosa. Toda a sua ideia do que tinha de acontecer na cama se baseava no treinamento ponchístico e nos relatos fanfarrões, vagos e fantasiosos de alguns colegas de turma.

Surpreso e desolado, Gonzalo fez tudo o que estava a seu alcance para tentar voltar com Carla, ainda que tudo o que estivesse a seu alcance se resumisse a insistir com ela por telefone de meia em meia hora e perder tempo num infrutífero lobby com mediadoras falaciosas que sequer tinham intenção de ajudá-lo, porque, embora o achassem inteligente, atraente e divertido, se comparado aos incontáveis pretendentes de Carla, não lhes parecia grande coisa, era um esquisitão de Maipú, um infiltrado.

Gonzalo não teve outra opção além de apostar todas as fichas na poesia: trancou-se no quarto e em apenas cinco dias despachou quarenta e dois sonetos, movido por uma esperança neruniana de chegar a escrever algo tão incrivelmente persuasivo que Carla não pudesse mais rejeitá-lo. Em alguns momentos se esquecia da tristeza; ao menos por uns minutos prevalecia o exercício intelectual de consertar um verso coxo ou de acertar uma rima. Porém, a alegria de uma imagem que lhe parecia bem-sucedida era logo suplantada pela amargura do presente.

Em nenhuma dessas quarenta e duas composições havia, infelizmente, poesia genuína. Tome-se como exemplo este nada memorável soneto, que, no entanto, devia estar entre os cinco melhores — entre os cinco menos ruins — da série:

*O telefone é rubro como o sol
o telefone é verde e também preto
te busco noite e dia e não te vejo
atravesso feito um zumbi o farol.*

*Sou como uma cama sem um lençol
sou como um cigarro já obsoleto
esquecido no chão como um graveto
sou como uma isca sem linha e anzol.*

*O telefone toca agora em vão
meu coração dói, doem-me as orelhas
sorrir agora é bastante improvável*

*É primavera, inverno ou verão
dói meu molar e minha sobrancelha
morrer agora é muito mais provável.*

A única suposta virtude do poema era o domínio esforçado da forma clássica, o que para um jovem de dezesseis anos poderia ser considerado algo meritório. O terceto final era, de longe, o pior do soneto, e também o mais autêntico porque, de seu jeito morno e escorregadio, Gonzalo de fato queria morrer. Não é engraçado zombarmos de seus sentimentos; zombemos, isso sim, do poema, de suas rimas óbvias e medíocres, de seu sentimentalismo, de sua comicidade involuntária, mas não subestimemos a dor dele, que era verdadeira.

Enquanto Gonzalo batalhava com as lágrimas e com os decassílabos, Carla escutava repetidamente "Losing my Religion", do R.E.M., um hit do momento que, segundo ela, resumia com perfeição seu estado de espírito, apesar de só conseguir entender o significado de umas poucas palavras ("life", "you", "me", "much", "this") e da frase do título, que se conectava à noção de pecado, como se a música se intitulasse, na verdade, "Losing my Virginity". Embora estudasse num colégio de freiras, seu tormento não era religioso ou metafísico, e sim totalmente físico, porque, simbolismos e pudores à parte, a penetração tinha doído pra caralho: o mesmo pênis que costumava enfiar furtiva e alegremente na boca, e que massageava todo dia com bastante criatividade, surgia agora como uma broca inclemente e traiçoeira.

— Nunca mais ninguém vai meter isso em mim, nunca. Nem o Gonza nem ninguém — dizia a suas amigas, que a visitavam todas as tardes, um pouco contra a vontade de Carla, que proclamava aos quatro ventos seu desejo de estar sozinha, mas elas vinham mesmo assim.

As amigas de Carla se dividiam espontaneamente entre o grupo angelical, tedioso e numeroso das que ainda eram virgens, e o grupo heterogêneo e raquítico das que não mais o eram. O conjunto das virgens se dividia, por sua vez, entre o minoritário subconjunto das que queriam permanecer virgens até o casamento e o majoritário e inconstante subconjunto das *ainda não*, ao qual Carla pertencera por uma breve temporada. Já no grupo das não virgens, brilhavam com luz própria duas amigas a quem Carla chamava, com sarcasmo e admiração, de "as esquerdistas", basicamente porque eram, em quase todos os aspectos, mais radicais ou talvez simplesmente menos reprimidas que todas as pessoas que Carla conhecia (uma delas insistia que ela deveria trocar de música favorita, porque, a seu ver, "I Touch Myself", do Divinyls, outra que estava na moda na época, era mais adequada que "Losing my Religion" para a situação atual. "Ninguém escolhe suas músicas favoritas", respondeu Carla, com toda a razão do mundo).

Tendo considerado os abundantes conselhos dos dois bandos, e acolhendo sobretudo as opiniões das esquerdistas, Carla decidiu que o mais sensato seria apagar o quanto antes sua primeira experiência sexual e, para isso, é lógico que precisaria com urgência de uma segunda experiência sexual. Uma sexta-feira depois da aula ligou para Gonzalo e pediu que se encontrassem no Centro. Ele mal se aguentava de tanta felicidade: saiu correndo para o ponto de ônibus, algo bem raro, porque achava que as pessoas ficavam ridículas correndo pela rua, sobretudo de calça comprida. Acabou pegando um ônibus com os assentos todos ocupados, mas, mesmo assim, deu um jeito de reler de pé boa parte dos quarenta e dois poemas que carregava na mochila.

Carla o recebeu com um belo de um beijo e disse, de cara, para voltarem e irem a um motel, algo que ela mesma havia recusado por quase um ano, alegando decência, falta de dinheiro, ilegalidade, bacteriofobia ou todas as anteriores, mas agora garantiu a ele, num tom libidinoso meio exagerado, que queria, sim, estava morrendo de vontade.

— Me disseram que tem um perto da feira de artesanato e eu consegui umas camisinhas e tenho a grana — disse Carla, numa frase única e acelerada. — Vamos!

O lugar era uma espelunca sórdida que fedia a incenso e a óleo requentado, porque era possível pedir empanadas fritas de queijo ou de carne no quarto, além de cerveja, *pichunchos** e *piscolas*,** opções todas que dispensaram. Uma mulher com o cabelo pintado de vermelho e os lábios de azul recebeu o dinheiro e obviamente não pediu suas carteiras de identidade. Assim que fecharam a porta do cômodo minúsculo, Carla e Gonzalo tiraram a roupa toda e se olharam com espanto, como se tivessem acabado de descobrir a nudez um do outro, o que de certo modo era verdade. Durante uns cinco minutos se limitaram aos beijos, lambidas e mordidinhas, e então a própria Carla pôs a camisinha em Gonzalo — havia ensaiado com uma espiga de milho naquela mesma manhã — e ele a penetrou aos poucos, com a cautela e a emoção próprias de quem deseja valorizar o momento, e tudo ia às maravilhas, mas a melhora não foi significativa, porque a dor persistiu (Carla sentiu inclusive mais dor que na primeira vez), e a penetração durou, ao fim e ao cabo, o que um corredor de cem metros rasos demoraria para percorrer os primeiros cinquenta.

---

* *Pichuncho*: coquetel com pisco, vermute rosso, vermute bianco e xarope de açúcar. [Esta e as demais notas são do editor.]
** *Piscola*: coquetel com pisco, Angostura e coca-cola.

Gonzalo entreabriu as persianas para observar as pessoas que saíam do trabalho e voltavam para casa com uma lentidão que, à distância, lhe parecia extraordinária. Depois se ajoelhou diante da cama e contemplou com toda a atenção os pés de Carla. Nunca havia reparado nas linhas dos pés, na existência de linhas nas solas dos pés: durante um minuto inteiro, como se tentasse resolver um labirinto, seguiu aquelas marcas ramificadas e caóticas até o invisível e pensou em escrever um longo poema sobre alguém que anda descalço por um caminho interminável até apagar por completo as linhas dos pés. Depois se deitou perto de Carla e perguntou se podia ler para ela seus sonetos.

— Sim — respondeu Carla, distraída.
— Mas são quarenta e dois.
— Então leia o que você mais gosta.
— É difícil escolher. Vou ler vinte.
— Três — negociou Carla, apressada.
— Cinco.
— Está bem.

Gonzalo começou a ler seus sonetos com uma dicção solene, e, embora Carla quisesse achá-los bons, a verdade é que não lhe diziam nada. Enquanto os escutava, pensava no pescoço de Gonzalo, em seu peito liso como gelo e no entanto tão quente, em seu esqueleto gracioso e quase visível, em seus olhos ora castanhos, ora verdes, mas sempre meio estranhos; achava-o lindo, e teria sido ótimo gostar também dos poemas que escrevia, os quais, mesmo assim, ouvia com respeito e com um sorriso que pretendia ser sereno e tranquilo, mas parecia mais um exercício de melancolia.

Justo quando Gonzalo começava a ler o quinto soneto, os gemidos advindos do quarto ao lado, do qual estavam separados apenas por uma divisória fina, foram aumentando. A intimidade não procurada com aqueles desconhecidos produziu um efeito díspar: Gonzalo achou que aquilo era um privilégio, um acesso à pornografia de verdade, ao vivo — sexo real, cru, com o barulho alto da cama e dos gemidos semissincronizados, que com certeza correspondiam a investidas memoráveis. Para Carla, porém, tamanha proximidade era, a princípio, algo perturbador, e ela até pensou em bater na parede para pedir discrição, mas depois preferiu se concentrar naqueles gemidos e conjecturar se a gozadora desconhecida estava em cima ou embaixo ou em alguma daquelas posições estranhas que suas colegas de classe desenhavam atrevidamente na lousa durante o recreio. Achava que gemer daquela maneira, como uma imbatível campeã de Roland-Garros, era algo grandioso e, no entanto, impossível no momento, pois os gemidos que escutava eram de prazer, e embora às vezes a dor e o prazer se confundam, não era esse o caso de Carla, que sentia pura e exclusivamente dor.

Com o repentino desejo de gritar mais alto que sua vizinha, Carla se sentou em cima de Gonzalo e começou a lamber seu pescoço. Ele agarrou a bunda dela com as duas mãos e logo sentiu a ereção plena voltando, e por isso a segunda trepada da tarde, a terceira da vida deles, destinada a apagar ou ao menos a suavizar a lembrança das trepadas anteriores, parecia iminente. Gonzalo tentou pôr em si mesmo uma nova camisinha, porém, mesmo tendo procedido com uma falta de jeito quase digna, esses segundos adicionais bastaram para que Carla desistisse da penetração e a escaramuça acabasse em rotineiras e eficazes masturbações mútuas.

Gonzalo se recostou entre os seios de Carla, e teria até dormido não fosse a barulheira no quarto ao lado, porque os vizinhos continuavam a mil, como coelhos ou como loucos ou como coelhos loucos. Pegou o controle remoto, porque de qualquer modo faltava pouco para começar a novela, à qual ambos haviam por fim se apegado, uma coisa totalmente normal, porque não era ruim e além de tudo estava nos capítulos finais, mas Carla, que havia dez minutos olhava para o teto, tirou o controle remoto da mão dele e não apenas desligou a tevê como também extraiu as pilhas e as arremessou contra a parede. Fez-se então um silêncio que de silêncio mesmo tinha pouco, porque os vizinhos continuavam, como diria um professor de teoria literária, *in medias res*.

— Não é possível — disse então Gonzalo, com sincera incredulidade. — É demais.

— Demais o quê?

— Não está ouvindo? Eles estão demorando muito. Não acho que seja normal.

— Eu acho que é normal, sim — disse Carla, tentando moderar a ênfase. — Eu acho que *isso é o normal*.

— Parece que você sabe muito sobre sexo — balbuciou Gonzalo, tentando dissimular a vergonha. Ela não respondeu.

Quando os suspiros ofegantes no quarto ao lado por fim se extinguiram, ainda restava a Carla e Gonzalo mais de uma hora de motel, mas eles não estavam com vontade de fazer nada, nem mesmo de ir embora dali. Gonzalo observou as belas costas de Carla e acariciou umas linhas ligeiramente menos morenas, produzidas pela alternância de diferentes trajes de banho, que vinham desde os ombros e formavam uma espécie de tatuagem inversa.

— Desculpe — disse ele.

— Não tem importância — disse Carla.

— Desculpe — repetiu Gonzalo.

Encontraram as pilhas do controle remoto e conseguiram

ver os últimos minutos da novela. Caminharam até a avenida Alameda comentando, de fato, o capítulo. Foi uma das cenas mais tristes da tarde, da semana, talvez de toda a relação: Carla e Gonzalo de mãos dadas, rumo à Alameda, conversando sobre a novela. Eram como dois desconhecidos procurando desesperadamente um assunto em comum; parecia que conversavam sobre algo e estavam juntos, mas sabiam que na verdade não conversavam sobre nada e estavam sós.

Gonzalo fingiu uma dor de estômago para marcar uma consulta com o dr. Valdemar Puppo, que não era psiquiatra nem psicólogo nem urologista nem nada parecido, e sim o pediatra ao qual ele ia desde sempre. Embora tendesse a ficar dando voltas e a usar eufemismos, o paciente tentou ser claro: o problema era a penetração em si, nos outros tipos de carícias conseguia se segurar, mas quando penetrava Carla — não esclareceu que isso havia acontecido apenas duas vezes — era impossível. O médico soltou uma risada de cumplicidade masculina constrangedoramente longa e cheia de perdigotos.

— Isso acontece com todo mundo, rapaz, embora eu deva te confessar que comigo nunca aconteceu — disse o homem, enquanto alisava a pança com as duas mãos, como se tivesse acabado de devorar um javali. — A penetração é superestimada. Você acaba ficando nervoso, é só isso, campeão.

Sempre com esse forçado e detestável tom juvenil, o dr. Valdemar Puppo recomendou que Gonzalo relaxasse e falou da técnica da distração, que resumiu de maneira vaga e grosseira:

— Quando você estiver com o pau bem duro, pense na sua avó — disse.

Gonzalo entendeu a ideia por trás do conselho, mas naquele momento não pôde evitar o pensamento literal em sua avó e por isso ficou triste, pois ela tinha acabado de morrer.

Foi um bom conselho, no fim das contas. Os namorados voltaram a trepar no mesmo motel e em duas ou três festas e até no sótão da casa de Gonzalo, cercados por reluzentes teias de aranha e talvez também por alguns ratos e camundongos, e a técnica da distração, que Gonzalo batizara de "a técnica Puppo", tendia a funcionar: claro que não pensava em sua avó, mas em mulheres que considerava feias, embora sua ideia de feiura contemplasse, por assim dizer, categorias morais. A repulsa que lhe inspiravam, por exemplo, a ex-ministra da Educação Mónica Madariaga ou a cantora Patricia Maldonado ou a própria Lucía Hiriart de Pinochet era muito mais ideológica que física, posto que — com a provável exceção da sra. Maldonado — não eram mulheres objetivamente tão feias.

Em todo caso, por mais terríveis que achasse essas senhoras, em algum momento as peles que ele supunha ásperas, enrugadas e moles retrocediam diante das costas suaves ou das coxas perfeitas de Carla — a realidade vencia a imaginação, e então Gonzalo, bem mais cedo do que tarde, acabava gozando. O segredo, ele logo descobriu, era se concentrar em assuntos mais abstratos, neutros ou amenos, que lhe provocassem uma distração duradoura, como os quadros de Kandinsky, de Rothko, de Matta, ou certos exercícios de xadrez para principiantes, ou a conquista do espaço sideral, ou uns poemas muito sérios e dramáticos de Miguel Arteche dos quais não gostava nem um pouco, mas que tivera de analisar no colégio ("Golf", "El niño idiota"), e até conseguiu resultados notáveis graças ao recurso cruel de imaginar uma pessoa com Parkinson tentando comer uma alcachofra.

Embora o sexo fosse cada vez mais frequente e ligeiramente menos doloroso, Carla já não tinha certeza se queria continuar com Gonzalo. Tentava convencer a si mesma de que estava mais apaixonada do que nunca, mas a verdade é que já havia abandonado a disposição fantasiosa dos primeiros tempos: a ideia de passar anos ou a vida inteira com Gonzalo lhe parecia, de fato, cada vez mais opressora.

Naquele verão, uma das esquerdistas a convidou para ir a Maitencillo, e, embora não fosse difícil inventar uma desculpa para levar Gonzalo junto, Carla pensou que preferia dedicar esse tempo a pensar na relação. E foi isso o que fez, basicamente, durante os nove dias que passou em Maitencillo: tomava café da manhã, almoçava e lanchava pensando na relação, deitava-se na areia para dormir longas sestas pensando na relação, jogava vôlei ou frescobol ou brincava de elefantinho pensando na relação, tomava *fanschop** e dançava desenfreadamente os hits do Technotronic pensando na relação, e mesmo na noite em que deixou que um argentino musculoso lhe desse uns beijos e agarrasse sua bunda e seus peitos estava pensando na relação, e, apesar de soar um pouco insólito, a verdade é que, enquanto chupava o pau desse argentino, Carla também estava, de algum modo, pensando na relação.

A aventura com o argentino foi relatada, comentada e analisada por numerosas testemunhas semipresenciais e esteve a

---

* *Fanschop*: fanta laranja com cerveja.

ponto de chegar aos ouvidos de Gonzalo. Assombrada pelo remorso, Carla decidiu confessar sua infidelidade, sem omitir o boquete, que funcionava como atenuante, porque demonstrava que tinha se negado a chegar à penetração, embora, para não faltar com a verdade, não havia se negado por fidelidade, e sim porque a ideia de ser penetrada por um membro uns bons centímetros menos comprido porém consideravelmente mais grosso que o de Gonzalo lhe parecera horrível.

Nos meses que se seguiram, a culpa foi o combustível exclusivo da relação. Havia dias em que Carla temia que Gonzalo consumasse sua vingança, mas outras vezes até desejava que ele o fizesse, porque um empate ao menos lhe permitiria recuperar a dignidade, a qual, é claro, não havia perdido, embora de vez em quando Gonzalo a atormentasse com comentários hostis e autocompassivos.

Contrariando sua natureza fiel, Gonzalo decidiu corresponder às insinuações de Bernardita Rojas, uma garota do bairro a quem se sentia estranhamente unido, porque ele também tinha o sobrenome Rojas. Não eram parentes, isso é fato, era um sobrenome bastante comum, mas ela o cumprimentava como se fossem, e na verdade era nisso que consistia o flerte ("como você está, primo Rojas?", dizia ela, e abria as narinas como fazem as atrizes ruins para expressar emoção). Para ele, Bernardita Rojas parecia ser uma pessoa autêntica, pois não usava aquela mecha de cabelo fixada com gel em formato de onda ameaçadora que quase todas as suas contemporâneas ostentavam — Carla inclusive —, como se todas as adolescentes chilenas tivessem combinado de homenagear *A grande onda*, de Hokusai. Outra coisa que o atraía em Bernardita Rojas era que sempre trazia consigo um livro de Edgar Allan Poe, que relia com a mesma devoção com que outros decifravam *Fragmentos de um discurso amoroso*, *As veias abertas da América Latina* ou *Seus pontos fracos*.

Os falsos primos Rojas foram juntos ver *Uma noite sobre a Terra*, e, embora a ideia implícita de ir ao cinema fosse aproveitar a escuridão para dar uns amassos, acharam o filme de Jim Jarmusch tão divertido que se limitaram a olhar para a tela, hipnotizados.

— Adorei sair com você — Bernardita disse, enquanto esperavam o ônibus.

— Eu também — respondeu Gonzalo, distraído.

No caminho de casa, ele se pôs a pensar em Winona Ryder — imaginava-a ao volante de um táxi Lada, esperando o semáforo ficar verde em alguma esquina de Santiago enquanto mastigava chiclete, fumava e ouvia Tom Waits. Cansada de receber de seu companheiro de assento apenas monossílabos, Bernardita abandonou toda e qualquer intenção de diálogo e se pôs a reler "Ligeia", que era seu conto favorito de Poe. Gonzalo a observou lendo por uns minutos, com o entardecer da cidade como pano de fundo, e então sentiu que queria lhe dar um beijo. Tentou, mas ela o afastou com seu habitual sorriso de lábios fechados.

— Estou lendo — disse.

— Leia um pouco pra mim — respondeu Gonzalo.

— Não quero — disse Bernardita, que apesar disso pôs o livro no meio para que Gonzalo também pudesse ler, e durante o resto do trajeto os dois ficaram com as cabeças coladas, quase abraçados, lendo esse conto de Poe.

Chegaram à esquina onde deveriam se despedir e, agora sim, Bernardita aceitou um beijo breve, embora sem muita língua. Gonzalo caminhou para casa refletindo sobre a possibilidade de prosseguir com a vingança até que fosse mais ou menos simétrica. Não estava convencido, de modo que decidiu consultar Marquitos, um ruivo um pouco mais velho que trabalhava na mercearia do bairro e cujo diminutivo se devia à baixa estatura, no limite do nanismo. Anoitecia, Gonzalo ajudou Marquitos a fechar a mercearia e se instalaram no balcão com duas cervejas Escudo de um litro e meio bem geladas.

— Sua namorada é muito mais gostosa que a Bernardita — disse Marquitos, depois de refletir por alguns segundos sobre o dilema. — Não vou mentir pra você, sua namorada é muito, muito melhor.

Era o bordão de Marquitos: "Não vou mentir pra senhora, essas são as melhores melancias da estação", dizia, por exemplo, ou então "eu dormi, chefe, não vou mentir pra você", e às vezes também usava a fórmula em frases insossas como "não vou mentir pra você, está muito calor".

— Eu sei, mas ela me chifrou — respondeu Gonzalo.

— Mas você é feio, Gonza, muito feio.

— E o que isso tem a ver? Qual o problema de eu ser feio? — respondeu Gonzalo, que de todo modo não se considerava feio (e nem era).

— Olha, o que acontece é que sua namorada está explodindo de gostosa. É a garota mais gostosa de todas. — Marquitos parecia estar reprimindo esse comentário havia séculos.

— Qual é, cara — respondeu Gonzalo, surpreso e incomodado.

— Foi mal, mas é verdade. A obrigação dos amigos é dizer a verdade, não é? — Gonzalo hesitou por dois segundos antes de assentir, com aparente mansidão. — Não vou mentir pra você: sua namorada é patricinha, mas é gostosa. E não é pra você. É areia demais pro seu caminhãozinho, magrão. Não sei como você fez pra ela ficar contigo. Mas, se vocês terminarem, você nunca mais vai arrumar uma garota gostosa assim, nem metade disso.

— Eu não quero terminar com ela — disse Gonzalo, como se estivesse pensando em voz alta.

— Mas ela vai descobrir, as garotas acabam sabendo de tudo — disse Marquitos, com ares de entendido.

Marquitos foi buscar mais cerveja e também pegou um pão de fôrma e ofereceu umas fatias a Gonzalo.

— E do que é que você mais gosta na minha namorada? — perguntou Gonzalo, num tom artificialmente sereno.

— Você quer mesmo saber?

— Sim.

— Não vai ficar puto?

— Não, Marquitos, tranquilo. Por que eu me chatearia por uma coisa dessas?

— Você vai ficar puto, magrão.

— Que nada, irmão, sem problemas. Só de curiosidade.

— Sei lá, porra, tudo. Os peitos certinhos, lindos. E aquela bunda, ah. Tua namorada tem a bunda média. Ela tem uma bela de uma bunda, acho que você deve ter percebido. E a cara.

— O que tem a cara dela? Fala logo, não tem problema. Como é a cara dela?

— Olha, com todo o respeito, mas é que ela tem uma cara... Não vou mentir para você, irmão, tua namorada tem uma cara de safada que, olha, vou te contar.

Gonzalo não teve alternativa: um soco no olho, dois na barriga e um chute no saco encerraram para sempre sua amizade com Marquitos. Foi embora da mercearia triste e desconcertado e também preocupado, pela primeira vez na vida, com sua suposta feiura, que atribuiu às obstinadas espinhas, apesar de já considerá-las parte de seu rosto por tê-las desde os onze anos.

— O que você tem, primo Rojas? — disse Bernardita, na sexta-feira daquela mesma semana.

— Por quê?

— Você anda com uma carinha triste.

— Ando com uma carinha feia — disse Gonzalo, tentando fazer uma piada.

Foram até a praça, conversaram por bastante tempo e Gonzalo contou tudo, ou quase tudo. Antes de se despedir, Bernardita olhou para ele como se de fato fosse seu primo ou irmão, embora de todo modo estivesse chateada: sabia que ele tinha namorada, vira os dois juntos mais de uma vez, mas achava que tinham terminado ou que estavam terminando, e obviamente a incomodava saber que ela tinha sido apenas um meio para concretizar a vingança. Na manhã seguinte, no entanto, tocou a campainha da casa de Gonzalo, entregou-lhe um pacote e saiu correndo: era uma caixa de sapatos na qual havia um ramo de babosa recém-cortado, uma navalha e um bilhete manuscrito com as instruções do tratamento, além de um mapa onde Bernardita havia marcado a localização de dez pés de babosa em diferentes pontos de Maipú.

Gonzalo adotou o costume de toda tarde cortar um ramo da planta, cuja polpa ele espalhava, antes de dormir, nas zonas problemáticas de seu rosto. Se alguém tivesse perguntado por que andava com aquela navalha na mochila, ele teria respondido que precisava dela para se defender, o que no fundo era verdade, porque precisava dela para se defender da feiura.

No começo tudo era tão natural, tão prazeroso e divertido, pensava Gonzalo, enquanto se lembrava do primeiro encontro com Carla, havia quase três anos, na saída de um show dos Electrodomésticos — foi um flerte breve e em nada marcante, porque conversaram por menos de cinco minutos, mas Gonzalo tomou coragem e pediu o telefone dela, coisa que nunca fizera antes com ninguém, e como Carla se recusou, ele implorou que ela dissesse ao menos os seis primeiros números, e ela achou isso tão engraçado que acabou dando os primeiros cinco.

No dia seguinte, Gonzalo se pôs diante do telefone amarelo da esquina com o bolso cheio de moedas de cem pesos e foi tentando em ordem crescente (do 00 ao 04), a seguir decidiu mudar para uma ordem decrescente (do 99 ao 97), depois se deixou levar pelo instinto (09, 67, 75), e se enrolou tanto que precisou anotar os números no mesmo caderninho em que rascunhava seus poemas. Parecia um processo infinito, além de um desperdício — o telefone da esquina tinha se tornado uma espécie de caça-níqueis e Gonzalo, um jogador compulsivo e desenfreado, e também um ladrão, porque sua mesada somada ao troco do pão não era suficiente, de modo que todo dia precisava revirar as carteiras de seus pais. Quando o desânimo tomava conta, Gonzalo pensava em Carla amarrando o cabelo, tinha ficado com essa imagem na cabeça: ela levantando os braços para prender os cabelos escuros e brilhantes, os cotovelos ossudos, os seios marcados na camiseta verde e um sorriso que permitia entrever seus dentes meio separados, que eram bastante normais, mas que para ele pareciam incomuns e belíssimos.

Quando já tinha quase certeza de que sua empreitada estava fadada ao fracasso, Gonzalo acertou o número, 59. Na primeira ligação, Carla estava meio relutante, custava a acreditar em tamanha persistência, mas começaram a se falar todas as tardes por alguns minutos, quase sempre o tempo permitido pelos duzentos ou trezentos pesos, e depois, meses mais tarde, quando enfim o cabeamento telefônico chegou à casa de Gonzalo, falavam pelo menos uma hora por dia — o plano de se encontrarem era cada vez mais sério e no entanto Carla continuava a postergá-lo, porque pensava que talvez fosse gostar menos de Gonzalo ao vivo. Mas desde a manhã de sábado em que se encontraram e deram alguns amassos, não houve mais dúvidas.

Costumavam evocar, com uma satisfação radiante, esses detalhes iniciais que agora ele recordava com pesar — ao mesmo tempo que recapitulava e insistia em idealizar sua relação com Carla, ele compreendia e aceitava, contrariado, que o tempo que passavam juntos já não era tão bom e que já não riam tanto e que, talvez por culpa da famigerada penetração, seus corpos não rimavam mais ("eu nunca devia ter trepado com ela", disse Gonzalo uma manhã, em voz alta, involuntariamente — seus colegas morreram de rir e desde então o apelidaram de "o arrependido").

Não o surpreendia o fato de Carla ser objeto unânime do desejo alheio, já estava acostumado que quase todos os homens (incluindo, tristemente, o próprio pai de Gonzalo) olhassem para ela descaradamente e que até algumas mulheres disfarçassem mal a inveja ou talvez um desejo enrustido que Carla despertava nelas. Gonzalo não era ciumento, embora pensasse que, depois da aventura com o argentino e do incidente com Marquitos, devia sê-lo, que de certo modo tinha uma responsabilidade de sê-lo. Mas não queria ser ciumento, nem possessivo, nem violento. Não queria ser como todo mundo.

Na contramão dessa massa de jovens superficiais entregues à endogamia e ao culto da beleza física, Gonzalo encontrara, com Carla, um oásis de companheirismo puro. Dizer ou insinuar, como fizera Marquitos, que Gonzalo tinha "conseguido" Carla e que devia se esforçar para mantê-la e grudar nela era não entender nada sobre a natureza do amor, mas o que soava realmente ofensivo era o fato de Marquitos ter tachado Carla de patricinha, porque ela não falava como patricinha nem se vestia como patricinha — isto é, era riquinha em comparação a Gonzalo, a Marquitos e a Bernardita Rojas, mas, diante de uma patricinha de Vitacura ou de Las Condes, não era nem um pouco, não mesmo.

Havia, entre Carla e Gonzalo, diferenças evidentes, às quais nenhum dos dois era cego: colégio particular de freiras em Ñuñoa versus colégio público para meninos no Centro de Santiago, casa grande com três banheiros versus casa pequena com um, filha de um advogado e de uma técnica de laboratório odontológico versus filho de um taxista e de uma professora de inglês, classe média tradicional de La Reina versus classe média de Maipú (classe média baixa, diria o pai de Gonzalo; classe média emergente, diria a mãe). Nem Gonzalo nem Carla consideravam, porém, que a lacuna social os separasse de modo significativo, e as diferenças, em vez disso, alimentavam o interesse mútuo: a ideia do amor como um encontro afortunado e ao acaso, endossada pela eterna teoria da metade da laranja.

As venenosas palavras de Marquitos reapareciam com a insistência de um pernilongo à meia-noite e conseguiam penetrar na área mais frágil da relação, que era o notório desinteresse de Carla pela poesia. Ela adorava música, desde pequena era fascinada por fotografia e sempre estava lendo algum romance, mas pensava que a poesia era uma coisa infantil e excessiva. Gonzalo, no entanto, como quase todo mundo, associava a poesia ao amor. Não tinha conquistado Carla com poemas, mas se apaixonar por ela e se apaixonar pela poesia haviam sido coisas quase simultâneas, e ele tinha dificuldade de separá-las.

A coisa ficou mais grave quando Gonzalo decidiu que estudaria letras. Já fazia um tempo que tinha certeza de que queria ser poeta, e, embora soubesse que para isso não eram necessários estudos formais, pensava que uma licenciatura em letras o desviaria menos do objetivo. Era uma decisão corajosa, radical e inclusive escandalosa, à qual os pais de Gonzalo se opunham com tenacidade, parecia-lhes um desperdício: com muito esforço e um talento sinceramente inexplicável, seu filho se tornara um aluno destacado de um dos supostamente melhores colégios do Chile, e portanto podia e talvez devesse aspirar a um futuro menos aventureiro. Quando, esperando um apoio cego e solidário, Gonzalo comentou sobre seus planos com Carla, ela reagiu com indiferença.

A essa altura, a poesia chilena era, para Gonzalo, a história de homens geniais e excêntricos, bons de copo e especialistas nos altos e baixos do amor. Contaminado por essa mitologia, às vezes pensava que no futuro Carla seria qualificada apenas como aquela longínqua namorada da juventude que não soubera valorizar o poeta nascente (a mulher que, apesar dos inúmeros indícios, não conseguira dimensionar a magnitude do homem que tinha diante de si, tanto que até o chifrara). Definitivamente, Carla não parecia a companheira adequada para a difícil travessia que ele queria empreender; mais cedo ou mais tarde, especulava Gonzalo, a relação terminaria e ela se tornaria namorada de algum engenheiro de produção, de algum dentista ou de algum romancista. Gonzalo projetava a ruptura num médio prazo, embora às vezes se surpreendesse pensando, de antemão, nas palavras que diria: imaginava um sofisticado discurso que pouco a pouco avançaria para falar da necessidade de — e ele gostava desta expressão — cada um seguir seu caminho, e de início culparia o destino ou a fatalidade, mas caso ela ficasse brava poria toda a culpa em si mesmo, e pronto.

Numa manhã, mataram aula e caminharam em silêncio pelo barulhento Centro de Santiago até chegarem ao Paseo Bulnes. Costumavam se sentar num banco em frente à livraria do Fondo de Cultura Económica para fumar e dar uns beijos, depois viravam na Tarapacá e, após comerem uns *completos*,* jogavam sinuca — ela sempre ganhava — ou entravam no Cine Arte Normandie. Dessa vez, contudo, estava claro que o roteiro era outro: Carla só queria caminhar, sequer estavam de mãos dadas, e ela olhava para as volumosas nuvens como se quisesse ter o poder de dissolvê-las com os olhos; tinha planejado uma longa introdução, mas optou por despejar de uma vez a seguinte sentença lapidar:

— Os sentimentos mudaram, Gonza.

Essa frase, tão grosseira quanto elegante, golpeou Gonzalo com uma violência desconhecida para ele. Já sabemos que estava meio preparado para a ruptura, mas em sua cabeça era ele quem terminava.

* *Completo*: cachorro-quente com pão, salsicha, vinagrete de tomate e cebola, palta (abacate temperado cremoso) e maionese.

* * *

Nas semanas seguintes, ele se debateu entre a negação e o ressentimento, que se concretizava em masturbações fantasiosas — castigava sua ex imaginando que dormia com Winona Ryder, com Claudia Di Girolamo, com Katty Kowaleczko e até com uma tia de Carla por quem Gonzalo sentia certa atração.

Quanto a Bernardita Rojas, uma tarde a encontrou justamente diante de uma monumental babosa que havia na entrada da Villa Las Terrazas. A primeira coisa que Bernardita fez foi alisar seu rosto, que, graças ao tratamento com aquela planta maravilhosa, recuperava um pouco o vigor. Ele pensou que não tinha nada a perder, de modo que tentou beijá-la sem mais nem menos — e ela se esquivou.

— Somos amigos, primo Rojas — disse Bernardita, taxativa.

— Não, Berni, nem somos tão amigos assim.

— Somos amigos. Somos muito amigos — disse ela mais uma vez.

— Nem somos tão amigos — disse Gonzalo de novo.

O diálogo foi bem mais longo e maçante. Não chegaram a nenhuma conclusão.

— Eu só quero ser sua amiga — insistiu Bernardita, ao se despedir.

— Acontece que eu já tenho amigos — disse Gonzalo. — Tenho amigos demais. Não preciso de outros.

Gonzalo logo abandonou o revanchismo onanista e se afundou na inércia e no disco *Corazones*, do Los Prisioneros, que de repente considerava como a trilha sonora de sua vida inteira.

Ficou avesso a toda e qualquer forma de diálogo, inclusive o diálogo consigo mesmo, isto é, a escrita. Quase não saía do quarto, porém o mais preocupante, ao menos para os de seu entorno imediato, era sua recusa radical a tomar banho.

No fim de uma manhã, reeditando um castigo frequente da infância, Gonzalo foi enfiado à força debaixo de um jato de água gelada e reagiu como se reage à mais violenta das humilhações, mas de todo modo encontrou certo prazer ou certa sensação de novidade em ensaboar o corpo minuciosamente, e ficou por cerca de uma hora debaixo da água — que na época era considerada um recurso natural inesgotável —, numa espécie de reconciliação com a limpeza. Vestiu-se rápido e aproveitou o dia ensolarado para se deitar na grama desigual da praça com seu caderninho — não se pôs a despachar poemas, mas se deteve numa etapa anterior, num assunto muitas vezes postergado: a escolha de um pseudônimo.

A ideia de adotar um pseudônimo soava para ele muito piegas e desagradável, mas se sentia obrigado a fazê-lo, porque, embora tivesse lido apenas alguns poemas esparsos de Gonzalo Rojas — que achara magníficos, diga-se de passagem —, estava a par de que ele era um dos poetas chilenos mais reconhecidos no mundo, aliás acabara de vencer o Prêmio Nacional de Literatura e outro prêmio que parecia ser importante, na Espanha. O nome então já havia sido tomado, e a opção de usar o sobrenome de sua mãe, Muñoz, tampouco servia, porque havia outro poeta, bem menos conhecido que Gonzalo Rojas, porém abençoado por uma misteriosa aura de vanguarda, chamado Gonzalo Muñoz. A possibilidade de assinar como Gonzalo Rojas Muñoz, por sua vez, parecia-lhe muito querer dizer "não sou aquele Gonzalo Rojas"; era admitir a derrota de antemão.

Tentou seguir o modelo de Pablo de Rokha, nascido Carlos Díaz Loyola, que havia inventado um sobrenome que significava algo em si, mas só lhe vinham à mente palhaçadas como Gonzalo de Rotha ou Gonzalo de Maass ou Gonzalo de Rape (desse até gostava um pouco). Inclinou-se então a buscar um pseudônimo em outros ecossistemas literários, tal como fizeram em seu tempo Gabriela Mistral e Pablo Neruda, que no fim até ganharam o Prêmio Nobel. Depois de descartar as opções mais tolas (Gonzalo Rimbaud, Gonzalo Ginsberg, Gonzalo Pasolini, Gonzalo Pizarnik), consolidou uma lista curta com os pseudônimos Gonzalo García Lorca, Gonzalo Corso, Gonzalo Grass, Gonzalo Li Po e Gonzalo Lee Masters, mas não conseguiu se decidir por nenhum. Já caía a noite quando lhe ocorreu o pseudônimo Gonzalo Pezoa, que lhe permitia homenagear, ao mesmo tempo, o poeta português Fernando Pessoa (que não havia lido mas que sabia ser genial) e o poeta chileno Carlos Pezoa Véliz (do qual gostava muito).

Sete meses depois do término, começaram a chegar à casa de Carla, por envio registrado, as cartas de Gonzalo, que eram longas e divertidas e se baseavam na ficção de que o namoro não havia terminado, o que ocorria era que ele andava viajando por lugares remotos como o Marrocos ou Istambul ou Sumatra e até algumas localidades inexistentes. Tinha um talento especial para inventar flores carnívoras e animais selvagens, e se destacava também no relato de desastres naturais. Gonzalo assinava essas cartas bonitas com seu nome, mas os poemas anexados, por sua vez, eram assinados com seu novíssimo pseudônimo.

Os novos poemas de Gonzalo não respeitavam os moldes ocidentais, porque, em vez de lançar mão do soneto ou do romance hispânico, ele havia se voltado à escrita de haicais, ou, melhor dizendo, de uns poemas breves que ele chamava assim. (Gonzalo nunca associou sua repentina paixão por haicais a seus problemas de ejaculação precoce.)

A primeira carta trazia este poema simples e talvez até belo:

O vento nas árvores
você desenhava de olhos
fechados.

Menos memorável era este texto incluído na carta de número três:

Traição da manhã
o meio-dia impreciso
na metade da noite.

Em alguns poemas, a serenidade contemplativa característica do haicai resplandecia por sua ausência, como acontecia neste da carta de número nove:

*Já caíram todas as folhas
do outono. E ainda é outono,
que merda.*

Na altura da carta de número doze emergia um fracassado desejo experimental:

*Aclara, cara Carla,
a rala desgraça e a rara
clara: gema.*

À carta de número catorze pertencia este instantâneo erótico:

*As pintas da sua
coxa esquerda:
comi todas elas.*

Em suas últimas cartas, o humor tendia a desaparecer, como atesta este poema sombrio, insolente e talvez desesperado:

*Onde estava seu sangue
estava também eu,
dentro.*

Foram, no total, dezessete cartas, que sua destinatária leu e releu e adorou, mas teve a gentileza e a sabedoria de não alimentar falsas esperanças. Não sentia rancor, não estava chateada ou qualquer coisa do tipo, mas sua relação com Gonzalo lhe parecia, agora, uma enorme perda de tempo. Nessa época, várias de suas amigas haviam terminado recentemente com seus respectivos namorados, e uma delas teve a ideia de organizar uma reunião com um quê de exorcismo na qual se dedicariam coletivamente a queimar fotos e todo tipo de lembranças. A proposta derivou num churrasco: em meio ao carvão, salpicados por bastante parafina, dezenas de bilhetes, quarenta e quatro fotos, cartas, cartões-postais, entradas de cinema, de clubes e de shows, além de uns perturbadores ursos de pelúcia, queimaram sob os olhares em êxtase das garotas. Carla, no começo, não quis colaborar, mas no fim cedeu à pressão coletiva e acabou alimentando a fogueira com todas as cartas e com todas as lembranças de sua relação com Gonzalo, inclusive uma edição de bolso de *Siddharta* que ele lhe dera de presente.

Santiago é uma cidade grande e suficientemente segregada para que Carla e Gonzalo nunca mais voltassem a se encontrar, mas uma noite, nove anos mais tarde, os dois se viram de novo, e é graças a esse reencontro que esta história alcança a quantidade necessária de páginas para ser considerada um romance.

II. FAMILIADRASTA

Eram quase quatro da manhã, estava tocando "Stop", do Erasure, e os duzentos e tantos entusiastas que lotavam a pista dançavam todos com todos ou ninguém com ninguém. Carla o viu primeiro, perdido perto do balcão do bar, e como era uma boate gay supôs que Gonzalo havia saído do armário, o que de início lhe pareceu estranho e inclusive por um momento a incomodou, mas, depois de considerar aquilo por alguns segundos, pensou que devia ter percebido antes, e que de certa maneira sempre soubera, e que isso explicava muita coisa, apesar de que, se alguém tivesse perguntado a ela que coisas isso explicava, não saberia responder. Aproximou-se ensaiando um elegante trote ligeiro, disposta a escutar confissões impressionantes e contundentes — Gonzalo se lançou sobre ela e tentou levá-la a um canto onde pudessem conversar, mas era difícil se deslocar em meio à multidão enlouquecida, de modo que continuaram na pista, envolvidos por aquele alegre simulacro de anarquia.

— Eu não sou gay! — gritou Gonzalo, ao se dar conta do possível engano, e recebeu olhares fulminantes, entre céticos e decepcionados, e pode ser que Carla também tivesse se decepcionado um pouco, porque chegara a se imaginar contando a suas amigas que seu primeiro namorado, o primeiro homem com quem dormira, ao qual com um sarcasmo carinhoso se referia como "o poeta", era gay, e até achava que algum de seus amigos poderia se interessar em sair com ele.

— Eu também não! — respondeu Carla, por via das dúvidas, embora, naqueles anos caricaturais de ignorância coletiva, a ideia de que a homossexualidade não era algo exclusivamente de homens estava apenas começando a se instalar.

Seria ofensivo para bailarinos, coreógrafos e professores universitários de dança dizer que Carla e Gonzalo dançavam, porque o que de fato acontecia era que não estavam parados e que essa ausência de inércia se materializava numa série de movimentos confusos. Mesmo assim, Carla sacudia os ombros com relativa graça e sincronia, o que criava uma falsa impressão de estabilidade e portanto de sobriedade, enquanto Gonzalo lançava mão de um passo que, bem executado, poderia ser descrito como a simulação de uma embriaguez, mas a simulação nesse caso não era necessária, de modo que, a rigor, Gonzalo não dançava, e sim permanecia tão imóvel quanto alguém bêbado daquele jeito conseguiria ficar — tropeçou e segurou Carla pela cintura, como se estivesse se agarrando a um poste, e depois a abraçou completamente, atrevidamente. Ela sentiu que deveria afastá-lo, mas queria e talvez precisasse corresponder ao abraço, porque fazia tempo que ninguém a abraçava com aquela intensidade ou com aquela urgência, ou porque ao acolher o corpo de Gonzalo sentiu uma lufada de familiaridade reconfortante, ou porque aquele abraço a fazia voltar nove anos no tempo, ou sabe-se lá por quê, só deveríamos descartar de cara possibilidades estúpidas como que talvez ela nunca o tivesse esquecido — ela havia conseguido esquecê-lo quase imediatamente —, e descartemos também a influência do álcool, que obviamente influenciava, mas àquela altura, em plena madrugada do século XXI, o cinismo de atribuir tudo à bebedeira já tinha saído de moda.

Carla acariciou o cabelo comprido de Gonzalo, algo que jamais fizera, porque durante os anos em que estiveram juntos ele usava o cabelo invariavelmente curto, "no tamanho regulamentar", como seu colégio exigia, isto é, dois dedos acima da gola da camisa. O abraço acompanhou o ritmo dos movimentos e agora estava tocando "Can't Get You Out of My Head", de Kylie Minogue, mas parecia que dançavam uma *bachata** de Juan Luis Guerra ou um desses hits quentes de Chichi Peralta, embora em determinados momentos também parecessem dançar uma espécie de valsa, como se fossem noivos desacostumados à seriedade e à solenidade e ao glamour tentando dançar uma valsa dignamente.

Em poucos minutos, passaram da errática dança libidinosa à distribuição mútua de agarrões e a se lamberem um ao outro no banheiro masculino. Quando entraram no único cubículo do local, que por sorte estava disponível, houve um momento de vacilação, uma breve pausa de sensatez durante a qual Carla chegou a pensar que porra eu estou fazendo aqui, e Gonzalo esteve a ponto de propor que em vez de se trancarem naquele banheiro fétido fossem a seu apartamento, mas ambos sabiam que parar para conversar quebraria o feitiço. Entre as vacilações das frases típicas de um reencontro e uma trepada irresponsável, frenética e bastante difícil de justificar, ambos preferiram a segunda opção.

---

* *Bachata*: ritmo musical e dança que teve origem na República Dominicana na década de 1960. Considera-se um híbrido do bolero com outras influências musicais como o chá-chá-chá e o tango.

Carla cravou os dentes no pescoço de Gonzalo, que o ofereceu mansamente, como um moribundo, mas como um moribundo vivo o suficiente para apalpar a bunda de Carla, uma bunda da qual ele se lembrava ou acreditava se lembrar, embora tenha parecido mais formada, mais dura e maior. Agachou-se e, enquanto beijava a virilha de Carla, tirou sua calcinha, que guardou num bolso, como troféu. Ela também se agachou e então Gonzalo se pôs de pé e até teve a gentileza de ajudar Carla com o complicado mecanismo do cinto. Ela começou a chupá-lo vorazmente. Com a mão direita sustentava o pênis e com a esquerda desamarrou a bota direita de Gonzalo, depois trocou de mão para desamarrar também a esquerda e, sem deixar de imobilizá-lo com lambidas eficazes, tirou ambas as botas e a calça e a cueca dele, e, embora nem ela tivesse certeza de que esse era seu plano, arremessou a cueca na privada e, ato seguido, puxou a descarga.

Era uma cueca slip azul-clara com tiras azuis tamanho vinte e seis que ele acabara de ganhar de aniversário justamente dos amigos que naquela noite o arrastaram para a boate, amigos obcecados por demonstrar a Gonzalo que a heterossexualidade era uma espécie de doença, crônica porém curável. Ao ver que sua cueca favorita — que, para além do design, era realmente confortável — resistia a ser levada pelo vaso, Gonzalo teve um ataque de riso, e ela também, ajoelhada e com o pau dele latejando na boca, gargalhou. Então ele também jogou a calcinha de Carla na privada e puxou a descarga, e os dois continuaram puxando a descarga várias vezes, morrendo de rir, como se em vez de bêbados estivessem chapados, ainda que, mais que chapados, parecessem duas crianças repetindo uma brincadeira uma vez depois da outra.

— Vamos fazer isso direito — disse ela, de repente, ajeitando a saia e arrumando o cabelo.

Gonzalo queria fazer aquilo direito ou fazer mais ou menos ou fazer mal, mas queria fazer já, e meio que a convenceu, porque retomaram os beijos e as pegadas e teriam seguido assim não fosse a intervenção de um bêbado que esmurrou a porta do cubículo, gritando:

— Ei, o banheiro é de todo mundo, vocês não são os únicos que querem foder!

Sem calcinha e sem cueca, respectivamente, Carla e Gonzalo saíram pela noite de Bellavista. Ainda restava neles um pouco de riso nos cantos dos lábios, além de uma reserva importante de quentura, e era óbvio que eles deveriam perguntar mil coisas um ao outro, mas preferiram respirar o silêncio parcial da noite. Quando avistaram um grupo de punks que terminavam uma garrafa de pisco no meio da ponte Pío Nono, Gonzalo pegou a mão de Carla, e para ela aquilo pareceu um gesto antigo, comicamente galante, mas ainda assim gostou de caminhar de mãos dadas com Gonzalo, ou, mais precisamente, gostou de lembrar como era caminhar de mãos dadas com ele. Os punks nem olharam para eles e então Gonzalo a soltou, mas ela o reteve.

— Eu gosto dessa boate, é o único lugar em que posso dançar tranquila, a salvo dos urubus — disse Carla, quando já estavam na Plaza Italia e nenhum dos dois sabia o que fazer.

— Já eu gosto porque é o único lugar onde me sinto realmente desejado — brincou Gonzalo, embora não tenha ficado claro se era uma piada ou não.

Deveriam se despedir, teria sido perfeitamente possível que tudo ficasse nisso, um episódio pronto para ser arquivado no prontuário das noites loucas, mas Gonzalo disse que morava a três quadras dali e ela aceitou ir com ele. Enquanto caminhavam em silêncio por aquelas três quadras, que na verdade eram sete, o dia raiou.

Quando o amanhecer o surpreendia em movimento, Gonzalo costumava pensar que havia algum vínculo entre o nascer da claridade e o ato de caminhar em si, como se o caminhante fosse, de algum modo, responsável pelo amanhecer, ou ao contrário: como se o amanhecer gerasse o movimento dos pés sobre a calçada. Esteve a ponto de dizer isso a Carla — não tinha certeza se conseguiria explicar bem, tinha receio de se enrolar, sentia que qualquer coisa que dissesse poderia estragar aquela bela madrugada insensata.

No apartamento, tudo aconteceu com rápida serenidade. Assim que fechou a porta ele meteu de uma vez, sem camisinha, ela se pendurou nele pelo pescoço e foram para a cama — e, enquanto Gonzalo chupava seus mamilos, pensava que talvez agora os seios de Carla fossem maiores e isso lhe agradava e também trazia um estranhamento, embora não houvesse nada de estranho, disse para si, como respondendo a si mesmo, porque o corpo muda, é claro que o corpo muda: o quadril era de fato mais largo, as pernas um pouco menos suaves, e ela estava talvez menos magra que nove anos antes.

Gonzalo é outra pessoa, Carla por sua vez teorizava também, enquanto ele metia de maneira lenta e forte: pelo menos agora é uma pessoa que trepa bem — sentiu a iminência do orgasmo e ao mesmo tempo um temor anacrônico de que Gonzalo ejaculasse imediatamente, e o prazer retrocedeu, mas a iminência voltou alguns minutos depois e então de fato teve um orgasmo, não teve certeza se duplo ou se apenas um muito longo.

Ele notou o umbigo de Carla, sentia que não se lembrava dele com precisão, parecia-lhe um pouco protuberante — desceu por entre os peitos até ficar de frente com o umbigo e o beijou e lambeu detidamente, ou melhor, beijou-o e lambeu-o com o propósito de observá-lo detidamente, e pensou, de forma hesitante, imperfeita, que era um umbigo novo. Um pouco mais abaixo, dois centímetros antes do púbis, Gonzalo encontrou a tênue cicatriz de uma cirurgia.

Ela ficou de quatro e ele voltou a investir com força, em sintonia com os gemidos de ambos, ao mesmo tempo que observava as costas e a cintura dela, onde havia alguns arquipélagos de estrias, e então se lembrou — era algo que acabara de ver, mas já era passível de ser lembrado — do umbigo, da cicatriz, dos mamilos maiores e dos peitos consideravelmente mais soltos, e de outras estrias que achava ter visto, também, em volta dos peitos, e formulou em palavras mentais o que já sabia, o que resistia a aceitar, porque era uma frase irrevogável e terrivelmente poderosa, capaz de arruinar tudo: Carla tem um filho.

Tentou se distrair, como nos já longínquos tempos em que aplicava a técnica do dr. Valdemar Puppo, embora dessa vez de forma completamente involuntária: não precisava mais pensar na paz do mundo nem na música das esferas nem nos campos magnéticos nem nos romances de Mariano Latorre, já fazia anos que manejava os tempos sem sobressaltos, e no entanto reconheceu o avanço de uma fuga indesejada, que anulava de todo o presente, porque as investidas e os gemidos continuavam e sentia o pênis igualmente duro, mas ao mesmo tempo surgia com nitidez a imagem de uma praia onde se imaginava caminhando com um guarda-sol e fazendo castelos de areia e até comprava um *pan de huevo** e um sorvete para o filho de Carla e o ensinava a nadar, um menino sem rosto que em seguida reaparecia num quarto saturado de cores, dormindo profundamente enquanto Gonzalo recolhia incontáveis brinquedos espalhados pelo chão.

---

* *Pan de huevo*: tipo de pão doce chileno, com consistência mais firme e açúcar apenas por cima.

Continuaram transando enquanto ele imaginava que o filho de Carla se comportava muito mal, que não respeitava ninguém, que tirava péssimas notas, que era grosseiro e o desafiava, que dava chiliques com frequência e dizia a ele: você não é meu pai. Gonzalo se imaginava na sala de uma casa iluminada demais, onde Carla esperava que o menino sem rosto parasse de brincar com os cereais e terminasse, enfim, de tomar o café da manhã, e depois os três saíam apressados para o metrô, e o menino se soltava da mão de sua mãe e ficava para trás ou ia na frente, andando num ritmo diferente, em seu próprio ritmo, até que os três se juntavam à multidão que enchia o vagão, e Carla e o menino saíam e ele continuava no vagão por várias estações, e a seguir caminhava sozinho, muito rápido, corria várias quadras para chegar a tempo num trabalho genérico de merda, o pior trabalho imaginável, um trabalho que nunca quisera mas ao qual se aferrava porque tinha um filho, porque tinha um filho, porque tinha um filho que sequer era seu.

Carla teve um novo orgasmo e se recostou, exausta e satisfeita. Ele, que não havia ejaculado, pressentiu que perderia a ereção e não queria que Carla percebesse, de modo que, depois de uma breve pausa, voltou à virilha e tentou se concentrar apenas em proporcionar prazer a ela, mas não conseguia evitar que emergisse outra cena, agora numa praça, onde jogava bola com o filho sem rosto de Carla. Que ideia tão tipicamente masculina: um pai e seu filho, ou alguém que parece ser seu filho, jogando bola na praça. O filho tenta jogar direito, mas a bola vai para qualquer lado, o pai celebra os supostos progressos, pratica o reforço positivo; o menino não marcou gol algum, o menino não poderia marcar gol algum, o menino ainda não domina o conceito de gol, e de todo modo o pai diz ou grita ou proclama que o menino marcou um gol e celebra o fato efusivamente. O pai ensina com sutileza e autoridade a forma correta de chutar a bola, porque o pai sabe dessas coisas. O pai se deixa vencer, porque para ser um bom pai é preciso deixar-se vencer. Ser pai consiste em deixar-se vencer até o dia em que a derrota seja verdadeira.

Carla esteve a ponto de adormecer tendo a boca de Gonzalo entre suas pernas. Ele se deitou a seu lado, pensando em dormir também, mas depois de cinco minutos ela se espreguiçou e começou a masturbá-lo e a chupá-lo. Gonzalo resistiu por alguns segundos, porque já estava com o pênis totalmente mole, mas ela continuou e ele se desesperou um pouco, tinha quase certeza de que a ereção não voltaria, parecia-lhe algo realmente improvável. Carla continuou masturbando-o sem tirar a glande da boca, e, embora Gonzalo não tenha chegado a ficar tão duro como havia pouco, ele enfim ejaculou. Ela engoliu todo o sêmen e os dois adormeceram enroscados no lençol cinza.

Gonzalo acordou às duas da tarde. A luz do sol inundava o quarto de tal maneira que parecia que estavam a céu aberto, mas um fino bloco de sombra protegia oportunamente o rosto de Carla. Ele voltou a olhar a cicatriz da cesárea, as auréolas mais largas, os mamilos mais escuros, e confirmou as estrias nos seios. Não queria olhar para ela dessa maneira, e no entanto emergia ao mesmo tempo em sua mente uma espécie de autoridade, como se, ao dormir com alguém, ao ter dormido com alguém uma vez, você adquirisse para sempre o direito de olhar para seu corpo friamente. E de todo modo seu olhar não era frio, era minucioso, mas não frio.

Enquanto caminhava até o mercadinho, a alegria disputava com a sensação sinistra de ter deixado Carla trancada — não estava trancada, estava dormindo, e alguém que dorme é alguém livre, de certo modo. Comprou pães, ovos e uma geleia de amora, porque sempre havia geleia de amora ou de abóbora na casa de Carla na hora do lanche, sempre tomavam o lanche antes de se enfiarem no poncho vermelho para ver a novela. Afastou logo uma lembrança antiga, de Carla passando a língua pelos incisivos para tirar os restos de geleia de amora. Caminhou rápido de volta ao apartamento. Tranquei-a, quis trancá-la, pensou de novo, porque se tivesse deixado a porta aberta não aconteceria nada, qualquer ladrão que invadisse aquele minúsculo apartamento teria uma decepção enorme diante da notória ausência de despojos — nem uma televisão, nem um computador, e com certeza nem joias ou dinheiro em espécie, apenas uma jarra de suco e livros e cadernos usados pela metade. E um walkman, uns CDs e um casaco preto surrado. Em todo caso, se esse ladrão fosse um pouco experiente, abriria a fechadura sem grandes dificuldades, com um arame qualquer. E se chegasse agora mesmo teria a surpresa de encontrar uma mulher nua na cama, especulou Gonzalo, sobressaltado, de modo que subiu as escadas correndo, como um super-herói que se esforça por chegar a tempo, e, ao ver que Carla continuava dormindo e nua, sentiu que ele era o ladrão e ela, a desamparada habitante daquele apartamento. Mas ela não poderia morar num lugar tão pequeno. Por quê? Novamente: porque tem um filho, porque tem um filho, porque tem um filho.

Deitou-se cuidadosamente ao lado de Carla e, enquanto terminava de devorar um pão, tentou ler uns poemas de Jaime Sáenz, de Marianne Moore, de Luis Hernández, de Santiago Llach, de Verónica Jiménez, de Jorge Torres. Não conseguia se concentrar: eram poemas de que gostava, poemas que conhecia bem, mas que agora cumpriam a função que as revistas frívolas cumprem numa sala de espera. Observou o nariz de Carla, ligeiramente aquilino, o rosto meio redondo, nenhuma pinta na bochecha direita, nove na bochecha esquerda; lembrou, envergonhado, de ter escrito um poema em que comparava essa bochecha à desordem de um punhado de terra depois de um tremor. E pensou que gostava de Carla tanto quanto a pessoa que ele era aos dezesseis anos gostava da pessoa que ela era aos dezesseis anos.

Pensava estar preparado para quando ela acordasse, pensava que sabia o que diria a ela, mas quando Carla acordou não havia tempo para muitas palavras. A primeira coisa que ela fez foi perguntar a hora e pedir para tomar um banho. Em dois minutos estava de volta, cobrindo-se com uma toalha do Mazinger Z, a única que Gonzalo tinha em casa. Entregou a ela uma cueca de que ela não gostou, disse que queria uma mais bonita, e então ele lhe deu a caixa de papelão onde guardava a roupa limpa, que não era muita. Carla escolheu uma boxer vermelha italiana.

— Fica quase boa em mim — disse, olhando-se na parede como se ali houvesse um espelho.

Gonzalo perguntou se ela queria comer algo. Ela respondeu que estava morrendo de fome, mas que precisava ir embora em vinte minutos. Enquanto Carla se vestia, ele preparou café e ovos mexidos e pôs o pão para torrar.

Na sala-de-jantar-de-estar-e-escritório havia uma mesa, duas cadeiras e duas estantes que não davam conta dos livros. Carla olhou para eles com curiosidade. Era o menor apartamento que já vira e ainda assim gostava de imaginar a vida alegre e bagunçada de Gonzalo, sua travessia anônima, autônoma, corajosa; tinha conseguido o que queria, ao fim e ao cabo, estudou o que queria estudar, vivia na companhia de seus livros e de seus incontáveis cadernos, certamente rabiscados com poemas melhores do que os que escrevia na adolescência.

— Pelo visto você ainda é poeta — disse.

— Sim — respondeu Gonzalo, e por sorte não pensou nem de longe em ler algum poema para ela, e reprimiu a resposta comprida, que de todo modo poderia ter resumido de maneira breve: continuava escrevendo todos os dias, com uma paixão disciplinada, mas não gostava de nada do que escrevia, essa teria sido a resposta curta.

Gonzalo despejou a geleia num prato e ofereceu a ela.

— Na sua casa sempre tinha geleia de amora ou de abóbora — disse.

Era uma das frases que pensara em dizer, imaginava um diálogo longo e melancólico em que trocariam detalhes daqueles anos. Pensava que tinham muito que falar, recordava-se de coisas demais, algumas porque as guardara com carinho, porque tivera vontade de se lembrar delas e conseguira, mas também teria podido preencher o silêncio com mil imagens nada especiais que ficaram grudadas em sua abundante memória involuntária.

— É capaz — respondeu ela. — Não me lembro.

— A gente sempre comia pão com geleia. Sua mãe punha a geleia nuns potinhos de porcelana branca, com desenhos azuis de animais. Leões, elefantes. E uma girafa.

— Eu gosto de geleia de amora. Claro, sempre gostei — disse Carla, que evitava dar muita corda, não tinha tempo para nostalgia.

Gonzalo queria que ela ficasse. E queria, pelo menos, tocá-la. Tocar um ombro, tocar o cabelo, por exemplo, mas parecia impossível se aproximar, porque ela estava apressada, e não apenas por isso: Carla havia construído, de repente, uma distância que só fazia aumentar.

— Qual é o nome do seu filho? — perguntou Gonzalo, de repente.

Queria anular a distância com uma frase calorosa e casual, que entretanto soou como uma pergunta de detetive, de funcionário público ou de vizinho intrometido. Não perguntou se ela tinha um filho, tomou isso como certo. E também tomou como certo que esse filho era menino. Achava que falando assim, dessa maneira abrupta, mostrava-se disposto, como pensava estar, como de fato estava, a começar ou a retomar algo. Pensava que sua frase dizia que, para ele, o fato de ela ter um filho não importava. Que estava preparado para qualquer coisa.

— Quem te contou?

— Ninguém.

Carla sentiu o escrutínio opressivo de muitos olhares. "Seu corpo é o corpo de uma mulher que teve um filho", alguém dizia, talvez Gonzalo, talvez outro homem, um desconhecido; sentiu que Gonzalo era o vozerio de uma comitiva de homens que a olhavam sem piedade, com uma curiosidade burlesca — algumas mulheres também a inspecionavam e riam ou se compadeciam dela com um sorriso severo: verificamos todas as marcas de seu corpo, coletamos todas as informações que as marcas de seu corpo fornecem e chegamos à conclusão de que algo o estragou, provavelmente um filho, com certeza foi um filho que ferrou com seu corpo para sempre.

Sentia-se revelada, acusada e maltratada, e contudo olhou Gonzalo nos olhos e teve vontade de beijar suas pálpebras e olheiras e morder seu nariz. Comeu o pão devagar, para que o silêncio durasse mais tempo, para não ser obrigada a responder. Acabou o pão e continuava sem dizer nada.

— Não tenho um filho — disse, enfim. — Tenho uma filha, o nome dela é Vicenta.

Era mentira, pois era mãe de um menino chamado Vicen-

te. Mentiu por instinto, talvez para que Gonzalo não fosse o melhor aluno da turma, o que acerta todas as respostas. Nesse momento decidiu que não o veria nunca mais, de modo que estaria desobrigada a explicar essa mentira.
— E qual a idade dela? Três anos? — perguntou Gonzalo.
— Seis.
— E o pai?
— Parece que você sabe de tudo — disse Carla, sem nenhuma vontade de disfarçar a ironia. — O que você acha que aconteceu com o pai?
— Que vocês não estão mais juntos.
— Positivo — disse Carla.
— É um nome muito original, Vicenta — disse Gonzalo, para suavizar a tensão, mas na verdade achava um nome horrível.
— É um nome diferente, mas eu gosto — disse Carla.
— E a Vicenta está com o pai agora?
— Não — disse Carla, seca. — O pai não existe mais. A Vicenta está com minha mãe. E eu preciso ir.
Deu nele um abraço de amiga e partiu.

Carla sequer havia dado a ele seu número de telefone, e nas semanas seguintes Gonzalo tentou inutilmente consegui-lo, até que pensou em ligar para o número de sempre, o mesmo cujos dois últimos algarismos havia finalmente conseguido acertar, o que ainda sabia de cor porque permanecia sendo o número que mais vezes havia discado na vida. Quem atendeu foi a própria Carla, que continuava morando naquela casa, porém agora sozinha com Vicente. Foi uma ligação tensa e anacrônica em alguns momentos, porque o tempo das ligações longas por telefone fixo já havia passado.

— Quero te ver — disse Gonzalo, pela enésima vez, já mais para o final da conversa, sentindo-se obrigado a partir para o tudo ou nada.

— Eu não quero te ver, mas quero que você coma meu cu — disse ela, com uma vulgaridade agradável. — E pra que você possa comer meu cu, temos que nos ver.

Consequentemente, as duas primeiras vezes foram meros encontros sexuais. Na terceira conversaram um pouco mais, sobretudo a respeito de Vicenta — Carla falou dos vestidos que comprava para a menina, de como ela adorava seu quarto rosa com as paredes repletas de ilustrações de fadas e princesas, e de como Vicenta era, de acordo com todo mundo, a cópia de Carla. No quarto encontro, num restaurante italiano, Gonzalo chegou com um presente para Vicenta: uma boneca cheia de tranças pretas, de que mesmo assim Vicente gostou muito. Foi só no quinto encontro, no apartamento de Gonzalo, que Carla lhe confessou a verdade, mas fez isso, por cautela, depois de treparem, porque em algum momento pensou que ele ficaria chateado ou que não entenderia o fato de ela ter mentido. Gonzalo não se chateou e entendeu, e, além do mais, mesmo sem saber muito bem por quê, pediu desculpas.

— E ele tem seis anos ou não? Você também mentiu sobre a idade?

— Você tem uísque aqui? — perguntou ela, com uma entonação ligeiramente mais grave.

— Só vinho tinto.

— Aceito.

Enquanto Gonzalo tirava a rolha da garrafa, ela vestiu a calcinha e a camiseta, como se tivesse sido acometida por um repentino e tardio pudor. Bebeu de um gole a taça de vinho e logo pediu a segunda rodada, parecia precisar de todo o álcool do mundo para soltar a frase seguinte. Levou as mãos ao rosto, como se estivesse com dor nos olhos, antes de dizer:

— O Vicente é seu filho. Quando a gente terminou eu estava grávida, mas pensei que não fazia sentido te contar.

O silêncio que sobreveio foi longuíssimo. Gonzalo estava paralisado, comovido, de certo modo ferido, mas também quase entusiasmado. Seriam necessários muitos adjetivos para descrever o que ele sentia. Teve a visão súbita de um filho de idade imprecisa, quase adolescente, imaginou-se recebendo um cumprimento frio e hostil, e se sentiu muito estúpido logo a seguir, quando Carla não aguentou mais e soltou uma gargalhada que em instantes se converteu num ataque de riso.

— Então é uma brincadeira — disse Gonzalo, quase sussurrando.

— Claro que é uma brincadeira, Gonza — disse Carla, que tossia enquanto tentava recuperar a seriedade. — O Vicente tem seis anos, nisso eu não menti. E obviamente não é seu filho.

Essa frase taxativa soou ofensiva para Gonzalo: "E obviamente não é seu filho", repetiu para si mesmo, como que registrando uma informação sombria e dolorosa.

— O que eu queria te dizer era que eu não me importava que você tivesse um filho, que eu estava disposto a tudo — explicou Gonzalo, mais tarde.

— E você ainda está disposto a tudo?

— Sim — disse ele, sem duvidar.

Combinaram que o sexto encontro seria num restaurante peruano que ficava perto da casa de Carla. Gonzalo chegou para buscá-la na hora marcada, ela pediu que ele esperasse no portão, estava claro que não queria que conhecesse Vicente, ao menos até a coisa ficar séria, embora ela mesma não tivesse certeza de que queria algo mais sério, ela mesma não sabia se estava disposta a tudo. Gonzalo passou cinco minutos observando a fachada da casa, um pouco angustiado, como se alguém o tivesse obrigado a repassar as páginas de um anuário escolar. Era exatamente a mesma imagem que guardava na memória, com exceção do fato de o limoeiro agora cobrir quase todo o jardim da frente: pensou que aquela árvore era um adulto enfiado à força no berço de um bebê. Continuava olhando tudo com a atitude de um pintor que projeta uma obra futura, quando Carla voltou e disse que era melhor que ele a esperasse na sala, porque a babá estava atrasada.

Em vez do amplo sofá de couro em que tantas vezes se instalaram nos tempos do poncho, havia agora duas poltronas e um enorme futom cinza cheio de almofadas verdes e azuis. As paredes ainda eram brancas, mas eram de um branco que para Gonzalo pareceu mais absoluto ou mais frio: mais branco. Lembrou-se das reproduções de pinturas famosas que havia antes na parede principal — Velázquez, Van Gogh, Carreño —, substituídas agora por fotografias de Sergio Larrain emolduradas com capricho, mas não muito bem impressas. Em vez das luminárias penduradas no teto, havia luminárias de pé, e o carpete com arabescos pretos e vermelhos que antigamente dava ao lugar uma curiosa solenidade havia cedido espaço a um piso frio de tijolos vermelhos. Gonzalo teve a impressão de ter entrado num museu completamente remodelado, mas que conhecia bem; um museu do qual, de alguma maneira, ele também fazia parte.

Sentando-se na ponta de uma poltrona, Gonzalo parecia o que de fato era, um pretendente, faltava-lhe apenas o buquê de flores. Do segundo andar chegavam as vozes de Carla e Vicente, que conformavam uma mensagem ambígua, indecifrável, mas também, de certo modo, alentadora: uma espécie de boas-vindas indiretas. Depois as vozes se extinguiram e Gonzalo pensou que conhecia aquele silêncio de buzinadas, latidos e cantos de pássaros. Demorou a perceber a presença de Vicente, que já havia um tempo estava lá em cima, na escada, observando-o.

Um menino alto, magro e cabeçudo, com enormes olhos pretos úmidos, comendo ou, mais precisamente, devorando um punhado de ração de gatos: essa foi a primeira imagem que Gonzalo teve de Vicente. O menino desceu a escada com passos hesitantes e travessos, e o pretendente o cumprimentou com a alegria exagerada e forçada característica de quem não está acostumado a lidar com crianças. Vicente não respondeu, mas olhou para ele, traquinas, e se aproximou para oferecer, com cerimônia, um pouco de sua comida, que Gonzalo não sabia ser para gatos: por cortesia, enfiou logo na boca o aparente punhado de biscoitos ou cereais, e quase vomitou na hora. O menino articulou um sofisticado sorriso de pregador de peças bem-sucedido.

Naquela época, Carla já vinha batalhando havia um tempo com o vício de seu filho em ração de gatos. No começo estava preocupada não com o menino, mas com a misteriosa magreza de Oscuridad, uma gata preta com presas insolitamente grandes que Vicente insistira em adotar. A hipótese óbvia era que algum outro gato conseguia se esgueirar por ali e roubar a comida de

Oscuridad, e Carla demorou e penou até conseguir descobrir que esse outro gato era na verdade Vicente, porque o menino agia com cautela e ainda tinha a precaução de escovar os dentes imediatamente depois de seu banquete diário de *pellets*. Longe de suspeitar disso, Carla se vangloriava de como seu filho era ótimo para escovar os dentes, e foi só quando a professora lhe advertiu que Vicente estava levando ração de gatos como lanche e até promovia o consumo daquilo entre as demais crianças que ela compreendeu a repentina paixão de seu filho pela higiene bucal. Tentou erradicar totalmente o mau costume, mas Vicente se recusava a comer outra coisa.

O médico explicou para Carla que aquilo era bastante comum e que também havia crianças viciadas em ração de cachorros, o que, em todo caso, era menos frequente, posto que a ração para cachorros era mais dura e pelo visto consideravelmente menos saborosa para o paladar humano. Segundo o médico, não havia nada estritamente tóxico ou nocivo na ração de gatos, embora claramente não fosse o alimento mais balanceado e nutritivo do mundo. O único perigo real, ele assegurou, eram os germes do gato. Era preciso ir tirando o vício do menino aos poucos: diminuir paulatinamente a dose, como se o menino fosse viciado em chocolate ou em algodão-doce ou na inebriante fragrância de cola.

De modo que, a cada tarde, Vicente recebia, junto com seu leite de baunilha e seu pão com abacate, um punhado cada vez menor de Whiskas, num plano de racionamento que também considerava suas preferências alimentares: do Whiskas de salmão, que sem dúvida era seu sabor favorito, passaram ao de carne, e depois ao de frango, que era o de que ele menos gostava, algo curioso porque, em se tratando de alimentos "reais", Vicente preferia frango a carne, e carne a salmão.

— Agora eu dou só um pouquinho do de frango — explicou

Carla a Gonzalo, enquanto dividiam um ceviche no restaurante peruano. — E espero em algumas semanas parar totalmente.

— De qualquer modo não era nojento, mas me pegou de surpresa, esperava algo doce.

Em seguida, quase sem fazer uma pausa para mudar de assunto, Gonzalo acrescentou:

— Eu sei que você não queria que eu conhecesse o Vicente.

— Não queria mesmo, mas talvez as coisas tenham que acontecer assim — respondeu Carla, como se falasse consigo mesma.

— Assim como?

— Sem pensar nelas. Sem pensar tanto nelas.

Durante as semanas seguintes, começou a ser escrito, com um grafite feito de passeios no parque e sorvetes de pistache, um rascunho de família, mas nenhum dos dois tinha certeza se aquele rascunho poderia se transformar num livro. Embora Gonzalo fosse o mais entusiasmado, ambos se comportavam como esses escritores que, em vez de se perderem em paralisantes e rigorosas autoavaliações, limitam-se a seguir em frente, confiando que a abundância se traduzirá, a longo prazo, em algumas páginas razoavelmente boas. Não havia por que retroceder ou corrigir ou imprimir ou mudar o tamanho da fonte, porque o tempo que passavam juntos era ótimo e riam bastante, e isso era tudo o que desejavam, sobretudo Carla, que já tinha vivido um tanto: havia se apaixonado ingenuamente por um sujeito lamentável que a tornara mãe de um filho que, por sua vez, a transformara numa espécie de escrava solitária e voluntária — um menino que ela adorava, mas cuja chegada havia aniquilado sua ideia de futuro, uma ideia, é verdade, nunca totalmente elaborada, ou elaborada sem muita solidez, com tons fantasiosos. Encurralada pelos fatos, sua nova ideia de futuro era muito mais precisa e não incluía, em princípio, o amor, pelo menos não em sua modalidade turbulenta-desestabilizante-apaixonada, e ela tampouco estava em busca de um pai para seu filho ou algo do tipo, e sim o contrário: imaginava-se sozinha, com algum namorico lá fora, concentrada em seu trabalho e no menino, quem dera nessa ordem. No momento, nem sequer tinha devidamente um trabalho: das nove às cinco exercia a função de secretária no escritório de advocacia de seu pai, e, embora não lhe desagradasse atender seguidamente o telefone ou coordenar reuniões ou atualizar os arquivos, e seu salário não fosse ruim, ser a secretária de seu pai era, para ela, uma humilhação diária que às vezes lhe parecia merecida e quase sempre irreversível.

O surgimento de Gonzalo mexia com seus planos. Não acreditava estar apaixonada por ele, mas não seria capaz de afirmar o contrário. Não tinha dúvidas de que precisava da companhia dele, de que o queria a seu lado, o mais perto possível, e ele não resistia, de modo algum. Então, talvez, se alguém a tivesse obrigado a decidir se estava apaixonada por ele ou não, ela teria dito que sim, ainda que fosse apenas para justificar suas decisões, sempre levemente obscurecidas pelas dúvidas, o que soa um pouco mal, mas tudo bem, porque tudo é assim, em tudo há uma sombra.

Quanto a Gonzalo, ele não apenas havia declarado como também proclamado seu amor por Carla, embora às vezes temesse que essa inesperada vida de família enterrasse para sempre seus projetos, que em todo caso já não eram tão idiotas nem tão espetaculares como na adolescência. Na faculdade, ganhara algumas bolsas, mas mesmo assim teve de se valer do crédito universitário para estudar, e depois trabalhou com qualquer coisa — foi telefonista, garçom, carteiro, escritor fantasma de estudantes iletrados, redator de brochuras de uma rede de farmácias

— antes de se estabelecer num cursinho pré-vestibular onde, em vez de falar de poesia, se dedicava a ensinar truques e atalhos para enfrentar a prova de acesso à universidade. Continuava planejando viagens e livros, mas seu principal sonho era conseguir um trabalho que fosse de fato relacionado à literatura, e pretendia também depender menos do milagroso e sanguinário cartão de crédito, que havia conseguido depois de chorar diante de um gerente de conta meio perdido ou talvez compassivo ou mesmo negligente. Ainda aspirava a algum tipo impreciso de relevância, e seu amor pela poesia se mantinha intacto, mas já não sonhava em se tornar um Pablo Neruda ou um Pablo de Rokha ou um Nicanor Parra, e nem sequer, por assim dizer, um Oscar Hahn ou um Claudio Bertoni: queria ser considerado um bom poeta, e nada mais; queria que seus poemas figurassem em antologias, talvez não em todas, mas em algumas, nas boas.

Nas primeiras noites em que Gonzalo ficou para dormir na casa de Carla, foi bastante difícil fazer sexo ou, mais precisamente — é a expressão que ele usava, com uma intenção cômica —, sexo de qualidade. Como tantas mães separadas, Carla dormira com seu filho durante anos, e, embora houvesse começado a reeducá-lo nesse sentido meses antes do reencontro com Gonzalo, ainda era um processo em andamento. O menino costumava descer no meio da madrugada para se instalar entre sua mãe e Gonzalo, como a espada que se interpunha entre Tristão e Isolda. A franca luta edípica incluía grunhidos, socos, chutes e até cabeçadas, mas as hostilidades ficavam suspensas no horário diurno, porque praticamente desde o primeiro dia Vicente vira em Gonzalo um formidável companheiro de brincadeiras, como se fosse um amigo divertido que, não tendo família própria, ficava na casa dele por muito tempo, inclusive para dormir. O menino parecia sempre surpreso pelo fato de Gonzalo ficar para dormir. A chegada de uma cama king size serviu apenas para redimensionar o campo de batalha. Se a superfície do colchão fosse um mapa, Vicente representaria um pequeno e beligerante país mediterrâneo, um país menor mas que, ainda assim, era motivo de constantes debates entre as grandes potências, porque às vezes as discussões se acirravam: ainda que, em termos abstratos, Carla estivesse inclusive mais interessada no sexo do que Gonzalo, ele reclamava que ela não fazia nada para propiciá-lo. O maior ponto de atrito era a recusa radical de Carla não apenas a trancar a porta, como também a fechá-la por completo, porque pensava, com sinceridade, que se o fizesse demoraria a escutar eventuais chamados do filho.

Com exceção das poucas noites em que os pais de Carla convidavam Vicente para se hospedar em sua casa (agora moravam num amplo apartamento em Ñuñoa) e de algumas escapadas matinais para motéis (de longe mais decentes, diga-se de passagem, que o de seus primeiros encontros), Carla e Gonzalo estavam condenados a trepar sob um silêncio tenso e monástico e em posições não muito criativas. Além do mais, o segundo — ou penúltimo — degrau, o mesmo que na época do poncho servia como sentinela, não funcionava mais. Ou melhor, funcionava melhor do que nunca, porque em tese degraus não devem ranger, e o famigerado degrau, de forma inexplicável, havia parado de ranger. A primeira coisa que Gonzalo fez quando, perto de completar exatamente um ano desde o reencontro dos dois, mudou-se oficialmente para a casa de Carla foi desaparafusar um pouco aquela tábua, mas os resultados do conserto (ou do desconserto) foram deficientes: o degrau parecia ter se acoplado definitivamente e seguia resistindo a emitir seu ruído característico. Gonzalo testou uma ampla variedade de parafusos, e em todas as tábuas da escada, sem nenhum sucesso. Numa manhã de sábado, empenhou-se em fabricar um colar de sininhos, que o menino alegremente vestiu no pescoço — "meu filho não é um gato", disse Carla, escandalizada, com uma segurança incomum. Como último recurso, Gonzalo pendurou o colar com fita adesiva num extremo da tábua, porém descobriu que, mesmo que um adulto resolvesse sapatear ou dançar uma *cueca** no famoso degrau, as sinetas emitiam um barulhinho tímido, totalmente insuficiente para servir de sentinela.

Numa busca mais ou menos desesperada por uma saída, Gonzalo fantasiava com a possibilidade de que Vicente ficasse na casa do pai alguns fins de semana. Era, a rigor, a solução mais simples, mas Carla não estava disposta a nem sequer conversar a respeito com León. Fazia muitos anos que não se viam, e era raro que se falassem por telefone: e-mails lacônicos e o nem sempre pontual depósito paterno de uma parca quantia de dinheiro na conta-poupança materna eram as únicas evidências de interação. E nada mais.

O protocolo para evitarem um ao outro estava perfeitamente estabelecido desde o começo. Nos dias de visita, Carla dirigia até a casa dos avós paternos do menino e buzinava cinco vezes seguidas para que a avó viesse buscar Vicente, e León o devolvia às sete da noite naquela mesma casa, em frente à qual Carla estacionava às oito e novamente buzinava cinco vezes e a avó saía para o portão, deixava o menino e cumprimentava Carla levantando as sobrancelhas, com um desdém calculado. Quando Gonzalo apareceu na história, o protocolo inclusive foi aperfeiçoado, porque ele se tornou o encarregado de levar o menino à casa dos avós paternos e trazê-lo.

* *Cueca*: dança típica dos países andinos e considerada a dança nacional do Chile.

* * *

Uma manhã, Gonzalo decidiu, sem consultar Carla, que proporia um arranjo a León. Em contraposição ao estabelecido, desceu do carro com Vicente, tocou a campainha e insistiu em esperar seu eventual antagonista, que ainda não havia chegado. O menino foi brincar no pátio com Adamo, um cachorro salsicha insuportável e reclamão. Gonzalo os observou por uma janela grande e pensou que Vicente era o menino mais lindo do mundo e que Adamo era o cachorro mais feio do mundo. Não estava claro a que horas León chegaria, mas Gonzalo estava preparado para esperar bastante: levava na mochila uma volumosa antologia de poetas franceses contemporâneos e uma garrafa de um litro e meio de água mineral, pois imaginava que os avós do menino não ofereceriam a ele sequer um copo d'água — mas em meia hora o pai de León apareceu com um copo de refrigerante e um prato com três biscoitos de água e sal, e, apesar de o velho não ter sequer cumprimentado Gonzalo, para ele esse gesto constituía cortesia suficiente.

A presença de Gonzalo surpreendeu León, mas ele também achou graça da situação. Enquanto conversavam, ia cortando em rodelas um salame e de início falaram mais sobre como estava bom aquele salame do que sobre o regime de visitas. León saboreava o nervosismo de Gonzalo, que não sabia bem como chegar aos finalmentes da conversa, cujo propósito para León era óbvio: sabia reconhecer um pobre homem que almejava nada além de poder ter uma vida sexual decente. Restava menos de um quarto do salame quando Gonzalo enfim se aventurou numa proposta:

— Fim de semana sim, fim de semana não — disse, tentando soar firme e sensato.

— Não, meu amigo — disse León —, um fim de semana por mês.

— Vamos lá, três dias no mês, então. Um sábado ou um domingo, e depois um sábado e um domingo.

— Ou seja, dois fins de semana por mês, um parcial e outro inteiro?

— Exato — disse Gonzalo, com a esperança desenhada nos cantos dos lábios.

— Nem fodendo, magrão, não é bom pra mim. Um fim de semana por mês. É pegar ou largar.

— Está bem, mas de sexta a segunda. Você o pega na escola sexta de tarde e o deixa lá na segunda de manhã.

— Negócio fechado, parceiro — disse León.

E então, adicionalmente, talvez por não ter total certeza se ganhara ou não, León abordou o sempre controverso assunto dos gastos adicionais: não compartilhariam mais os custos de vestuário nem dos livros didáticos nem das atividades extracurriculares do menino, que de qualquer modo se limitavam a uma aula de natação bastante barata.

Para Carla, a ideia de Vicente ficar um fim de semana inteiro na casa de León pareceu terrível — foi uma discussão extenuante, a primeira realmente séria e também a primeira que Gonzalo ganhou, argumentando que faria bem ao menino conhecer melhor seu pai ("saber quem é, de verdade, o pai dele" foi sua frase vencedora). Carla teve de se resignar a imaginar o menino imerso numa incessante maratona de hambúrgueres e Cartoon Network. Gonzalo também achava que sentiria saudades de Vicente, a quem começava a amar como se fosse um filho, ou como ele achava que amaria um filho próprio, mas estava, é claro, eufórico.

O primeiro fim de semana sem Vicente seguiu exatamente o plano traçado por Gonzalo. Na noite de sexta se entregaram a um encontro sexual com trajes previsíveis que ainda assim conseguiu ser memorável, no sábado almoçaram sushi na cama, passaram a tarde vendo em DVD a segunda temporada de *Família Soprano* e tomaram longuíssimos banhos de banheira enquanto esperavam chegar (1) os amigos gays dela + os amigos gays dele e (2) as amigas solteiras dela + os amigos poetas dele (que eram todos solteiros e heterossexuais), e a ideia era tentar formar casais, o que funcionou muito bem para (1) e muito mal para (2).

No fim da noite estavam só o bagaço e o amanhecer os surpreendeu adormecidos no futom. E embora no domingo (que começou, a rigor, às duas da tarde), ainda sob efeito do álcool, tenham prometido nunca mais beber, adoraram essa dose de irresponsabilidade e também gostaram da condição de anfitriões. Já estavam entediados com os encontros regados a cachorro-quente, com os piqueniques e churrascos que até então caracterizavam a vida social em família.

Quem estava menos contente era Oscuridad, que odiou a invasão de amigos e a ausência prolongada de Vicente, e tampouco parecia aprovar a repentina concupiscência que reinava na casa. Às sete da noite, depois de uma trepada tranquila, como convém aos convalescentes, Gonzalo foi ao banheiro e de repente se deparou com o olhar de Oscuridad fixo em seu pênis. Sua primeira reação foi se cobrir, como se o olhar da gata lhe desse vergonha, mas logo a seguir soltou uma gargalhada e até balançou o quadril para que Oscuridad contemplasse seu pênis e seus testículos em movimento, e depois dançou e cantou uma espécie de tarantela sob o olhar atento da gata. Carla correu para se juntar à dança, e se alguém os tivesse visto teria pensado que a felicidade era isto: dançar pelado na sala, sem música, infinitamente.

Um ano mais tarde, em março de 2003, Carla enfim pôde voltar a estudar. No começo pensou em retomar psicologia, mas preferiu se matricular em fotografia num instituto, porque era um curso mais curto e porque seu hobby de tirar fotos era uma das poucas coisas que haviam sido constantes em sua vida. Seu pai não viu graça na ideia, mas acabou aceitando que Carla abandonasse o posto na recepção do escritório para cumprir o papel mais ambíguo de assistente em meio período. O aporte de Gonzalo foi decisivo, porque conseguiu coordenar sua ocupada agenda de "professor-táxi" — agora trabalhava em três cursinhos pré-vestibular e ministrava uma disciplina de introdução à literatura numa faculdade particular — com a ainda mais exigente rotina de Carla, que dividia sua jornada entre o escritório e o instituto, onde fazia aulas quase sempre vespertinas e também aos sábados. Praticamente todo o contato do menino com a mãe consistia em fugazes e sonolentas conversas na hora do café da manhã.

Até então, Gonzalo havia se apegado ao confortável papel de irmão mais velho ou de tio indulgente ou de palhaço da casa.

Seus primeiros meses tomando conta de Vicente foram, portanto, desastrosos. Quando o ajudava a fazer o dever de casa, Gonzalo sentia que ele próprio era também um menino obrigado a fazer o dever de casa. Algumas coisas eram mais fáceis, tinha certo talento na cozinha e até considerava a árdua aprendizagem de passar roupas como algo interessante (dizia que passar uma camisa era muito mais difícil que escrever uma sextilha). Supervisionar, em geral, a conduta do menino, porém, era mais complicado: Vicente se comportava como um esquilo astuto e caprichoso ou como um experiente prisioneiro empenhado em desafiar o guarda recém-chegado e novato. Mais complexo ainda era enfrentar as tardes em que o menino, sem motivos exatos, abandonava sua proverbial alegria para se transformar num pequeno dinossauro sentimental — Gonzalo recorria à demagogia das pizzas e tentava falar com ele, mas recebia de volta um sorriso silencioso, ensimesmado.

O mais difícil era preencher ou disfarçar a ausência de Carla; por alguns momentos conseguia, embora, à medida que a noite se aproximava, a derrota começasse a se tornar inevitável. Pôr Vicente para dormir era um desafio maior, porque sua capacidade de brincar era suprema e porque as histórias que Carla costumava ler para ele perdiam toda a graça na voz de um estranho: eram nada mais que uma desculpa para o vínculo amoroso, para a preciosa rotina da intimidade.

— Não quero que você leia pra mim — disse o menino a Gonzalo, uma noite. — Eu durmo sozinho, é melhor. Ou leio sozinho. Já sei ler há muito tempo.

— Mas você não vai dormir.

— Não vou dormir, mas quero ficar sozinho.

Não era uma provocação. A presença de Gonzalo ao pé de sua cama funcionava, para o menino, como uma paródia. Era melhor prescindir daquilo.

— Não vou ler pra você — disse Gonzalo —, mas vou ficar aqui até você dormir.
— Pra quê?
— Pra te fazer companhia.
— Corte minhas unhas, então.
— As do pé?
— É, as da mão eu roo.
— Mas você não devia roer.
— Mas eu roo.

Vicente nunca havia pedido que alguém cortasse as unhas de seus pés, e certamente não estava nem aí para elas, mas estavam tão compridas que os sapatos quase não entravam mais. Gonzalo ficou nervoso, nunca tinha cortado as unhas de Vicente nem de ninguém, e na verdade sequer estava satisfeito com a forma como cortava as próprias unhas.

— Quer que eu te ensine a cortar? — perguntou.
— Não. Quero que você corte.

Começou, com exagerada cautela, seu trabalho inesperado. Os pequenos pés de Vicente lhe pareciam enormes. Por que os dedos dos pés não têm nome? De repente achou incrível e até injusto que ninguém tivesse pensado em batizá-los. Gonzalo pensava nisso e ao mesmo tempo duvidava, talvez simplesmente não conhecesse os nomes dos dedos dos pés.

— Mesmo assim vou te contar uma história — disse, quando já tinha quase terminado seu serviço.
— Conta uma piada, é melhor — disse Vicente.
— Posso te contar uma história que também seja uma piada. Uma história engraçada.
— Melhor uma piada mesmo.
— Está bem. Um vidente encontra com outro vidente na rua e pergunta: como estou?

Vicente soltou uma risada exagerada, como de público cativo, embora não estivesse claro se entendera a piada ou não.

— Conta outra — pediu Vicente.

Gonzalo sabia muitas, sempre tinha sido bom em contar piadas, mas naquele momento não conseguia se lembrar de nenhuma. E estava morrendo de vontade de fumar.

— Certo, mas me espere um minutinho, volto já — disse.

Eram quase dez da noite, Carla costumava voltar às nove e meia. O que aconteceria se ela não voltasse?, Gonzalo pensou, enquanto fumava no jardim da frente. Sempre imaginava o pior, era quase um especialista em conjecturar cenários horríveis, em parte porque sentia que ao se antecipar à dor conseguiria evitá-la. A terra nunca treme quando pensamos que vai tremer e, quando dirigimos pensando em acidentes terríveis, não acontece nada. E quando alguém demora o suficiente para que cheguemos a pensar que nunca vai voltar, acontece que a pessoa chega de repente e depois é quase impossível contar a ela que, por alguns segundos, no meio de um cigarro, achamos que não voltaria; soa exagerado, é exagerado.

Logo, então, como se quisesse confirmar essa teoria, Carla chegou — subiu de imediato para o quarto do menino.

Gonzalo ficou no jardim, acendeu um segundo cigarro e continuou pensando no que aconteceria se Carla não voltasse mais, se morresse. Imaginou que Vicente já era um adolescente e continuavam morando juntos naquela mesma casa, depois de vários anos de tristeza plena. Imaginou que faziam companhia um ao outro, às vezes falavam de futebol ou de literatura ou de confusões amorosas, unidos para sempre pelo hábito do luto. Teve inclusive a visão de que pintavam a casa: Vicente com quinze, dezoito anos, já mais alto que Gonzalo. Numa manhã ensolarada, pegavam seus pincéis e começavam a pintar a fachada. Faziam uma pausa para comer juntos uns sanduíches de queijo e tomar limonada. E ouviam as notícias no rádio. E fumavam, tossiam ou assoviavam, com a roupa manchada e os ombros doloridos.

Estava reunindo forças para lavar os pratos quando Carla entrou na cozinha.
— O Vicente não quer dormir, diz que você está devendo uma piada a ele.
— Vou lá.
Subiu a escada de dois em dois degraus, alegre. Oscuridad cochilava ao pé da cama e, ao ver Gonzalo, soltou um bocejo talvez demasiado longo e se pôs a lamber o próprio pelo com uma energia notória. O menino, de fato, estava completamente acordado.

— Um solitário se encontra na rua com outro solitário e não o cumprimenta, porque ambos são solitários — improvisou Gonzalo enfim.
— Isso não é uma piada.
— É uma piada — disse Gonzalo. — Uma piada ruim, mas uma piada.
— E depois?
— Termina assim.
— Que sem graça.
— Bom, voltando pra casa, o primeiro solitário se lembra do outro e se arrepende de não tê-lo cumprimentado e fica com vontade de vê-lo de novo.
— E eles voltam a se ver?
— Sim, mas só uns dias depois, quando de novo se encontram por acaso.

— Onde?
— Na praia.
— Em qual praia?
— Numa praia vazia.
— Como é o nome da praia?
— Praia dos Solitários.
— E ela fica cheia de solitários?
— Não, todos os dias só um vai. Mas naquela manhã, por acaso, foram dois.
— E dessa vez eles se cumprimentam?
— Sim.

A história era muito mais longa, ou talvez fossem várias histórias com os mesmos protagonistas:

— O solitário 1 convidava o solitário 2 pra jogar paciência, mas como paciência é um jogo de cartas que se joga sozinho, os dois decidiam se sentar em mesas próximas, cada um com um baralho, sem conversar nem fazer contato visual, embora às vezes se cumprimentassem levantando as sobrancelhas mentalmente.

— O solitário 1 e o solitário 2 discutiam quem era o solitário 1 e quem era o 2, e é lógico que nenhum dos dois queria ser o solitário 2, porque a existência de um solitário 2 supunha a existência de um solitário 1 e, portanto, de uma solidão mais plena que a sua.

— Depois de um noivado longuíssimo, o solitário 1 decidia se casar consigo mesmo e convidava pro casamento apenas o solitário 2, que continuava solteiro.

Vicente gritava de tanto rir, a história durou quase uma hora, parecia que ele nunca dormiria. E o narrador estava eufórico com seu surpreendente, amplo e inquestionável sucesso, de modo que depois teve problemas, também, para dormir.

Às vezes detestava não exatamente o fato de Vicente não ser seu filho, mas de tê-lo conhecido tão tarde. Sentia que tinha chegado na metade da temporada de uma série que, ainda assim, achava agradável e compreensível, mas certos detalhes logo revelavam que não, que naqueles primeiros capítulos aos quais não assistira e aos quais nunca poderia assistir estavam todas as chaves da história. Achava que Vicente já estava formado, completamente feito, para o bem e para o mal: já era, potencialmente, quem seria no futuro. Carla lhe contava do tempo das fraldas infinitas, das birras exaustivas, dos múltiplos caprichos e temores, e ele ficava calado, mas pensava que, se naquele momento já fosse responsável por ele, tudo teria sido diferente. Outras vezes pensava, com uma melancolia absurda e efusiva, que, de certo modo, a culpa era sua por ter chegado tarde.

Criar Vicente era um belo desafio, mas mesmo com suas vacilações, erros e histórias de solitários, ele conseguiu estar à altura. Saíam todas as tardes, às vezes iam ao cinema (viram quatro vezes *Procurando Nemo*) ou saíam para andar de pedalinho no lago do parque Intercomunal ou comprar qualquer coisa. No supermercado, aonde iam todos os sábados, escolhiam produtos sem pensar no preço ou na qualidade: optavam pelo detergente de cores mais atrativas ou pela marca de cloro com o nome mais engraçado. Não tinham dinheiro sobrando, mas compravam de tudo: doce de leite, Nutella, queijos, embutidos, um monte de cereais e frutas exóticas importadas das quais nem gostavam tanto.

O passeio pela seção de brinquedos era, obviamente, o momento mais esperado, pois o menino conseguia muito mais do que sua mãe costumava permitir. Uma tarde, no entanto, inexplicavelmente, Vicente não quis nada: fitou o corredor inteiro mergulhado em especulações herméticas, e apesar de, em determinado momento, parecer ter escolhido uma bola de basquete, que por alguns segundos dominou com destreza, no fim anunciou, com uma falta de vontade meio violenta ou desafiante, que não queria aquela bola e que não queria nada. Gonzalo não conseguia entender o que estava acontecendo, mas preferiu não perguntar nada, o melhor era fingir que sequer havia notado seu comportamento anormal.

— Disseram que o Santa Claus não existe — disparou o menino, enquanto esperavam a vez de pagar, num tom que procurava ser casual, como se comentasse uma notícia curiosa que tinha visto na tevê.

Só então Gonzalo percebeu que, embora o mês de novembro tivesse acabado de começar, o supermercado já estava cheio de enfeites natalinos.

— As pessoas falam coisas estranhas, né?
— Mas muita gente fala isso.
— Por que você o chama de Santa Claus?
— Porque esse é o nome dele.
— Mas antes você o chamava de Viejito Pascuero.

— *Viejo* Pascuero. Nunca falei *Viejito*. E Santa Claus que é o nome real — disse Vicente, taxativo.

— Também o chamam de Papai Noel. E São Nicolau, eu acho. No Chile, a gente diz Viejito Pascuero. Não sei como é em outros países.

Punham os produtos na esteira, e era notório que sempre procediam do mesmo jeito: tiravam do carrinho primeiro os pacotes maiores e os organizavam de modo a tentar formar uma pirâmide.

— Você também ouviu falar disso? — perguntou o menino.

— Que o Viejo Pascuero não existe?

— É.

— Muitas vezes, desde pequeno; desde que eu tinha sua idade tenho escutado esse maldito boato, não aguento mais.

— E o que você acha? — perguntou Vicente.

— Eu o conheço, ele já veio fazer compras aqui — a moça do caixa os interrompeu, solidária.

— De verdade? — disse Gonzalo.

— É claro — disse ela.

— Quer dizer que ele compra aqui os presentes? — Gonzalo parecia emocionado.

— Claro que não, e também não vem vestido de Viejito Pascuero. Ele é famoso demais, imagine. Vem de óculos escuros e balaclava, pra que ninguém o reconheça e fique pedindo autógrafos. Ele se veste de um jeito muito simples, com jeans e pantufas. Compra seu uísque, seu queijinho *chanco*, seus omeprazois, e vai embora. Outro dia comprou também um leque, pro calor.

Vicente olhou para a moça do caixa com gravidade, com ansiedade. Ela sorriu para ele. Um arco verde ocultava parcialmente seu cabelo, que também era verde, quase do mesmo tom.

— E vocês, são irmãos?
— Não — respondeu Gonzalo, titubeante.
— Então são o quê?

A moça do caixa perguntava isso para puxar conversa, para mudar de assunto, para flertar um pouco. Com seus vinte e oito anos, Gonzalo aparentava juventude, mas não tanto como para duvidarem de que era pai de um menino de oito. De todo modo podiam ser irmãos, até se pareciam um pouco: ambos eram morenos, magros e altos, tinham os olhos grandes, os de Vicente eram maiores, e o cabelo dele também era mais escuro e menos liso que o de Gonzalo. Se comparassem suas feições emergiria, talvez, a dessemelhança; a forma do rosto, sobretudo o nariz mais pontudo de Vicente. Um perito talvez pudesse argumentar, depois de olhá-los minuciosamente, que não eram pai e filho, mas as pessoas não costumam olhar minuciosamente ninguém, e ao vê-los juntos todo mundo pensava ou supunha que o eram. Dona Sara, por exemplo, que já estava indo há mais de um ano limpar a casa duas vezes por semana, apenas recentemente os ouvira falar sobre "o pai do Vicente" e só assim descobriu que Gonzalo e Vicente não eram pai e filho. Não conseguia acreditar, disse, julgava serem iguais, até riam das mesmas coisas.

— Então são o quê?

A pergunta da moça do caixa continuava no ar depois de vinte segundos, uma quantidade insólita de tempo para a preparação de uma resposta aparentemente tão simples. Vicente percebeu que Gonzalo estava paralisado. Não queria responder, mas sentia o olhar ansioso do menino, sentia a responsabilidade de responder.

— Amigos — disse Gonzalo, enfim. — Somos amigos.

A moça do caixa respondeu com um sorriso cauteloso e não perguntou mais nada.

* * *

Amigos, ruminou Gonzalo no carro, inundado por um desgosto que teria desejado decifrar ou descartar de cara. Pensava que deveria ter dito à moça do caixa que era o pai ou o tio do menino, ou simplesmente que ela não deveria se meter em assuntos alheios. Mas é preciso usar palavras, assinalou depois, procurando um tom mais leve, ou ao menos libertador. A palavra *padrasto* e a palavra *enteado* são tão feias, mas é preciso usá-las. É preciso usá-las ou talvez inventar outras.

Vicente caminhava concentrado nos cabos da rede elétrica, gostava de olhar para eles, gostava de pensar que eram como arranhões no céu, mas Gonzalo deixava crescer o pensamento de que o menino estava magoado ou decepcionado. Eram umas dez quadras do supermercado até a casa, já haviam feito esse trajeto mil vezes falando trava-línguas ou imitando pássaros ou escutando Los Bunkers ou as músicas do programa 31 *Minutos*, mas naquela tarde nada parecia fácil para Gonzalo.

No último semáforo antes de chegar em casa, uma mulher de uns cinquenta anos se projetou sobre o carro para limpar o para-brisas. Gonzalo procurou, resignado, algumas moedas enquanto a mulher procedia com uma destreza mecânica e frenética que também tinha algo de solene. Como sempre fazia nesses casos, Gonzalo entregou as moedas a Vicente, para que fosse o menino a dar a gorjeta.

— Não vai dar tempo — disse Vicente, subitamente interessado, mas a mulher conseguiu, claro, esse era seu trabalho: terminou um segundo antes de o semáforo ficar verde, e o menino esticou a mão para dar a gorjeta. Ela olhou para ele com estranheza, ofendida, não aceitou as moedas: seus olhos enormes comunicavam um profundo desconcerto.

— Eu a conheço — disse Carla, naquela mesma noite, quando Gonzalo relatou a cena.

Estavam deitados na grama do quintal, descalços, tomando vinho branco. Comemoravam que Carla tinha tirado sete em Iluminação II.

— Como assim você a conhece?

— Você nunca a viu? Eu a vejo quase todas as manhãs, na saída do metrô. É a doida que fica na avenida Providencia. Na esquina da Eliodoro Yáñez com a Providencia.

— Mas não foi nessa esquina. Foi aqui perto, a duas quadras.

— Então a doida não pode mudar de bairro?

— Pra mim não pareceu ser doida — disse Gonzalo, no tom de quem está disposto a reconhecer sua culpa. — Ficou ofendida, eu acho. Não sei por quê. De todo modo, está todos os dias na esquina limpando vidros, e alguém entrega as moedas pra uma criança dar a ela. Pra que aprenda a caridade, a esmola. É horrível. Ou talvez não horrível, mas humilhante.

— Mas você fez isso com a melhor das intenções — disse Carla, docemente.
— Mas é humilhante.
— Era uma mulher magra, com o cabelo ondulado? Muito magra?
— Isso.
— Com os olhos meio esbugalhados, certo?
— Os olhos esbugalhados que nem os loucos nas caricaturas?
— Os olhos grandes e muito expressivos — disse Carla. — Verdes e escuros. Eu acho que é a louca da Eliodoro Yáñez. Ela é conhecida por isso.
— Pela cor dos olhos?
— Não, porque limpa os vidros mas não aceita que paguem. Faz de graça. Por prazer.
— Por prazer — disse Gonzalo, imitando-a. — Não vejo que prazer alguém pode ter em limpar os vidros num semáforo. Você é rejeitado por todo mundo. Deve ser uma merda trabalhar num semáforo.
— Eu acho que os malabaristas e os acrobatas se divertem. E os dançarinos de axé — disse Carla, brincando.
— São trabalhos horríveis!
— Estou zoando. É óbvio que aquela mulher é uma doida varrida.
— Não acho que ela seja doida. Pode ser que simplesmente não tenha entendido, ficou incomodada pelo fato de ser o menino que lhe desse as moedas. Ou talvez ela ache que é o motorista quem deve dar a esmola, não o carona — disse Gonzalo.

Acabava de cometer um erro crasso, mas demorou alguns segundos para perceber. Já fazia uns meses que Gonzalo, sempre com o propósito de transformar essas saídas dos dois sozinhos em momentos memoráveis, e sempre que fossem trajetos breves deixava o menino ocupar o banco do carona, ao lado do motorista, algo expressamente proibido por Carla.

Não tinha muito a ganhar nessa discussão, como costumava acontecer quando brigava com Carla, que manejava as ênfases com astúcia, de modo que nem mesmo a recriminação mais injusta soasse excessiva. Gonzalo estava disposto de antemão a aceitar a totalidade da culpa, e seu silêncio era o de um castigado, de um penitente. Carla embarcou num discurso sobre compromisso, confiança e responsabilidade, que incluía dados e alusões a estudos e notícias de acidentes terríveis, e inclusive inventou, como chave de ouro, uma convincente estatística de crianças mortas no banco do carona. Não parecia que estivesse exagerando, na verdade: ao ouvi-la, era quase impossível não se deixar persuadir pela ideia de que levar uma criança no banco do carona era quase tão cruel quanto cobri-la de cascudos ou abandoná-la no meio do deserto. Gonzalo sabia que merecia o sermão, porém, quando saiu da boca de Carla a palavra *traição*, que lhe pareceu tão injusta, tão fora de lugar, tão excessiva, sua culpa evaporou automaticamente.

— Desculpe por cuidar do Vicente todos os dias — disse Gonzalo.

— É nessas horas que dá pra ver que você não é o pai do menino — respondeu Carla.

Gonzalo olhou para ela com espanto e desprezo. Agarrou o próprio cabelo com a mão esquerda e com a direita arrancou um volumoso chumaço.

— Sou um pai muito melhor que aquele filho da puta chato, feio, medíocre e pusilânime saco de bosta que te comeu.

A frase era pouco gramatical, mas quase todas as suas afirmações eram relativamente justas. A chatice de León estava fora de discussão e o pior é que ele acreditava que era uma pessoa divertida, se não fascinante; sua rotina diária era permeada por piadinhas óbvias e galanteios obsoletos. Gonzalo era, por sua vez, muito mais divertido e intenso, e mesmo que às vezes tivesse ataques de timidez ou de seriedade, sabia em geral captar a atenção dos outros sem sobrecarregá-los. Sabia, sobretudo, conversar: escutar, esperar, acelerar, parar.

Nem León nem Gonzalo poderiam ter sido candidatos num concurso de beleza, mesmo no nível municipal ou no da vizinhança, e, no entanto, a vantagem de Gonzalo nesse ponto também era indiscutível, porque os seis anos de diferença eram visíveis — nenhum dos dois praticava esportes, mas o tempo trabalhava a favor de Gonzalo, e León parecia especialmente acabado para os padrões de um homem de trinta e quatro anos. As espinhas, é claro, haviam desaparecido completamente do rosto de Gonzalo. A acidentada pele de León, por outro lado, fazia lembrar a superfície da Lua, e sua gordura parecia irreversível. A beleza do menino era, pelo lado do pai, difícil de compreender: ao vê-los juntos, era possível notar a semelhança, mas também surgia a suspeita de que a mãe de Vicente devia ser — como de fato era — deslumbrante.

Quanto à mediocridade: Gonzalo não era nem pensava ser um herói, pelo contrário, carregava o dissabor de lutas perdidas e de batalhas inconclusas, mas também ganhava de lavada essa partida, porque não era o melhor professor do mundo, nem figurava como um poeta importante, mas tentava, com lucidez e coragem, ser algo como um pai para Vicente, enquanto León, que era advogado, não se dedicava a causas nobres nem a qualquer coisa do tipo, só queria saber de fazer dinheiro, e mesmo nisso não se destacava. Como pai, seria até generoso qualificá-lo como medíocre.

Com relação à palavra *pusilânime*, essa não correspondia: León não era pusilânime, pelo menos não claramente, ou não o tempo todo. Embora tivessem conversado apenas naquela manhã do salame, Gonzalo havia notado que León conjugava mal o verbo *prever* (que pronunciava *preveer*, como boa parte da população chilena, incluindo quase todos os locutores de rádio e de televisão) e que falava *latente* querendo dizer *patente* (idem). Não eram erros tão horríveis, mas para Gonzalo eram particularmente irritantes. Então talvez o tenha acusado de pusilânime pelo puro prazer de dizer uma palavra que León precisaria procurar no dicionário. Mas León sequer teria se dado ao trabalho de procurar essa palavra no dicionário. Há pessoas que quando escutam uma palavra que não conhecem simplesmente morrem de rir.

A expressão *saco de bosta* não é tão natural e por isso confere à frase mais força. Esse insulto ocorreu a Gonzalo porque, além de ofensivo, queria ser original. *Vacilão, boca-mole, saco de merda, pentelho, filho da puta, arrombado* ou coisas mais antigas como *bundão* ou *bafo de bunda* soariam menos ofensivas que essa expressão pouco usada e por isso mesmo eficaz.

O mais grave era, certamente, o toque final, *que te comeu*, que trazia à tona o ciúme e insinuava que Carla era uma espécie de puta. De todo modo, a acusação possuía um traço infantil, como se Gonzalo tivesse acabado de descobrir como se fazem filhos.

Carla não respondeu. Ficou calada, ensimesmada. E enquanto comia brócolis com maionese, decidiu que permaneceria em silêncio indefinidamente. Gonzalo serviu para si um uísque duplo, que tomou de um gole só, do mesmo jeito que atores ruins bebem goles falsos nos filmes. E de fato se sentia, de algum modo, como o protagonista sofredor de algum filme. Bateu a porta da cozinha atrás de si, embora desprezasse esse costume, e levou a garrafa para o quartinho de fora, onde trabalhava.

Eles acham que são generosos porque contribuem com setecentos pilas por mês, mas nunca fizeram uma tarefa de casa com os filhos, que ainda assim os amam e os incluem em todos os desenhos. Mesmo que não cheguem. Porque às vezes eles não chegam. Os pais biológicos, os pais separados, os pais da porta para fora são todos a mesma merda. Às vezes não chegam, e fica tudo bem. Essa garantia foi dada a eles. Podem desaparecer que continuarão sendo esperados, perdoados, bem-vindos, e qualquer demora, qualquer reclamação, qualquer coisa pode ser consertada com um saco de pipoca ou com enigmáticos ursos de pelúcia.

As crianças ficam entediadas como ostras no estádio assistindo a partidas tristes e lentas. Enquanto seus pais ficam roucos de tanto xingar os árbitros, os filhos passam os noventa minutos absortos em seus *chocolitos*, *creminos** e amendoins caramelizados. Depois, já quase explodindo de tanto açúcar, as crianças recebem suas caixinhas de McLanche Feliz e seus pais aproveitam

---

* *Chocolitos* e *creminos* são marcas de picolés recheados vendidas no Chile.

para traçar hambúrgueres duplos ou triplos e inclusive com bacon, e esvaziam enormes copos de coca-cola aguada. E depois, com os dedos ainda impregnados do óleo da batata frita, esses homens tão sacrificados se dedicam a sorver sundaes com calda de caramelo e pedem inúmeros cafezinhos expressos enquanto seus filhos mergulham angustiantemente em estúpidas piscinas de bolinhas coloridas.

De vez em quando, olham de soslaio para os filhos enquanto conversam com as abnegadas mães solitárias ou com as carinhosas acompanhantes das crianças, que talvez sejam suas irmãs mais velhas, mas em nenhum caso parecem maiores de idade. E talvez até levem um livro para o McDonald's, os filhos da puta, para reforçar sua aura de homens sérios, responsáveis, sensíveis até. Quem sabe até citem Ernesto Sabato ou Rubén Darío, ou pode ser até que venham a dissertar, sem fundamento algum, sobre Roque Dalton, ou recomendar *O lado escuro do coração* ou *Sociedade dos poetas mortos*, que não são seus filmes favoritos, porque esses imbecis gostam mais de *Máquina mortífera* ou de *Velocidade máxima*, mas sabem quais filmes servem para enrolar alguém. Seus filhos constituem a isca perfeita para atrair mulheres cada vez mais deslumbrantes e ingênuas. Mulheres cada vez mais jovens, desinibidas e complacentes, que premiam o suposto esforço, a pretensa abnegação desses pais de ocasião, deslumbradas, cativadas pela promessa de um futuro que com sorte dura dois meses.

Essas namoradas fugazes aceitam tudo, de bom grado, com uma resignação automática, nunca se cansam de escutar a ladainha dos papais dominicais, porque, de tanto o repetirem, o discurso vai ganhando corpo e coerência e sobretudo ritmo e voo dramático — falam da impossibilidade de fazerem planos, de mudar, de se comprometer, porque já têm um filho, que é a única coisa que importa, porque já têm um filho que é tudo para eles. Dizem que dariam a vida por esse filho, que a cada manhã, quando lhes falta força, pensam no sorriso desse filho e que por isso trabalham, por isso respiram, por isso estão pensando seriamente em parar de fumar, de beber, por isso já pararam quase totalmente com a cocaína; por isso pensam em fazer um check-up do cólon, do colesterol, da próstata, de tudo.

Foram abençoados, enobrecidos, legitimados pelo perfume da experiência, mas não sabem nada de nada. São parasitas, tumores inextirpáveis, meros rostos posando para as câmeras: radiantes, relaxados, bronzeados, psicanalisados, descansados, levianos; são vitimizadores disfarçados de vítimas, porque até parece que não foram eles que insistiram mil vezes, em todos os tons possíveis, incluindo ataques de ira e explosões violentas diversas, no aborto. Até parece que não foram eles que procuraram clínicas clandestinas imundas a preços módicos. Até parece que não são eles que, não apenas nos poucos dias nos quais exercem mediocremente seu papel, mas também no resto do tempo, sentem que seus filhos são um peso, uma consequência prolongada de uma burrada irremediável.

E enquanto discursam e analisam decotes — eles desenvolveram a habilidade de olhar para os olhos e para os peitos ao mesmo tempo —, há outros homens, pobres idiotas, criando o garoto por todas as vinte e quatro horas do dia. Homens que cometeram a estupidez de se apaixonar pelas mulheres que eles alegremente descartaram. Homens que arrumam a casa e que até cozinham e lavam os pratos com um entusiasmo autodepreciativo. Homens ridículos que evitam açúcar, sal e gorduras saturadas. Homens mansos como os cavalos de um carrossel, preocupados em não desperdiçar água, ridiculamente angustiados com o futuro do planeta e resignados de antemão com as múltiplas críticas de suas mulheres exageradas, mal-agradecidas e cruéis.

* * *

Gonzalo rabiscou tudo isso num arquivo e tentou dar a forma de um poema raivoso e arbitrário, um poema que se parecia pouco ou nada com os que ele costumava escrever, até que simplesmente as palavras acabaram para ele. Ficou olhando para a tela, como um telespectador que resiste a aceitar que a luz acabou. O estrondo do caminhão de lixo o sobressaltou, ele se pôs de pé, acendeu o enésimo cigarro e olhou para seus livros com afastamento, quase com curiosidade, como se fossem de outra pessoa. Então, como se estivesse materializando um pensamento não formulado, pegou o dicionário e procurou pela palavra *padrasto*. Leu a primeira acepção: "Marido da mãe, em relação aos filhos que ela possui". A segunda dizia diretamente: "Pai ruim". A terceira ele desconhecia: "Obstáculo, impedimento ou inconveniente que perturba ou causa dano em uma matéria". Até mesmo a quarta acepção, bem mais técnica, pareceu-lhe humilhante: "Pedaço pequeno de pele que se levanta da carne imediata às unhas das mãos, e causa dor e estorvo".*

Dicionário de merda, Real Academia Española é o caralho, pensou. Quem era o pai ruim, o obstáculo ou impedimento, quem era o que perturbava, o que causava dano? Ele não deveria estar morando num apartamentinho de solteiro, perfeitamente mobiliado, onde poderia dormir com meia Santiago, onde poderia trepar com mulheres muito mais gostosas que aquelas com quem o pai de Vicente provavelmente trepava? Por acaso ele não merecia isso, de certo modo?

Língua espanhola de merda, pensou de novo, agora em voz alta, num tom meio científico de quem constata ou isola um problema. Nenhuma palavra espanhola que termina com o sufi-

---

* As duas últimas acepções são específicas à palavra *padrastro* em espanhol.

xo *astro* significava ou podia significar algo além de desprezo e ilegitimidade. O calamitoso sufixo *astro* "forma substantivos com significado depreciativo", dizia a RAE: *musicastro, politicastro*. A mesma fonte definia a palavra *poetastro* simplesmente como "poeta ruim".
— O que seu padrasto faz da vida?
— Meu padrasto é um poetastro — Gonzalo imaginou Vicente respondendo.

Não é um problema exclusivo da língua espanhola, ele descobriu depois, enquanto examinava a pilha de dicionários de outras línguas acumulados no fim da estante inferior. Procurou também na internet e anotou nuns post-its, como se fosse preciso lembrar delas sempre, as palavras *padrastre, patrigno, stiefvater, stefar, stedfar, ojczym, üvey baba, beau-père, duonpatro, isäpuoli*, e até transcreveu laboriosamente as palavras em árabe, chinês, grego, japonês e coreano. Depois ficou meia hora tentando encontrar a palavra mapuche para designar padrasto. Não a encontrou.
A palavra inglesa *stepfather* lhe parecia tão mais amável, elegante e precisa que a palavra *padrasto*, marcada por esse estúpido sufixo pejorativo. *"The husband of one's parent when distinct from one's natural or legal father"*, dizia simplesmente o dicionário *Merriam-Webster*. E o *Larousse* definia a bela palavra francesa *beau-père* sempre distinguindo duas acepções, nenhuma delas depreciativa: *"Père du conjoint"* e *"Second époux de la mère, par rapport aux enfants issus d'un premier mariage"*. Gonzalo pensou que era um detalhe finíssimo o fato de, em francês, os papéis de *sogro* e *padrasto* coincidirem numa mesma palavra (embora o pai de Carla fosse para ele tão agradável quanto um chute no saco).

Eram quatro da manhã, mas, mesmo assim, ele telefonou para Ricardo, um amigo seu, linguista e sabichão. Teve sorte, porque naquele momento o especialista estava suficientemente bêbado para receber a ligação com naturalidade. Ricardo falou para ele sobre As *estruturas elementares do parentesco*, de Claude Lévi-Strauss, e citou uma infinidade de outros estudos. Gonzalo perguntou se em mapudungun existia a palavra *padrasto*.

— Para os mapuches — disse Ricardo, adotando uma repentina dicção professoral —, o *chau* é o companheiro da mãe, dá no mesmo se é o pai biológico ou não. *Chau* é o nome de uma função, a função-pai.

— E como eles diferenciam o pai do padrasto?

— É o que estou te dizendo, a eles não interessa diferenciar.

— E o *chau* divorciado muda de nome?

— Não. Bem, não entendo tanto, mas acho que não. Quer dizer, se você foi *chau* continua sendo um, mesmo que haja outro *chau* ocupando seu lugar.

— Ou seja, uma criança pode ter dois *chau*.

— Claro. Ou mais.

Gonzalo pensou que aquele era um critério justo e genial. Decidiu que realizaria uma pesquisa exaustiva e que depois entrevistaria falantes dos mais diversos idiomas e lhes perguntaria não sabia exatamente o quê, não conseguia articular nem vislumbrar a pergunta crucial, mas alguma coisa eu vou perguntar a eles, pensou. E também decidiu que escreveria naquele exato momento uma carta ao *El Mercurio* sobre as diferentes palavras que designam o "marido da mãe, em relação aos filhos que ela possui".

Um ensaio, tudo bem, mas uma carta ao jornal? Quanto tempo demorou para se lembrar de que não era, em nenhum aspecto, como as pessoas que escrevem cartas para o *El Mercurio*?

Acabou adormecendo, pescando sobre a escrivaninha. Acordou ali, em meio a um acolhedor círculo de baba, pouco antes do amanhecer. Foi para o quarto e se enfiou na cama, o mais longe possível de Carla, que dormia com a mão direita segurando o lençol.

O domingo transcorreu conforme previsto: não se falaram, ficaram se evitando mutuamente, as únicas palavras que pronunciaram eram dirigidas ao menino ou ao gato. Depois do almoço, Gonzalo se lembrou de seu projeto-padrasto e aquilo lhe pareceu, com efeito, uma insensatez. No segundo andar se ouvia a hipnotizante música de *Super Mario World*, o que Gonzalo interpretou como um chamado, porque costumavam jogar esse jogo juntos, Vicente como Mario e Gonzalo como Luigi. O próprio Gonzalo conseguira o console — um colega de magistério aceitou trocá-lo pelas obras completas de Cervantes, que Gonzalo tinha repetidas —, àquela altura quase obsoleto, pois os amigos de Vicente já tinham o Nintendo 64 ou o Playstation 1.

Subiu para o quarto do menino, sentou-se a seu lado e logo recomeçaram a partida de dois jogadores que estava salva. Durante alguns minutos, Gonzalo observou em silêncio os obstinados esforços de Mario para resgatar a princesa Peach.

— Você se lembra daquela moça do caixa? — perguntou Gonzalo, sintonizando um tom inicial um pouco forçado. Era quase uma pergunta retórica, a coisa tinha acabado de acontecer, parecia impossível que o menino não lembrasse.

— Sim — respondeu Vicente, absorto no ritmo do jogo (Mario arriscava a pele para recolher umas moedinhas de ouro).

— A que perguntou se nós éramos irmãos, quero dizer.

— Sim — respondeu o menino, com uma ponta de tédio.

— E o que eu respondi?

— Que somos amigos.
— E é verdade, somos amigos — disse Gonzalo.
— Não é verdade — interrompeu Vicente.
— Por quê? — perguntou Gonzalo, com um temor súbito, hiperbólico.
— Porque ela tinha razão, somos irmãos — disse Vicente, com um projeto de sorriso nos lábios.

Qualquer pessoa teria pressentido que vinha uma piada, mas Gonzalo, que continuava meio desesperado, não conseguiu antecipar aquilo.

— Quero dizer, agora — disse Vicente. — Somos irmãos. Eu sou o Mario e você, o Luigi.

— Aaaah — disse Gonzalo, aliviado.

Mario caiu no abismo e Gonzalo não teve certeza se havia sido uma manobra infeliz ou se Vicente tinha perdido de propósito. Gonzalo pegou o controle dele — que ele chamava, à moda antiga, de *joystick* — para retomar a travessia de Luigi:

— Eu sou seu padrasto. Você é meu enteado. É feio em espanhol.

— Sim.

Era muito estranho falar disso enquanto Luigi pulava por cima de dinossauros, de modo que Gonzalo pausou o jogo.

— Mas a gente precisa usar as palavras. Mesmo que não goste delas. A palavra padrasto é feia, mas é a palavra que a gente tem. Existem outras línguas em que a palavra é mais bonita. Em mapudungun não existe uma palavra como *padrasto*. Eles chamam tanto o pai como o padrasto de *chau*.

— *Chau*?

— Sim.

— E como eles sabem quem é o padrasto e quem é o pai?

— Isso não importa pra eles, o que importa é a mãe, o *chau* é o homem que está junto com a mãe.

— E se forem lésbicas?

— Bom, aí imagino que são duas mães.

Gonzalo queria soar convincente, embora não estivesse nem um pouco seguro de que a informação que seu amigo bêbado lhe passara fosse fidedigna. Tocou a barba rala de forma exagerada, como os intelectuais.

— E você quer que eu te chame de *pai*? Ou de *chau*? Seria estranho. *Oi, chau*.

— Não — disse Gonzalo, enfaticamente. — Você pode me chamar como quiser, isso é contigo. Talvez de *padrasto*, que em outros idiomas não é uma palavra tão feia.

— E como se fala em inglês?

— *Stepfather*. E em francês se diz *beau-père*.

— Ah, você fala francês?

— Não, mas conheço essa palavra. *Beau-père* significa bom pai.

Deveria ter dito *pai belo* ou *pai bonito*, embora talvez fosse melhor, para demonstrar seu ponto, o conceito de bom pai: Vicente tinha dois pais e um deles era bom e o outro era ruim ou medíocre, e no fim o pai ruim ou medíocre era o pai verdadeiro.

— E você quer que a gente fale em francês?

— Não. Quero dizer que essa é nossa língua, nosso idioma. É preciso usar as palavras, mesmo que a gente não goste delas. Se as usarmos o suficiente, talvez signifiquem algo diferente, quem sabe não conseguimos mudar seu significado.

Esta última frase, tão hippie, ele não planejou dizer, simplesmente saiu, talvez provocada pela cadência esperançosa que Gonzalo procurava imprimir a suas palavras enquanto falava com o menino: de repente apareceu uma fé surpreendente, um entusiasmo oculto, latente. Vicente olhou para Gonzalo em silêncio, inteiramente concentrado na conversa.

— Na próxima vez que perguntarem, vou dizer que sou seu padrasto, e você pode dizer que é meu enteado.

— Certo, padrasto — disse o menino, num tom quase solene. — Vamos continuar jogando?
— Vamos.

A lei do gelo parecia interminável. Já acontecera outras vezes, mas agora, contra o costume, Gonzalo se mantinha firme, convencido de que não devia pedir desculpas, e inclusive se deleitava um pouco quando notava que Carla soltava algum suspiro ou uma frase involuntária que revelava sua disposição a se reconciliar. Estavam nisso havia dez dias quando Mirta, a mãe de Gonzalo, ligou para pedir que fossem a uma festa em homenagem ao safadão. Gonzalo queria ir sozinho ou com Vicente, mas Carla insistiu em ir junto.

O safadão era o avô de Gonzalo, e é claro que tinha um nome, mas é melhor não darmos a ele esse privilégio. Tinha entre vinte e trinta filhos — talvez o velho mantivesse uma contagem, mas ninguém se atrevia a perguntar, porque também era possível que não tivesse ideia. Todos os filhos, sem exceção, tinham motivos para odiá-lo, sobretudo Mirta, a quem o safadão havia abandonado aos quatro anos — ela se lembrava de que o pai simplesmente tinha ido embora e uns meses mais tarde voltara, porém apenas para levar consigo todos os móveis da casa, menos as camas. Quando pequena, Mirta costumava encontrá-lo na rua e de vez em quando chegavam notícias dele relativas ao nascimento de outros filhos — geralmente dois ou três por ano — ou a trabalhos esporádicos — chefe de uma oficina mecânica, cantor de bolero numa lanchonete, motorista de táxi ou de ônibus, apostador em corridas de cavalos (que não era um trabalho, mas constituía sua ocupação mais frequente) —, e mais ou menos a cada dois anos reaparecia em glória e majestade e se instalava na sala para compartilhar opiniões e contundentes declarações de amor, embora obviamente nunca pedisse perdão nem nada parecido, e quase sempre, com promessas e galanteios convencionais, conseguia ficar para dormir ("você será para sempre minha mulher"). Na manhã seguinte, o próprio safadão ia até a mercearia e num piscar de olhos preparava um café da manhã que ele chamava de "café da manhã completo", que incluía um copo de suco de laranja, *dobladitas** com geleia e manteiga, panquecas com doce de leite e um longo digestivo feito de histórias impressionantes que Mirta e sua mãe ouviam paralisadas de tanta emoção. E talvez o velho ficasse mais uma noite, porém nunca três seguidas. O safadão entendia a paternidade dessa maneira, e contava com a aprovação generalizada de um mundo em que namorar e engravidar mulheres a torto e a direito funcionava como um prestigioso método comprobatório de masculinidade.

Gonzalo vira o safadão apenas uma vez, aos sete anos, numa tarde em que ele apareceu do nada, com sua filha mais recente, que então tinha quatro anos.

— Gonzalito, esta é sua tia Verito — disse na ocasião, morrendo de rir.

As visitas ficaram até depois da meia-noite. Mirta teve de

---

* *Dobladita*: pão caseiro cuja massa é dobrada antes de assar.

emprestar um casaco para sua pequena meia-irmã. Foram embora na Renoleta do velho, que estava caindo aos pedaços.

O convite de sua mãe pareceu a Gonzalo algo inverossímil. Ela mesma tinha se empenhado em entrar em contato com o safadão e em conseguir o telefone de boa parte de seus meios-irmãos, dezenove dos quais haviam confirmado presença no almoço, mas o mais surpreendente e indignante era que Mirta gastara todas as suas economias para pagar a comida e alugar a casa onde aconteceria a reunião. A mãe de Gonzalo não tinha dinheiro, nunca tivera, já fazia um tempo que complementava seu exíguo salário de professora com uns cursos vespertinos de inglês para pequenas empresas, e oficialmente o sonho de sua vida era viajar para algum país — para qualquer país — onde falassem inglês, e era para isso que estava economizando. E, no entanto, agora, ao que parecia, seu novo sonho era homenagear o safadão. Gonzalo pensava que os filhos do safadão deviam se juntar, mas não para homenageá-lo, e sim para dar um tiro nele ou uns quantos pontapés na cabeça ou, por último, para que todos lhe aplicassem um belo de um corredor polonês educativo, coroado por uma generosa chuva de cusparadas. Não queria ir, porém Mirta implorou ("ele é meu pai, no fim das contas", "pai é pai").

Era uma viagem longa até Talagante, Carla dirigia, Gonzalo olhava pela janela os campos de amendoeiras e nogueiras, Vicente brincava de piscar entre os postes de luz. Pouco antes de chegar ao cruzamento, Gonzalo fantasiou com a possibilidade de que seguissem direto pela estrada até chegar ao mar: seria genial sair do carro cem quilômetros depois e caminhar pela praia sob o sol ainda razoável do final da primavera. Imaginou que entravam num restaurante para comer mariscos enquanto tomavam lentamente uma garrafa de vinho branco. Pensou em propor isso a Carla, mas se lembrou da lei do gelo.

* * *

    A reunião era um megaevento, com dezenas de carros amontoados na estradinha de terra contígua a um lote de meio hectare, dominado por diversos eucaliptos pontiagudos e por uma piscina enorme, quase desproporcional. Gonzalo cumprimentou a todos com falsa espontaneidade. Os convidados diziam seus nomes, destacavam algumas marcas distintivas e apresentavam seus filhos, que exploravam a casa ou corriam para lá e para cá pelo gramado ou iam direto para a piscina. Próximo a um pequeno galinheiro, Carla e Mirta conversavam como se fossem grandes amigas, embora seus gênios nunca tivessem batido. Vicente se manteve perto de Gonzalo. Em situações como essas, apegava-se a sua mãe, mas naquele momento achou que seria mais divertido acompanhar Gonzalo.

    O patriarca mantinha todos esperando por ele, e em alguns momentos prevalecia a sensação de que ele não viria: todos os filhos pareciam extremamente nervosos, como se o pai não os tivesse decepcionado nunca. Gonzalo e Vicente brincavam discretamente de adivinhar quem eram os filhos do safadão e quem eram os acompanhantes deles. Nenhum dos filhos media mais de um metro e setenta, todos eram mais para morenos, predominavam pessoas magras, havia mais homens que mulheres, todos ainda tinham bastante cabelo e, embora o entusiasmo pelo sol pedisse óculos escuros, era possível notar uma primazia de olhos quase pretos e sobretudo pequenos. Certamente nenhuma das ex-mulheres do safadão participou da festa, porque a essa altura metade delas o odiava do fundo da alma e as outras estavam mortas.

    O velho apareceu, enfim, caminhando com firmeza, o violão na mão direita como se fosse uma bengala, mas ele não se apoiava nele, é claro: o instrumento parecia de fato fazer parte de seu corpo. A seu lado vinha o filho mais novo, que já não era a Verito, e sim um rapaz de uns catorze anos, parrudo, com corte de cabelo e atitude de militar. Já estavam prontas as batatas e a costela, comeram no pátio, disputando, com diferentes graus de dissimulação, a atenção do safadão.

Depois de comer, o pai de Gonzalo levou ao gazebo uma cadeira de balanço para que o safadão se sentasse e tomasse a palavra. O homem afrouxou com certa dificuldade a gravata de flanela e agradeceu com parcimônia o convite antes de soltar a notícia que nenhum dos presentes sabia: acabava de ser diagnosticado com um câncer de vesícula, o panorama ainda era incerto, mas em breve seria submetido a uma cirurgia e depois viriam a radioterapia e a quimioterapia ("a químio", disse o safadão, e soou estranho, como se estivesse falando de uma nova namorada). As expectativas não eram animadoras.

— É provável que logo mais eu vá pra cidade dos pés juntos — sentenciou, com uma resignação teatral.

Gonzalo se lembrou desses mendigos que fingem ataques epilépticos nos ônibus e que depois de convulsionar no chão se levantam atleticamente para vociferar sua triste história e descem com os bolsos cheios de notas para custear remédios imaginários. Mas ninguém duvidou da veracidade da notícia. Vários dos filhos, amontoados em volta do velho, desataram a chorar no mesmo instante, inclusive a mãe de Gonzalo.

— Por favor, papai, deixe a gente ajudar a pagar o tratamento, podemos fazer uma vaquinha — implorou um dos filhos que mais se parecia com o safadão. Gonzalo pensou que esse devia fazer parte do esquema enganoso.

— Não sei, pra que gastar o dinheiro de vocês — respondeu o safadão, mas todos insistiram e trocaram gestos espontâneos para combinar logo a maneira de juntar o dinheiro. — Mas vejam, não viemos aqui pra ficar tristes — acrescentou o safadão, com bravura. — Se eu morrer hoje mesmo, terei tido oitenta e dois anos muito bem vividos, muito felizes. E a melhor demonstração disso é esta homenagem nesta tarde esplêndida proporcionada por todos os meus filhos e netos.

— Nem todos vieram — disse Gonzalo, por pura vontade de ser estraga-prazeres, e de imediato recebeu um olhar fulminante e reprobatório de Mirta, um olhar que ele não via no rosto de sua mãe havia décadas.

— Bom, nem todos, mas a maioria sim — disse o safadão, que logo tirou jovialmente o violão da capa e se pôs a cantar "Como la cigarra". Sua presença de palco era impecável, com a voz inteira, lindamente grave, e os arpejos nítidos do violão:

Tantas vezes me apagaram,
tantas desapareci,
a meu próprio enterro compareci
sozinho e chorando.

O safadão cantou essa estrofe com uma emoção adicional, que parecia aludir a suas atuais circunstâncias, reforçada pelo estranho desenho de suas volumosas sobrancelhas grisalhas que ele levantava intermitentemente, como se tivesse sido acometido por um repentino tique.

Depois foi a vez de seus filhos. O velho tinha ensinado a todos, quando pequenos, as mesmas músicas; por sorte, apenas alguns poucos queriam cantar, senão aquilo teria durado para sempre. A situação era ridícula e penosa, como se estivessem numa audição para um papel importante; cada intérprete se esforçava para se tornar o filho predileto de um pai imbecil.

Vicente e Carla tinham permanecido junto a Gonzalo, mas o menino se entediou e foi para a piscina com a mãe, que enfiou os pés na água enquanto tomava lentamente uma taça de vinho tinto.

— Quem é seu pai? — perguntou a Vicente uma menina de aparelho nos dentes e com uma boia verde um pouco exagerada nos braços.

— Meu pai não está aqui — respondeu ele, com naturalidade. — Eu vim com minha mãe e com meu padrasto.

Carla desconhecia os devaneios conceituais de seu namorado, mas ao escutar o filho usar essa palavra entendeu que algo havia mudado na relação de Vicente com Gonzalo. Não era a primeira vez que o menino usava a palavra *padrasto*, já tinha estreado a novidade com seus colegas de turma; logo depois da conversa com Gonzalo decidira adotá-la, mais por necessidade que por obediência: precisava nomear a pessoa com quem compartilhava boa parte de sua vida; precisava, sobretudo, esclarecer que aquele homem não era seu pai.

Comovida, Carla olhou em direção ao gazebo procurando pelo padrasto de seu filho entre os espectadores daquele show monótono, mas não o viu porque Gonzalo estava de cócoras, tapando o rosto, enquanto ouvia Mirta cantar "Debut y despedida", do Los Ángeles Negros, a mesma música que dois de seus meios-irmãos já haviam interpretado:

Devo esclarecer que não é esta a minha vida,
que qualquer coincidência é só fantasia,
já me esqueci desse carinho falso
que hoje vem me premiar com um aplauso.

Gonzalo sentia na própria carne a humilhação de sua mãe, embora ela parecesse orgulhosa, inclusive com ares desafiadores, porque era a que cantava melhor, se aquilo fosse um concurso de verdade teria ido para a final com certeza.

A tarde avançou no ritmo daquele vagaroso show de violão, até que, por fim, a atenção se dispersou e começaram a servir um suculento bolo de abacaxi, o favorito do velho. Foram para a sala, Mirta se sentou ao lado do safadão no sofá principal, com um notebook pesado sobre a saia, onde ia anotando diligente, numa planilha do Excel com células primorosamente coloridas, os nomes dos netos do safadão e suas respectivas datas de nascimento.

— Escute, o senhor aí — disse o velho, falando com Gonzalo, que se fazia de desentendido. — O senhor!

A mãe de Gonzalo soprou o nome no ouvido do velho.

— Gonzalito!

Vicente se aproximou instintivamente de Gonzalo e deu a mão para ele. Era um gesto raro e pouco frequente, como se quisesse ajudá-lo, ainda que quando uma criança pega a mão de um adulto normalmente se pense que é ela que busca proteção. Carla também se aproximou. Os dois acompanharam Gonzalo, que caminhou lentamente para comparecer diante do patriarca.

— Você me julga, certo? — disse o velho, passando a tratá-lo de modo mais informal.

— Sim — respondeu Gonzalo. — Claro que sim.

— Eu percebo isso. Estou te observando.

— E daí? — a voz de Gonzalo soava adolescente.

— Eu não te julgo por me julgar — disse o velho, num tom magnânimo. — Sempre me lembro de você. No teu aniversário e no Natal. Gonzalo. Gonzalito. O Gonzalo. Sempre pergunto pelo Gonzalo. Não é culpa minha se ninguém te passa os recados.

Gonzalo ia responder, duzentas ironias vieram à mente, mas viu que sua mãe observava a cena angustiada, como se de fato estivesse havia décadas sem repassar a Gonzalo os recados do velho, de modo que se limitou a dar uma risada cética e pegou no colo Vicente, que do alto de seus oito anos já estava grande demais para ser carregado no colo, mas se aconchegou como se estivesse com sono. O velho continuou a falar:

— A Mirtita me disse que você é poeta. Quero ver, recite um poema pra gente.

— Eu não sou poeta, o senhor foi mal informado — disse Gonzalo, tentando disfarçar a vergonha.

— Ah, vá, não fique envergonhado, recite um poema pra gente, e eu te acompanho com o violão — o velho tocou de imediato os acordes iniciais de "Lágrima", de Francisco Tárrega.

— Eu conheci o Neruda e o Pablo de Rokha e todos os grandes poetas chilenos. Uma vez cantei numa confraternização onde o Neruda estava, e no final ele veio me parabenizar e me deu o cachecol de presente.

Todos escutavam o safadão com a atenção com que se escuta um líder. Vicente, ainda no colo, estava expectante.

Gonzalo sentiu o peso do menino, eram vinte e cinco quilos que ferravam com suas costas, mas não queria soltá-lo. Pensava confusamente que, naquele momento, carregar Vicente era sua responsabilidade.

— O senhor foi mal informado, senhor — repetiu Gonzalo, antes de sair do pátio com o menino ainda nos braços.

Conseguiu ouvir ainda o velho perguntar a sua mãe, referindo-se a Vicente:

— E esse rapazinho tão bonito também é meu neto?

Partiram meia hora depois, estavam entre os primeiros a ir embora. No momento da despedida, Gonzalo abraçou o safadão. Foi um gesto inesperado, de aparente reconciliação, mas na verdade fez isso para dizer algo ao pé do ouvido dele.

— O que você disse pro meu pai? — perguntou Mirta, ao acompanhá-los até o carro.

— Nada — disse Gonzalo, evasivo.

— Tchau, avodrasta — interrompeu Vicente, oportunamente.

— Por que você me chamou assim? — perguntou Mirta, contrariada.

— Porque você é a mãe do meu padrasto, ou seja, é minha avodrasta — respondeu o menino.

O pai de Gonzalo também saiu para se despedir deles.

— Tchau, avodrasto — disse Vicente.

— Tchau, netodrasto — respondeu jovialmente o referido.

— Tchau, familiadrasta! — gritou Vicente da janela do carro, à guisa de despedida.

No trajeto de volta era Gonzalo quem dirigia, Carla e o menino iam no banco de trás, aconchegados.

— O que você disse no ouvido dele? — perguntou Vicente, pela enésima vez, quando pegaram a estrada.

— Disse que o amo muito — respondeu Gonzalo.

— Você não disse isso, porque não é verdade — disse o menino.

Gonzalo tentava se concentrar no caminho. Imaginava que do céu despencavam gotas enormes e precisava ativar o limpador de vidros e seguia com os olhos o vaivém das paletas no para-brisa.

— Vai, conta pra gente — pediu Carla também.

Não esperava que Gonzalo respondesse a sério, não havia má intenção. Ele sentiu que era absurdo ela pressioná-lo também, já que ainda estavam oficialmente brigados.

— O.k., vou dizer pra vocês o que eu falei no ouvido daquele homem — anunciou Gonzalo, enquanto ultrapassava um caminhão numa curva. — Falei que não acredito que ele tenha câncer, mas que tomara que sim e que o câncer avance bem rápido e que ele morra amanhã mesmo e que ninguém vá ao funeral dele.

Carla deu um suspiro nervoso.

— É mentira, é impossível que o Gonzalo tenha dito isso pro avô dele — ela garantiu ao menino, que a olhava com expectativa.

— Não é meu avô — disse Gonzalo. — É o pai da minha mãe. É um filho da puta que abandonou minha mãe e todos esses retardados que estavam na festa. É um babaca indolente, insensível e esquentadinho que não merece o respeito de ninguém.

— Se controle, por favor — disse Carla.

Passaram-se dez minutos durante os quais Carla tentou explicar para o menino o que Gonzalo tinha querido dizer. Vicente percebia o ameaçador ar de verdade que pairava sobre a cena. Quando entraram em casa, os três estavam abatidos. Gonzalo abraçou primeiro Vicente e depois Carla. Pediu desculpas e agradeceu por terem ido com ele. Disse que não desejava a morte de ninguém. E que realmente achava que o velho não tinha câncer, mas que provavelmente estava enganado. Disse que todo mundo tinha o direito de ser perdoado (disse isso muitas vezes, parecia um padre).

— E você é poeta ou não? — perguntou Vicente mais tarde, enquanto jantavam.

Ele realmente não sabia. Sabia que Gonzalo era professor e que lia muito e escrevia coisas, mas escrever coisas não parece o mesmo que escrever poesia, e escrever poesia não parece o mesmo que ser poeta.

— Escrevo poesia, sim.

— E por que você disse que não? — perguntou Vicente.

— Não queria ser obrigado a recitar um poema.

— Mas recita um pra gente — pediu Vicente. — Só pra gente.

— É, vai — disse Carla, no mesmo tom ansioso de Vicente.

— É que os poemas que eu escrevo não são pra ser recitados, mas pra ser lidos em silêncio — disse Gonzalo.
— Que sem graça — disse Vicente.
— Pode ser sem graça — Gonzalo queria conferir a sua própria voz certas ligeireza e energia, mas não conseguiu evitar uma pitada de drama. — É que eu não sou como meu avô.
— Você nunca vai nos abandonar — disse Vicente, como se brincasse de adivinhar a frase, que não era a frase que Gonzalo pensava em dizer, na verdade ele não pensava em dizer mais nada.
— Nunca. Nunca vou abandonar vocês — disse mesmo assim, e sentiu a vertigem das palavras definitivas.

Nessa noite, Carla e Gonzalo selaram a reconciliação como perfeitos primatas, e foi só depois do sexo, já de madrugada, exaustos, que empreenderam uma prolongada e nada analítica competição de desculpas que coroava o empate e criava a sensação de que toda aquela violência contida era simplesmente o resultado de um mal-entendido. De todo modo, Gonzalo ganhara, porque Carla estava havia semanas imaginando como seria a vida sem ele e pensava que tinha se comportado como uma tola.
Vieram então dias atarefados e quentes, durante os quais Carla prestou seus exames finais no instituto e Gonzalo corrigiu os prolixos ensaios de seus alunos. Mal tiveram tempo de planejar as festas de fim de ano.

— Os adultos ficam se mancomunando pra mentir pras crianças — disse Vicente, com amargura, na manhã do dia 24 de dezembro.
— E você acha que isso é possível?
— Sim.
— Me espere um minuto — pediu Gonzalo.
Vicente terminou de comer seus ovos mexidos sem muita vontade. Gonzalo voltou com um calhamaço de Chesterton e traduziu na hora para Vicente um trecho:

Pessoalmente, é claro, acredito no Papai Noel, mas estamos na temporada do perdão, de modo que estou disposto a perdoar todos os que não acreditam nele.

— É só um livro — disse Vicente. — Pode ser mentira. E com certeza devem existir outros livros que dizem que ele não existe.
— O Chesterton está dizendo que existem pessoas que

acreditam no Viejo Pascuero e outras que não acreditam. E que ele acredita. E ele é um adulto — achou engraçado listar Chesterton como representante do mundo adulto. — Você sabe quem foi o Chesterton?

— Um escritor.

— Um grande escritor.

— Ganhou o prêmio Nobel?

— Não — admitiu Gonzalo.

— Então não deve ter sido tão bom.

Vicente continuava encucado, de modo que Gonzalo tentou outro argumento:

— Você reparou que sua mãe e eu ficamos brigados por várias semanas?

— Claro. Como que eu não ia reparar nisso? Tenho quase nove anos.

— E você já percebeu que sua avó briga com seu avô toda hora, todo almoço?

— Sim.

— E você já reparou que os Estados Unidos brigam com Cuba e com a Rússia e com todo mundo? E o Chile com a Argentina e com a Bolívia e com o Peru, e o Peru com o Equador?

— Acho que sim?

— Bom, mas você reparou então que os adultos vivem brigando.

— Reparei.

— E você acha mesmo que esses adultos que vivem brigando, de repente, vão resolver ficar mancomunados pra mentir para as crianças no Natal?

Vicente estava muito sério, pensativo.

— Tem razão — disse, e se afastou com um sorriso hesitante.

* * *

Depois de sua brilhante e desoladora argumentação, Gonzalo saiu correndo para o mercado. O plano era que Carla levasse Vicente para passear e voltassem às três da tarde, de maneira que Gonzalo tivesse uma margem de várias horas para esconder a bicicleta e os demais presentes, mas não sabiam bem onde, pois imaginavam que, movido pelas suspeitas, o menino iria inspecionar os armários e a casa toda.

Era o terceiro Natal que passavam juntos, mas já se podia falar numa tradição: deixavam uma tacinha de alguma coisa e um pedaço de *pan de pascua** perto da árvore de Natal e uns minutos antes da meia-noite saíam para dar uma volta pelo bairro, com o propósito de ver no céu a carruagem do Papai Noel e depois, para reforçar o encantamento, reparavam nos cocôs das renas no chão (que na verdade eram cocôs de cachorro, os vizinhos concordavam em não recolhê-los por alguns dias). Ao voltar para casa, o menino via a tacinha vazia e o *pan de pascua* mordido e, claro, a profusão de presentes, que sempre eram muitos, porque além dos presentes verdadeiros costumavam embalar toda a compra do supermercado, o que, além de criar a impressão de abundância, servia para que o menino entendesse que uma alface ou uma lata de atum ou três tomates bem maduros também eram presentes de Natal dignos. Os presentes falsos vinham com etiquetas que estipulavam claramente que o remetente era o Papai Noel e o destinatário, Vicente, de modo que o menino agradecesse a esse ser imaginário não apenas pelos brinquedos, mas também pelas alcachofras ou melancias ou cereais e até por coisas que considerava repugnantes, como kiwi e berinjela.

Gonzalo demorou demais no supermercado, sobretudo es-

---

* *Pan de pascua*: receita de um pão típico do Natal chileno.

perando que embalassem os presentes falsos (os empacotadores o odiaram do fundo da alma). Queria comprar a bicicleta lá mesmo, mas nenhum dos modelos que restava o convenceu, e portanto teve de passar numa loja de departamentos, onde conferiu nervosamente as vitrines até encontrar uma bicicleta azul que se ajustasse a suas expectativas e orçamento. Demoraram meia hora para atendê-lo, depois ainda teve problemas com o cartão de crédito e a seguir o trânsito o atrasou mais ainda, de modo que, ao chegar em casa, carbonizado pelo calor — detestava ar-condicionado — e morrendo de fome, Carla e o menino já estavam de volta e o recém-recuperado encanto natalino novamente corria perigo.

Cinco minutos antes da meia-noite, saíram para ver o Papai Noel. Gonzalo voltou, como sempre, com o pretexto de ter esquecido a carteira, e tomou de um gole só a tacinha de *cola de mono** e engoliu o *pan de pascua*, que já estava meio passado, e em vez dos presentes deixou num galho da árvore uma carta enorme. Correu para alcançar Carla e Vicente. O menino sempre acreditava ter visto a carruagem do Papai Noel, mas dessa vez demorou mais que o habitual, e de fato, a caminho de casa, só Carla e Gonzalo afirmaram tê-la visto, Vicente dizia que não tinha certeza e que o cocô das renas era suspeitosamente parecido com cocô de cachorro.

Ao voltar, encontraram a taça vazia e o prato cheio de migalhas, porém nenhum presente. Para entrar na casa era preciso subir um degrau não muito alto, de uns trinta centímetros, porém em sua carta, escrita na fonte Comic Sans MS tamanho 24,

---

* *Cola de mono*: bebida natalina típica no Chile, feita de aguardente, leite, açúcar, café e cravo.

o Papai Noel explicava que andava muito mal das costas para subir degraus carregando tantos presentes. Os três saíram correndo para o carro, onde estavam a bicicleta e os demais presentes. Vicente estava radiante. Durante os dias seguintes contou para todo mundo sobre a dor nas costas do Papai Noel.

No Natal seguinte, Vicente já não acreditava mais em Papai Noel, mas decidiu fingir que continuava acreditando. Em seu plano de vingança, pediu tanta coisa que Carla e Gonzalo tiveram de explicar a ele que, embora o Papai Noel fosse o encarregado de comprar e transportar os presentes, alguns dias depois mandava a fatura para os pais, que tinham de reembolsar tudo através do cartão de crédito.

Em abril de 2005, descobriram que a gata estava sem a presa superior direita. Pensaram que alguém tinha batido nela, mas não parecia machucada e estava extremamente engraçada. Decidiram levá-la ao veterinário, mas no dia seguinte não conseguiam encontrar Oscuridad. Vicente chegou a pregar cartazes pelo bairro, mas no fim da tarde a encontrou no fundo do armário: havia perdido também a presa superior esquerda, e de sua boca jorrava uma mistura de sangue e saliva. Debaixo de uma meia sem par que lhe servia de almofada ou de colchão estavam as duas presas perdidas.

O veterinário disse que seria necessária a opinião de um especialista. Os três partiram para Colina, onde ficava o consultório da única dentista de gatos de toda Santiago. Pararam numa loja a fim de comprar uma caixa de transporte para que Oscuridad viajasse mais confortável.

A dra. Dolores Bolumburu era uma mulher enorme de cerca de cinquenta anos, com o cabelo pintado de um preto austero e os olhos de um azul-claro, quase azul-piscina. Depois de examinar rapidamente a dentição de Oscuridad, a especialista pediu uma biópsia e declarou que, quaisquer que fossem os resultados, poderia ser necessário remover todos os dentes da gata; seria preciso começar, a rigor, tirando os contíguos às presas perdidas ("chamam-se dentes caninos, não presas", pontuou), e apenas na operação saberiam se seria preciso tirar todos ou apenas alguns. De igual modo não era grave que Oscuridad perdesse todos os dentes, poderia perfeitamente comer sem eles, disse a doutora.

— E o que acontece se nós não a operarmos? — perguntou Gonzalo.

— Não dá pra saber, depende da biópsia. Basicamente, é possível que Oscurita...

— Oscuridad — corrigiu Vicente, com o zelo de um catedrático do idioma.

— Talvez a Oscuridad comece a perder pouco a pouco todos os dentes e sua qualidade de vida diminua de forma exponencial — disse a dra. Bolumburu, enfática.

— Ou seja, temos que remover todos os dentes que de qualquer jeito ela vai perder — disse Gonzalo, com um sarcasmo discreto.

— Sim, mas é melhor extirpá-los todos de uma vez e propiciar uma recuperação imediata.

Enquanto seu assistente pegava a amostra para a biópsia, a doutora elaborou o minucioso orçamento da cirurgia. Carla e Gonzalo olharam para a cifra com incredulidade. Nem precisavam conversar para concordar que pagar aquela operação seria uma loucura: quinhentos e cinquenta e dois mil pesos. Até poderiam ter considerado, pois eram tempos de relativa bonança: Carla ainda não tinha se graduado, faltavam algumas disciplinas, mas já era chamada para fotografar casamentos e formaturas, e, embora estivesse prestes a renunciar ao trabalho no escritório do pai, ainda podia contar com aquele salário. O presente de Gonzalo era até mais auspicioso, porque uma universidade o contratara para lecionar em meio período, não era mais obrigado a se desdobrar para não deixar na mão seus diversos empregadores, e, com exceção das eternas parcelas do crédito universitário, quase não tinha mais dívidas. Mas não era uma questão de dinheiro, e sim de princípios: mesmo se a vida de Oscuridad estivesse correndo perigo real, não teriam pagado a operação.

Percorreram em silêncio um caminho de pedras que levava ao carro. Oscuridad pesava quase cinco quilos, mas Vicente insistia em carregar a caixa da gata, e falava com ela no mesmo tom baixo e condescendente que usavam com ele quando ficava doente.

— Então, quando ela vai operar? — perguntou o menino, assim que chegaram ao carro.

— Em breve — respondeu Carla.

— Amanhã?

— Esperem por mim aqui, preciso ir ao banheiro — disse Gonzalo, e voltou à clínica.

Tomou um copo d'água e folheou um intimidante exemplar do *Animal Science Journal* enquanto esperava a doutora. Nunca ficava negociando, detestava esse costume, preferia se endividar, mas naquela ocasião sentia que era seu dever pelo menos tentar.

— Preciso que você faça a operação pela metade daquele valor, senhora — disse *senhora* com a intenção de negar, na cara dela, seu título de doutora. — Aliás, mesmo a metade é muito.

— Isso é impossível — respondeu a dra. Bolumburu.

— A senhora não tem ideia do que essa gata significa pro meu filho — Gonzalo pensou que o status de pai biológico ajudaria na causa.

— Aquele é o preço da operação, ela vale isso — disse, seca, a dra. Bolumburu, que tinha um pedaço de torta de limão na mesa e parecia ansiosa por devorá-lo. — Leia bem o orçamento. Está tudo detalhado.

— Já li e me pareceu um assalto à mão armada. Você acha que somos imbecis.

— Modere seu linguajar, sr. Rojas.

— A senhora é que modere seu orçamento, então, dona Marlboro.

— Bolumburu.

— Não seja gananciosa e aproveitadora, você é a única dentista de gatos em toda Santiago, talvez em todo o Chile.

— Com muita honra — disse a mulher. — Também trabalho com cachorros, coelhos e furões. Sinto muito, mas agora estou ocupada, não posso atendê-lo.

— Você sabe que isso é um roubo.

— Se vocês não têm dinheiro para custear a saúde bucal do seu animal de estimação, que é de suma importância, simplesmente não deveriam ter animais de estimação.

— E um desconto significativo? De uns duzentos mil mais ou menos?

— Não é possível. O orçamento reflete os valores reais dos procedimentos e…

— Cem milzinho pelo menos?

— Isso não é uma negociação, sr. Rojas. Tenho só mais alguns minutos de tranquilidade antes da próxima consulta, por favor, vá embora.

— Sanguessuga.
— Grosso.
— Pessoa ruim.
— Feio.

Gonzalo pegou o pedaço de torta de limão da doutora, deu uma mordida voraz e ia atirar o restante contra a parede (queria acertar um diploma da Universidade de Utrecht), mas estava realmente delicioso, de modo que terminou de comê-lo enquanto corria de volta para o carro.

— A operação vai ser em junho, falta muito tempo ainda — disse Gonzalo, enquanto lambia os dedos e punha o cinto.
— E em que mês a gente está? — perguntou Vicente.
— Em abril — respondeu Gonzalo. — Faltam muitos meses.
— E em que dia de junho?
— 1º de junho.
— E por que não fazem logo agora?
— Porque Oscuridad precisa se preparar pra cirurgia — disse Gonzalo.
— E porque não é tão fácil assim conseguir um quirófano — interveio Carla, astutamente, e a conversa se encaminhou para o significado da palavra *quirófano*. No caminho para casa, reforçaram a ideia de que a cirurgia não era urgente.

Embora tivesse acabado de fazer dez anos, Vicente ainda resistia a abandonar de todo a cronologia imprecisa da infância. Para ele, existia um dia comprido que ia de segunda a sexta-feira e outro mais curto, e claro que havia também os rituais, como as férias do fim do inverno e os feriados nacionais, os aniversários em família, o Natal e o verão, que ainda eram as únicas coordenadas realmente estáveis. Prolongar imaginariamente o tempo até a operação era uma artimanha que tinha chances de funcionar, porque o significado de junho era impreciso: estufas, goteiras, *sopaipillas** murchas, coletes, antibióticos, tédio.

Mas não funcionou, porque a doença de Oscuridad preocupava-o como nada o preocupara antes. De modo que naquela quarta-feira, 6 de abril de 2005, Vicente se tornou completa e irreversivelmente consciente do tempo cronológico. Antes de ir para a cama, se apossou de um calendário com fotos de Cartier-Bresson, que estava fazia anos na cozinha, e, depois de um rápido processo de edição com lápis de cor, adaptou-o à contagem regressiva. Naquela noite, anunciou com pompa e circunstância que faltavam cinquenta e cinco dias para 1º de junho, e desde então continuou marcando e anunciando as datas: a cada manhã riscava o novo dia para atualizar o prazo, que falava gritando, à maneira do pregão dos feirantes. E falava muito sobre a operação, em especial com a gata, mas também com todo mundo. Era seu único tema.

Os resultados da biópsia chegaram — tiveram de subornar a secretária da doutora para consegui-los —, os quais não foram capazes de decifrar, mas preferiram acreditar que a operação não era urgente e continuaram esperando que a fixação cronológica do menino arrefecesse. Vinte dias antes do *deadline*, estiveram prestes a dizer a verdade ao menino, mas não tiveram coragem suficiente e nem se deram conta quando já faltavam dez, cinco dias para a suposta operação, e continuavam adiando. Foi só na terça-feira, dia 31 de maio, às oito da noite, ao término de um lanche com suculentos e gordurosos sonhos, que Carla e Gonzalo disseram a Vicente que a operação não iria acontecer. Explicaram que, de última hora, depois de fazer contas e procurar,

---

* *Sopaipilla, sopapilla, sopaipa* ou *cachanga*: pão frito em várias versões, doce ou salgado, comido na Argentina, na Bolívia, no Chile e no Peru.

sem sucesso, desesperadamente, alguma saída, haviam chegado à triste conclusão de que era impossível pagar a cirurgia. Foi um discurso piegas, que por alguns minutos parecia que surtiria efeito, porém cometeram o estúpido erro de mencionar o valor.

— A operação custa quinhentos e cinquenta e dois mil pesos, Vicente, é muito dinheiro — disse Carla. — Com esse dinheiro, daria pra comprarmos umas cinco televisões ou ir de férias pra Buenos Aires por uma semana inteira.

— Mas a gente não precisa de mais tevês, e não me interessa ir pra Buenos Aires.

— É mais que quatro vezes o salário mínimo — explicou Gonzalo, confiante de que o diálogo derivaria para o conceito de *salário mínimo*.

— Filho, quinhentos e cinquenta e dois mil pesos é o que a dona Sara ganha com a gente em cinquenta dias de trabalho — acrescentou Carla.

— Até mais, na verdade, cinquenta e cinco — disse Gonzalo, como se essa precisão importasse, o que em todo caso foi percebido por Vicente como um último golpe de deslealdade, de crueldade.

Nesse tipo de discussão, o normal era que Gonzalo adotasse uma posição indulgente ou menos inflexível que Carla, mas dessa vez não havia matizes: atuavam diretamente como o bando inimigo.

— São quase mil dólares — insistiu Gonzalo, com o computador aberto —, novecentos e quarenta.

— E mil dólares é muito dinheiro — reforçou Carla, precisando melhor, porque para Vicente, é claro, mil dólares soava como pouco dinheiro.

Gonzalo tentou reparar seu erro desnecessário calculando a quantidade em pesos colombianos.

— Vicho, na Colômbia seriam 2 227 489,80 pesos colombianos, imagina só — disse, com pesar.
— Eu não estou nem aí pra Colômbia! Nem pro peso colombiano!

Vicente foi para o quarto enfurecido e choroso. Não queria dormir, o que menos queria era dormir. Num canto do pátio, resguardado pelo beiral, havia um monte de jornais velhos repletos de fascículos e encartes publicitários muito mais volumosos que os periódicos em si. Vicente desceu à meia-noite, sem ter dormido, levou toda aquela montanha de papel para seu quarto e ficou até as três da manhã vendo as propagandas de lojas de artigos diversos e farmácias. Naquela mesma tarde continuou sua busca na internet e sua antiga ideia abstrata de dinheiro começou a se tornar vertiginosamente concreta. Foi assim que, em poucos meses, Vicente não apenas tomou consciência plena do tempo cronológico, como também do valor do dinheiro.

— Para o carro, mãe — disse na manhã seguinte, a caminho da escola.
— Por quê? Para quê?
— Para — insistiu ele.
— Por quê?
— Pra eu poder sair e ficar na frente dele e você me atropelar — disse o menino, prestes a chorar.

Esse era o estado de espírito de Vicente, mas ele não desistira da luta: na tarde da terça-feira, por exemplo, despediu dona Sara. Embora parecesse claramente inverossímil que fosse ele o encarregado de mandar a empregada embora, sua explicação foi bastante persuasiva: Carla e Gonzalo a adoravam, mas não tinham condições de continuar pagando seu salário, e como eles mesmos não tinham coragem de despedi-la, haviam-no encarregado dessa ingrata missão.

— Eu te adoro, Sara, muito, isso não é pessoal — disse Vicente, com culpa. — Mas você pode levar o liquidificador.

— Eu tenho liquidificador, ainda estou pagando por ele mas tenho, e é melhor que o de vocês — respondeu a mulher, que, é claro, não acreditou naquela encenação, mas de todo modo ficou preocupada e ligou para Carla no trabalho para contar o ocorrido.

Não era fácil castigar Vicente, que era um menino mais ou menos exemplar e tirava boas notas, pelo menos nas matérias que lhe interessavam. Por sorte, veio a seguir a trégua de um fim de semana leonino (assim os chamavam agora), que para Vicente não era um castigo, embora tampouco considerasse um prêmio passar tanto tempo com o pai.

— Você faltou em todos os meus aniversários — disse Vicente ao pai, emulando um tom de bronca na voz, e era verdade, embora León geralmente lhe desse presentes atrasados; uma vez, até comprou um bolo e uns meninos do prédio, que fizeram papel de figurantes, cantaram para ele o mais desafinado "Parabéns para você". Vicente não estava interessado em recriminar o pai, mas farejou nisso uma oportunidade.

— Você me deve meio milhão de pesos, que aliás é menos do que teria custado pra organizar dez festas de aniversário.

— Será que não é muito?

— É pouco — respondeu Vicente, perfeitamente preparado para aquela objeção. — O bolo, as surpresas, as serpentinas, os chapéus, os balões, a pinhata, os doces da pinhata, os canapés, as cervejas pros pais.

— Que pais?

— Os pais que chegam pra buscar os filhos cedo demais. Tem que oferecer pelo menos uma cervejinha pra eles, não? Por educação. E em geral eles tomam duas ou três, enquanto esperam e conversam entre eles. E os copos e os pratos de plástico. Tudo isso somado dá mais de cinquenta mil pesos. E nem estou pondo os palhaços na conta. Imagino que os palhaços não sejam baratos. Multiplique esses cinquenta mil por dez.

— Então você está até me dando um desconto.

— Sim.

Vicente passara o fim de semana todo falando de dinheiro e fazendo contas na calculadora científica do pai, embora não tivesse até então revelado a León sua motivação. Finalmente o fez.

— Então você quer dinheiro?

— Sim.

— Não tenho nada, filho, estou duro.

— Então eu quero a coleção.

Vicente se referia à copiosa coleção de carrinhos de brinquedo que seu pai guardava trancada a chave na cristaleira da sala. Eram quase quatrocentos modelos de todo tipo que León havia colecionado desde a infância — não permitia que Vicente brincasse com eles, o que no começo pareceu ao menino algo tão decepcionante quanto incompreensível, embora, com o tempo, tivesse se acostumado a observar os carrinhos através do vidro, como se fossem peixes num aquário. A coleção era, além do mais, o único assunto de León quando seu filho estava em casa.

— Você tem ideia de quanto custa esse minúsculo carrinho verde? — dizia, por exemplo, apontando para um Jaguar de corrida, feito na Inglaterra em 1957, um Matchbox.

— Não. Quanto?

— Muita grana — dizia León. — E a cada dia valoriza mais.

Quando eu morrer, essa coleção vai ser sua — isso ele havia dito dezenas de vezes —, e você vai poder continuá-la, ou, se não tiver interesse, pode quem sabe vendê-la, vai embolsar uma bolada.

Embora Vicente fosse muito imaginativo, até demais, nunca acreditara que a coleção fosse tão valiosa. Na conjuntura atual, porém, calculava inclusive que se vendesse os carrinhos individualmente, e bem barato, conseguiria dinheiro suficiente para pagar a operação. Jamais pensou, porém, que León se negaria por completo. Foi a primeira vez que teve a sensação ou a certeza de que seu pai era um imbecil.

— Você é um egoísta, pai — preferiu dizer isso. — Me dá alguns pelo menos, uns cinquenta.

— Não. A coleção vale como coleção, você não entende isso?

— Se a Oscu morrer eu vou vir aqui quebrar essa cristaleira com um martelo.

— É que isso é minha vida inteira — respondeu León, impassível, como se estivesse acostumado a esse tipo de ameaça.

— A vida toda eu colecionei esses carrinhos. Eles têm muito valor sentimental. Não posso me desapegar deles.

— Quero ir pra minha casa — disse Vicente.

— Espere — pediu León, puxando o talão de cheques.

Fez um cheque de cinquenta e cinco mil e duzentos pesos em nome de seu filho, consciente de que seria problemático, se é que não impossível, descontá-lo. Marcou cuidadosamente a opção "ao portador".

— Isso equivale a dez por cento do dinheiro da operação, não posso dar mais.

Para tentar ter uma ideia do que tinha pela frente, Vicente pediu ao pai que dissesse quanto era dez por cento do pálido hambúrguer que estava prestes a comer. León o cortou em dez pedaços simétricos e Vicente comeu um deles pensando que faltava muito, mas era possível. Talvez para se embriagar de coragem, tomou de uma vez um copo de coca-cola e soltou três tímidos arrotos.

* * *

Na tarde da segunda-feira, Carla olhou para o cheque com incredulidade.

— O menino tem que ir acompanhado do tutor legal pra descontar o cheque — disse Gonzalo, que tinha ligado para o banco.

— Por que você pensa em descontá-lo?

— Não quero descontar, mas quero entender a intenção do León.

— A intenção do León é sempre sacanear — disse Carla.

— É incrível o Vicho ter conseguido tirar dinheiro dele.

— E pros seus pais, ele também pediu?

— Acho que não. O Vicente sabe como eles são. Era capaz de emprestarem algum dinheiro, mas o obrigariam a trabalhar no escritório por, sei lá, mil anos — disse Carla, sombriamente.

Depois de discutirem a questão a tarde toda, decidiram descontar o cheque, mesmo que fosse só para sacanear León de volta. Na manhã seguinte, foram ao banco com o menino, que precisou faltar ao colégio. No caminho, tentaram-no a gastar o dinheiro em discos — seus incipientes gostos musicais eram desconcertantes: iam desde o metal do Pantera até o pop emo do Kudai —, ou por fim a doá-lo a alguma instituição de caridade, como o Teleton, ou às crianças com câncer. Vicente parecia não escutá-los; nem olhava para eles.

— Vamos tomar um suco e a gente continua a conversa — disse Carla, na saída do banco.

— E de onde vai sair o dinheiro pra pagar esses sucos? — perguntou Vicente, em pé de guerra. — Se vocês estão pensando em gastar meu dinheiro em sucos e sanduichinhos de queijo com presunto, minha resposta é não.

— É claro que nós é que vamos pagar, meu amor, como sempre — disse Carla, que tentou abraçá-lo, mas o menino resistiu. — São só uns sucos, nada além disso.

Não tomaram suco algum e a tarde foi uma sinfonia de conversas árduas e incompletas.

Vicente começou a esquadrinhar a casa de forma sub-reptícia e minuciosa em busca de coisas para vender. Encontrou de cara muitos livros e pensou, talvez com razão, que Gonzalo não perceberia se ele roubasse alguns. Encontrou uma sacola com roupas para a neve, que sua mãe só usava quando ficavam sem parafina. Encontrou dez horrendas pinturas de paisagens marítimas, perpetradas por seu avô paterno em seus momentos de ócio. Encontrou um videocassete, uma pilha de fitas VHS, duas varas de pescar, um vaso sanitário portátil, três máquinas fotográficas antigas e um projetor de slides. Encontrou um vestido de noiva compatível com uma gravidez de quatro meses. Encontrou uma caixa pequena com um cadeado cuja combinação ele adivinhou facilmente (123), onde achou que haveria dinheiro ou joias, mas havia apenas um decepcionante (para ele) patinho de borracha, que na verdade era um vibrador à prova d'água em forma de patinho de borracha.

Depois de planejar diversos roubos, porém, mais por orgulho que por pudor ou culpa, Vicente decidiu que não roubaria nada, que venderia somente as coisas que lhe pertencessem, mas todas: calculou que podia viver apenas com o uniforme do colégio, inclusive podia usá-lo aos fins de semana, não precisava de mais nada.

Fez uma lista que cogitou xerocar para divulgar, mas pensou que a notícia não deveria chegar aos ouvidos dos pais dos eventuais compradores, pelo menos não de imediato, de modo que apenas a mostrou discretamente a seus colegas, com um compromisso prévio de confidencialidade. Todas as suas roupas, todos os seus brinquedos, todos os seus livros estavam à venda a preços razoáveis, que ele deduziu a partir de catálogos comerciais. Se a coisa funcionasse, conseguiria reunir até um pouco além dos 496 800 pesos que faltavam. Nos primeiros dias foi um fiasco, não houve sequer sinal de interesse. No terceiro dia ele baixou os preços pela metade, mas tampouco aconteceu grande coisa, e continuou assim até a semana seguinte, quando os preços ficaram realmente irrisórios, e então Vicente conseguiu vender três lupas, um microscópio, uns tênis de cano alto e os cinco primeiros volumes da saga *Harry Potter*. Entregou as mercadorias com um misto de orgulho e tristeza, e, embora soubesse que a quantia reunida era ridícula (8250 pesos por tudo aquilo), sentiu-se satisfeito. Logo houve interesse pelos produtos mais caros da lista: a bicicleta, a humilhantes quinze mil pesos, e a cama com colchão tamanho individual + roupa de cama (não via problema em dormir no chão), pelo conveniente preço de 34 500 pesos. Vicente considerava esses negócios fechados, mas justo quando finalizava seu meticuloso plano para tirar a cama de seu quarto sem levantar suspeitas, o assunto fugiu ao controle e Carla acabou se inteirando das atividades comerciais do filho. Além de repreendê-lo e pensar em levá-lo a um psicólogo, não soube mais o que fazer. Gonzalo também conversou com o menino, mas não conseguiu nada além de uma prolongada expressão de desdém.

— Moleque de merda — disse Gonzalo mais tarde, enquanto tentavam se concentrar num filme lento à beça.
— Não fale assim dele — reclamou Carla. — A gente errou. Deveríamos ter explicado tudo direito, desde o começo.
— Eu não ia ao dentista porque o dinheiro era curto.
— Você está se comparando ao Vicente ou à Oscuridad?
— A gente devia ter dito que não se gasta tanto dinheiro com a porra de um gato.

— Gata.
— Gata, gato, é a mesma merda.
— Não entendo por que você está tão bravo.

O padrasto ficou encarregado de intervir junto aos pais implicados. Não houve problema em anular o negócio referente à cama, mas o pai do menino interessado em comprar a bicicleta insistiu em aproveitar a oferta, dizendo que sua motivação era sobretudo a possibilidade de colaborar com a operação da gatinha. O diálogo foi tão desagradável que Gonzalo preferiu, mesmo que fosse só para não continuar discutindo com aquele velho cínico, fazer o negócio. Ele mesmo levou a bicicleta azul, que havia comprado apenas um ano e meio antes, para o novo proprietário.

Animado por esse modesto triunfo e também um pouco mexido com a popularidade que o pequeno escândalo havia lhe conferido, Vicente colou cartazes por todo o colégio e projetou uma revista xerocada com bastante material gráfico sobre Oscuridad e duas entrevistas falsas nas páginas centrais ("Os gatos são seres inferiores", declarava Carla, e a manchete da entrevista com Gonzalo era ainda mais infame: "A vida da Oscuridad não vale porcaria nenhuma pra mim"). Graças a essas manobras, Vicente angariou a adesão mais ou menos imediata de boa parte da turma. Foram doze os voluntários do Quinto B que colaboraram com bolos, *kúchenes*,* *chuchuflíes*** e pirulitos que venderam

* *Kúchen*: bolo tradicional do Chile e da Argentina, mas originário da Alemanha. Existem diferentes variedades, que incluem recheio de fruta, queijo e creme. A versão mais popular é o *kúchen* de maçã.
** *Chuchuflí*: doce de massa esponjosa e crocante, recheado com doce de leite. Tem forma tubular e é vendido nas ruas e nas docerias do Chile, um produto típico.

durante os recreios ao longo de quase duas semanas. O encerramento da campanha foi um momento de relativa glória e os resultados, não tão magros (15 286 pesos), embora nem sequer permitissem sonhar com a meta. Vicente já havia reunido 93 736 pesos, isto é, ainda faltavam 458 264 pesos.

Quando, umas semanas mais tarde, Vicente enfim compreendeu que seria incapaz de juntar todo aquele dinheiro, tentou uma última vez convencer Carla e Gonzalo. Foi uma conversa confusa, tensa e estéril, depois da qual Vicente explodiu de raiva, pegou a máquina de barbear do padrasto e raspou o cabelo a zero. Na manhã seguinte, durante o recreio, provocou os valentões da turma rival até conseguir desatar uma batalha desigual de socos, chutes e cusparadas. Terminou com um olho roxo e o rosto ensanguentado, e, além disso, a diretora do colégio decidiu suspendê-lo por três dias.

Foi o começo de uma rebelião calculada: da noite para o dia, Vicente se tornou carrancudo, briguento e insolente. Da mesma forma que esses pop stars adolescentes atordoados pela fama, o outrora afável e introspectivo menino se transformou num indefensável encrenqueiro que se metia em todo tipo de confusão, a saber: lançamento de papéis e restos de maçãs, roubo de lanches, estojos, clipes, borrachas, bolas e tênis, criação compulsiva de apelidos, falsificação de assinaturas, adulteração de notas no boletim escolar, uso premeditado de canetinhas permanentes, fingimento de doenças coronarianas, tráfico de bombas d'água e estalinhos, extorsão, nudismo, pichação de paredes e detonação traiçoeira de peidos alemães.

Vicente despejava todo o seu descontentamento no colégio, mas em casa abandonava o personagem público porque, para além da frustração e do rancor que sentia, não via razão em estragar, portas adentro, um mundo de que gostava, apesar de tudo. O colégio era o palco, o que faz sentido, porque o colégio sempre é um palco, enquanto a casa era uma espécie de camarim onde descansava momentaneamente dos periódicos escândalos que decidira protagonizar.

Seus dois meses de sistemática rebeldia escolar se refletiram no lapidar relatório de personalidade que Carla e Gonzalo receberam, envergonhados, no fim do segundo trimestre:

Comparece regularmente às aulas	Nunca	N
Demonstra pontualidade em todas as atividades escolares	Ocasionalmente	O
É respeitoso (a)	Nunca	N
Fala a verdade	Ocasionalmente	O
É honesto (a)	Nunca	N
Cumpre com responsabilidade suas tarefas e deveres escolares	Nunca	N
Reconhece seus erros e procura corrigi-los	Nunca	N
Aceita críticas construtivas	Nunca	N
Cuida de sua higiene e apresentação pessoal	Ocasionalmente	O
Participa das aulas	Nunca	N
Cuida de sua integridade física e da dos demais	Nunca	N
Demonstra espírito de superação	Ocasionalmente	O
Controla os impulsos	Nunca	N
Demonstra iniciativa e criatividade	Nunca	N
Coopera solidariamente em benefício dos demais	Nunca	N
Integra-se ao grupo	Nunca	N
Representa dignamente o colégio em todas as atividades	Nunca	N
Cuida de seus pertences e de seu entorno	Nunca	N
Age de acordo com as normas estabelecidas	Nunca	N
Demonstra respeito pela cultura e pelos valores nacionais	Nunca	N

Que instrumento mais inútil, em todo caso. Como é possível que esses relatórios de personalidade, feitos de qualquer jeito, impregnados de redundâncias e generalidades, verdadeiras aberrações metodológicas, tenham sido utilizados — e continuem sendo — para estigmatizar sabe-se lá quantas gerações de crianças chilenas? E quão qualificado era, além do mais, o professor encarregado de decidir esses advérbios tão equivocados?

Enrique Elizalde havia se destacado pela esquerda nas divisões inferiores do Santiago Morning, primeiro como ponta à moda antiga — alguns de seus passes resultaram em verdadeiros golaços de um rapaz de quinze anos chamado Esteban Paredes, futuro goleador histórico do futebol chileno — e depois como um desses laterais mais esforçados que brilhantes, que vão e voltam sem se cansar durante os noventa minutos. O técnico bem que poderia ter dado a ele uma oportunidade no time principal, mas não o fez, e o jovem futebolista se frustrou e se entregou às *piscolas* e à fornicação compulsiva, até o ponto que, depois de alguns anos de vagabundagem, já com três filhos de duas mães diferentes para alimentar, Elizalde se matriculou numa universidade, e apesar de ter precisado repetir biologia celular, fisiologia do exercício e teoria do treinamento (duas vezes), acabou por se formar professor de educação física. Nem ele mesmo acreditou quando conseguiu um trabalho de tempo integral, com um salário decente, num colégio tranquilo em Ñuñoa, apesar de não ter gostado de ter sido escalado para uma chefia: tudo o que ele queria era apenas passear pelo colégio vestindo seu conjunto esportivo, com um apito pendurado no pescoço, enquanto ordenava voltas em torno da quadra poliesportiva e séries de agachamentos, flexões e abdominais. O professor Elizalde desenvolveu rapidamente uma considerável fobia das reuniões de pais, mas o que ele mais odiava em seu novo trabalho era se sentar nos fins de trimestre na sala dos professores para dar notas e preencher aqueles estúpidos relatórios de personalidade, que não lhe interessavam em nada, salvo quando funcionavam como cruéis dispositivos de vingança.

Vicente tinha se comportado de maneira péssima, isso era inquestionável, mas a avaliação de Elizalde estava longe de ser justa. Por exemplo: durante aqueles meses, o menino havia sido suspenso com frequência, pelo menos dois dias por semana, e assim estava impedido de ir ao colégio *sempre*, de maneira que em vez de anotar que Vicente *nunca* comparecia às aulas com regularidade, o professor deveria ter observado que comparecia *ocasionalmente* ou *geralmente* ou inclusive *sempre*, porque a rigor o menino ia às aulas *sempre* que não estava suspenso. É compreensível o professor ter declarado que Vicente *nunca* era respeitoso, porque quase todos os professores tinham sofrido com suas insolências, mas surpreende que ele considerasse que Vicente *ocasionalmente* dizia a verdade porém *nunca* era honesto, o que soa claramente contraditório; embora pudéssemos discutir se dizer a verdade e ser honesto querem dizer exatamente a mesma coisa, essa seria uma discussão de cunho filosófico para a qual o professor — é preciso dizer isto com todas as letras — não estaria preparado.

E a propósito, que merda é essa de "respeito pela cultura e pelos valores nacionais"? Supondo que se refira a dançar *cueca* em setembro ou a cantar o hino nacional às segundas-feiras pela manhã, ou a tocar obrigatoriamente na flauta doce a música "Todos juntos", do Los Jaivas, que importância tinha, na verdade, o fato de Vicente se negar a sapatear como um idiota essa dança machista e vulgar, de sensualidade forçada, banal e superestimada? E mudar por completo a letra do hino nacional não era, objetivamente, uma demonstração de "iniciativa e criatividade"? E por acaso não era mais interessante e rupturista que, em vez de "Todos juntos", Vicente tentasse tocar na flauta doce a música "Lithium", do Nirvana? O professor, além do mais, mentiu descaradamente ao afirmar que Vicente não participava *nunca* das aulas, quando na verdade ele participava das aulas *sempre*, e o problema era justamente esse, o fato de ele participar *demais* das aulas, o que muitas vezes impedia a participação dos professores.

— Você sabe que eu não sou assim, mãe — disse Vicente, quando Carla o confrontou com o relatório. — Vocês me obrigaram a fazer isso. Se vocês pagassem a operação da Oscu, meus problemas no colégio acabariam rapidinho.

Estavam na sala, em posição de família-tendo-uma-conversa-séria, quando algo totalmente inesperado aconteceu:

— Vamos fazer a operação sábado agora — anunciou Gonzalo.

— Como é? Por quê? — perguntou Vicente, desconcertado, esperançoso e comovido.

Carla também não estava entendendo nada, mas fingiu.

— Você ainda tem o dinheiro que juntou? — perguntou Gonzalo.

O menino assentiu.

— A gente vai completar com o que falta — disse, encerrando o assunto.

No dia marcado, os três partiram de carro, mas não até Colina, e sim até uma clínica próxima. Vicente protestou, mas explicaram para ele que tinham encontrado um novo veterinário especializado em odontologia felina, um sujeito jovem e proeminente que tinha acabado de instalar um consultório em Ñuñoa e que estava disposto a fazer a operação por cento e vinte mil pesos.

Vicente nem suspeitou do engano. Sua breve temporada no

inferno não lhe despojara completamente da ingenuidade. Além do mais, parte da história era verdadeira: o doutor era jovem e atendia numa clínica veterinária que acabara de abrir. Não era dentista, mas aceitou protagonizar a farsa em troca desses cento e vinte mil pilas que lhe caíam como uma luva.

O veterinário examinou Oscuridad e pediu que esperassem do lado de fora durante o tempo da intervenção.

— Essa gatinha está nova em folha — disse-lhes, depois de uma hora, mostrando umas radiografias de outro gato que conseguira. — No fim, não foi necessário tirar todos os dentes. Extraí apenas os do fundo, como podem ver aqui na imagem.

Na imagem não se podia ver nada com clareza, e tampouco na boca de Oscuridad, que reagiu com braveza quando o menino tentou inspecioná-la.

— A recuperação demora duas semanas, vocês têm que dar a ela papinha de neném — declarou o profissional.

— Antes você comia a comida do gato, e agora ele vai comer comida dos humanos — brincou Carla, e Vicente devolveu um sorriso satisfeito e longo.

O menino ficou encarregado de dar a papinha a Oscuridad, que estava feliz porque adorava aquilo, em especial a de frango e a de picadinho de feijão com macarrão.

Gonzalo ajudou Vicente a se preparar para as provas finais — além do mau comportamento, o menino corria o risco de repetir de ano, já que durante sua pretensa loucura tinha se dedicado a desenhar peitos, pintos e bundas nos exames parciais. Estudavam até tarde, por duas ou três horas, sobretudo inglês (o teste consistia em cantar "Sweet Child o'Mine" à capela), na qual Vicente acabou passando raspando. Mas já era tarde demais: o próprio Enrique Elizalde teve a missão, para ele muito grata, de formalizar que, considerando suas notas vermelhas em matemática e em ciências, Vicente havia repetido o quinto ano do ciclo básico.

— Repetir de ano não é tão grave — disse Gonzalo. — O pessoal carrega as tintas, mas eu, por exemplo, até teria gostado de repetir.

Os dois caminhavam sozinhos para o colégio, nunca antes haviam ido a pé, era um trajeto de quarenta e tantos minutos: Vicente iria debutar como repetente — incomodava-o o fato de seu nome rimar com sua nova condição, com seu estigma — e Gonzalo pensou que nessas circunstâncias poderia fazer sentido os dois se deterem naquela paisagem que costumavam olhar das janelas inquietas do carro.

— Não precisa mentir, Gonza. Sei que você quer me consolar, mas não vai rolar. — Vicente caminhava, como sempre, um pouco mais lento que Gonzalo, mas de repente dava uns pulos, como se desviasse de poças d'água imaginárias, para alcançar o padrasto.

— Não estou mentindo pra você. É que depois não dá pra voltar atrás, não dá mais tempo de parar. Fui criado num mundo em que não se podia repetir. E você pode repetir. É quase um prêmio. A gente deveria comemorar.

Vicente estava nervoso demais para sorrir. Na entrada do colégio, cumprimentou com triste cumplicidade os colegas do ano anterior. Gonzalo caminhou até o metrô pensando que realmente teria gostado de, em algum momento, repetir.

"Se não quiserdes mais sentir o terrível fardo do Tempo que vos dobra as costas e vos curva ao chão, é preciso que vos embriagueis sem trégua" — Gonzalo pensava insistentemente nessa frase de Baudelaire enquanto tomava café e comia um brownie no refeitório da faculdade. Tinha menos de uma hora para preparar uma aula, mas decidiu não fazê-lo, pois ao fim e ao cabo suas aulas, assim como quase tudo em sua vida, acabavam sendo melhores quando ele decidia improvisar. Dedicou-se, então, a redigir esta espécie de carta, com a intenção de entregá-la ou lê-la para Vicente:

O tempo nos encurrala. O tempo nos engorda, desenha rugas, cabelos brancos e muletas em nós. Não podemos pará-lo, retrocedê-lo, adiantá-lo. E, no entanto, repetir de ano é de algum modo como parar o tempo: congelá-lo, enganar momentaneamente o futuro, a morte.

Repassamos com tranquila rapidez as matérias que já conhecemos. Enfim podemos nos demorar: enfim podemos duvidar, aprofundar, rir de nossas feridas, curá-las. Nós, repetentes, avançamos num ritmo próprio, dispostos a nos perder, a nos desviar. Sem medo. Sem medo do medo.

Conhecemos a trama. As perguntas das provas voltam à nossa memória como reconfortantes melodias famosas. São músicas de que não gostamos, mas das quais mesmo assim sabemos a letra. Observamos nossos professores, assistimos compassiva e generosamente a suas aulas, porque eles também são — agora sabemos — repetentes. Nós, repetentes, perdemos a detestável ansiedade pelo sucesso. O fracasso nos devolve a nobreza e a alegria.

Quase sem nos darmos conta, fazemos as coisas um pouco melhor. Ou decidimos errar de novo. Porque podemos repetir de novo, uma e outra vez. Conquistamos a liberdade de jogar o mesmo jogo até nos cansarmos, embriagados de felicidade; com as palavras de sempre, construímos poemas que nunca ninguém entenderá, nem nós mesmos, porém os lemos em voz alta mil vezes e experimentamos mil vezes o mesmo imenso prazer.

Os que seguiram em frente — os CDFs, os dóceis, os obedientes — olham-nos com inveja nos recreios, porque sabem que não foram sábios o suficiente, que perderam a impagável oportunidade de repetir; os que não repetiram se entregaram de vez, irreversível e ingenuamente, ao tolo jogo do cronômetro e da angústia. Nós, repetentes, habitamos outro tempo, lendário e novo.

Carla adorou a carta, porém naturalmente objetou sobre essa coisa de "podemos repetir de novo, uma e outra vez". Gonzalo lhe deu razão e no fim decidiu não mostrá-la a Vicente. Só então se deu conta de que seu reencontro com Carla, nove anos depois, tinha sido, em quase todos os sentidos, como repetir na escola. Disse isso a ela naquela noite, muito tarde, os dois meio bêbados, e então repetiram, pela enésima vez, a cerimônia de se fazerem em pedaços na cama, uma cerimônia que queriam continuar repetindo indefinidamente, estavam totalmente dispostos à repetência eterna de uma vida que, sobretudo em noites como essa, lhes fascinava: entorpecidos pelo sexo, embelezados pelas gargalhadas, eram até capazes de saborear as palavras que se abriam e se confundiam como se tivessem acabado de aprendê--las: ritual, rotina, rito, rota, ruga.

* * *

Com o tempo se perde o ruído dos dias, torna-se difícil lembrar com precisão como a vida cotidiana soava, qual era nossa ideia de silêncio — qual era o repertório de sons inclusos no ruído branco: espirros, tosses, suspiros e bocejos, os carros e caminhões passando na rua, a gritaria esporádica de vendedores e pregadores, o barulho caprichoso da geladeira, as sirenes distantes, os alarmes e os pássaros que imitam os alarmes, as melodias assoviadas ou murmuradas, os tremores das portas, e inclusive as palavras, as frases plenamente articuladas em tons que não rivalizam com o silêncio. Todo mundo fala sozinho, por exemplo. Isso nunca aparece nos filmes. Nos filmes, alguém falar sozinho parece intolerável. Todo mundo fala sozinho, mas se veem um filme em que as pessoas falam sozinhas, são capazes de sair no meio da sessão, indignados, e voltar a suas casas para dizer em voz alta a ninguém: que filme ruim.

Gonzalo, Carla e Vicente falavam muito entre si, claro, mas também falavam sozinhos: Gonzalo falava com a tela do computador e com o espelho e com a panela de pressão e com todo tipo de eletrodoméstico, enquanto Carla falava com o espelho, com as plantas e com ninguém, e Vicente falava com ninguém, apesar de que quando falava com ninguém parecia que estava falando com o gato. Os três sempre falavam com o gato, mas falar com o gato não é falar sozinho. E os três distinguiam perfeitamente quando os demais estavam falando sozinhos, e nem mesmo surgiam mal-entendidos, nem mesmo era necessário que alguém esclarecesse que estava falando sozinho. E talvez seja a isso que se refere quando se fala de famílias felizes.

Sempre fumavam no jardim da frente. Sempre trocavam imediatamente as lâmpadas queimadas e as pilhas do controle remoto. Geralmente respeitavam os semáforos. Ocasionalmente usavam palitos de dente.

Sempre compravam canela e alho em pó. Geralmente tinham azia. Geralmente tinham reparos a fazer e esperanças.

Sempre enchiam as fôrmas de gelo logo depois de usá-las. Geralmente comiam ovos mexidos, ocasionalmente cozidos, nunca crus com limão nem meio cozidos.

Sempre compravam pão francês, geralmente tiravam o miolo, ocasionalmente usavam-no para brincar de guerra.

Geralmente mudavam os lençóis e as expectativas. Ocasionalmente jogavam cartas e dominó. Ocasionalmente brincavam de fazer sombras com as mãos. Nunca desfragmentavam o disco rígido. Nunca tiravam a tempo as folhas das calhas. Nunca dormiam com a televisão ligada.

Geralmente Gonzalo ia ao estádio com Vicente, e ocasionalmente também com Carla, para ver o Colo-Colo, que naquela época geralmente ganhava, agradava e ocasionalmente goleava.

Geralmente Gonzalo e Carla iam às passeatas, ocasionalmente acompanhados por Vicente, que era sempre o que mais gritava e aproveitava.

Geralmente Carla e Gonzalo dormiam abraçados. Geralmente transavam quatro vezes por semana, e o mesmo menino que antes descia para se deitar na cama grande não descia mais.

Geralmente Carla ficava por cima de Gonzalo, geralmente tinha orgasmos, geralmente mais de um, ocasionalmente mais de dois. Sempre, depois de fazer amor, ela ia ao banheiro. Ocasionalmente Gonzalo comia seu cu.

Carla chupava o pau de Gonzalo geralmente pela manhã, quando voltavam depois de deixar Vicente no colégio e ainda tinham meia horinha disponível antes de sair para o trabalho. Geralmente, enquanto o chupava, ela se masturbava.

Geralmente engolia o sêmen, ocasionalmente gostava de recebê-lo em seu rosto e sempre que isso acontecia ela dizia, rindo, que era bom para a cútis.

Geralmente Carla pensava que viveria até os cem anos, sentia que era de certo modo indestrutível, mas ocasionalmente se surpreendia pensando na morte.

Geralmente Carla pensava que, se ela morresse, Gonzalo continuaria morando com Vicente. Gonzalo também pensava isso.

Ocasionalmente falavam de ter um filho, geralmente era Gonzalo quem puxava o assunto. "Outro filho", dizia, geralmente, mas ocasionalmente o chamava de "meu próprio filho".

Geralmente Carla pensava que se Gonzalo morresse, ela passaria alguns anos de luto e isolamento, mas depois refaria sua vida com outra pessoa.

Geralmente Carla esquecia por completo que Gonzalo não era o pai de Vicente. E isso acontecia também, ocasionalmente, com o próprio Vicente.

Geralmente Carla pensava que ficaria com Gonzalo por toda vida.

Geralmente Gonzalo pensava que ficaria com Carla por toda vida.

Ocasionalmente Carla pensava que, em algum momento, num futuro impreciso, gostaria de dormir com outras pessoas. Ocasionalmente se deixava cortejar por colegas de trabalho que a achavam gostosa.

Ocasionalmente Gonzalo fantasiava que dormia com suas alunas ou com outras professoras. Ocasionalmente pensava que, em algum momento, num médio prazo, acabaria fazendo isso.

Geralmente Carla pensava que se pegasse Gonzalo com outra mulher morreria de raiva, mas no fim o perdoaria.

Geralmente Gonzalo pensava que se pegasse Carla com outro babaca morreria de raiva, mas no fim a perdoaria.

Geralmente Carla queria estar onde estava e queria ser quem era.

Dizem que isto é felicidade: nunca sentir que seria melhor estar em outro lugar, nunca sentir que seria melhor ser alguém que não você. Outra pessoa. Alguém mais jovem, mais velho. Alguém melhor.

É uma ideia perfeita e impossível, mas, mesmo assim, durante todos aqueles anos, Carla geralmente queria estar exatamente onde estava. Gonzalo também. E Vicente também, Vicente mais que todos queria estar exatamente onde estava, com exceção dos fins de semana com seu pai, quando sentia saudades de seu quarto, de sua casa, de sua família.

Uma noite, Gonzalo sonhou que estava num avião, no meio de uma viagem longa, talvez transatlântica, com a testa colada numa janela: não conseguia ver muito além da escuridão informe do céu noturno, e no entanto continuava olhando por um tempo que no sonho parecia infinito, até que sentia uma vontade terrível de mijar — para passar, precisava incomodar dois sujeitos quase idênticos que babavam e soltavam uns roncos quase sincronizados entre si, mas conseguia, de forma meio milagrosa, fazer uma manobra para não acordá-los.

Gonzalo caminhava se equilibrando em direção à luz verde que indicava que o banheiro estava desocupado, mas, ao abrir a porta, havia uma mulher sentada no vaso, com a calcinha no joelho e os joelhos juntos. Não parecia surpresa, e nenhum gesto de seu corpo indicava que queria se proteger.

— Este é o banheiro feminino — dizia a mulher, gentilmente.

— Nos aviões não é assim — respondia Gonzalo, sem estar convencido de que essa frase aproximada, imperfeita, expressava o que ele queria dizer.

— Você estudou num colégio para meninos — adivinhava a mulher.

— E o que isso tem a ver? — Gonzalo tinha a impressão de que a conhecia.

— Você acha que é natural separar homens e mulheres, como se fossem incompatíveis? — o tom da mulher beirava a hostilidade, mas conservava, ainda assim, uma melodia casual, despreocupada.

— Por isso que estou falando, esse banheiro é pra homens e mulheres.

— Você não entende nada, Gonza. Enquanto eu termino aqui, mije na pia, como você fazia antigamente. Eu não acho nojento — dizia ela.

Acordou no meio da noite, com uma irrefreável vontade de mijar. Enquanto tentava dar os dez passos que o separavam do banheiro, reteve algumas imagens do sonho, que lhe pareceu divertido e extravagante, sobretudo porque nunca fizera uma viagem longa de avião. Não mijou na pia, como de fato fez algumas vezes na adolescência. Ainda estava sonolento, teve dificuldades de orientar o jato, que acabou saindo disparado por toda parte. Pensou em limpar, olhou para a garrafa de cloro num canto, mas estava morrendo de sono, de modo que voltou para a cama e dormiu no mesmo instante.

Foi acordado por Carla antes das seis, ainda estava escuro. Gonzalo lembrou que tinha mijado fora do vaso e pensou que ela o estivesse acordando para dar bronca.

— Já sei o que você vai me dizer — Gonzalo limpou a garganta.

— O que eu vou te dizer? — Carla não parecia zangada, mesmo.

— Que eu mijei fora do vaso.

— E o que você vai me responder?

— Que não é tão fácil acertar. O primeiro jato, principalmente, é difícil de controlar.

— E o que mais?

— O que mais o quê?

— O que mais eu vou te dizer?

— Que eu tenho que mijar sentado. Porque o que custa mijar sentado. E eu vou te responder que é o costume, que homens não mijam sentados. E você vai me dizer que minha ideia de masculinidade é bem tosca. E eu vou te responder que mijar de pé não tem nada a ver com minha ideia de masculinidade.

— Tem razão, eu ia te dizer tudo isso, mas só depois — disse Carla, levando a mão direita à testa, como se tivesse febre.

— Queria te contar que acordei faz meia hora e que fui ao banheiro, e claro que me incomodou limpar seu xixi, mas depois eu me sentei pra mijar e fiz o teste e estou grávida.

Demoraram uma semana para contar a Vicente, que reagiu com inesperada indiferença. À noite, foram comemorar numa pizzaria e pediram, como sempre, uma funghi tamanho grande, mas Vicente não quis nem provar.

— Qual é o problema? — perguntou Gonzalo.

— Não gosto de cogumelos.

— Gosta, sim.

— Eu gostava, mas não gosto mais — respondeu Vicente, com misteriosa timidez.

— E o que você quer?

— Um expresso.

Nunca antes havia tomado um expresso, mas acreditava que, do alto de seus onze anos, tinha o direito. Insistiu em tomar não apenas um, mas três expressos seguidos, que bebeu com toda pompa e que achou horríveis, mas fingiu que estava gostando. Livrou-se do gosto residual devorando uma torta de limão.

— Tem certeza de que não quer pizza? — perguntou Carla, quando já estavam indo embora. — Quer que a gente peça pra esquentarem pra você?

— Não, obrigado — disse Vicente, enfatizando bem o "obrigado".

Demorou a dormir, por causa da cafeína, mas talvez se não tivesse tomado aqueles cafés também teria demorado a dormir. Apareceu às três da manhã na sala e encontrou Gonzalo, que também estava acordado.

— Quer pizza agora?

— Sim — disse Vicente.

— Está chateado por conta da notícia? — perguntou Gonzalo, enquanto requentava dois pedaços grandes no forno.

— Fico com vergonha quando as pessoas pedem pra levar o que sobrou.

— Por quê?

— Não sei, fico com vergonha.

— É que tinha sobrado muito. Por que você não quis comer?

— Porque eu não estava com fome.

— Está chateado por conta da notícia? — insistiu Gonzalo.

— Que notícia?

— A do seu irmão. Ou irmã. O que você prefere?

— Irmão — disse Vicente, mas logo retificou: — Irmã.

Vicente tampouco sabia bem o que sentia. Gostava da ideia de um irmão, ou pelo menos pensava que deveria gostar. Por algum motivo não era capaz de imaginar esse irmão ou irmã. Dormiu um pouco, acordou com o ronronar feroz da gata próximo ao seu ouvido esquerdo. Pensou que Oscuridad talvez fosse dormir, no futuro, com esse irmão ou irmã, e de repente teve certeza de que seria uma irmã. Foi um pensamento muito concreto, muito visual, muito poderoso. Voltou a dormir. De manhã, sua hesitação havia se transformado em entusiasmo. Uma irmã, pensava: excelente. Aproximou-se, do nada, de Gonzalo e de Carla e declarou que estava feliz.

— Mas não sei que nome dar pro bebê — acrescentou, em tom de preocupado.

— Você não pode dar o nome pro bebê — disse Carla, séria, depois de trocar olhares nervosos com Gonzalo. — Não é um animal de estimação.

— É que são os pais que se encarregam de dar nome aos filhos — disse Gonzalo.

— Eu sei! — disse Vicente. — É uma brincadeira, como vocês não percebem que é uma brincadeira, parece que perderam o senso de humor. Mesmo assim, o ideal seria que cada pessoa escolhesse o próprio nome.

— Não dá — disse Carla. — Um bebê não pode ficar sem nome. É ilegal.

— Deviam dar um número pra ele enquanto isso, e depois a criança decidiria o próprio nome sozinha — disse Vicente.

Gonzalo pensou que era uma ideia razoável.

— E você gosta do seu nome? — perguntou. — É o mesmo nome do Vicente Huidobro.

— Gosto. Eu também teria escolhido Vicente. Soa bem. Acertaram comigo, mas podiam ter errado.

— Tomara que a gente acerte com seu irmão — disse Gonzalo.

— Vai ser irmã — vaticinou Vicente.

* * *

 Embora Carla estivesse com apenas oito semanas de gravidez, gostavam de fazer o exercício de pensar em nomes, não conseguiam evitar. Além do mais, fazia sentido começarem a negociar, pois não conseguiam concordar em nada. Carla preferia nomes comuns, como Carolina, Sofía, Matías ou Sebastián.
 — De Sofía e Matías eu gosto, mas são cacofônicos — disse Gonzalo, numa manhã de domingo, duas semanas depois.
 Voltavam da feira, os homens levavam as sacolas, apesar de Carla insistir para a deixarem carregar pelo menos a de alface e chicória. Vicente tinha dado uma esticada e estava muito magro — mesmo assim arrastava com dignidade a sacola das batatas.
 — Eu gosto do som dos dois — disse Carla.
 — *Naquele dia Sofía sabia que Matías trazia uma melancia...* — Gonzalo pensou que *Vicente* também rimava com tudo, mas não falou nada.
 — Soam mal num livro, mas não na realidade.
 Gonzalo preferia nomes em desuso, originais e bem literários, como Casandra, Cordelia, Miranda, Horacio ou Romeo.
 — Se for assim vamos pôr Sófocles logo, ou Édipo — contra-atacou Carla.
 — Não é um nome ruim, Édipo — disse Gonzalo, olhando para o horizonte ironicamente, como se considerasse essa possibilidade. — E Medeia. Édipo ou Medeia.
 — Quem a Medeia matou?
 — Os próprios filhos — respondeu Gonzalo, rindo.
 — Ah, perfeito então, Medeia — disse Carla —, vamos simplificar a vida da menina.
 — Se é tão difícil pra vocês entrarem num acordo, não entendo por que não deixam eu escolher o nome — interveio Vicente.

— Tem razão, ajude a gente, então — disse Gonzalo. — Dê algumas ideias. Faça uma proposta.

Vicente levou a sério seu papel de assessor onomástico: começou de imediato uma lista de nomes de menina, porque estava tão convencido de que teria uma irmã que procurar nomes masculinos lhe parecia uma perda de tempo. Seu critério era uma mistura perfeita dos critérios de Carla e Gonzalo, porque pensava em nomes não tão comuns, porém nada extravagantes; nomes clássicos que então não estavam na moda. Entrevistou também algumas colegas de sala, para ter mais segurança.

— Amparo — propôs alguns dias mais tarde, com uma confiança inabalável e um monte de argumentos contundentes para enfrentar as possíveis objeções.

Estavam lanchando, era um dia raro de muita luminosidade no começo de maio, parecia a ocasião perfeita para discutir o tema, mas sobreveio um silêncio inexplicável.

— Pode ser também Aurora, Antonia ou Ana — acrescentou, enquanto tentava entender o que estava acontecendo. — Os nomes de menina que começam com A são os melhores. E Ana se escreve igual para frente e para trás.

Carla desatou a chorar e saiu para o banheiro. Embora quisesse ser ela a dar a notícia, foi Gonzalo quem teve de dizer a Vicente que já não haveria irmão nem irmã, pelo menos não no momento. O menino reagiu com perplexidade e, algumas horas depois, quando sua abatida mãe saiu do quarto com uma bolsa para ir à clínica, abraçou-a com mais força que nunca. Tiveram de explicar a ele o que nenhum dos dois quisera até então verbalizar: que havia restos do feto morto na barriga de sua mãe. Usaram a palavra *curetagem*, que lhes parecia mais técnica ou mais compassiva que a palavra *raspagem*. Uma babá chegou, Vicente queria ficar sozinho, mas cedeu.

* * *

O ginecologista tinha marcado a raspagem numa maternidade, o que multiplicava a amargura ao infinito. No carro, Carla não escutava as inúteis frases de consolo que Gonzalo proferia. Estava concentrada, em sua imaginação, em algo como um deus antigo, vingativo, ou melhor, rancoroso: um deus postergado, consciente de sua irrevogável decadência, que usava suas últimas munições, o que restava do imenso poder que algum dia chegou a possuir, para se fazer presente, para se manter fiel ao hábito da destruição.

— Quero ficar sozinha — disse, ao entrar no quarto, no tom mais doce de que foi capaz. — Vá fumar. Eu peço pra te chamarem depois que tudo acabar, meu amor.

Foi o que Gonzalo fez, enquanto preparavam a operação: fumar raivosamente e segurar as lágrimas, o que não era fácil, porque fumar e chorar são atividades complementares. Em algum momento se lembrou do costume masculino de fumar charutos para celebrar os nascimentos e viu a si mesmo como uma paródia de pai, com seu horrível Belmont Light nos lábios. Distraiu-se momentaneamente decidindo que dali em diante fumaria apenas Lucky Strike ou Marlboro.

Voltou à recepção da clínica e reparou nas reproduções de pinturas antigas, todas aludindo a nascimentos, que se acumulavam nas paredes. Havia cinco quadros de Mary Cassatt. Gonzalo olhou intensamente a imagem de uma mulher com um laço no cabelo abraçando uma bebê loira. Ambas as figuras apareciam de perfil, uma de frente para a outra, como se estivessem se escondendo do espectador; como se o espectador ficasse de fora da felicidade, condenado a somente imaginá-la.

Saiu de novo para fumar e agora, sim, chorou na calçada. Havia chorado muito pouco até então — sentia a impropriedade, a ilegitimidade de sua dor, pensava que o pranto cabia exclusivamente a Carla, como se houvesse uma cota de pranto, uma quantidade pré-designada de sofrimento. Ambos haviam perdido o filho, mas sobretudo ela. Era ele quem a consolaria, essa era sua missão, sua função, seu trabalho. Porque o ventre raspado era o dela.

Quando o informaram que a operação havia terminado e que Carla continuaria sedada por umas horas, Gonzalo correu em busca do ginecologista.

— O que era, doutor?

— Como?

— O bebê, era menino ou menina? Você sabe? Dá pra saber?

— Pra que você quer saber — disse o médico, num tom que não soava como uma pergunta.

— Porque eu quero saber, só isso — disse Gonzalo. — Tenho o direito de saber.

O doutor sorriu amavelmente e tentou abraçar Gonzalo, que resistiu.

— Não sei — respondeu o doutor, e avançou pelo corredor a caminho do estacionamento.

Queria saber, teria preferido saber, embora não entendesse por que nem para quê. Para mesmo assim dar um nome, talvez. Voltou ao quarto e se sentou no sofá-cama onde passaria a noite. Pegou a mão de Carla no exato momento em que o choro de um bebê recém-nascido explodia no quarto contíguo. Carla acordou, não queria conversar, voltou a dormir às onze. Gonzalo não dormiu nem soltou a mão de Carla a noite toda.

Vieram dias de uma tristeza uniforme, atenuada, que doía como dói o eco de um grito lancinante. Nas tardes viam filmes de Éric Rohmer e às vezes Vicente ficava um tempo com eles diante da tevê, entre interessado e entediado, consciente de que ver aqueles filmes era nada mais que uma forma de enfrentar o silêncio.

Uma manhã acordaram com a notícia de que o safadão havia morrido, mas não de câncer — o tratamento tinha sido um sucesso —, e sim de um ataque do coração enquanto tocava violão num bar de Matucana. Fazia quase um mês que Carla não saía nem para ir à esquina, mas pensou que fazia sentido voltar ao mundo através de um funeral. Enterraram-no no Parque del Recuerdo, um cemitério caro demais, mas, juntando todos os enlutados, deram um jeito de criar um sofisticado sistema de cheques, transferências e promissórias. No funeral, dois camaradas e três filhos do finado tomaram a palavra para compor uma biografia do safadão em termos igualmente elogiosos, e entre eles estava a mãe de Gonzalo.

Depois da cerimônia, Carla e Gonzalo se sentaram num banco de pedra, à sombra de um memorioso ginkgo biloba.

— Até que era simpático, seu avô — disse ela, só para dizer alguma coisa.

— O quê?

— Na tarde que a gente o conheceu, apesar de tudo, gostei dele. Era um imbecil, mas gostei dele. É raro isso.

— O quê?

— Quando você sabe que fulano é um imbecil, mas mesmo assim gosta dele.

— Sim. Mas eu não gostava dele — disse Gonzalo. — Era um sedutor. Por isso você gostou dele.

Caminharam para o carro, em silêncio, os dois pensavam no filho perdido. Gonzalo nomeava as árvores, como se as cumprimentasse: quilaia, bordo japonês, faia-europeia, liquidâmbar, extremosa, abeto azul.

— Não sabia que você era especialista em árvores — disse Carla, verdadeiramente surpresa.

— Não sou nenhum especialista. Uma vez, no parque Intercomunal, o Vicente me perguntou o nome de uma árvore e eu não soube dizer qual era. Fiquei com vergonha e comecei a estudá-las.

— Eu sei muito poucos — disse Carla.

"E se não souber o nome das árvores, invente." Enquanto dirigia de volta para casa, Gonzalo se lembrou dessa frase que lera não sabia onde, talvez num ensaio sobre literatura medieval. Depois pensou nesses cemitérios novos: apenas umas lápides espalhadas ao longo de um parque amplo e lindo, com a grama sempre rigorosamente aparada, como um campo de golfe. Detestava-os, achava-os falsos, saturados de um otimismo ilegítimo, desprovidos de nobreza, de beleza.

— Ainda assim eu gosto do nome desse cemitério — disse, como que para si mesmo.

— Como?

— Parque del Recuerdo — disse. — Não gosto desse tipo de cemitério, mas gosto do nome desse.

— É bom, sim — disse Carla, apenas para dizer alguma coisa.

Naquela noite, Gonzalo falou dormindo. Nunca havia acontecido, ou havia acontecido, mas não dessa maneira, porque não eram palavras soltas, e sim frases inteiras: falava tão alto que Carla acordou e chegou a ouvir o que ele dizia. "Você não tem o direito de me pedir isso" era uma das frases. As outras: "O metrô estava cheio, preferi vir caminhando"; "Deixa que eu chuto, babaca"; "Não está calor"; "Eu me lembro, é claro que eu me lembro".

Carla tentou imaginar esse sonho, cujo significado lhe parecia insondável, mas também, de alguma forma, preciso. E embora não faça sentido tomar decisões a partir de um sonho, muito menos de um sonho alheio e incompreensível, a imagem de Gonzalo falando ao dormir reforçou em Carla a convicção de que nunca mais tentaria engravidar.

"A natureza é sábia", sua mãe lhe dissera quando soube da perda, e para Carla havia poucas coisas menos satisfatórias do que concordar com sua mãe, mas precisava admitir que sentia isto em alguns momentos: que seu corpo havia tomado uma decisão, a decisão correta. Até a hesitação inicial de Vicente lhe parecia, olhando em retrospectiva, um aviso, uma premonição do que aconteceria.

— Estamos bem assim, você já é pai — disse Carla, de manhã. — Você tem sido um pai incrível, o melhor pai pro Vicente.
— Obrigado — disse Gonzalo, surpreso. — E o León?
— O León não vale nada.
— A gente o mata, então?
— Sim.
— E como?
— Com uma Colt 45 — disse Carla, com uma risada travessa, luminosa.
— Melhor com uma metralhadora — disse Gonzalo —, pra garantir.
— A gente o envenena.

— Com veneno de rato.
— Vamos pôr na guilhotina logo.
— Empalar.

Continuaram por um tempo dando risada, enquanto imaginavam os pormenores do crime e os álibis.

— Essa noite você falou dormindo — disse Carla, como se quisesse mudar de assunto, embora tivesse a sensação ambígua de que não, de que continuava falando da mesma coisa.

— E o que eu disse?

— Muitas palavras, muitas frases. Não lembra? Não se lembra do sonho, ou de ter sonhado?

— Não, de nada. O que eu disse?

— Muitas coisas.

— Quais?

— Não me lembro. Nada ruim, eu acho. Não entendi direito.

Depois de anos aproveitando os fins de semana leoninos para organizar festas ou almoços e jantares, Carla e Gonzalo ficaram avessos a desenvolver uma vida social. Não tinham entrado num acordo de fato, mas ambos preferiam não receber visitas por um tempo indefinido, precisavam reabilitar a casa antes de voltar a compartilhá-la. Uma sexta-feira à tarde, no entanto, Gonzalo anunciou que o poeta Salgado iria jantar com eles ("ele está mais deprimido que o normal", explicou). Carla ficou incomodada e disse que preferia que os dois fossem sozinhos a algum bar.

Plenamente satisfeita com sua resolução, deitou-se na cama para escutar um disco de Juana Molina que acabara de comprar. Em vez de aproveitar a solidão para ligar o aparelho de som no máximo, preferiu maltratar os próprios tímpanos com os fones de ouvido de um discman que estava praticamente novo, porque tinha ganhado de presente pouco antes do nascimento de Vicente, quando não suspeitava que sua relação com a música estava a ponto de mudar de modo talvez irreversível. Enfiou as pilhas do controle remoto no discman e se deitou na cama para escutar as primeiras músicas do CD, das quais gostou, mas a experiência de voltar aos fones se mostrou complexa ou árdua ou absurda — sentia que estava faltando algo, que não tinha o direito de se desconectar daquela maneira, que estava se expondo a algum tipo de perigo. Tirou os fones e pôs o disco para tocar no aparelho de som enquanto picava frutas para uma salada. Escutou-o duas vezes seguidas, pensou que era um som novo, intenso, singular.

Depois devolveu as pilhas ao controle remoto e se preparou para uma maratona de *Friends*, coisa que não podia fazer com Gonzalo, que considerava a série superficial, apesar de rir com as tiradas de Phoebe e as confusões de Joey (e secretamente pensava que Carla era uma mistura embolada de Rachel e Monica). Carla nunca tinha voltado a assistir à primeira temporada, e se deleitou com os episódios como alguém se deleita com antigos vídeos de família. Todos pareciam tão jovens, quase umas crianças: imaginou a si mesma em meados dos anos 1990, ainda mais jovem que os atores de *Friends*, pensou que nessa época provavelmente teria passado uma tarde igual a essa — deitada na cama só de calcinha, assistindo na tevê a esses mesmos episódios, talvez rindo das mesmas piadas. Não achou ridículo se entreter tantos anos depois da mesma forma, pelo contrário, esses pensamentos a inundaram com uma alegria enigmática e plena.

Viu os primeiros oito capítulos da primeira temporada, pulou o nono — achava as histórias de Ação de Graças tediosas — e já estava na metade do décimo, aquele em que Ross adota um macaco e Phoebe conhece David, quando ouviu Gonzalo chegando de seu jantar com o poeta Salgado. Pôs a camisola de má vontade e apareceu na sala em pé de guerra. O poeta Salgado era o melhor amigo de Gonzalo e o que Carla achava mais engraçado, mas naquela noite não queria compartilhar o pouso com dois bêbados.

— É que ele realmente está muito deprimido, quer continuar conversando — explicou Gonzalo.
— Ofereça seus antidepressivos — disse Carla.
— Eu não tomo antidepressivos — respondeu Gonzalo, desconcertado.
— Desculpe, Carla — interrompeu Salgado, com a falsa prudência dos bêbados. — É que ando meio azarado. Não entendo por que a coisa vai tão mal.
— E o que vai tão mal pra você? — perguntou Carla.
— As mulheres.
— Bom, eu sei por quê — respondeu Carla. — Vai mal porque você é um egocêntrico e está mais gordo que sei lá o quê. Só de pensar em dormir com você as mulheres fogem assustadas.

No instante seguinte, Carla se arrependeu de seu desaforo, e ficou um tempo com os homens, se desdobrando em explicações inúteis. Embora nunca tivesse precisado fazer dieta, por culpa criou na hora uma muito simples para o poeta Salgado, a quem na verdade ninguém chamava de poeta Salgado, porque desde criança era conhecido como Barriga Salgado, a tal ponto que ele mesmo costumava se identificar dessa maneira, o que de algum modo lhe permitia esquecer-se de sua obesidade, ou não percebê-la como um problema, porque havia se tornado mais um nome que uma característica. (Houve uma época em que perdeu cerca de dez quilos, e então diziam que o Barriga Salgado estava magro, o que obviamente não queria dizer que ele estivesse de fato magro e sim que parecia ligeiramente menos gordo.)

— Perdoe a Carla, ela não quis te ofender, às vezes ela é honesta demais, só isso, e você sabe que as coisas não têm sido fáceis pra nós ultimamente — disse Gonzalo depois, numa voz pretensamente baixa, porque também estava mais para lá do que para cá. Carla escutava tudo do quarto, de qualquer modo.

— Não se preocupe, eu sei que estou com um pouco de excesso de peso — o Barriga teve um pouco de dificuldade de pronunciar a palavra *excesso*.

Já fazia uma hora que vinha anunciando que estava prestes a partir, mas Barriga Salgado precisava que o mandassem embora para de fato sair.

— Vamos, camarada, hora de dormir — disse Gonzalo.

Salgado se recompôs com dificuldade e, depois de bater repetidamente nas costas de Gonzalo, disse:

— Tomara que dê certo, irmãozinho. Toda sorte do mundo pra você.

— Obrigado, camarada — respondeu Gonzalo, entredentes.

O que tinha de dar certo para Gonzalo? Carla não fazia ideia. Não quis perguntar a ele, porque estava morrendo de sono e também porque queria decifrar o mistério sozinha. Ficou boa parte do sábado repassando minuciosamente a cartela de possibilidades. Já estava claro que não voltariam a tentar ter um filho, mas então pensou que Gonzalo apostaria em convencê-la, que esse era seu objetivo secreto. Fazia sentido, porque ele havia sido, historicamente, o promotor da ideia e até era estranho que, três meses depois, parecesse conformado ou resignado.

Alarmada por esse pensamento, perguntou diretamente a Gonzalo que segredo era esse, que coisa era essa que o Barriga Salgado desejara que desse certo. Ele respondeu com naturalidade, de modo convincente, que estava com um livro de poemas pronto e que existia a possibilidade de publicá-lo pela Ediciones Puente de Madera.

— Eu não fazia ideia de que você tinha terminado um livro.

— É que eu achei que você não fosse se interessar.

— Me interessa, sim. Muito. Claro que me interessa. Me deixe ler, por favor.

— Vou corrigir umas coisas e te mostro.
— Quero ler agora — disse Carla, com uma determinação doce; não soava autoritária, apenas enfática.
— Amanhã?
— Agora.

Com o passar dos anos, o interesse de Carla pela poesia não havia aumentado — não tinha tempo, na verdade: de vez em quando pegava algum romance de Amélie Nothomb, de Yasunari Kawabata ou de Salman Rushdie, mas poesia, nunca, e, embora às vezes achasse os amigos poetas de Gonzalo divertidos, e embora ele mesmo falasse constantemente sobre poetas, ela tendia a se esquecer de que, além de estudar e de ensinar poesia, Gonzalo também escrevia. Contudo, se ele estava prestes a publicar uma coletânea de poemas, ela queria lê-la, claro que sim.
— E a Puente de Madera é a única opção? — perguntou Carla.
— Bom, é a editora de poesia mais prestigiosa do momento — disse Gonzalo, como quem explica algo óbvio.
— Tomara que dê certo. Quais são as chances?
— Eles estão lendo, ainda não me disseram nada.
— E você mandou pra outras editoras também?
— É que não tem tantas opções. A Visión Comunicable também é uma boa editora, mas a distribuição é péssima, e os caras da Ediciones Sin Futuro são bacanas, gosto deles, mas os livros são horríveis. E as outras editoras são dominadas por máfias às quais não tenho acesso. E às quais não me interessa ter acesso.
Essa última frase foi um achado, porque conferiu a seu emissor certa integridade artística. Gonzalo pegou o controle remoto e começou a zapear na mesma velocidade nervosa com que pestanejava.

— Quero ler o livro — insistiu Carla.
— Eu vou te mostrar. Deixe eu revisar um pouco. Não acabei ainda.
— Mas você disse que tinha acabado. Então você mandou pra essa editora sem ter acabado?
— É que quando enviei achei que tinha acabado. O Paul Valéry diz que não se acaba uma obra, mas se abandona — essa frase perfeita soava estranha no contexto, como se Paul Valéry fosse um presunçoso professor de francês ou um sentencioso carpinteiro.
— Tá, mas quero ler agora. Vá buscar, o que custa — disse Carla, suplicante.
— Certo, mas antes preciso fazer cocô.

Pegou o computador e se trancou no banheiro. Sentou-se no vaso sem baixar a calça, pois não era verdade que queria fazer cocô. Repassou as pastas onde acumulava seus poemas e os releu atropeladamente, tentando vê-los com distância, através dos olhos de Carla ou de um eventual desconhecido. Pensou que não eram ruins, ou quem sabe que seria difícil decidir se eram bons ou ruins, e isso talvez significasse que eram mais bons que ruins. Também pensou que não eram ruins, mas sim desnecessários. Não parecia que o mundo precisasse daqueles poemas. Queria escrever os poemas que ninguém antes havia escrito, mas naquele momento pensou que ninguém os escrevera porque escrevê-los não valia a pena.

Entristeceu-o admitir ou compreender que seus poemas não entusiasmariam ninguém. Em outros arquivos havia rascunhos mais intensos e extremados, que encerravam em si emoções hesitantes, instáveis, textos engraçados ou raivosos ou desesperados, como sua diatribe contra os pais biológicos, mas pensava que eram textos crus, perigosamente transparentes. Era capaz de reconhecer em outros autores o relâmpago purificador da raiva, o ardor do desembaraço, admirava alguns poetas desmedidos, barrocos, arbitrários, insondáveis, mas ao escrever buscava se manter o mais distante possível da expressão pessoal, da ditadura dos sentimentos. A raiva não serve para escrever poemas, costumava pensar, mas naquela tarde, enquanto repassava sua obra completa escondido no banheiro, entendeu que estava equivocado; que a raiva servia, sim, que havia força na raiva e beleza na força.

Não tinha tempo, porém, para improvisar algo, de modo que optou por juntar alguns poemas, os que lhe pareceram mais bem-acabados, para montar o manuscrito de seu suposto primeiro livro. Copiou e colou os textos num arquivo que intitulou "Livro poemas versão 34", escolheu a tipografia, o tamanho da fonte e o espaçamento entrelinhas, e por questões de verossimilhança puxou a descarga e até passou um spray aromatizador de ambientes.

Carla estava na cama, esperando por ele, havia desligado a televisão. Ele leu para ela os vinte primeiros poemas, que Carla achou claramente ruins, embora tenha pensado que talvez não conhecesse o suficiente sobre poesia para opinar — era um pensamento compassivo, pois de fato tinha bastante certeza de que, apesar de sua histórica distância da poesia, seria capaz de reconhecer um bom poema, um poema que pelo menos a deixasse intrigada; o que tinha ouvido era, para ela, pura e simplesmente ruim, e portanto decidiu isto: não abrir a boca.

Magoado pela pouca recepção e também receoso de continuar lendo — acabara de usar, como diria um comediante, seu melhor material —, Gonzalo calculou que, embora Carla estivesse com o olhar fixo na tela de seu laptop, não chegava a enxergar as palavras que ele lia em voz alta, e para ter mais segurança virou um pouco o computador de maneira a dificultar ainda mais a visão das palavras na tela. Então, traindo completamente todas as suas convicções, fingiu que lia três poemas próprios que na verdade eram poemas de Emily Dickinson, traduzidos por Silvina Ocampo, que ele sabia de cor. Carla reagiu de imediato. Achou-os diferentes, gostou.

— Leia mais — disse.

Já decidido a seguir, fingiu ler cinco poemas de Gonzalo Millán. Eram textos que ele gostaria de ter escrito e que tinham alguma semelhança, não necessariamente evidente ou talvez evidente apenas para ele, com os poemas que queria, que tentava escrever, exceto pelo fato de que eram sem dúvida superiores. De repente se sentiu péssimo e esteve a ponto de confessar a Carla o que acabara de fazer, mas não poderia confessar sem emendar uma longa e perigosa explicação.

— São de longe, mas de longe mesmo, os melhores poemas que você já escreveu — disse ela.

— Gostou do livro, então?

— Sobretudo desses últimos poemas, gostei muito. Leia mais um — disse.

— Não tenho mais nenhum.

— Mas não era um livro inteiro?

— É que os livros de poesia são curtinhos.

— Só mais um!

— Tá, mas não está acabado.

Então fingiu ler "Kamasutra", que era seu poema favorito de Millán.

Permanecerá a cicatriz da vacina
e a pinta do pescoço e a da axila.
Permanecerão as marcas das tiras
atrás dos seios e na pele
da cintura, abaixo do umbigo.
Mas não a meia-lua,
a mordida do javali, a nuvem rota,
a garra do tigre, o coral e a joia.

As *marcas amorosas advindas
da arte de meus dentes e de minhas unhas.*

Carla pediu que ele lesse novamente e então Gonzalo pensou que cometera um erro gravíssimo, ou melhor, um erro imperdoável dentro de outro erro ainda mais imperdoável, porque Carla não tinha pintas nem no pescoço nem na axila.

— É mesmo muito lindo, Gonza — disse Carla. — É o melhor poema que você já escreveu. Simplesmente brilhante.

— É sobre uma mulher imaginária — disse Gonzalo, como que se desculpando.

— Claro que é imaginária, é um poema — disse Carla. — Não estou nem aí se você se inspirou nas pintas de uma ex ou de sei lá quem. É um grande poema e ponto. Vou me lembrar sempre dele. É o melhor poema que você já escreveu. Obrigada.

— Pelo quê?

— Por compartilhar o livro comigo — disse Carla. — Mas gosto muito mais desses últimos poemas. Qual vai ser o título do livro?

— Ainda não decidi.

— Ponha "Kamasutra", que nem esse poema. É genial.

Gonzalo se sentiu a pior das fraudes, o rei dos babacas. Foi até o quartinho esconder os livros em que apareciam os poemas roubados — guardou-os no banheiro, junto a uns brinquedos velhos e a um aspirador antigo e inutilizado, disposto a não lê-los nunca mais. Era improvável que ela descobrisse o engano, mas Gonzalo preferia garantir.

"E se não souber o nome das árvores, invente", pensou naquela noite, sombriamente, enquanto lambia com destreza entre as pernas de Carla.

Gonzalo começou a ir todo dia ao Parque del Recuerdo, às vezes por um breve momento ou na hora do almoço. Nos primeiros dias, limitava-se a fazer anotações, mas depois decidiu escrever ali mesmo, no ato, o que conferia a seus poemas um peso de realidade que nunca antes haviam tido. Continuava achando o local detestável, mas ao mesmo tempo era atraído pela permanente e às vezes persuasiva ilusão de leveza, essa sobriedade enganosa que pretendia normalizar o mistério e esconder a dor.

Tentava absorver, compreender, desmontar a paisagem: observava os nenúfares e os lírios no lago, entrava por caminhos laterais entre os liquidâmbares, examinava os primorosos jardins separados com grades de ferro forjado que, com uma sutileza malsucedida, delimitavam territórios exclusivos, com bancos de pedra, para que os enlutados da classe executiva se sentassem confortavelmente para honrar seus mortos, e com acesso expresso aos estacionamentos, para que pudessem ir embora rápido.

Gonzalo sequer parava para olhar o túmulo do safadão, seu

propósito principal era observar as pessoas; ia de penetra aos funerais alheios, de modo respeitoso, mas o que mais lhe interessava eram as visitas breves de pessoas sozinhas, quase sempre trabalhadores de escritórios que aproveitavam a pausa do almoço para escapar por meia hora e se sentar diante de seus mortos para murmurar algo, quem sabe rezar. Às vezes os enlutados sacavam seus tupperwares e comiam a uma velocidade incerta suas desoladoras saladas de vagem, seus tristes arrozes com ovo, seus severos macarrões com molho. Algumas tardes, Gonzalo puxava conversa com os guardas ou fumava um cigarro perto dos escritórios enquanto soava, num volume moderado, a insossa música ambiente com Beatles ou Simon & Garfunkel tocados numa flauta de pã, ou com The Bangles ou Radiohead em versões bossa nova. Houve alguns domingos em que foi até lá com Carla e Vicente — ela tirava muitas fotos, especialmente das árvores, enquanto o menino ficava olhando para tudo com uma curiosidade voraz.

Em apenas alguns meses, Gonzalo consolidou um livro que depois de muitos vaivéns decidiu intitular, simplesmente, *Parque del Recuerdo*. Para atenuar a impostura, mandou-o primeiro à Ediciones Puente de Madera, que o recusou de modo gentil e imediato, e assim em seguida o enviou a outras editoras. Algumas recusaram, e do restante não obteve resposta. Quando já estava começando a se resignar, o solitário editor da Ediciones Porque Sí escreveu para ele uma mensagem longa, cheia de elogios barrocos e deslizes ortográficos, em que aceitava o livro com a condição de que Gonzalo financiasse quarenta por cento da edição.

Não era a oferta ideal, porém estava feliz. A tiragem seria de apenas duzentos exemplares, sem distribuição em livrarias, mas ele se importava pouco com isso, não via a hora de ter em mãos seu primeiro livro, que não assinou com o pseudônimo Gonzalo Pezoa, que agora lhe parecia pueril, nem com seus dois sobrenomes, que era como assinava seus artigos acadêmicos, e sim com o novo pseudônimo Rogelio González, que era algo como Gonzalo Rojas ao contrário. Carla leu o rascunho várias vezes e até corrigiu alguns erros (apesar de sua rigorosa formação acadêmica, Gonzalo achava que *assertivo* era sinônimo de *certeiro* e que existia a palavra *disgressão*). Não achou o livro ruim, embora tenha gostado apenas de quatro poemas e somente um de toda a série tenha lhe parecido verdadeiramente belo. Sentiu falta, decerto, dos poemas formidáveis de que se lembrava — Gonzalo explicou que faziam parte de outro projeto, ainda inconcluso.

Gonzalo pagara com uma linha de crédito sua parte da edição, e o editor garantia a ele que o livro seria impresso em breve, embora se recusasse a dar uma data certa ("não quero falhar com você", repetia). Justo naqueles dias em que tinha dificuldades para dormir pensando no livro, Gonzalo recebeu uma mensagem lacônica que informava que tinha ganhado uma bolsa do governo para fazer um doutorado em Nova York. Era uma notícia fabulosa, embora a euforia se misturasse ao pavor de contar para Carla, o que passava por confessar a ela que se candidatara a essa e a outras bolsas e que já havia sido aceito em duas universidades — sem dizer a ela palavra, preenchera os formulários, conseguira certificados e cartas de recomendação, e até tivera a cautela de usar seu endereço de trabalho para não receber em casa nenhuma correspondência que pusesse em risco a confidencialidade de seus propósitos.

Não só o Barriga Salgado como vários de seus amigos estavam a par de seu projeto, que era razoável, por certo, talvez mais razoável que ter um filho: o diretor do curso e a decana estavam havia pelo menos dois anos insinuando a ele, num tom cada vez menos sutil, que já era hora de fazer o doutorado, mas fazê-lo no Chile lhe parecia um retrocesso. Literalmente: não queria voltar à universidade para ouvir os mesmos professores cujas ladainhas havia suportado, com uma alta dose de paciência, por tantos anos, e tampouco queria se agarrar a seu posto ali como faziam esses acadêmicos supostamente tão bem preparados que, no entanto, nunca haviam saído do Chile nem aprendido outra língua nem tido filhos nem vivido nenhuma experiência minimamente errática, nada parecido com uma aventura: eram como crianças grandes com pós-doutorado e bagagem teórica, mas nenhuma experiência de mundo. Desprezava esses acadêmicos justamente porque não era tão diferente deles. E não queria continuar se parecendo com eles. Embora estivesse prestes a deixar de ser um poeta inédito, a ideia de que não era um grande poeta havia se instalado em seu foro interno. Para dizer na linguagem fundamentalista que ele mesmo às vezes usava, Gonzalo suspeitava que no fundo não era um poeta, um poeta de verdade. Mas não queria se resignar também como professor. Queria crescer, e intuía a direção correta desse crescimento.

Na mesma noite em que Carla lhe disse que não voltariam a tentar engravidar, Gonzalo, no meio da insônia, decidiu se candidatar ao doutorado. Naquele momento, pensou que seria pesado demais falar com Carla a respeito de imediato, embora sua ideia fosse ir com ela e com Vicente, disso não tinha dúvidas, ou tinha, mas a possibilidade de ir sozinho funcionava mais como uma fantasia tênue, efêmera, uma paquera meio autodestrutiva que o fazia voltar na hora para a fantasia mais estável, de contornos épicos, da família tentando a sorte em Nova York. Sentia que eram perfeitamente capazes de enfrentar qualquer adversidade. Continuou adiando, mesmo assim, a conversa com

Carla, em parte porque não queria compartilhar com ela as expectativas e talvez depois o provável fracasso de seus planos — pensava que não ganharia a bolsa, ou que a receberia depois de se candidatar por vários anos, religiosamente.

Ninguém rejeita um convite para morar em Nova York, pensou, sentado estranhamente no meio da escada, na tarde em que esperava Carla para contar tudo, mas não conseguiu, não soube como dizer a ela, nem naquela noite nem nos dias seguintes. E assim se passou um mês inteiro, um mês muito tenso, cheio de equívocos: Gonzalo desligava o celular, chegava tarde, Carla não era ciumenta, mas não dava para aplacar a suspeita de uma infidelidade. Perguntou a ele direta, estoicamente, como quem caminha pelo meio de uma avenida esperando um furacão. Ele lhe garantiu que não, que apenas andava nervoso com a publicação do livro. Ela pensou que publicar um livro devia ser algo terrivelmente estressante e quis acreditar nele, mas mesmo assim resolveu ler seus e-mails, tentou mil senhas diferentes até que uma tarde, ao ver Gonzalo na cama com a tela do Yahoo aberta, simplesmente arrancou o computador dele e se trancou no banheiro.

Deteve-se nas mensagens de mulheres cujos nomes não a faziam lembrar-se de ninguém, mas não encontrou nada além de paqueras sem importância, do tipo a que ela mesma costumava se permitir ("seu e-mail alegrou meu ano inteiro", "um abraço longo", "uma grande quantidade de abraços"). Quando estava prestes a sair do banheiro, quase envergonhada por suas suspeitas, Gonzalo disse, do outro lado da porta:

— O que acontece é que a gente vai pra Nova York — a frase soou ridiculamente fervorosa.

Sentados à mesa, frente a frente, Gonzalo desfiou a história toda, demorando-se nos detalhes, e disse que não pensava em ir sozinho, essa nunca havia sido sua intenção. Disse que não iria a lugar algum sem Carla e Vicente.

— Tem muita coisa pra fotografar em Nova York — acrescentou.

— Tem muito mais coisa pra fotografar em Santiago — respondeu Carla. — Em Nova York já fotografaram tudo. Em Santiago, não. No Chile, não.

— Com certeza você vai conseguir algum trabalho.

— Sem saber falar inglês?

— Mas você tira fotos, não precisa falar tanto — disse Gonzalo. — Um fotógrafo pode trabalhar em qualquer lugar.

— Claro. Posso trabalhar de mímica também — disse Carla.

Tiveram de interromper a conversa porque Vicente desceu correndo as escadas, foi até a cozinha buscar uma faca e se sentou na cabeceira da mesa para descascar cerimoniosamente uma maçã verde.

— É perigoso — disse Carla.

— Não, porque essa faca quase não é afiada — respondeu Vicente. — É que eu quero aprender.

— E você não gosta da casca? — perguntou Gonzalo.

— Adoro — disse o menino —, vou comê-la também, mas separada.

Tiveram de esperar que o menino descascasse, com pouca firmeza e extrema lentidão, a maçã. Por um momento, Carla pensou que Vicente os escutara e se instalara ali de propósito, para evitar uma briga ou algo assim. Mas ele não havia escutado nada, simplesmente andava empenhado em descascar maçãs.

— Vou brigar com você — disse Carla, em voz baixa, secamente, quando o menino tinha acabado de voltar para seu quarto.

— Quê?
— Eu vou brigar muito com você — disse Carla, em voz ainda mais baixa.

Ligou para a mãe do melhor amigo de Vicente para pedir que por favor o alojasse naquela noite. Gonzalo foi levá-lo.

Uns adolescentes conversavam aos gritos na calçada sobre futebol ou sobre jogos de videogame de futebol e sobre um amigo em comum que acabara de sair do armário: Carla os ouvia com atenção intermitente enquanto fazia o jantar e pensava sem parar em todas aquelas ações omitidas, em todo aquele tempo de cautela doentia; não conseguia entender o silêncio de Gonzalo, ou talvez o entendesse pelo que era: uma agressão. A existência de uma amante teria sido um tanto mais fácil de compreender, pensava.

Preparou salmão com alcaparras e purê de batata-doce, e abriu uma garrafa de vinho branco. Parecia uma comemoração, e era o contrário de uma comemoração.

— Pense no Vicente, ele finalmente vai aprender alguma coisa de inglês — disse Gonzalo, assim que voltou.
— Você não me falou disso porque quer ir sozinho — disse Carla.
— Já te disse, achei que seria pesado demais falar naquele momento. Indelicado.
— Indelicado — Carla o remedou. — Isso aqui me parece muito mais indelicado.
— Você quer que eu seja transparente — disse Gonzalo.
— Mas não posso ser transparente. Todo mundo tem alguma opacidade.
— Você não me falou disso porque quer ir sozinho — repetiu Carla.

— Na segunda, vou marcar um horário pra gente se casar — Gonzalo fingiu não tê-la escutado. — Precisamos nos apressar com os trâmites dos vistos. Faltam muitos meses, mas é melhor nos apressarmos.

— Você não me falou disso porque quer ir sozinho — voltou a repetir Carla.

— Precisamos ver a coisa do colégio do Vicente também. Amanhã mesmo vou escrever pra uns amigos que estão lá, pra ver se podem nos ajudar a conseguir um colégio e um apartamento.

— Você não me falou disso porque quer ir sozinho — disse Carla pela quarta e última vez.

Deitaram na cama para contemplar o teto, como se procurassem impurezas na pintura ou constelações no céu noturno. Treparam com raiva e desespero, parecia que ambos tinham queimaduras pelo corpo todo. Depois disseram coisas terríveis um ao outro, coisas que sentiam e outras que mais ou menos inventavam, mas que, ao dizê-las, tornavam-se reais e era impossível apagá-las ou sequer retificá-las, matizá-las. De repente, Carla se calava e tentava discutir consigo mesma, embora tivesse a vertiginosa convicção de que estava totalmente de acordo consigo mesma.

Às quatro da manhã, ela saiu para o quintal e comeu uma barrinha de granola sob a luz da lua. Não era novata na insônia, que para ela havia começado muito cedo, aos nove anos. Levaram-na ao médico, fizeram mil perguntas, pediram exames de sono — teve de passar uma noite inteira com eletrodos na cabeça e em outras partes do corpo num espaço decorado como se fosse um quarto de dormir, com bichos de pelúcia, uma luminária horrível em forma de espantalho e dezenas de fotografias nas paredes (pessoas dormindo em poses agradáveis, com exceção de um velho magro, de semblante severo, que, mais que dormindo, parecia estar morto). Uma enfermeira de voz rouca grudou nela os eletrodos. De repente, apareceu sua mãe com uma história e se posicionou no sofá para ler em voz alta — nunca tinham contado histórias antes de dormir para Carla, e talvez essa experiência nova tenha espantado seu sono ainda mais. Sua mãe foi embora à meia-noite, e na manhã seguinte, quando os responsáveis pelo exame disseram que a menina não dormira nem um minuto e que, portanto, o exame não servira de nada, ficou furiosa. Alguns meses depois, Carla conseguiu permanecer acordada o dia todo e voltou a dormir à noite, embora costumasse acordar a cada duas ou três horas, às vezes apenas por alguns segundos, outras vezes ia direto. Durante a adolescência tudo mudou graças aos remédios, embora às vezes sonhasse que continuava com os eletrodos postos ou que não conseguia tirar de si a cera com a qual os haviam colado à sua cabeça ou que seu quarto era na verdade aquele da clínica. Depois, quando Vicente nasceu, dormia mal, como todas as mães, mas era especialista em distúrbios do sono, e às vezes até sentia que dormia melhor, pois sua insônia tinha um propósito: estava cuidando de alguém, ensinando alguém a dormir, contando histórias.

Era incapaz de dormir sem remédios, mas às vezes preferia não tomá-los para se lembrar de como era, de quem era na verdade; do mesmo modo que alguém muito míope decide deixar os óculos na cabeceira e passa o dia inteiro tateando, incapaz de reconhecer o rosto do próprio filho, em algumas noites Carla abria mão dos remédios e recuperava a insônia e se sentia curiosamente autêntica. Naquela noite, por exemplo, tomar o remédio e dormir feito uma pedra teria sido, para ela, uma hipocrisia, precisava daquelas horas adicionais; tinha acabado de decidir que sua história com Gonzalo havia terminado, precisava continuar pensando até afastar toda sombra de dúvida. Mas não duvidava. Talvez só estivesse tentando entender se terminar com Gonzalo era o que queria fazer ou o que deveria fazer, ou se essa era uma daquelas raras ocasiões em que a vontade coincidia com o dever.

"Pense no Vicente", que frase mais ridícula, por favor: fazia doze anos que pensava em Vicente, mesmo se tentasse seria impossível não pensar nele. Também pensou no feto morto e sentiu que ainda estava em seu ventre, que não o expulsara direito, que a raspagem não tinha funcionado. Sentiu, com amargura, que só agora a raspagem estava terminada. Pensou: Vicente precisa de Gonzalo, ele o ama como a um pai, ama-o mais que a seu pai verdadeiro, porque Gonzalo o criou; Gonzalo o ama como a um filho próprio, mas agora tenho certeza de que cedo ou tarde irá abandoná-lo. E é melhor que seja agora mesmo.

Fumou, tomou café, abriu outro vinho, e às nove da manhã ainda estava esparramada no chão da sala, meio que inventando posturas de ioga, completamente acordada e arruinada, e um pouco bêbada. Foi ao quarto, Gonzalo ainda dormia, seus roncos pareciam assovios incompletos. Acordou-o, sacudiu-o para pedir, sem preâmbulos, que ele fosse embora.

— Eu criei o Vicente — Gonzalo caminhava de cuecas pelo quarto, como se procurasse sua roupa ou como se estivesse com frio. — Eu criei seu filho. O que você acha disso, do fato de eu ter criado seu filho?

— E agora perdeu a vontade de criá-lo — disse Carla.

— Seu filho se parece comigo. Graças a mim você pôde estudar. Tudo o que você tem é graças a mim.

Repetiu vinte vezes esse refrão, transbordando de ressentimento: sentia que Carla queria aniquilá-lo, chutá-lo no chão, matá-lo.

— Botei pra dormir mil vezes, duas mil vezes, cuidei dele quando estava doente. Levei ao colégio, mostrei o mundo, ensinei tudo pra ele.

Está agindo como um homem, ela pensou; gritando como gritam os homens desacostumados a gritar, chorando como choram os homens desacostumados a chorar.

— Graças a mim você não continuou sendo uma patricinha mimada, uma pentelha, filhinha de papai. Seu filho é parecido comigo, eu criei o menino pra você. Você não pode tirar o Vicente de mim sem mais nem menos. Não pode me apagar. Eu tenho direitos.

A última frase era ridícula, e talvez por isso tenha se mantido no ar por alguns segundos, talvez por um minuto inteiro, do mesmo jeito que uma piada segmenta uma conversa. Mas não se tratava de uma piada.

— Que direitos o quê — disse Carla, enfim, chorando. — Vá embora logo, pra Nova York ou pra puta que pariu.

Ele tomou um banho longo e saiu para comprar um colchão, que instalou no quartinho.

Morou dois meses no quartinho, quase na condição de ocupante sem-teto. Ela o expulsava todas as manhãs, discutiam por uma ou duas horas, ele saía e passava o dia todo fora, trabalhando ou fazendo hora no Centro, e às dez da noite, depois de fingir bastante bem diante de Vicente a comédia da estabilidade, trancava-se no quartinho para ler livros ruins, porque os bons só faziam lembrá-lo da complexidade da vida, enquanto os ruins o tranquilizavam, davam-lhe esperança, deixavam-no letárgico. Sentia-se completamente perdido. Um terremoto, talvez fosse isto o que desejava: que naquele exato momento acontecesse o tremor mais terrível da história do Chile, que a casa fosse destruída, mas que os três sobrevivessem, de modo que por um bom tempo não houvesse nem viagens nem planos, porque o futuro consistiria meramente em prolongar a sobrevida — conseguir água, comida, cobertas e uma certa e valiosa alegria momentânea.

Quatro dias depois de abandonar o quartinho para sempre, Gonzalo enfim recebeu, em seu escritório na faculdade, seus exemplares de *Parque del Recuerdo*. A primeira coisa que fez foi escrever uma dedicatória para Carla num deles. Ligou para ela, havia ligado todos os dias, ela respondia com uma voz nova — uma voz esquiva e moderada, que ele desconhecia. Pediu para se encontrarem, assim poderia levar um livro, ela o parabenizou mas pediu que enviasse o exemplar pelo correio. Gonzalo foi imediatamente ao correio, não conseguiu escrever o endereço no envelope, sua mão tremia. Tentou por dez minutos, inutilizou quinze envelopes. Tentou até com a mão esquerda, que curiosamente tremia menos.

— Não sei escrever — disse a uma mulher de uns vinte anos, que o observava com ceticismo e depois com enorme pena.

A mulher não se parecia em nada com Carla, mas, enquanto ditava o endereço, Gonzalo pensou que se parecia, sim. Depois de enviar o pacote, avançou a passos rápidos por entre a multidão que enchia o Centro. Era como se estivesse sendo perseguido, ou como se fosse ele que estivesse perseguindo alguém, ou como se quisesse mostrar ao mundo que, embora não soubesse escrever, sabia caminhar.

Chegou ofegante à livraria Metales Pesados. Cumprimentou o poeta Sergio Parra, um dos donos. Conheciam um ao outro de longa data, haviam se cumprimentado por toda a vida, mas não eram amigos. Gonzalo lhe deu dois exemplares de *Parque del Recuerdo*.

— E pra que está me dando dois exemplares, se são pra mim? Quer que eu leia duas vezes? — perguntou Parra, com mais humor que rabugice.

— São pra livraria — pontuou Gonzalo, com a voz repentinamente rouca. — Um é pra você e o outro pra livraria. Se vender, você me avisa que eu trago mais.

— Farei isso — prometeu Parra, enquanto colocava o livro na seção de poesia.

A possibilidade de que um desconhecido folheasse seu livro e decidisse comprá-lo parecia a Gonzalo tão lisonjeira como remota. Mesmo assim, distraiu-se imaginando essa cena, enquanto almoçava um minúsculo doce árabe. Caminhou, agora a passos lentos, pelo parque Forestal, em direção a Bellavista, ia passar em frente à boate onde seis anos antes havia se reencontrado com Carla, mas não quis fechar esse círculo. Então ligou para seu pai, que disse estar por perto, mas Gonzalo teve de esperá-lo por quase meia hora mesmo assim. A caminho de Maipú, contou a ele da separação e da bolsa em Nova York. Despejou tudo numa única frase, seguida de um silêncio só interrompido por frases breves e monossílabos. Não era o mesmo táxi em que Gonzalo viajava quando criança — o velho Peugeot 404 havia dado lugar a um Hyundai Accent —, porém sentiu que era, ou melhor, recordou-se com uma força inusitada daquelas viagens no banco do carona, porque na época, caso não houvesse mais adultos, as crianças iam no banco do carona. Eram viagens de trabalho, não tinham com quem deixá-lo, seu pai o fazia se abaixar para que os eventuais interessados não pensassem que o táxi estava ocupado. Quando algum passageiro entrava, Gonzalo saía de seu esconderijo e desatava a falar. Talvez naquela época ele fosse isso, exatamente isso, nada mais que isso: um menino bom de fala.

— Fique uns dias com a gente — disse seu pai, já em casa.

— Não peça isso a ele, você sabe que ele não gosta de ficar aqui, que já não é daqui — disse sua mãe.

Foi uma conversa estéril, tediosa, sufocante. Restava um livro em sua mochila, mas não queria dá-lo a seus pais, sentia que era como perdê-lo. Acabou dando. Parabenizaram-no. Parabenizaram-no várias vezes, pelo livro, pela bolsa, mas sequer perguntaram sobre a separação, era como se estivessem havia anos esperando essa notícia. Tampouco perguntaram por Vicente. Nunca gostaram muito de Carla, mas supostamente amavam Vicente.

Sua mãe folheava o livro com uma mistura de orgulho e desconfiança. Gonzalo pensou que nunca a vira com um livro de poesia nas mãos. Falaram do Parque del Recuerdo. Falaram do safadão.

— Decidi me aproximar do meu pai porque sentia que estava perdendo meu filho — disse Mirta, com uma crueldade que soava tão inevitável que nem parecia crueldade.

Ficou para dormir aquela noite. Acordou cedo, tomou café da manhã com os pais, passou umas horas sozinho naquela casa sem saber o que fazer. Deitou-se na cama do casal para ver tevê enquanto ensaiava teorias tortuosas e conclusões apressadas sobre a própria vida. Na cabeceira de sua mãe estava o livro, seu livro. Resolveu lê-lo. Era a primeira vez que o lia depois de impresso, e naquele momento soube que seria também a última. Saiu, enfim. Comprou um sorvete na praça de Maipú. Eram duas da tarde, havia muitas pessoas pelas ruas, mas caminhou até chegar a uma paisagem deserta. Ao longe, soavam alarmes de carros e uma música de Amy Winehouse. Sentou-se no meio-fio, apoiou as costas no tronco magro de uma ameixeira e acendeu um cigarro. Tinha uma certeza definitiva de que havia perdido tudo. Acabei de publicar um livro, pensou. Enquanto fumava e olhava para o céu esvaziado de nuvens, pensou, sem alegria, que havia publicado um livro e que era, por fim, um poeta, um poeta chileno.

III. POETRY IN MOTION

— *I'm gonna eat your sweet pussy* — diz Vicente, num inglês de merda, porque não sabe inglês, e o pouco que sabe aprendeu vendo pornografia. Ela sabe espanhol, porque fez um *minor* na universidade, mas agora não fala espanhol, agora apenas geme, embora provavelmente em inglês.

Vicente tem dezoito anos e Pru, trinta e um, acabam de se conhecer: umas horas atrás, depois de um encontro meio tedioso com seus amigos poetas num bar da Plaza Italia, Vicente esperava o ônibus noturno quando viu uma gringa vomitando no ponto e se aproximou, e apesar de não haver no passado recente de Pru motivo algum para confiar em alguém, confiou instintivamente naquele rapaz alto e de olhos enormes que, sem nenhuma pergunta ou apresentação, recolheu seu cabelo para ajudá-la a vomitar e até lhe fez um carinho tímido na nuca, um carinho como de irmão, de companheiro de farra ou de brincadeiras. Pru disse *thank you* e é claro que ele tinha condições de responder *you are welcome*, mas preferiu responder *de nada*, e não falaram mais durante os dez ou quinze minutos de uma caminhada que não levava a lugar algum, porque às vezes se caminha simplesmente para receber o sopro purificador do vento no rosto.

Algumas semanas antes de Pru empreender a viagem ao Chile, num superpopulado bar de Greenpoint, uma amiga chilena de um amigo belga lhe assegurara que no Chile os taxistas eram, em sua maioria, fascistas, militares aposentados e ex-torturadores, mas que curiosa ou afortunadamente não tinham o costume de assaltar nem de sequestrar ninguém, no pior dos casos davam umas voltas a mais, ou falavam umas idiotices machistas ou xenofóbicas, ou machistas e xenofóbicas, razão pela qual era seguro pegar um táxi em Santiago a qualquer hora. De modo que Pru parou um táxi, deu um abraço e um beijo na bochecha de Vicente, coisa que nos Estados Unidos teria sido comprometedora, mas ela já estava havia tempo suficiente no Chile para notar que no Chile todo mundo se abraça e se beija nas bochechas a toda hora, e ainda que Vicente quisesse prolongar o momento e ao menos perguntar o nome dela, não fez nada para retê-la, não disse nada, em parte também porque não podia dizer nada que não soasse francamente estúpido, já que mesmo perguntar em inglês o nome dela soaria, pensava Vicente, naquelas condições, irritantemente colegial, e naquele momento ele não sabia que se falasse de maneira devagar e clara — ele não falava nem devagar nem claro, mas podia ter tentado — a gringa o entenderia, então se resignou a vê-la partir, mas, quando o motorista olhou direto para os peitos de Pru e perguntou aonde ela ia, como se seus peitos fossem de fato os encarregados a responder à pergunta, e ela pôde ver o rosto do homem, que era um rosto esburacado e enfezado que podia perfeitamente ser o rosto de um fascista-torturador-assassino, e claro que podia ser também o rosto de um estuprador, Pru pensou que era ridículo seguir o conselho remoto daquela amiga chilena de seu amigo belga, uma mulher com a qual, além do mais, havia conversado por apenas cinco minutos, afinal como poderia ser seguro entrar num carro dirigido por um fascista-torturador-assassino-estuprador às duas da manhã? Pru continuou caminhando com Vicente, que olhava para ela como se olha para a pessoa mais divertida do mundo, e não estava tão enganado, embora naquele momento ele não pudesse saber que Pru era divertida porque, a não ser que se ache cômico ver alguém vomitando na rua, até então ela não fizera nada minimamente engraçado. Pru mostrou a ele um cartão onde havia o endereço do albergue em que estava hospedada, de maneira que não caminhavam mais sem rumo e sim rumo a Providencia, ao coração de Providencia, como diria um empolado guia turístico. Tinham caminhado três quadras em silêncio quando ela falou de novo, porém agora com maior solenidade e serenidade, *thank you*, e ele disse para ela não se preocupar, que seu trabalho era esse, porque Santiago do Chile estava cheia de pessoas vomitando pelas esquinas, toda noite ele mesmo se encarregava de ajudar esses inúmeros exibicionistas do vômito, e a gringa não tinha certeza de ter entendido tudo de fato — sabia que Vicente estava brincando, embora não entendesse qual era a piada exatamente. Ia perguntar, mas não queria falar em espanhol, sentia-se incapaz, pensava que acabaria apenas tropeçando nas palavras, de modo que falou num inglês pausado e claro, que para Vicente era somente um pouco mais inteligível que o chinês cantonês, embora a olhasse nos olhos e movesse a cabeça como o melhor aluno da classe ou como um aluno não tão bom, ou até péssimo, que só se esforça porque deseja a professora.

Uma quadra antes de chegar ao albergue, Vicente indicou com sinais para entrarem no minimercado, onde comprou uma garrafa grande de água mineral. Sentaram-se no meio-fio para compartilhar a garrafa e Pru começou a contar, vacilando no início, tateando o terreno, a história de como havia chegado até ali, e seu relato era meio incoerente, mas isso não importava nem um pouco, porque seu interlocutor era incapaz de compreendê--la, e isso era ótimo, pois, embora Pru precisasse falar sem filtros, não havia ninguém no mundo em quem confiasse o suficiente para despejar tudo, então esse interlocutor desconhecido que a entendia pouco ou nada era o confidente ideal, melhor que o terapeuta mais qualificado — ela não queria opiniões nem veredictos, pelo contrário: queria que alguém se limitasse a escutá-la ou a presenciar, como Vicente, seu relato, sem perguntas nem réplicas, sem gestos compassivos, sem palavras explícitas de solidariedade.

De todo modo, Vicente entendia que Pru falava de sua viagem ao Chile e de San Pedro de Atacama, e que nessa viagem alguma coisa ou talvez tudo tenha dado errado, e que um namorado ou namorada a traíra ou abandonara, e que a história que escutava era triste, embora ela tentasse contá-la como se não fosse. Vicente entendia que Pru ria de si mesma e que havia em seu tom de voz uma espécie de pudor delicioso, mas também certa desinibição; entendia que, se soubesse inglês, captaria uma variedade de ritmos e ênfases e dezenas de piadas que Pru soltava para se defender da seriedade. E pensava que, se ele tivesse de contar uma história triste, gostaria de contá-la dessa mesma maneira.

Quando já começava a ficar inevitável se despedirem, foi ele quem desatou a falar sobre as viagens e sobre a solidão e sobre as quatro vezes em que tinha entrado num avião e sobre qualquer coisa, e Pru o entendia muito mais do que Vicente a entendera antes — era um discurso confuso, do qual ela achava graça, porque lhe parecia evidente que a única coisa que ele queria com aquilo era retê-la, e adorava essa mistura de eloquência com nervosismo, parecia um apresentador de televisão numa transmissão ao vivo, obrigado a improvisar, um apresentador divertido, um apresentador genial. E estava tudo bem, porque ela tampouco queria desligar a tevê, o que menos queria naquele momento era se despedir: quando as palavras começaram a rarear, Pru o abraçou seriamente e quis que o abraço se prolongasse, e quando ele sentiu que, considerando a duração e a profundidade do abraço seria quase impossível que ela o rejeitasse, deu um tímido beijo no pescoço dela. Então ela pensou que não deveria dormir nem com Vicente nem com ninguém, mas também pensou, de forma mais ou menos simultânea, que tinha passado por tantos maus bocados que merecia uma trepada com esse belo desconhecido a quem provavelmente nunca voltaria a ver, de modo que pôs sua mão direita na bunda de Vicente e com a mão esquerda agarrou com firmeza seu pau. Foi então que ele disse sua primeira frase em inglês:

— *Do you like it?*

No longo beijo que deram ainda havia um gostinho de vômito, mas Vicente não se importou.

— *You are really hot* — ele diz agora, num inglês de merda, enquanto lambe as coxas de Pru. — *You are a really, really hot girl. And I'm gonna eat your sweet pussy.*

Acorda ao meio-dia, maravilhado, comovido e ansioso: quer se lembrar de tudo, sente o desejo urgente de anotar tudo, não apenas os detalhes do encontro, mas também, por exemplo, quer ser capaz de se lembrar dos pormenores desse quarto de albergue que não teve tempo nem de olhar na noite anterior, o que provoca nele uma espécie de sobressalto de culpa, porque Vicente pensa que são os poetas e não os prosadores que devem capturar absolutamente todos os detalhes de cada experiência vivida, mas não para contá-los, não para vociferá-los num relato, e sim para inscrevê-los, por assim dizer, em sua sensibilidade, em seu olhar: numa palavra, para vivê-los. Inspeciona então com avidez as imagens emblemáticas que decoram as paredes: há pôsteres de Violeta Parra, de Víctor Jara, de Salvador Allende, de Joe Vasconcellos, de Torres del Paine, da Ilha de Páscoa, de Valdivia, de San Pedro de Atacama, além de uma pequena foto de Barack Obama, o que parece inexplicável, com certeza se trata de uma piscadela hospitaleira. Toma nota mental também dos artesanatos de Chiloé, dispostos com certa arbitrariedade, dos vasinhos de barro de Quinchamalí, de uns horrendos cisnes de ráfia e de uns *sombreritos* mexicanos tão comuns no Chile que um olhar desavisado poderia supor que fazem parte do artesanato chileno.

O que será que a gringa acha disso tudo, conjectura Vicente, enquanto a observa deitada na cama, semicoberta por um lençol vermelho. Quer pedir seu número de telefone, mas Pru está completamente adormecida e seus roncos uniformes e tênues revelam, pensa Vicente, certo desamparo. Olha a tatuagem já um pouco apagada na parte superior das costas: é o tangram de um barco, com as peças ligeiramente separadas entre si. Faz um último carinho no cabelo dela, embora não seja exatamente um carinho, o que ele quer mesmo é tocar naquelas madeixas loiras, um pouco como um cabeleireiro planejando seu trabalho. Fecha a porta com cuidado, desce até a recepção, levanta as sobrancelhas para cumprimentar um sujeito barbudo e corpulento vestido ou fantasiado de hippie que olha para ele com cara de poucos amigos enquanto dedilha o violão com timidez, como se estivesse começando a aprender a tocar.

Vicente sai debaixo do inclemente sol do verão santiaguino, e está prestes a iniciar a jornada de volta para casa quando chega uma mensagem de seu pai, dizendo que à uma e meia vai almoçar em Providencia e perguntando se ele não quer acompanhá-lo, e Vicente pensa num prato de *locos** com maionese ou nuns deliciosos ouriços e decide ir — tem mais de uma hora para percorrer dez quadras, mas a felicidade o impede de caminhar devagar; as pessoas que caminham devagar, pensa, num tom mental grandiloquente, estão cansadas ou feridas, e ele sente uma alegria arrasadora, uma felicidade sem contrapesos, uma

---

* *Loco*: molusco gastrópode de carne comestível, porém dura. Servido com maionese, é um típico prato chileno.

plenitude que seria difícil de comunicar em palavras: seria possível, talvez, desenhar essa plenitude, com a condição de que o traço não parasse nunca. Chega rápido demais ao restaurante, pede um copo d'água da bica, está faminto mas nem toca no molho *pebre*,* nem nas rodelas de pão francês que o garçom traz, prefere ser prudente, pois não tem dinheiro e sabe que seu pai poderia, de última hora, como em tantas outras vezes, como em cinquenta por cento das vezes, dar um cano nele.

Pega seu caderninho, pensa que é um milagre não tê-lo perdido depois de tudo o que houve ontem à noite, parabeniza-se por não tê-lo perdido, quer escrever um poema, ou melhor, o começo de um poema, porque para ele um poema é algo que se começa e somente às vezes se termina. Anota de cara a imagem que permeia sua mente:

a luz zenital na pele descascada

Como gosta dessa ideia de luz zenital, é tão elegante. E esse verbo, descascar: ultimamente tem descascado tudo. Porque tudo tem casca, mesmo as cascas têm casca, pensa. E então escreve muito rápido, com uma letra ininteligível:

mesmo as cascas têm casca

Depois começa uma nova página onde vai esboçando o poema com outra letra, uma letra que não parece pertencer à sua geração de nativos digitais, mas que também, de certo modo, parece, porque essas letras de imprensa correspondem, a rigor, a

---

* *Pebre*: espécie de vinagrete chileno, feito de coentro, cebola picada, azeite, alho e pimenta moída ou purê de *ají* picante. Pode conter também tomates picados.

uma imitação hábil de uma Times New Roman ou de uma Garamond ou algo nesse estilo:

mesmo a casca
tem casca
mesmo a máscara
tem máscara
mesmo o escuro
escurece
mesmo o sol
gira
em torno
do sol

Todos os versos começam em minúsculas, porque é assim que se escreve agora, pensa Vicente; começar versos com maiúscula, especialmente em se tratando de um primeiro verso, é sinal de conservadorismo estético.

Deixa o poema assim, inacabado, e começa outra página porque se lembra de seu desejo ou da obrigação de reter os detalhes e decide listá-los rapidamente:

– pele branca
– caminhada
– Obama
– antebraços avermelhados
– olhos verdes
– madeixa
– cicatriz pé
– unhas pés restos pintura vermelho escuro
– roncos
– menos alta que eu mas ainda assim muito alta

- pelos pubianos menos loiros quase café
- meio-dia
- tangram barco costas
- cotovelos ressecados

E, a seguir, em outra página, outra lista:

- camisinhas
- antologias
- papel tamanho carta ou ofício azul-claro

Falta o verbo: comprar. Quer comprar papel azul-claro, porque enfiou na cabeça que seus poemas ficariam melhores se os imprimisse em papel azul-claro. Mas o principal é conseguir, com o dinheiro da mesada, alguma antologia nova. Quer ter todas: as boas, as ruins, as monumentais, as exíguas, as temáticas, as históricas, as inclusivas demais, as endogâmicas, as mafiosas, as que preferem se definir como "seleção", as regionais, as escolares, as universitárias, as bilíngues, as multilíngues, e em especial as que incluem poéticas, entrevistas e um monte de retratos em que os autores aparecem rebeldes, sonhadores e belos. As antologias são as listas telefônicas dos poetas jovens, apesar de que talvez os poetas jovens não entendessem essa comparação, porque cresceram num mundo em que as listas telefônicas já estavam deixando de existir. Mas na casa de Vicente há um monte de listas telefônicas empilhadas no pátio, e pode ser que ele escrevesse, sim, num poema, sobre aquelas velhas listas telefônicas, a respeito de todos aqueles nomes, toda aquela informação já meio inútil, todo aquele papel malgasto, todos aqueles números já caducos. A questão das camisinhas era a seguinte: a aventura com Pru modificou uma tendência que até este momento parecia insuperável, porque toda vez que saía de casa com camisinhas voltava com a caixinha intacta, estava convencido de que elas davam azar. Quando as guardava na carteira sentia que era um ato de uma inocência e de um otimismo insuportáveis. E quando namorava com Virginia, uma menina linda e ruiva e quase totalmente careca (por opção), sempre andava com camisinhas — não para usá-las, e sim como uma forma de antecipar e reforçar a fidelidade. Outra tendência que a aventura com Pru modificou radicalmente é sua tendência à tristeza. A tendência aos devaneios segue intacta.

— Começamos a fazer *casual friday* agora — é a primeira coisa que diz León, que chega um pouco tarde, mas chega.

Enquanto Vicente devora, enfim, as rodelas de pão francês com *pebre*, León abre seu laptop e mostra ao filho uma minuciosa tabela de Excel com os balanços da empresa em que trabalha como corretor de imóveis. A empresa não é sua, no entanto ele costuma chamá-la assim, pomposa e carinhosamente, deleitando-se no possessivo, alongando-o: *miiiinha empresa.*

— A gente conseguiu se consolidar — diz. — Finalmente está dando dinheiro. Por isso agora a *casual friday*.

Vicente, para puxar conversa, pergunta quem decidiu que agora as pessoas poderiam ir ao escritório sem gravata às sextas-feiras.

— Todo mundo, desde o gerente até os estagiários; a gente se reuniu e tomou essa decisão, por maioria simples.

A seguir León finge uma tosse, e soa tão estúpido quanto essas pessoas que tossem quando cruzam na rua com um fumante, porém León fuma, então essa tosse significa outra coisa: uma mudança de tom, especificamente a transição de uma conversa mais relaxada para uma conversa séria. Vicente sabe, e por isso demora mais que o necessário para pedir a comida. Olha para o menu com vontade de se esconder nele e dormir de tédio, porque já sabe o que vem em seguida. Ao longo dos anos, foram pouquíssimas as vezes que seu pai falou sério com ele. León vai falar sério, e como tosse artificialmente mais duas vezes é possível que fale muito sério. Mas a comida demora. Está muito claro, de maneira tácita, que a conversa começará quando a comida chegar.

É absurdo, pensa Vicente: deveria falar de uma vez, porque se esperar a comida para começar a falar sério em algum momento vai falar com a boca cheia ou terá de se calar para não falar com a boca cheia, e nada disso seria visto como muito sério.

A comida chega e é de fato como se um diretor gritasse, *ação!*
— Pra que você vai prestar, no fim das contas? O que vai estudar? — León se sente ridículo ao pronunciar essas frases. Sente-se ridículo mas também orgulhoso, porque soa como um pai, e pais sempre perguntam esse tipo de coisa.

Vicente mastiga lentamente seus *locos* com maionese (e salsinha com cebola picada em cubinhos) e olha com vaga repugnância as morcelas esparramadas sobre batatas gigantescas no prato do pai. E fica em silêncio, como o adolescente que já não é.

Muitos meses atrás, quando tinha acabado de começar o último ano do colégio, anunciou oficialmente que não queria fazer faculdade. Foi uma decisão pensada, que no momento nem seus pais, nem seus professores, nem seus amigos levaram a sério. Vicente se manteve firme: não queria sequer fazer o vestibular, mas acabou tendo de fazer, e quando há dois dias ficou sabendo dos resultados, aconteceu o que ele temia: foi mais ou menos bem, sobretudo em linguagem, e, apesar de sua pontuação em matemática ter sido desastrosa, era quase certo que poderia entrar em diversos cursos, o problema é que nenhum lhe interessava de verdade. Seu plano para o iminente ano de 2014 era se dedicar a ler e escrever e procurar um trabalho mais estável, porque de vez em quando ele se veste de Patrick, o amigo do Bob Esponja, numa loja de brinquedos, mas nem sempre ligam para ele (Patrick é um personagem secundário, afinal).

Sendo assim, não é a primeira vez que essa conversa acontece, e há dois meses, manhã sim, manhã não, é o único assunto de sua mãe na hora do café. Vicente já está tão acostumado a escutar essas frases compridas em que a palavra *futuro* aparece com uma frequência anormal que aprendeu a prolongar as pausas. É uma pessoa intrinsecamente gentil, é difícil para ele demorar a responder, mas ao menos para esse tipo de conversa construiu uma estratégia: fica em silêncio até que seu interlocutor, incomodado ou inquieto diante da ausência de uma resposta, não tenha outro remédio a não ser repetir a pergunta. León parte uma morcela com ares de especialista e dá uns goles rápidos, como um degustador indeciso, no vinho tinto.

— O que você vai estudar? — repete ele, por fim.

— Eu já te falei — responde Vicente, com notório desinteresse. — Falei tipo um ano atrás. Falei muitas vezes.

— Mas esse tempo todo eu achei que você estava de sacanagem.

— Não, pai, eu não estava de sacanagem. Não vou estudar, pelo menos não agora. Não faz sentido.

Há algo cativante, involuntariamente caloroso na voz de Vicente. Algo meio protetor ou pedagógico, que na boca de um jovem magro, de barba incipiente, de olheiras e olhos profundos, com os cílios só um pouco mais curtos que quando era pequeno, soa engraçado.

— Você só tem mais um dia pra se inscrever. O que custa. Depois a gente vê o que faz.

— É que, se eu me inscrever e conseguir entrar, vou me sentir obrigado a estudar, e não quero.

— Mas eu posso pagar! Se você não entrar numa pública, posso até pagar uma particular. Uma é tão cara quanto a outra nesse país de merda.

— Não faz sentido você se endividar pra pagar minha faculdade. Já te falei, vou entrar quando a universidade for gratuita — responde Vicente.

É uma desculpa que lhe veio milagrosamente, e à qual Vicente se agarrava no início para dar mais corpo a sua argumentação, mas de tanto repeti-la acabou se transformando em convicção. Vicente foi a todas as passeatas pela educação gratuita, e até teve um passageiro protagonismo como vice-presidente do grêmio estudantil em seu colégio particular subsidiado, e confia de verdade nos dirigentes estudantis que agora se preparam para ser empossados, em março, como deputados. E acredita muito menos, mas ainda assim acredita, nas boas intenções da recém-eleita presidente Michelle Bachelet. E acredita e deseja que a educação no Chile seja, como promete o lema de sua campanha, gratuita e de qualidade, embora nesse ponto, se for honesto, precisa admitir que se a educação fosse, agora mesmo, gratuita e de qualidade, ele tampouco ia querer entrar na faculdade, pelo menos não de imediato.

— E você realmente acredita que esses filhos da puta, como num passe de mágica, vão concordar entre eles e decidir que a educação vai ser gratuita? — diz León.

Sua indignação é falsa. Se por alguma desgraça León se tornasse deputado ou senador ou uma autoridade do governo e passasse a integrar esse grupo dos que ele chama de *filhos da puta*, provavelmente atuaria como um filho da puta maior ainda. Há também um quê de impotência em seu tom: às vezes sente que gostaria de ser como esses homens antigos que davam um soco na mesa. Gostaria de poder obrigar o filho a estudar algo, qualquer coisa. O problema é que Vicente é um bom filho, e a pretensa autoridade moral de León é, a essa altura, totalmente fictícia. Porque ele foi, basicamente, um pai ruim. Um pai ruim que de repente, há pouquíssimos anos, descobriu que o filho era divertido, carinhoso e inclusive brilhante. E talvez pensasse que não havia sido um pai tão ruim assim, já que fora capaz de — digamos — produzir um filho com tais características.

Embora às vezes se esqueça de ligar para Vicente, e apesar de, por emergências nada realistas, costumar dar o cano nele, León aprecia a companhia do filho, e gosta especialmente de exibi-lo, de apresentá-lo a seus amigos, e o faz como se ele fosse um carro de último modelo ou uma modelo com quem está saindo. Vicente sabe de tudo isso, ou pelo menos pressente; suspeita, inclusive, de algo que León sequer intui: que seu pai precisa muito mais dele do que ele do pai.

— Você não pode ser tão ingênuo, Vicente. Você realmente acredita que a educação no Chile vai ser gratuita?

— Foi isso que prometeram ao país — diz Vicente, com convicção.

— E você acredita neles?

— Foi isso que prometeram ao país.

— E você acredita nos políticos?

— Não, mas acredito no movimento cidadão. E nos deputados jovens, nos novos deputados.

— Esses merdas não sabem de nada, vão começar agora, é o primeiro trabalho deles. O primeiro trabalho dos caras vai ser como deputados. Que belo caralho! Não trabalharam nem um segundo pra ninguém antes!

— Em quem você votou, pai?

— Em ninguém. Todo mundo sabia que a Bachelet ia ganhar. Não fui votar. No primeiro turno fui pra praia, e no segundo ia votar mas fiquei vidrado vendo *Breaking Bad*. Que puta série boa, você viu?

— Ainda não.

— É *heavy*.

— Tenho vontade de ver.

— E você, votou nos dois turnos?

— Votei.

— E sentiu alguma coisa quando votou? Sentiu que estava mudando o mundo?

— Não sei. Muitos dos meus amigos não votaram, não confiam nesse sistema.

— E você confia nesse sistema?

— Não muito, mas a Bachelet prometeu a educação gratuita e a nova Constituição.

— A nova Constituição! Nem fodendo que vão abandonar a antiga. E é a mesma coisa com a educação gratuita, Vicente, por favor! Nem fodendo. Se fosse verdade, se realmente um dia a educação no Chile chegasse a ser gratuita e de qualidade — é melhor não incluir aqui as aspas que León faz com um sarcasmo rudimentar, como o de Homer Simpson, e além disso há em sua voz uma quantidade enorme de aspas e letras cursivas e reticências e pode ser que, por ele falar tão alto, fosse necessário escrever tudo em maiúsculas e esta página ficasse horrível —, se isso tudo fosse verdade, se a gente acreditasse neles, é algo que demoraria muitos anos.

— Quantos?

— Pelo menos dez anos — diz León, com a desenvoltura de quem está acostumado a inventar cifras. — Talvez quinze, vinte anos.

— Tudo isso?

— Bom, no melhor dos casos, com toda vontade política e sorte e bons resultados macroeconômicos, porque isso importa pra cacete, pelo menos cinco, seis anos.

— Daqui a cinco anos vou ter vinte e três, ainda vou ser jovem. Vou ser que nem esses estudantes meio perdidos que mudam mil vezes de curso até encontrar sua vocação — diz Vicente.

— Você tem medo do fracasso, eu também tinha medo do fracasso quando era moleque assim, é normal — diz León.

Para Vicente, não é nada claro que seu pai tenha feito algo diferente de fracassar na vida, embora, é claro, ele ache difícil imaginar o que León entende por sucesso (ou por fracasso). Claro que Vicente teme o fracasso, justamente por isso resiste a se deixar pastorear com o resto do gado. Fracassar seria, para ele, acordar de repente em meio a uma vida insossa, condenado à prisão perpétua de um trabalho miserável.

— E você realmente não sabe qual é sua vocação?

— Claro que sim. Você sabe, pai — responde Vicente, cansado de repetir isso vez após vez. — Poeta. Eu quero ser poeta.

— Mas pra ser poeta não precisa ir pra faculdade.

— Por isso mesmo não quero ir pra faculdade.

— Mas você pode estudar letras.

— Quero ser poeta, não quero estudar letras. Ou melhor, quero, mas não ainda. Quero estudar quando estiver mais maduro.

León ri e olha para ele repentinamente enternecido, não consegue evitar.

— Mas você é maduro. É uma pessoa bacana.

— Obrigado, pai, mas me refiro a ser mais maduro como poeta. Menos influenciável. Daqui a cinco anos seria perfeito. Eu poderia trabalhar pra juntar uma grana e viajar, conhecer vários países e outros costumes e entender...

Embora Vicente estivesse falando muito sério, León solta uma gargalhada e faz um carinho rápido no cabelo do filho.
— Ah, meu poeta, meu poeta chileno — diz.
— Para com isso, pai — responde Vicente, bravo ou ofendido ou as duas coisas.
— E pra onde você quer viajar?
— Não sei, pra lugares que eu não conheço, são muitos. Temuco, Coyhaique, Punta Arenas. E pro Norte. Iquique.
— Achei que você ia querer ir pra Paris, Roma ou Nova York.
— Também, mas depois.

Comem a sobremesa em silêncio. São mamões com sorvete de *chirimoya alegre*.* Falam sobre futebol, algo que deixou de interessar a Vicente, mas sobre o qual mesmo assim tenta se manter informado, justamente para ter algum assunto para falar com o pai. E tomam café, talvez tomem café demais.

---

* *Chirimoya alegre*: sobremesa típica, pedaços de cherimólia com suco de laranja.

Pru e Jessye se conheceram num mestrado na Universidade do Texas e em pouco tempo se tornaram *roomies*, primeiro em Austin e depois em Williamsburg, numa antiga fábrica de roupas transformada num gigantesco apartamento onde poderiam morar tranquilamente dez pessoas, porém moravam intranquilamente umas vinte. As duas trabalhavam em bares e escreviam artigos sobre temas culturais em revistas emergentes, à espera de uma grande e fugidia oportunidade em publicações mais prestigiosas.

A única coisa que não faziam juntas era transar. Gastavam boa parte do tempo em encontros que não levavam a nada, porque também tinham em comum um instinto infalível para escolherem os piores candidatos: era como se propusessem a si mesmas sair com os homens mais estúpidos, mais cruéis, mais egocêntricos. Até que Pru conheceu Ben, um sujeito com seus trinta anos, de perturbadores olhos azuis, que havia anos estava terminando um doutorado em Computer Science e que era nova-iorquino, o que o tornava de cara alguém quase extravagante, pois era a única pessoa nascida e criada em Nova York que Pru havia conhecido em cinco anos lá. Ao que tudo indicava os pais de Ben eram milionários; moravam num fabuloso *brownstone* em Park Slop, a quatro quadras do Prospect Park, no qual Ben ocupava o *garden apartment*, completamente independente de seus pais, com quem dizia estar brigado de morte. Quando Pru perguntou como podia estar brigado de morte com os pais e ao mesmo tempo morar na casa deles, Ben olhou para ela como quem diz: você não entende nada de nada.

Ben costumava passar horas em frente à tevê assistindo a apresentações de comediantes — sentava no sofá com umas cervejas e uma generosa porção de *mac & cheese*, o que não tinha nada de estranho, estranho, e muito, era o fato de ele parecer não se divertir nem um pouco com seu passatempo. Longe de qualquer gesto que se pudesse entender como aprobatório ou reprobatório, Ben dava a impressão de que, em vez de ouvir piadas, estava assistindo às prósperas notícias de um país nórdico ou a algum eterno campeonato de golfe ou a reality shows estrelados por pessoas mudas ou narcolépticas ou impotentes. Na vida real ele ria, sim, e sua risada era especialmente estrondosa, mas quando assistia aos comediantes na tevê reagia no máximo com uma ligeira alteração da expressão facial, bastante difícil de interpretar. No começo, Pru pensou que Ben levava tão a sério a comédia por querer, ele também, ser comediante, e embora ele negasse firmemente, a hipótese da nova namorada não parecia descabida: Ben não assistia a esses comediantes por considerá--los engraçados, mas para aprender, ou talvez, mais precisamente, para estudar a tradição e também para conhecer seus pares, porque via clássicos como George Carlin ou Joan Rivers com a mesma atenção que dedicava a contemporâneos como Dave Chapelle ou Louis CK ou aos corajosos iniciantes que tentavam a sorte na competitiva cena do *stand-up*.

Essa hipótese explicava, também, o fato de Ben resistir a ter a companhia de Pru quando estava diante da tevê. No começo, ela se sentava a seu lado com uma taça de vinho branco e deixava escapar comentários espirituosos e morria de rir, mas Ben a ignorava completamente, e, ainda que evitasse dizer, era óbvio que preferia ficar sozinho. A única pessoa com que Ben compartilhava seu passatempo, ou melhor, seu silencioso vício em comédia, era sua prima Martha, uma mulher de quarenta e tantos anos, de uma magreza mórbida, que não era muda mas falava em monossílabos, salvo quando comentava com Ben, com incrível seriedade, as apresentações dos comediantes. Assim como o primo, Martha não ria diante da tela, contudo, ao contrário de Ben, ela não parecia ser capaz de rir, nem mesmo de sorrir, na vida em geral. Seu rosto pálido parecia incompatível com a expressão de emoções.

Uma noite, para comemorar os quatro meses que estavam juntos — sua instabilidade amorosa era tal que Pru, como uma adolescente, tinha se acostumado a comemorar tudo desde o começo —, ela propôs ao namorado um programa-surpresa, mas quando saíram do metrô e ele entendeu que estavam se dirigindo ao Comedy Cellar, Ben disse que não queria ir àquele lugar, que o achava terrível. Entrou a contragosto e ficou a maior parte do tempo olhando para o chão e rindo — era uma risada diferente da usual, uma risada prudente e uniforme, quase mecânica, cuja intenção por trás era que ninguém percebesse que ele estava detestando aquilo tudo. Pru pensou que Ben estava suando daquela maneira porque temia ser interpelado pelos comediantes, o que lhe pareceu irracional, não via que tanto material a vida de Ben poderia oferecer para um *crowd work* (algo como "de onde você é?", "de Nova York", "ah, bom, sinto muito, vou procurar algum estrangeiro para fazer piada com o país dele"). Depois de quarenta minutos, ficou muito evidente que Ben estava realmente odiando a experiência, daria para dizer até que estava sofrendo, de modo que foram embora.

Naquela noite, inesperadamente, como se precisasse daquela desagradável saída para se decidir, Ben insistiu em falar do futuro; disse que suas intenções eram sérias, que não lhe interessava perder tempo e que gostaria de ter muitos filhos, o que para Pru pareceu algo intimidante porque, como tantos nova-iorquinos por adoção, ao se radicar na cidade havia decidido que não teria filhos — pensava que a maternidade a obrigaria a adiar sua carreira, e, embora vista de fora sua carreira já tivesse deixado de ser promissora havia muito tempo e na verdade cambaleava, o encantamento de estar no centro do mundo continuava, para ela, funcionando.

Pru passava muito tempo no apartamento de Ben, o que não era fácil para Jessye, que dizia sentir saudades dela, nem para Martha, que continuava indo assistir tevê com o primo, mas tinha de se resignar a espaçar suas visitas. Uma tarde, no começo do outono, ao sair da casa de Ben, Pru notou que Martha, do segundo andar do *brownstone*, observava-a fixamente. Embora já tivesse perguntado a Ben mais de uma vez, Pru não conseguia ter certeza de que Martha morava ou não no *brownstone*, e de todo modo a cumprimentou com naturalidade — ela não respondeu ao aceno e reagiu com uma falta de jeito reveladora.

Naquela mesma tarde, na livraria Community Bookstore, Pru percebeu que Martha a vigiava, camuflada atrás de um romance de Cynthia Ozick. Pru havia lido e adorado aquele livro, e achava improvável que Martha fosse capaz de gostar dele também. Não queria ser preconceituosa nem paranoica, mas durante a semana seguinte a cena se repetiu, com ligeiras diferenças, na papelaria da esquina e num restaurante de sushi. Tinha dúvidas sobre contar ou não aquilo para Ben. Pensava nisso intermitentemente uma tarde, enquanto olhava as deslumbrantes caturritas que pousavam na entrada gótica do Green-Wood Cemetery. Tinha ficado viciada em contemplá-las com o zoom do celular, embora às vezes achasse seus gritos dilacerantes: era como se os pobres papagaios aspirassem a ser ouvidos na Argentina de seus antepassados. Naquela tarde, entrou no cemitério, olhou os carvalhos e alguns túmulos, e estava concentrada num majestoso bordo, fascinada e admirada pelo ardor daquele vermelho quase irreal, que fazia com que amasse essa estação do ano, quando percebeu a presença de Martha, muito mal escondida atrás de um pinheiro.

Esperou ainda uma semana para contar a Ben, e sua reação foi desconcertante.

— Temos que resolver isso agora mesmo — disse, enquanto mandava uma mensagem para a prima. — Problemas familiares, isso não. Não podemos ficar juntos se você tem problemas com minha família.

Pru respondeu que ele mesmo tinha ou dizia ter problemas com a própria família, e Ben respondeu com um olhar novo, um olhar que Pru achou indecifrável e que depois pensou que deveria ter tentado decifrar; um olhar no qual — isso ela pensou só semanas mais tarde, quando começava a encontrar a serenidade necessária para contar essa história — eram visíveis o desprezo e a insensatez. Nos já cinco meses de sua relação com Ben, nunca havia se sentido desprotegida como se sentiu naquele momento. Estavam nus, haviam trepado a tarde toda, e, embora Ben tivesse bebido apenas uma cerveja, Pru teve a sensação de que seu namorado estava havia horas ou dias inteiros bêbado, porque há vezes em que se faz aconselhável, ou útil, ou necessário pensar que a pessoa amada está há dias, ou meses, ou anos ou a vida inteira bêbada.

Pru se vestiu rápido, ele pôs apenas a cueca. Martha chegou de imediato.

— Qual é o problema? — disse Martha, com uma voz fingida, quase uma paródia de voz; as poucas palavras que Pru ouvira sair de sua boca não correspondiam ao timbre dessa voz.

— Nada, Martha. É que eu acho que você está me seguindo.
— Não estou te seguindo — disse. — Por que eu iria te seguir? Você gostaria que eu te seguisse?
— Bom, talvez tenha sido uma impressão, desculpe. Não quero que você me siga, não é necessário. Podemos sair juntas. Podemos ser amigas.
— Você gostaria que eu te seguisse?

Martha repetiu a frase três vezes, e se aproximou a tal ponto que Pru podia sentir seu hálito de café ou chocolate ou café com chocolate, talvez também de pasta de dente. Pru não retrocedeu, mas olhou para Ben em busca de ajuda ou ao menos de um lampejo de cumplicidade. Foi uma olhada rápida que dizia algo como *me diz o que fazer* ou *como devo tratá-la* ou *sua prima é uma louca de merda* ou *isso aqui está saindo do meu controle*. Mas Ben havia pegado uma cadeira e a instalara ali, num canto da sala, para observá-las. Poderia ter ficado no sofá, não fazia sentido transportar a cadeira para aquele lugar específico, embora tampouco tivesse sentido, certamente, ele não intervir no conflito. Olhava para as duas mulheres com a mesma inexpressividade com que costumava olhar para a tela da tevê. Martha continuava repetindo a frase sem parar, sempre com a boca muito próxima do rosto de Pru, que pensava que deveria se defender, mas a única maneira de se defender era batendo em Martha.

Foi Martha quem bateu primeiro: empurrou-a e deu três chutes nela no chão, foram golpes como de uma criança tentando acertar uma pinhata, ou como de caratê, como de alguém que acaba de presenciar uma aula de caratê e tenta recriar os movimentos. Pru se ergueu rapidamente. No meio da confusão e de muitas lágrimas, olhou para Ben, suplicante, mas ele continuava sentado, contemplando as duas, como se desfrutasse de seu lugar na primeira fila.

Martha voltou a empurrá-la. Pru conseguiu agarrá-la pelos

tornozelos para neutralizá-la. Não queria machucá-la, mas a prima de Ben caiu no chão e então ele se levantou e se aproximou, furioso.

— Solte ela. Se você bater na minha prima, vai estar se metendo com minha família — gritou. — Se você bater na minha prima, é como se estivesse batendo na minha família toda, em um por um. É como se você quisesse que eu ficasse órfão.

— Eu não bati nela, não quero bater nela. Mas não quero que ela me bata.

— Solte ela agora mesmo e se jogue no chão — ordenou Ben.

Pru obedeceu de imediato.

Enquanto Ben reiterava desnecessariamente sua advertência, Martha começou a dar chutes no estômago, nas pernas e na bunda de Pru. Ben não intervinha, limitava-se a rondar a cena, como se demarcasse o raio da ação, como se fosse o encarregado de garantir o bom funcionamento da surra. Pru não chorava mais, nem sequer gritava: queria gritar, mas tinha receio de enfurecer ainda mais sua agressora. Até que a própria Martha se atirou no chão para chorar. E Ben se aproximou para abraçar e consolar a prima.

Pru correu até chegar ao Prospect Park e continuou correndo sem parar, ultrapassando várias pessoas que corriam por esporte. Saiu do parque na direção da Grand Army Plaza e depois andou sem rumo por mais ou menos quinze minutos, até que decidiu se refugiar numa *deli*, onde tomou um café quente quase de um gole só, como se fosse água gelada. Só então, com a garganta meio queimada e uma azia instantânea que naquele momento lhe pareceu purificadora, pensou em ligar para Jessye. Ficou esperando por ela na *deli*.

Jessye a consolou naquela tarde e naquela noite e nas semanas seguintes, nos meses seguintes, que Pru passou praticamente trancada em casa. Não quis denunciar os dois primos. Olhava uma e outra vez o lacônico Facebook de Ben, nem mesmo se atrevia a bloqueá-lo: qualquer pessoa que tivesse visto suas fotos pensaria que ele era um sujeito supernormal, repetia para si mesma, procurando algum tipo de consolo. Decidiu que não sairia nunca mais com ninguém e pensou que jamais voltaria a se sentir segura.

Em busca de sossego, Pru se mudou provisoriamente para o quarto de Jessye, mas em pouco tempo decidiram de fato compartilhá-lo. Como duas adolescentes numa festa do pijama, juntaram seus colchões e às vezes, com crescente frequência, acordavam juntas, abraçadas. Uma noite, Jessye entrou no banheiro e viu Pru num labor árduo com um vibrador (o já clássico coelhinho laranja fosforescente). Eu posso te ajudar com isso, disse. Nenhuma das duas havia estado com outra mulher e gostaram muito daquilo, pareceu-lhes uma experiência superior, incrivelmente plena, satisfatória, e pensaram que era absurdo não terem tentado antes. Pru, sobretudo, pensava isso: algumas noites, antes de dormir, calculava o tempo de felicidade que haviam desperdiçado e repassava uma a uma suas relações fracassadas, e se lembrava de Ben e se recriminava por não ter sabido ler os sinais, que agora, em retrospecto, pareciam-lhe inequívocos. Sentia-se estúpida demais por não ter fugido a tempo, embora também pensasse que se não tivesse conhecido Ben talvez não estivesse agora com Jessye. Costumava se lembrar dos hematomas em seu corpo, era como se não tivessem desaparecido de suas coxas, de suas nádegas, de suas canelas. Lembrava-se da cara idiota de Martha, sonhava que tomavam café e falavam de livros, sonhava que eram adolescentes e frequentavam a mesma escola e não sabiam: encontravam-se frente a frente, na biblioteca, e Martha a olhava com desprezo ou sorria.

Por que sonhava com Martha e não com Ben?

Apenas uma noite sonhou com Ben, e de forma incompleta

ou subliminar: Pru era uma comediante e estava prestes a sair de cena, não era sua estreia, mas estava nervosa, talvez fosse sua primeira apresentação diante de um público mais numeroso; repassava as piadas iniciais, escutava dos bastidores a voz do apresentador, e só quando estava no palco intuía a presença de Ben e um pânico a inundava, tentava olhar para os cantos do bar, porque tinha certeza de que seu ex estaria ali, estudando-a, contemplando-a, com uma cerveja na mão esquerda, porque ele era destro mas sempre pegava a garrafa com a mão esquerda.

Acordou ainda cegada pelas luzes dos refletores — estava em seu quarto, no meio da noite, nessa escuridão completa da qual não gostava, mas que, para Jessye, era inegociável. Ouvia a respiração dela a seu lado, aproximou-se até quase roçar sua bochecha. Jessye dormia com enorme placidez e Pru se sentiu amparada e amada como nunca. Pensou que deveriam comprar uma cama king size e talvez procurar um apartamento para morarem sozinhas, um lugar onde pudessem se comportar como um casal, embora o significado desse desejo fosse impreciso, porque a única coisa nova era o sexo. A única coisa nova, em todo caso, era poderosa demais e inundava todo o resto, pensou Pru naquela noite, emocionada. Quis acordar Jessye para lhe agradecer ou para pedir que nunca a abandonasse ou para masturbá-la. Veio-lhe o pensamento quase insuportavelmente romântico de que queria caminhar com ela de mãos dadas. Não aspirava a gritar ao mundo que se amavam, simplesmente queria caminhar de mãos dadas por uma avenida qualquer.

Na manhã seguinte, ficaram na cama e transaram por muitas horas. Vestiram-se só no cair da tarde e partiram para uma tumultuada pizzaria de Prospect Heights. Ali, encontraram-se com Gregg Pinter, um amigo escritor que tinha acabado de ser promovido a *senior editor* numa revista de crescente importância, e tomaram umas doses de Maker's Mark, de pé, enquanto esperavam mesa. Foi Gregg, que era um viajante experiente, quem falou para elas das paisagens lunares, desafiantes, incompreensíveis e surrealmente lindas de San Pedro de Atacama: disse que tinha muita vontade de ir, que estivera a ponto de comprar a passagem para o Chile, mas quando lhe ofereceram o cargo preferiu postergar essa e qualquer outra viagem indefinidamente. Jessye falou que talvez elas pudessem ir e escrever algo para a revista.

— Com certeza — respondeu Gregg. — Eu adoraria isso.

— Estamos falando sério — disse Pru, empolgada. — A gente escreve, nós duas, nunca escrevemos nada juntas.

— E eu estou respondendo sério — disse Gregg, com um sorriso generoso. Talvez exista isto: o sorriso de alguém que acaba de adquirir certa quantidade de poder e está disposto a compartilhá-lo.

Ficaram de conversar depois sobre os detalhes. Gregg não estava convencido de que deveriam escrever o artigo juntas, talvez pudessem ser dois artigos associados, um sobre San Pedro de Atacama e outro sobre Santiago ou Valparaíso. Enquanto devoravam suas pizzas, Pru e Jessye procuraram no Google por fotos do Valle de la Luna e da Laguna Verde e do gêiser El Tatio e decidiram que fariam, sem dúvida, aquela viagem.

Voltando para casa, quando faltavam duas quadras para chegar, Pru pegou a mão de Jessye, que por um segundo vacilou, mas depois pensou que era uma ideia magnífica. Caminharam essas duas quadras num estado hiperbólico de felicidade. Na manhã seguinte, Jessye encontrou passagens um pouco mais baratas do que o previsto e Pru ligou para Gregg, que confirmou a pauta, mas advertiu que poderia pagar por apenas um artigo, escrevendo juntas ou não, e pediu que fosse o mais original possível, apesar de não ter dado muitas pistas ("tentem fazer algo que nenhuma outra revista publicaria"). Com a alegria das decisões súbitas, Jessye comprou as passagens e começaram a planejar a viagem: passariam o Natal no Norte, depois iriam para Santiago, e tinham vontade de passar o Ano-Novo em Valparaíso. Vieram três meses que para Pru foram idílicos, virtualmente perfeitos: não pensava mais em suas desventuras, de repente sua vida era simples e sólida. Jessye, pelo contrário, passou esse tempo atormentada por dúvidas terríveis; enquanto para Pru estar com Jessye significava exclusivamente ter se apaixonado por sua melhor amiga, para Jessye estar com Pru fazia com que se questionasse insistentemente se gostava, em geral, de mulheres, isto é, se sempre sentira atração por mulheres, se sempre fora lésbica. Essas dúvidas tortuosas se materializaram em diversas e fugazes infidelidades com outras mulheres e numa aventura fulminante e muito mais séria com uma italiana que conheceu numa lavanderia. Vinte dias antes da viagem, disse a Pru que não podia viajar para o Chile, argumentando que precisava ir para o Arizona cuidar da mãe, que estava doente.

— O que ela tem? — perguntou Pru.

— Ainda não sabem — respondeu Jessye, a quem não faltava imaginação para inventar alguma doença, mas acreditava que uma mentira menos elaborada diminuiria, de alguma forma, sua ausência.

— É algo grave?

— Ainda não sabem.

— Quer que eu vá com você?

— Não.

Pru pensou no Arizona e no desconhecido deserto chileno e sentiu que aquilo era uma coincidência amarga e caprichosa. Jessye desapareceu na manhã seguinte e Pru ficou cheia de suspeitas. Achava que tinha e queria ter banido para sempre de sua vida as suspeitas, era dolorido desconfiar de Jessye. Em cima da escrivaninha estavam os romances e os filmes chilenos com os quais em tese preparariam a viagem, porém Pru já não tinha vontade de nada. No dia do voo ligou para Jessye dez, trinta vezes, até que ela atendeu e falou a verdade. Queria tanto não ferir Pru que tudo acabou sendo ainda mais dolorido. "Graças a você entendi muitas coisas", foi essa a dramática frase inicial, à qual ela voltava cada vez que sentia a vertigem que se aproxima quando sabemos que o efeito da frase seguinte será irreparável.

Tomada pela incredulidade, Pru partiu para o aeroporto. A bela história de amor havia se tornado tão tosca como as que costumava compartilhar justamente com Jessye e apenas com ela. E talvez por ser fiel ao otimismo, pensava que, como numa *sitcom*, Jessye chegaria de última hora no aeroporto e lhe pediria desculpas, mas o fato é que não chegou.

Entrou no avião, passou as dez horas de voo dopada, no aeroporto de Santiago caminhou como uma zumbi para pegar a conexão. Desembarcou do segundo avião desolada, esperou com falsa paciência a mochila novinha em folha que havia comprado com Jessye em Chinatown, numa manhã chuvosa, apenas duas semanas antes, e trocou cem dólares por uma quantidade de pesos que naquele momento lhe pareceu infinita. Procurou um ônibus, mas estranhamente nenhum ia para San Pedro de Atacama. Aproximou-se de uns motoristas que fumavam enquanto assistiam a um jogo de futebol num celular enorme. Perguntou a eles, em espanhol, como fazia para chegar a San Pedro de Atacama e os homens olharam para ela com curiosidade e lascívia.

— Deu pra entender o que eu disse?

— Claro que sim — respondeu um dos motoristas, condescendente. — Você quer ir pra San Pedro. E eu posso te levar pra San Pedro, claro que sim.

Os homens riram, mas Pru preferiu pensar que não estavam debochando dela. Entrou numa van enorme, na qual era a única passageira. O trajeto até o lugar não foi de duas horas, como ela esperava, e sim de vinte e cinco minutos. A essa altura, Pru já pressentia algum tipo de erro, mas demorou ainda uma hora para assimilá-lo e dimensioná-lo: estava em Hacienda San Pedro, um povoado da região do Atacama, e não em San Pedro de Atacama, na região de Antofagasta. A confusão não era comum, mas tampouco era rara: em vez de aterrissar em Calama ou em Antofagasta, Pru tinha voado para o aeroporto de Copiapó, denominado Desierto de Atacama, o que certamente a induzira ao erro. A questão é que estava a mais de oitocentos quilômetros de San Pedro de Atacama.

Foi Jessye quem comprou as passagens, pensava Pru, seguidas vezes; se eu tivesse comprado, isso tudo não teria acontecido. Se eu tivesse comprado, não seria agora uma gringa idiota perdida no último país do mundo.

Como tem a tarde livre, León propõe ao filho que deem uma volta pelas livrarias de Providencia. Vicente encontra vários livros que quer ler, em especial uma antologia de poesia irlandesa contemporânea e um livro de poemas inéditos de Enrique Lihn, seu pai se oferece para comprá-los para ele, mas Vicente não aceita, pois sente que nas atuais circunstâncias, com o *deadline* das inscrições no futuro imediato, seria como aceitar um suborno. No fim das contas, escolhe três livros muito baratos de poetas que têm quinze ou vinte anos a mais que ele, e que se fossem jogadores de futebol em vez de poetas seriam considerados jogadores acabados, já às vésperas da aposentadoria, mas como são poetas todo mundo continua chamando-os de jovens *poetas*, porque o exercício da poesia não dá dinheiro, mas prolonga notavelmente a juventude.

Sentam-se num café ao qual costumam ir alguns escritores, coisa que Vicente detesta — não detesta esses escritores, não poderia detestá-los porque sequer os leu (é muito raro que leia prosa), mas sabe que seu pai o levou ali para que os veja, o que de certo modo é como ir ao zoológico, embora seu pai nunca o tenha levado ao zoológico quando pequeno (talvez queira reparar isso). Come um pedaço de *torta de panqueques de naranja** que acha deliciosa, enquanto seu pai continua pedindo cafés e devora, como se não tivesse almoçado, uma *ave palta***. León de novo tosse falsamente para retomar a conversa que Vicente não quer continuar de jeito nenhum, muito menos no meio do zoológico de escritores, porque sabe que seu pai é capaz de abordar algum deles para exemplificar seus argumentos, de modo que finge estar recebendo uma ligação urgente de sua mãe e diz que precisa ir para casa imediatamente. O pai, e isso ele não tinha previsto, se oferece para levá-lo, e Vicente diz que não é necessário, porque na verdade não quer ir para casa, mas León nem escuta o que ele diz, já caminham para o estacionamento.

León quer aproveitar a viagem para insistir no assunto, Vicente responde com monossílabos enquanto vasculha os CDs do porta-luvas e não encontra nada de que goste. Coloca um do White Lion, uma banda que acha horrível. Escuta os primeiros segundos de todas as músicas do disco, há duas que acredita ter ouvido no rádio alguma vez. Pensa, num plano filosófico, que é extremamente triste que alguém chamado León goste de uma banda chamada White Lion. Tenta se concentrar na música, ou melhor, na imagem de seu pai escutando esse disco um dia, talvez com o cabelo comprido e um bigode desalinhado, e a imagem lhe parece cômica, mas em seguida pensa que esse disco está *atualmente* no porta-luvas de seu pai, e portanto é possível supor que ele o ouça *atualmente*, não para relembrar os velhos tempos, e sim porque *gosta dele de verdade*. Pensa que talvez nesta mesma manhã León possa ter ouvido o disco e isso lhe

---

* *Torta de panqueques de naranja*: espécie de bolo de rolo de laranja, mas na horizontal, com várias camadas dentro.
** *Ave palta*: sanduíche de frango geralmente desfiado com abacate.

parece uma cena desesperadoramente patética: seu pai a caminho do trabalho, já meio careca, com as rugas no rosto marcando traiçoeiramente a passagem do tempo (esse advérbio, *traiçoeiramente*, costuma aparecer nos pensamentos de Vicente, porém não em seus poemas, algo curioso), ouvindo esse *glam rock* meloso e insosso, com a janela aberta, fumando, com a plena certeza de que está tirando onda, de que está arrasando. Pensa que seu pai tinha medo de fracassar e fracassou. O que teria sido, para seu pai, não fracassar? Volta a pensar nisso, parece-lhe um problema insolúvel, um verdadeiro enigma.

Falta pouco para chegar em casa e Vicente se dá conta de que seu pai abandonou a ideia insistente de ter uma conversa séria, mas também a ideia de ter qualquer conversa, e é evidente que há alguma coisa acontecendo com ele, porque tampouco fala, como costuma fazer quando dirige, sobre o tráfego ou sobre os semáforos ou — e isso é particularmente irritante — sobre a própria ação de dirigir ("agora vou virar à esquerda", "vou ultrapassar logo esse cara, que lesma", "vou ter que ligar o limpador"). León não diz nada, e ao olhar para ele com atenção Vicente percebe que o rosto de seu pai ficou roxo ou verde ou cor de mostarda e pensa que ele está prestes a sofrer um ataque do coração, porque sempre pensou que seu pai morreria de um ataque do coração, em geral pensa que todo mundo morre disso, quando fica sabendo de alguma morte nem pergunta a causa, de cara supõe que foi devido a um ataque do coração.

Vicente pergunta o que ele tem e o pai responde, quase cochichando, que está a ponto de se cagar. E ainda quase cochichando, verdadeiramente angustiado, León pergunta ao filho se há algum bar ou lanchonete ou se algum amigo de confiança dele mora por perto para que ele possa usar o banheiro. Vicente diz para ele dirigir rápido e pronto, que pode usar o banheiro de sua casa, mas León recusa terminantemente.

— Faz quinze anos que não vejo sua mãe, você acha que vou resolver vê-la agora, ainda mais nessas circunstâncias? — A dor obriga-o a fazer uma pausa dramática no meio da palavra *circunstâncias*.

Não são quinze anos, são mais. Desde que se separaram, quando Vicente tinha acabado de aprender a engatinhar, passaram-se dezessete anos. Depois veio um tempo longo em que León não viu o menino, quase um ano inteiro, até que concordaram sobre o protocolo de visitas que, como já sabemos, estabeleceu que Vicente seria depositado por Carla na casa de seus avós, onde León o buscaria para levá-lo a seu apartamento, embora às vezes demorasse a ir buscá-lo e também fosse comum que León não aparecesse durante todo o fim de semana e relegasse a responsabilidade das visitas para seus anódinos, porém solidários, pais.

Em diversos momentos da infância, mas sobretudo depois, há relativamente pouco tempo, aos catorze ou quinze anos, Vicente ficou obcecado com a questão: queria saber por que era impossível juntar Carla e León, não no sentido de voltarem a ficar juntos, isso sequer passava por sua cabeça, a ideia de seus pais juntos lhe parecia abstrata demais, só queria saber por que não era possível vê-los ao mesmo tempo, no mesmo lugar: era como uma peça de teatro na qual um ator interpretava dois papéis. Quando Vicente insistia nas perguntas, recebia respostas tediosas, como se tivessem estudado antes de responder; como se, no dia da separação, em vez de, como fazem as pessoas normais, gritarem um com o outro, pedirem desculpas, ferirem um ao outro e chorarem e treparem pela última vez enquanto consideram a ideia de uma reconciliação para, em seguida, dois minutos depois, gritarem e se ferirem e chorarem de novo e assim até dar ou ouvir uma última batida de porta, enfim, é como se em vez de ou além de ou depois de tudo isso tivessem sentado civilizadamente diante de uma tela de computador com o Word aberto para redigir um rigoroso protocolo de reações — algo assim: "Nunca revelaremos os motivos de nossa separação, porém tampouco incitaremos a sensação de mistério. As respostas aos questionamentos do menino não serão evasivas, e sim diretas. Não manteremos contato físico algum, posto que o desejo de ambos é não voltar a ver o outro, mas não construiremos tensões a respeito". Não redigiram, é claro, um acordo como esse, mas na prática as coisas funcionavam como se o tivessem feito.

No trajeto restante, que é curto, não há, de fato, nada parecido a um lugar onde se pudesse pedir para usar o banheiro, o que torna cada vez mais razoável a ideia de León usar o da casa de Vicente, que um dia foi também a sua. De modo que, enquanto o pai contrai todos os músculos do corpo até o ponto de ficar cômico, Vicente pega o celular e liga para Carla, que tem as sextas-feiras livres, porque o semanário onde trabalha é publicado às quintas, mas às vezes ela aproveita esse tempo para andar pelas ruas de Santiago tirando fotos para seus projetos pessoais. Vicente gosta da ideia de ficar sozinho em sua casa com León, pela primeira vez em seu próprio território, embora entenda que parte desse tempo seu pai passaria cagando — e no fim Carla está em casa e reage escandalizada diante da ideia de León ocupar o banheiro, e essa forma tão chilena de se referir à utilização do banheiro, *ocupar o banheiro*, parece dessa vez insubstituível, porque Carla tem a impressão de que León *ocuparia* o banheiro, isto é, que seria como uma reconquista imerecida de uma colônia perdida. E, no entanto, em dez segundos Carla parece ter mudado de ideia e diz ao filho que não tem problema, claro que sim, diga ao seu pai que ele pode usar o banheiro com tranquilidade, tudo bem, e Vicente, estranhando, comunica aquilo a León, que agradece mas continua recusando-se sumariamente; está decidido a deixar o filho em frente à casa e sair em busca de um banheiro, embora a ideia de ter de parar o carro não lhe pareça nada boa, porque lhe vem a certeza, muito mais supersticiosa que científica, de que se parar o carro, se chegar a cometer o terrível erro de pisar no freio até o final, no exato instante em que o carro parar vai acabar largando a merda toda, e de fato em vez de dirigir rápido ele dirige com uma lentidão exasperante, e embora as buzinadas o agridam e ele sinta que elas reverberam, que são como empurrões violentos que contribuem para precipitar o desastre, mesmo assim é melhor dirigir dessa maneira, como alguém que tem TOC e diminui a velocidade na tentativa de pegar todos os semáforos verdes, sem ter de parar o carro. León conjetura que o melhor seria que Vicente descesse do carro em movimento, como já viu pessoas fazendo mais nos filmes que na realidade — León se esforça muito para se convencer de que no futuro imediato conseguirá deixar o filho em frente à casa parando muito de leve o carro e que depois procurará um restaurante ou um improvável terreno baldio, e pensa que, embora tenha de voltar a se comportar como um monstro...

Esse último pensamento precisa ser explicado, porque não guarda relação com um juízo moral; não é uma metáfora sobre alguma ocasião em que León agiu de forma monstruosa, e sim uma imagem mais literal. É o seguinte: muitos anos atrás, quando estava no último ano da Escola de Direito, meses antes de conhecer e de engravidar Carla (foram atos quase simultâneos), León foi acampar com três amigos na cordilheira de Nahuelbuta, e na volta, enquanto almoçavam umas linguiças com batatas em Cañete, decidiram esticar a viagem acampando uns dias no lago Lanalhue. Não lhes restava muito dinheiro e acharam exorbitante o custo para poder instalar a barraca no camping oficial do lago, de modo que voltaram uns quilômetros para se instalar por conta própria, de forma ilegal, numa margem do lago completamente deserta. Foi uma ideia genial: naquela tarde ouviram música a todo volume e fumaram maconha e se embebedaram com tequila (que era, para eles, uma novidade) olhando para a lua cheia, e no dia seguinte prepararam um substancial macarrão com carne e pimentões.

Imediatamente depois do almoço, León encontrou um lugar propício para estabelecer seu trono, baixou as calças com naturalidade e começou seu labor sem demora, com uma vista perfeita daquele lago magnífico: conseguia vê-lo quase por inteiro, apenas a parte mais distante à direita ficava fora de seu alcance visual, mas ainda assim podia imaginar os turistas apinhados, acampando como escoteiros ridículos, enquanto a parte mais distante à esquerda estava completamente vazia. Também conseguia divisar, exatamente em frente, do outro lado do lago, três pontinhos que deviam corresponder a três pessoas, e a única explicação para sua presença ali era terem decidido vadear o lago todo. Naquele momento, pensou que essas pessoas passariam em frente a sua improvisada guarida em cerca de quarenta minutos, era difícil calcular, mas de repente percebeu que aquelas graciosas reticências estavam se movendo rápido demais para que seu deslocamento fosse caracterizado como uma caminhada, e comprovou também que sua evacuação estava sendo e continuaria sendo lenta e longa, porque tinha, para usar também uma falsa metáfora, muita merda dentro de si. Cinco minutos mais tarde, os pontinhos já estavam à sua esquerda, e então conseguiu distinguir com nitidez os cabelos loiros de três mulheres que trotavam mais como uma brincadeira que como um ato esportivo; na verdade eram três meninas bem pequenas, de nove, dez, no máximo doze anos, que não trotavam e sim corriam fazendo saltinhos de balé, e que logo mais passariam em frente ao local onde ele estava cagando de maneira tão contínua, tão ininterrompível. Sobreveio-lhe uma angústia enorme diante desse fato iminente e esticou o máximo que pôde os braços para juntar uns galhos com os quais se cobrir, de modo que, quando as meninas passaram a um metro e meio de onde ele estava, um segundo antes de poderem vê-lo, León se levantou um pouco, tapando o pênis e o rosto com os galhos, e soltou um uivo de lobisomem ou de algum outro monstro mitológico ou cinematográfico. Conseguiu que as meninas desviassem alguns metros em direção à margem, embora não quisesse tê-las assustado tanto — fugiram apavoradas, e seus gritos, seus alaridos, permaneceram no ar por muito tempo enquanto continuavam correndo, e com certeza as coitadas ainda devem se lembrar do monstro do lago Lanalhue, talvez o monstro do lago Lanalhue ainda apareça em momentos cruciais de seus pesadelos.

De modo que é a essa experiência que León se remete quando pensa que, caso encontre um terreno baldio, não se importaria em voltar a se comportar *como um monstro*. Mas já está em frente à casa e vê no portão uma mulher que, se a tivesse visto numa rua qualquer, teria feito com que se lembrasse vagamente de Carla, mas como a vê em frente à casa em que moraram juntos dezessete anos atrás sabe que é Carla. Sua impressão é que a esposa foi, como alguns livros, corrigida e ampliada pelo tempo — não pensa assim, porque não é dado a comparações livrescas, mas sente algo do tipo: que Carla foi ampliada, porque está notoriamente mais gorda, e que foi corrigida, porque está radiante, mais bonita, inclusive, que dezessete anos atrás: os quilos a mais (que curiosamente também são cerca de dezessete) talvez não sejam demais, porque eles a deixaram na condição de uma mulher em pleno domínio de sua idade, consciente de si mesma, que observa com indiferença os malabarismos das dietas e o insistente vício no intrincado ioga *bikram* de suas contemporâneas.

León entra muito rápido na casa, cumprimenta Carla com uma espécie de involuntária reverência japonesa, que com o cu apertado desse jeito é quase o único cumprimento disponível, e, embora por um momento ele pense em usar o banheiro do segundo andar, a simples ideia de subir as escadas lhe parece um absurdo, de modo que se tranca no banheiro principal, e Carla não resiste a um risinho sarcástico correspondente à situação e agora está sentada na sala, contrariada mas também achando graça daquilo: gostaria de ir dar uma volta no supermercado e ficar horas no corredor dos odorizadores de ambientes para depois disparar triunfais descargas de aerossol de lavanda ou flores-do-campo no banheiro e em toda a casa até eliminar completamente os rastros fétidos de seu ex-marido. Mas não faz nada disso. Fica no sofá, esperando, porque sente que é quase obrigatório aproveitar a inesperada presença ("a presença física", pensa) de León para conversar com ele e com Vicente. Foi por isso que mudou de ideia, por isso que permitiu que León usasse o banheiro: imagina uma conversa incômoda porém oportuna, que de uma vez por todas deixe clara a necessidade de Vicente estudar alguma coisa. Sua expectativa é otimista, desmedida: fantasia que nesta mesma noite, depois dessa discussão enérgica e produtiva, seu filho fará enfim a inscrição para tentar entrar num curso universitário.

Vicente se senta em frente a ela e a sala se transforma momentaneamente numa sala de espera, e a situação é tão estranha que o normal seria tentar amenizá-la trocando algumas piadas, porém os dois ficam em silêncio, com as cabeças quase grudadas, como se esperassem uma notícia muito importante, de vida ou morte. Está prestes a ver os pais juntos, o que de algum modo o emociona, embora não esteja mais obcecado com isso e não saiba muito bem em que consiste sua emoção, que talvez ele descrevesse como mera curiosidade.

— Quando seu pai sair do banheiro, vamos falar sobre você na faculdade — diz Carla, de repente.

É um erro tático do tamanho de um navio, porque, diante da evidente emboscada, Vicente perde a emoção ou a curiosidade de ver seus pais dividindo a cena, e imediatamente diz a Carla que sente muito, mas precisa ir embora e pega apressado a mochila e grita, em direção ao banheiro, com uma familiaridade que tem algo de engraçado, "tchau, pai".

Nesse ínterim, enquanto dura seu labor, León pensa convencionalmente no passado, na implacável passagem do tempo, no breve período em que morava nessa casa tentando fazer funcionar a tragicomédia do casamento forçado. Tudo foi tão rápido e confuso; o que as pessoas vivem em quatro ou cinco anos, eles tinham vivido em menos de dois: a gravidez, o casamento atrapalhado, o nascimento de Vicente, a anulação. Quando ele morava nessa casa costumava tocar gaita enquanto cagava, o que para Carla era particularmente irritante, mesmo ele tentando tocar baixinho para não acordar o bebê, coisa que nem sempre conseguia, porque as gaitas não foram feitas para ser tocadas a meio volume, não é fácil dosar o sopro. Talvez devesse ter perseverado na gaita, León pensa agora, porque embora tentasse tirar umas músicas de Bob Dylan ("Just Like a Woman" e "Like a Rolling Stone"), de Neil Young ("Heart of Gold") e do Los Peores de Chile ("Chicholina"), sempre acabava tocando a famosa e eterna melodia daquela aranha persistente que teima em subir na parede.

Naquele tempo, havia nesse banheiro um revisteiro que ele mesmo comprara no Persa Bío-Bío: dois pedaços de pinho bem escovados e envernizados formando uma cruz, onde costumavam comparecer algumas *Barrabases* e algumas *Vanidades* e vários exemplares da *Condorito*. Por que eu levei o revisteiro? Onde ele estará? Será que nem meu filho nem Carla leem no banheiro? Vicente, que lê em todos os lugares, pelo visto não lê no banheiro, ou não guarda o que lê no banheiro, León pensa. Quanto a Carla, às vezes lembra dela lendo na sala, talvez no prelúdio de alguma briga.

E é assim que a encontra, lendo na sala, meia hora depois.

— Perdão — diz León.

— Achei que você nunca iria me pedir perdão — responde ela, com a voz um pouco mais rouca que a voz que León conserva na memória.

Está claro que é uma piada, e León ri, mas em seguida, como se sentisse a necessidade de voltar atrás na risada, fica sério:

— Pedi perdão por ter vindo assim, depois de tanto tempo, pra usar o banheiro.

Carla olha para ele com um desprezo pungente.

— De todo modo, é bom te ver — diz depois. — Talvez a gente devesse se encontrar pra tomar um café, e falar sobre o Vicente.

Já conversaram a respeito; de fato, por força da situação, os e-mails têm sido mais frequentes, embora não por isso mais amistosos nem menos lacônicos.

— De qualquer jeito, ele não vai mais se inscrever — diz Carla. — É um ano perdido.

— Vamos tentar pelo menos conseguir que ele estude algo no segundo semestre ou no ano que vem, ainda mais agora que as coisas estão indo bem pro meu lado — diz León. — E pra você também, parece. Virou diretora de fotografia numa revista, né?

— Diretora de arte.

— A gente pode pagar uma graduação pra ele.

— Você sempre pensava isso — diz Carla.

— O quê?

— Sempre pensava que as coisas estavam começando a ir bem pra você — diz.

É verdade. Dezessete anos atrás, quando trabalhava como advogado num escritório em Providencia, León sentia que estava prosperando, que coisas boas estavam por vir. E que Carla e Vicente eram como um peso extra que tornava seus movimentos letárgicos. Olhava para Carla amamentando o filho na cama e pensava que formavam uma coisa única, um volume só.

Uma noite, voltando do trabalho, estava prestes a entrar em casa mas num momento de inspiração decidiu passar reto. Só isso: passou reto, caminhou algumas quadras e parou numa esquina. Pegou um ônibus para o Centro, desceu num bar e acordou às nove da manhã, de ressaca, no meio de duas putas sonolentas que tomavam Nescafé e viam televisão.

— Desculpe, não consegui chegar — disse depois a Carla, por telefone.

— Por que não conseguiu?

— Não queria.

— Por que você faz isso comigo?

— Porque eu posso.

Voltou naquela noite, mas Carla tinha trocado a fechadura. León bateu energicamente na porta enquanto ela dava voltas pela casa com o menino nos braços, embalando-o. Grudou a orelha na porta, conseguia ouvir a voz nervosa e doce de Carla entoando uma canção de ninar. Então foi embora. León sentiu que devia ficar bravo, que devia reclamar, afinal de contas aquela casa também era dele, mas caminhava mais rápido e mais leve, e estava adorando aquilo. Não se importava nem com ter a razão. Tudo o que queria era voltar a ser solteiro. Tudo o que queria era tocar gaita tranquilo, a plenos pulmões, enquanto cagava.

Não havia, como às vezes Vicente pensava vagamente, um mistério, uma situação insólita, tenebrosa, ilícita ou espetacular que precisasse ser mantida, ao longo dos anos, em segredo, e que explicasse tanto tempo de distância absoluta. A história era tão tediosa que era melhor supor que havia um segredo, mas não, não mesmo: ocorria apenas que Carla tinha se envolvido com um imbecil, e depois, diante da gravidez, agira inocente e docilmente, como a menina comportada que não queria ser, para satisfazer os pais e para fazer a si mesma acreditar que estava apaixonada e que fazia sentido tentar formar uma família.

Veio um tempo de amargura, atenuado pelo sentimento épico da maternidade. Carla odiava León, mas era um ódio abstrato, porque odiava muito mais a si mesma: dependia dos pais, que não perdiam uma oportunidade de esfregar isso na cara dela, e cada vez que ouvia a palavra *futuro* tinha vontade de vomitar. Via seu filho recolhendo pequenas pedras entre as ervas daninhas ou correndo com outras crianças, acenando para ela, procurando por ela, mandando beijos, radiante, e o achava tão inebriantemente lindo que às vezes pensava que essa beleza conseguiria despertá-la, devolver-lhe tudo o que havia perdido. Mas a existência de Vicente funcionava também como um castigo incessante e feroz; como um castigo escolhido, porém incessante e feroz.

— Se as coisas estão realmente melhorando pro seu lado — diz Carla ao se despedir, no portão —, se realmente você sente que as coisas vão indo bem, deveria trocar esse carro.

— É de 2009 — responde ele, desconcertado.

— Mas estamos em 2014 — responde Carla.

— Ainda é 2013 — diz León.

— Sim, você tem toda razão — responde Carla, debochada. — Ainda é 2013. Seu carro tem dois dias antes de se tornar uma lata-velha.

E os dois sorriem um pouco: muito pouco.

Hacienda San Pedro era um povoado tranquilo de quinhentas pessoas, onde não havia nada parecido com um hotel ou albergue. Próximo aos muros da fazenda que lhe dava o nome, transformada em fábrica de azeitonas, havia uma barraquinha de *churrascas*.* O vendedor explicou a Pru, num tom amistoso mas não isento de ironia — uma ironia frequente no espanhol do Chile, mas naquele momento imperceptível para ela —, que ela não era a primeira turista a vir até Hacienda San Pedro por engano.

— Este povoado aqui devia se chamar assim, Povoado Errado — disse o homem, celebrando a própria tirada.

Outras cinco pessoas se aproximaram e foram mais gentis, mais solidárias. Uma mulher disse que poderia lhe oferecer alojamento, morava com as duas filhas pequenas e trabalhava fazendo pão amassado. Era uma casa de tijolos pintados de branco, com um desconjuntado porém enorme sofá azul, que ocupava quase toda a sala. Pru tirou a calça, cobriu-se meticulosamente

---

* *Churrasca*: um tipo de pão feito na brasa ou na panela.

com duas mantas e só depois de ter certeza de que a família inteira estava dormindo desatou a chorar — era o pranto apagado dos forasteiros, dos que não tinham autorização para chorar, um pranto que podia ser confundido com murmúrios ou com os uivos do vento ou com os alaridos de fantasmas distantes.

Acordou às cinco da manhã. A mulher amassava o pão absorvida num incessante solilóquio que Pru pensou que soava como reza. Depois, às seis e meia, a mulher pediu que ela a ajudasse a carregar os cestos grandes de pão quente até a mercearia que ficava a duas quadras de distância. Era véspera de Natal, e Pru lamentou que na mercearia não vendessem nada parecido com presentes de verdade, mas comprou doces para as meninas. Esperou que acordassem para dar a elas, e quando estava prestes a partir rumo à estrada, elas lhe deram em troca uma imitação de Barbie na qual haviam desenhado uns mamilos vermelhos e um pouco de pelo pubiano azul, e até tinham conseguido cortar alguns centímetros do cabelo para que a boneca parecesse ter o mesmo cabelo loiro de Pru.

Guardou na bolsa a boneca, agradecida, e foi pedindo carona até Copiapó, a cidade mais próxima. Poderia ter tentado procurar um ônibus e dormir durante todas as catorze horas que a separavam de seu destino original, mas não queria — seu plano era pura e simplesmente encontrar um lugar seguro onde pudesse ficar. Hospedou-se num albergue pequeno perto da Plaza de Armas e passou a véspera de Natal dormindo.

No dia seguinte, conversou um tempo com um guia de turismo que em espanhol era silencioso, mas que inglês adquiria uma inesperada eloquência. Pru demorou a entender que o sujeito havia decorado, como se fossem os diálogos de uma peça de teatro, longas ladainhas de um folder turístico que descrevia a região, uma região que, como ele repetia com certa insistência, era menos popular que San Pedro de Atacama, mas não deixava nada a desejar. Quase resolveu ficar para conhecer aqueles lugares teoricamente maravilhosos, como o Pan de Azúcar ou a praia La Virgen, e quando ficou sabendo que em Tierra Amarilla estavam por começar a rodar um filme sobre os mineiros que três anos antes tinham ficado presos na mina San José, pensou que também poderia escrever sobre isso, mas a verdade é que não sabia o que fazer. Ficou quase uma hora na ponte La Paz olhando para o rio Copiapó, completamente seco. Uma mulher mais velha, quase idosa, parou para fumar perto dela e, num espanhol tão lento quanto os tragos que ia dando no cigarro, contou que tinham plantado muitas palmeiras e aroeiras na margem do rio e que estavam construindo o parque Kaukari, que revitalizaria aquela região da cidade de vez. Pru ficou pensando nesse futuro parque, tentou visualizá-lo com a mesma força com que tentava imaginar a torrente antiga do rio perdido. Antes de ir embora, olhou uma última vez para aquele leito poeirento onde se multiplicavam cachorros vira-latas e onde as crianças estreavam suas bicicletas e patinetes. Pensou que aquelas crianças aguentavam o sol no rosto com alegria, com coragem.

Dois dias depois, deixou Copiapó tentando acreditar que, apesar de tudo, havia sido uma boa viagem e que a soma de seus erros, de Ben em diante, ganharia sentido com o tempo. Em sua primeira noite em Santiago, dormiu quinze horas. No dia seguinte, empreendeu uma longa caminhada em direção ao Centro, sob o inclemente sol das duas da tarde, pensando de maneira obsessiva nos vira-latas, que pelo que parecia não perambulavam apenas por Copiapó, e sim por todo o Chile — chamam-se *quiltros*, disse uma garçonete muito jovem, quase uma criança, com quem trocou algumas palavras no restaurante onde comeu *porotos granados*.*

---

* *Porotos granados*: ensopado chileno tradicional no campo, feito principalmente de feijão maduro, amêndoa e abóbora. Outros ingredientes comuns são cebolas e temperos como cominho, manjericão e orégano.

Caminhou até o Centro pensando em propor a Gregg um artigo sobre esses *quiltros*. Era uma ideia, à sua maneira, brilhante: seguiria alguns deles a uma distância discreta, limitando-se simplesmente a descrever seus passeios, tiraria fotos deles e intercalaria o relato com dados e informações sobre a falta de proteção aos cachorros em Santiago e no Chile em geral, e talvez pudesse entrevistar defensores dos direitos dos animais, porque devia haver alguns, pensava, sentada na escadaria da frente da Biblioteca Nacional, justamente diante de um *quiltro* lindo, de nariz rosado e com um abundante pelo preto com áreas brancas ao redor dos olhos e no peito.

Olhou para a multidão que, apesar do calor, enchia a avenida Alameda e se lembrou da tarde em que passou uma hora esperando por Ben, sentada na parte da frente da Biblioteca Pública de Nova York. Sentia-se naquele momento num cenário, era parte de uma cenografia, com as hordas de turistas tirando fotos, vários deles munidos de paus de selfie novinhos em folha, teve que se deslocar várias vezes para não sair em fotos alheias. Aqui, porém, embora achasse o edifício neoclássico da Biblioteca Nacional belíssimo, ninguém olhava para a fachada, ninguém se importava com as pessoas sentadas nas escadarias, ninguém tirava fotos, nem mesmo os turistas: as pessoas caminhavam para o Paseo Ahumada ou para o morro Santa Lucía olhando para a frente e só, na verdade quase todos fixavam a vista no chão, como se temessem tropeçar. Era estranho e triste, mas também agradável, porque sempre gostou de lugares em que podia olhar sem ser vista, onde podia se tornar a privilegiada espectadora da vida dos outros.

Justo quando Pru estava indo embora, o cachorro acordou — parecia desorientado, demorou alguns segundos para se espreguiçar e descobrir onde estava. Olhou fixamente para Pru e soltou alguns breves e intensos bocejos antes de seguir em direção ao morro Santa Lucía como se fosse um executivo que se lembrou de última hora que tinha uma reunião urgente. Pru o seguiu, mantendo certa distância, mas mesmo assim caminhava rápido para não perdê-lo de vista. O cachorro parou na esquina e parecia esperar, como os humanos que o cercavam, a luz verde do sinal de pedestres. Pru acariciou sua cabeça e falou em espanhol com ele, o cachorro respondeu com uma fungada convencional, como se precisasse dizer *sou um cachorro*. Ela continuou elogiando-o em espanhol, e de repente se sentiu estúpida, porque lembrou, ou melhor, descobriu que podia falar com ele em inglês. Decidiu chamá-lo de Ben, não para se lembrar de seu ex, e sim para substituí-lo por alguém em quem — adorava esse pensamento — de fato podia confiar.

Atravessaram juntos a avenida Alameda e se perderam por ruas internas, às vezes Ben se jogava em cima dela, como uma criança que quer se enroscar nas pernas da mãe. Andaram por muitas quadras juntos até que chegaram a um McDonald's, onde demoraram tanto a atendê-la que Pru receou que o cachorro não a estivesse mais esperando do lado de fora, e demorou mais uns minutos ainda porque foi ao banheiro jogar a coca-cola na pia e encher o copo com água. Claro que Ben ficou maluco com o cheiro do hambúrguer, que ela não lhe entregou de imediato, queria encontrar uma rua solitária, quem sabe sem mendigos, para fazê-lo, e o cachorro ficou ansioso e começou a latir para ela, e, embora o mais sensato tivesse sido soltar a sacola, Pru começou a correr e o cachorro a acossá-la com latidos ferozes, intimidantes. No fim, debaixo de uma árvore do parque Inés de Suárez, Ben devorou num instante seu quarteirão com queijo e sua batata frita grande, e demorou um pouco mais para terminar o copo d'água com delicadas e elegantes lambidas. Pru pegou um táxi que o *quiltro* perseguiu por duas quadras inteiras — latia pouco, porém, habituado que estava à derrota.

Passou a tarde em vários cafés, tentando não pensar em nada. Já eram quase dez da noite quando decidiu entrar num restaurante que parecia caro, mas queria provar os mariscos. Uns brasileiros que a viram sozinha convidaram-na para se sentar com eles, eram simpáticos e conversadores e talvez milionários, porque pediram de tudo, Pru comeu *machas** à parmegiana, dezenas de ostras, *locos* com maionese, ouriços e até se atreveu a provar o *piure*,** que é como se fosse a cocaína dos mariscos, cujo gosto residual pensou por um momento que nunca a abandonaria, e tomou de um gole só taças de um vinho branco exclusivíssimo com o único propósito de tirar aquele gosto da boca. Parecia que a noite seria longa, mas os brasileiros se levantaram de repente e se despediram sem grande cerimônia. Pru caminhou até a Plaza Italia prometendo a si mesma que nunca mais comeria nada que viesse do mar e em seguida vomitou e então conheceu Vicente e já sabemos o que aconteceu depois.

Acorda às três da tarde, morta de fome. Pede uma pizza, que come enquanto fala por Skype com sua mãe e seu padrasto. Só às seis sai para caminhar e já é quase de noite quando resolve pegar o caminho de volta para o albergue, tudo o que quer é se deitar em seu quarto para ler ou pensar ou dormir, mas na recepção encontra Vicente, com um amigo, esperando por ela.

---

* *Macha*: molusco típico chileno e peruano.
** *Piure*: molusco que se parece com uma pedra coberta de líquen, em cujo interior há uma carne redonda de cor alaranjada com dois pequenos tubos na parte alta.

Pato é o melhor amigo de Vicente e talvez também o pior, porque a relação entre dois poetas chilenos não costuma ser simples. Um poeta chileno cedo ou tarde encontra seus verdadeiros poetas chilenos amigos, mas nesse caso ainda falta tempo: por ora, escutam um ao outro, respeitam-se, dividem buscas, bebedeiras e tribulações, mas enquanto Vicente continua tropeçando, Pato já está se encaminhando, já vislumbra a estrada para o sucesso, um sucesso relativo mas que se distingue claramente do fracasso, embora a maioria dos poetas chilenos escreva sobre o fracasso, de modo que poderíamos dizer que há poetas chilenos que escrevem sobre o fracasso e são bem-sucedidos e há poetas chilenos que escrevem sobre o fracasso e fracassam.

A promessa do sucesso puro ou do sucesso relativo ou do não fracasso consiste basicamente em publicar, quanto mais jovem, melhor, poemas em alguma antologia e, na sequência, aventurar-se a lançar um livro ou ao menos um plaquete e conseguir que alguém escreva umas frasezinhas elogiosas na quarta capa, quem sabe alguém importante como Raúl Zurita, embora praticamente todos os poetas chilenos tenham sido louvados, provavelmente até com os mesmos adjetivos, por Raúl Zurita, o maior feitor de *blurbs* da poesia chilena e latino-americana e talvez de todo o mundo. Dizer isso assim pode soar como algo ruim; também seria possível afirmar que Raúl Zurita é o mais generoso dos poetas chilenos, de fato há quem o chame de "o gente boa". De qualquer modo, talvez o verdadeiro sucesso fosse que também constasse no plaquete, além de Zurita (a quem de todo modo seria preciso pedir um *blurb*), o nome de alguém tão respeitado quanto ele, porém menos bêbado. Vicente, em todo caso, jamais pediria um *blurb* para Zurita, a quem admira enorme e silenciosamente, nem a ninguém, porque para esse tipo de coisa e algumas outras é muito tímido. A quantidade de poetas chilenos tímidos é alta, em número suficiente para compor uma volumosa antologia, o que parece uma boa ideia, porque os poetas chilenos tímidos são tão tímidos que não figuram em praticamente nenhuma antologia. Há quem diga que justamente esses, os que não saem em antologia alguma, são os bons, os que valem a pena.

Mas o caminho para o sucesso começa a ser traçado inclusive antes do primeiro livro ou plaquete. Sem contar os concursos escolares e a publicação de poemas em redes sociais, o primeiro verdadeiro flerte com a fama é o parecer da Fundación Neruda, que a cada ano seleciona dez poetas jovens para participar de uma oficina que inclui uma pequena porém nada desprezível remuneração mensal. No fim de março, Vicente e Pato se inscreveram juntos, e quando Vicente soube que não havia sido selecionado ligou para o amigo imediatamente, pensando em compartilhar a tristeza, mas acabou que Pato havia sido. O que Vicente sentiu naquele momento foi algo mais complexo do que se costuma enunciar através da palavra *inveja*, mas de todo modo sim, é essa a palavra.

— Não se preocupe, você é jovem, tem dois anos a menos que eu — disse Pato, à guisa de consolo. — Você ainda está aprendendo, tentando encontrar sua voz.

Estimulado pelo sucesso, Pato não perde uma oportunidade de exibir seu domínio da cena e sua consciência geracional. O ano na Fundación Neruda acaba de terminar, e seria possível dizer que sua vida mudou para sempre, porque agora conhece um monte de poetas sub-30 e aproveitou a plataforma para cultivar relações amistosas com vários dos poetas sub-40, aos quais despreza, mas sabe que esse desprezo no momento não lhe serve de nada. Vicente, por sua vez, sequer tem segurança com relação a seus poemas. Trabalha com afinco, todos os dias começa pelo menos um poema, mas resiste a mostrar os resultados, porque não os considera suficientemente bons. Ademais, suspeita que seus poemas não cumprem com as expectativas, não se encaixam, porque se for verdade o que Pato preconiza, a poesia chilena nova de verdade tem o dever de ser política, a poesia chilena nova de verdade deve lutar de frente, sem descartar a literalidade, contra o capitalismo e o classismo e o centralismo e o machismo da sociedade chilena. E Vicente, que adere a todas essas lutas, não tem certeza de que seus poemas expressem de forma medianamente nítida uma dimensão social. Os poemas de Pato é que falam sobre o que está acontecendo: são afiados, raivosos, iconoclastas. São celebrados nos recitais de que participa periodicamente, o autor é felicitado por dirigentes estudantis de sua faculdade. São bem recebidos, dizem. E Vicente não pira nos poemas de Pato, aliás parece que nem Pato gosta deles: é como se escrevesse para saciar uma necessidade externa. Mesmo assim, às vezes Vicente queria escrever como ele.

Pato tende a puxar o protagonismo para si, por isso tem tanta dificuldade de aceitar que nesta tarde o protagonista seja Vicente, que não quer soar presunçoso, vai soltando aos poucos os detalhes — Pato o escuta com um misto de interesse e ressentimento, quase como se dissesse em voz alta "isso deveria ter acontecido comigo".

— Talvez a gringa queira trepar com os dois — diz Pato, depois de considerar a ideia por uns segundos.

Vicente pensa que é uma piada, e a ideia de um *ménage à trois* que inclua seu amigo não lhe parece muito estimulante, mas Pato se entusiasma e tenta convencê-lo de irem juntos ao albergue para procurar a gringa. A única coisa que Vicente quer é vê-la de novo, mas só aceita quando Pato promete que não tentará nada, que se limitará a atuar como intérprete, porque ele sim sabe inglês, diz.

No meio do trajeto de ônibus, Vicente já está arrependido da ideia e propõe que façam qualquer outra coisa, mas Pato segue inflexível. Em vinte minutos estão na recepção do albergue. O recepcionista não é o barbudo hippie que Vicente viu na noite anterior, mas um sujeito magro, baixo e loiro que também dedilha lentamente um violão, o mesmo: seria possível dizer que o trabalho exige a interpretação permanente e sem vontade daquele violão. Pru não está em seu quarto, os rapazes a esperam pacientemente na recepção, folheando os livros que Vicente comprou.

— *Nihil novum sub sole* — diz Pato, pomposa e desdenhosamente, mostrando um poema para seu amigo. — É só técnica, dá pra ver que ele sabe escrever poemas, mas esse idiota não tem nada a dizer.

— *Nulla dies sine linea* — responde Vicente, para não ficar para trás, e a frase não vem ao caso, mas é a única citação em latim que guarda na memória.

— E o que isso significa?

— Que é preciso escrever todos os dias — diz Vicente.

— Ah. *Labor omnia vincit* — acrescenta Pato, sem explicar que é o lema do colégio onde estudou.

— Claro — diz Vicente, que não quer perguntar o que a frase significa.

Pru aparece meia hora depois, está de óculos escuros, com uma garrafa de água mineral na mão direita e um iPad na esquerda. Reage com um pavor mudo diante da presença dos dois rapazes. Soma-se ao impacto de ver alguém a quem pensava que não veria nunca mais a ideia súbita de que Vicente é menor de idade ou algo do tipo; na noite anterior, achou que sem dúvida ele teria pelo menos vinte anos e nem perguntou. Imagina a saborosa notícia de uma cidadã norte-americana acusada de seduzir um menor de idade chileno. Não sabe nem se no Chile a maioridade é alcançada aos dezoito ou aos vinte e um. Tranquiliza-se quando Vicente sorri para ela. O recepcionista pergunta, num inglês que quer parecer britânico, se esses rapazes são amigos dela, ao que ela assente e pede que por favor os deixe sozinhos, de modo que o sujeito vai para um pátio interno, sempre com o violão, e acende um cigarro enquanto toca, com pretensa fluidez, a introdução de "Pequeña serenata diurna", de Silvio Rodríguez, que nem Pru nem Vicente reconhecem mas Pato sim, e demonstra isso com um assovio aprobatório antes de começar a falar num inglês bastante bom.

Ela tenta incluir Vicente na conversa, mas Pato insiste que ele é o intérprete, que seu amigo não fala nada de inglês. Pru se senta no chão, apoiando as costas na parede, e tapa seu rosto com as mãos, com uma vergonha verdadeira que, a olhos estranhos, parece mais um flerte. Pede que Pato diga a Vicente que ela estava muito mal, que por favor a perdoe pelo que aconteceu naquela noite — diz *that night*, como se falasse de um evento remoto e não da noite passada — e que agradece por ele tê-la ajudado e escutado e que se divertiu muito e que espera que sejam bons amigos, mas nada além disso. Pato traduz para Vicente, que de todo modo tinha entendido, porque a dilacerante linguagem de rejeição amorosa é universal.

A conversa chega a um ponto morto. Pru vê as horas em seu iPad e diz que precisa ir, pois tem trabalho a fazer. Pato pergunta com o que ela trabalha. Ela diz que é jornalista e que precisa escrever algo sobre o Chile, mas ainda não sabe sobre o quê.

— O Chile tem belas paisagens e bons vinhos, mas pra mim, pessoalmente, o melhor é a poesia — diz Pato. — É a única coisa realmente boa. É a única coisa em que a gente ganha a Copa. Duas Copas, duas Copas do Mundo. Somos bicampeões na copa do mundo de poesia, é a única coisa em que somos comprovadamente bons.

— Estava pensando em escrever sobre os cachorros de rua. Como vocês chamam aqui? *Quiltris*?

— *Quiltros* — Pato a corrige. — E por que eles te interessam tanto?

— É que tem muitos, fiquei impressionada — diz Pru. — Ou quem sabe poderia escrever sobre o Pablo Neruda.

— Sobre o Neruda? Melhor escrever sobre outros poetas, aqui ninguém se interessa mais pelo Neruda — diz Pato, com segurança.

— Nem mesmo pelas investigações sobre o cadáver dele?

Pru se refere à recente exumação do cadáver de Neruda para se determinar se ele morreu de câncer ou, como diz a história extraoficial, envenenado por agentes da ditadura. Tem acompanhado a notícia mas não está muito convencida de que a revista fosse se interessar por essa história, e além disso é provável que haja meios de comunicação internacionais mais poderosos cobrindo essa pauta. Tampouco tem certeza de que terá tempo para encontrar um ângulo diferente a partir do qual focar o tema. O mesmo acontece com a teoricamente esperançosa reeleição de Michelle Bachelet, ou com os quarenta anos do golpe de Estado.

— A morte do Neruda é importante — responde Pato. — Existem muitos crimes da ditadura que ainda não foram resolvidos.

— Mas não foi comprovado ter sido um crime — diz Pru.
— Bom, isso é tipo somar dois mais dois.
— Então vocês têm, sim, algum interesse no Neruda.
— O que me interessa é que os crimes da ditadura sejam todos esclarecidos. E sim, o Neruda é emblemático. E como poeta é importante, mas existem muitos outros poetas mais importantes. Ninguém lê o Neruda agora.
— Mas ele é importante.
— Claro, eu mesmo sou bolsista da Fundación Neruda.

Pato conta a Pru o que é a Fundación Neruda, e explica que a oficina funciona na própria casa do poeta em Bellavista. Diz que todos os poetas relevantes das últimas gerações passaram por lá.

— *Have you heard of Paul Walls, Leonard Seinhuezei, Germain Karrascou?*
— *No* — responde Pru, com curiosidade, ou talvez por mera cortesia.
— *And what about Hecthor Herrrnandiz, John Sántander Loyal, Pola Andthecow? Do you happen to know them? Have you read them?*
— *I'm afraid I haven't.*
— *William Valinzuella? Alexandra of the River?*
— *No* — admite Pru, já meio assoberbada.
— *Ralph Blonde, Xavier Beautiful?*

É bem provável que traduzir esses nomes próprios para Pru seja a coisa mais estúpida que Pato fez ao longo de sua breve e confusa vida. E continua soltando nomes, a lista é muito mais extensa. Embora Pru pareça interessada, obviamente não está. Vicente pensa que Pato é um ridículo e um metido a besta, e por um segundo o odeia.

— Nem todos os bons poetas passaram pela Fundación Neruda — Vicente alça inesperadamente a voz, em espanhol.

— *What?* — pergunta Pato.
— Nem todos passaram por lá. Pense nos poetas regionais, por exemplo.
— *Well* — admite Pato —, *not all of them, but a good bunch*.
Os amigos enfim se mostram pelo que são, dois garotos briguentos, mas a coisa não escala mais que isso.
— Vocês parecem personagens do Bolaño — diz Pru, pela primeira vez em espanhol.
É uma gentileza, não quer ser ofensiva, mas nem Pato, que olha para ela altivamente, nem Vicente, que sorri com estranheza, gostam da ideia de se parecer com personagens, nem de Bolaño nem de ninguém.
— Não era um grande poeta, o Bolaño — diz Pato, conclusivo.
— Você não gosta?
— Não li os romances, só uns poemas que não eram nada bons — argumenta Pato. — Na poesia, você tem que jogar com tudo. Se for um bom poeta, pode escrever romances pra ganhar uma graninha, porque escrever romances é mais fácil. Eu mesmo penso em escrever romances em algum momento, mas não há nada mais triste que um romancista escrevendo poemas ruins. Com certeza o Bolaño sabia disso, porque li algumas entrevistas que ele deu e não dá pra negar que o cara era inteligente.
Pru olha para Pato com verdadeiro interesse. Acha graça desse tom tão arbitrário e taxativo.
— E você, leu? — diz Pru a Vicente.
— Você fala espanhol?
— Um pouquinho. Você leu o Bolaño?
— Só os poemas. E você?
— Sim, mas não os poemas, só alguns romances e os contos.
— Eu gostei dos poemas dele — diz Vicente. — Não é um Enrique Lihn, mas tem algo ali.

— Henry Lihn — traduz Pato —, você tem que pronunciar assim — diz para Vicente —, do contrário a gringa vai pensar que você está falando do Tribilín.

A explicação é, obviamente, uma idiotice, porque para Pru o amigo do Mickey Mouse não se chama Tribilín, como em espanhol, e sim Goofy, mas de qualquer jeito Pato consegue seu objetivo de cortar a breve troca de frases entre Vicente e Pru. Aproveitando-se do momento, Pato a convida para ir a um bar próximo, e não fica claro se o convite inclui Vicente ou não. Ela vê que Vicente ainda está intimidado ou atordoado ou devastado e pensa que foi injusta, ou que foi justa, porque não quer repetir a cena da noite anterior. Na verdade, não tem certeza de que não quer, mas percebe Vicente agora mais claramente como um menino. Mesmo assim, pretende agradecer a ele de novo por ter cuidado dela, que é algo que ultimamente ninguém fez por ela, e por tê-la escutado, mesmo não entendendo nada. E pensa que talvez devesse agradecer a ele por uns tantos orgasmos que teve, mas claro que não fará isso, não se agradece um orgasmo. Pru diz que quer ir ao bar, mas só se forem os três. Pato toma a frase como um sinal auspicioso e desengaveta o projeto do *ménage à trois*, embora também aspire a uma aventura sem a participação de Vicente.

No bar, Vicente se anima, falam num espanhol pausado, hesitante, hospitaleiro. Pru tem dificuldade de entendê-los, mas consegue se expressar com certa propriedade. Pede uma água mineral, eles tomam cerveja, trocam telefones e e-mails e se adicionam no Facebook e os sorrisos predominam, porém quando Pato toma a palavra a conversa vai por caminhos entediantes. Mesmo Pru soltando cada vez mais seu espanhol, inclusive falando sem pausas em alguns momentos, ele insiste em falar inglês, já com o propósito indissimulado de deixar Vicente fora do jogo.

— E você também vai escrever romances depois, pra ganhar dinheiro? — pergunta Pru a Vicente.

— Acho que não — responde Vicente. — Imagino que pra escrever um romance seja preciso ficar muito tempo sentado, não sei se eu aguentaria.

— "O romance é a poesia dos estúpidos", já dizia o Chico Molina — acrescenta Pato.

— E vocês conhecem poetas chilenos? — pergunta Pru, de repente interessada de verdade.

— *We are Chilean poets* — responde Pato, meio ofendido, num inglês desnecessário àquela altura, porque Pru parece decidida a continuar falando espanhol.

— Sim, claro — ela diz —, mas além de vocês: Nicanor Parra, Raúl Zurita, Gabriela Mistral.

Pato explica, escandalizado, que Gabriela Mistral morreu em 1957 (diz o ano exato). Pru pede desculpas por sua ignorância.

— Ela não tem por que saber se a Gabriela Mistral está viva ou morta — diz Vicente, com um ímpeto de justiceiro.

— Era só ter visto a nota de cinco mil pesos — responde Pato. — As pessoas que aparecem nas notas estão mortas.

— Não. Nem todos os países são assim. Existem muitos países em que as pessoas que aparecem nas notas estão vivas — diz Vicente, que não sabe se o que está dizendo é verdadeiro, mas aposta que Pato também não sabe.

— Quais?

— Puerto Peregrino, República de Terramar, Rocamadour, tem muitos — recita Vicente, muito rápido.

— E de onde você tirou esses países?

— Do globo terrestre, seu ignorante. E me diga, quem está na nota de mil pesos? — ataca Vicente, com autoridade.

Pato nunca olhou para a nota de mil pesos com atenção. Aceita o golpe, fica calado por uns cinco minutos. Mas interrompe de repente, com impaciência:

— *Have you seen any Latin American movies?*

Pru responde que viu *Machuca*, *No* e *Nostalgia da luz*.
— *Nostalgia da luz* é lindo — diz Vicente.
— And what about Mexican movies? Do you like them? — diz Pato.
— Adoro filmes mexicanos — responde Pru, em espanhol. — Vi vários.
Vicente, que pressente o que vem depois, fecha os olhos para enfrentar a avalanche.
— And have you seen the movie E sua mãe também, *that in English should be something like* And your Mother too?
Pru assente e diz que viu há muitos anos e que achou divertido, e por um momento pensa em Diego Luna e em Gael García e tenta decidir qual dos poetas seria Luna e qual Garcia — Vicente se parece mais com Gael e Pato com Diego, mas ela viu Gael uma vez, num *diner* do Harlem, e ficou surpresa ao descobrir como era baixinho, talvez fosse tão baixinho quanto Pato, enquanto Diego Luna, a quem nunca viu, ela imagina ser alto como Vicente. Absorta nesses pensamentos, Pru nem percebe que a menção ao filme contém a proposta de um *ménage à trois*, até reparar no olhar ansioso e atrevido de Pato, que, para afastar as dúvidas, pega sua mão, a qual ela retira na hora.
Não está brava, mas pensa que deveria ficar brava ou pelo menos se mostrar brava. Levanta-se e antes de ir embora diz a Pato que ele deveria transar com Vicente, que é muito bom de cama, mas diz isso em inglês e muito rápido.

— Era preciso tentar, camarada — diz Pato, e termina sua cerveja com um gole longo.
— Claro — diz Vicente, de saco cheio.
— Você entendeu o que a gringa disse no final? — pergunta Pato.

— Não. O que foi?
— Que você é bom de cama.
— De verdade?
— Sim. E que você e eu deveríamos trepar. Eu acho uma excelente ideia.
Vicente ri, Pato fica bem sério e olha direto nos olhos dele.
— E aí, topa? — pergunta. — Eu sei que você não gosta de transar com homens, mas a gente podia tentar. Tomamos uma coisa e vamos deixando rolar, que tal?
— Não — diz Vicente. — Não curto você.
— E como você sabe que não me curte se não trepou comigo?
— Você realmente gosta mais do Zurita que do Millán? Mais que do Enrique Lihn? Que do Rodrigo Lira?
Vicente acha absurda essa mania de comparar poetas, como se fosse necessário classificá-los num ranking, só quer mudar de assunto, e pensa que atacar Zurita pode ser uma boa saída, porque Pato fica desesperado quando alguém menospreza Zurita, porque para ele é uma espécie de Maradona ou de David Bowie e também um mentor, ou melhor, um pai, porque foi Zurita quem não apenas aceitou ler os primeiros poemas de Pato como também escreveu a ele um longo e-mail em resplandecentes maiúsculas louvando a "esfoladora audácia" daqueles primeiros poemas e instando-o a continuar escrevendo.
— Com certeza, o Zurita dá um pau em todos esses aí, é o verdadeiro poeta do povo — diz Pato, num automático tom militante.
— Você está doente da cabeça — diz Vicente, surpreso com o êxito de sua estratégia. — O Zurita é muito bom, mas o Millán dá de mil a zero.
— O Millán é lírico demais.
— Você leu o *La ciudad*?

— Claro. É um bom livro, mas ainda prefiro o *Zurita*.
— Qual livro do Zurita?
— O livro do Zurita que se chama *Zurita*.
— Aquele tijolo, que deve pesar um quilo?
— É.
— Vou ler, mas não me apetece nem um pouco — promete Vicente, que já leu o livro e achou sensacional, mas pensa que é melhor, dessa vez, trair essa leitura.

Pru, por sua vez, de volta ao albergue, liga por Skype para Gregg Pinter, que diz estar totalmente de ressaca embora esteja com sua camisa abotoada até o pescoço e com uma aparência especialmente boa. Pru não o conhece tanto, e seu primeiro impulso é mentir para ele, mas pensa que, por uma questão de profissionalismo, precisa contar toda a verdade, que ainda assim resume e enfeita um pouco. Ele diz que lamenta o término com Jessye, mas que as coisas acontecem por um motivo, de modo que a incentiva a contar essa história; ela recusa de cara, mas ele insiste: pode ambientá-la com detalhes dessas paisagens, e fazer em primeira pessoa, diz. Gregg está meio obcecado com a primeira pessoa. Ela responde que não, para quê, e propõe escrever sobre os *quiltros* chilenos ou sobre o cadáver de Neruda ou sobre o novo governo de Michelle Bachelet ou sobre Camila Vallejo ou sobre Valparaíso, porém, como Pru temia, Gregg não se interessa por nenhum desses artigos.
— Nossa revista quer histórias mais diferentes, periféricas, inesperadas.
— E um país lotado de vira-latas não é suficiente?
— É que sua história é melhor. De repente você pode incluir os cachorros.

— A história de uma jornalista idiota perdida num povoado do norte do Chile — Pru perde a paciência. — Uma jornalista solitária, que passa o Ano-Novo perseguindo cachorros vira-latas.

— Me desculpe, Pru — diz Gregg, com doçura profissional —, eu sei que isso ainda dói em você, e certamente vai doer por muito tempo, mas é uma história linda, e talvez ao escrever sobre ela você possa descobrir isso, que é uma história triste à beça, mas também linda e importante.

— Importante pra quem?

— Importante pra todo mundo — diz Gregg, para sair logo da situação. — Para os leitores.

— Escreva você, então — diz Pru, com uma agressividade involuntária.

— Você quer que eu escreva sua história?

— Não. Quero dizer, você é um romancista, então você que escreva, você que invente. Eu não quero.

Gregg fica calado por uns segundos imaginando esse romance, ou se imaginando diante do computador escrevendo esse romance e até assinando um contrato de seis dígitos num escritório de Manhattan com as paredes cheias de certificados nos quais se leem Pulitzer e National Book Award. Pru então insiste na ideia do cadáver de Neruda, e Gregg responde, como Pru imaginava, que certamente há meios de comunicação poderosos cobrindo o tema e que além disso não tem interesse por Neruda porque ele admitiu ter estuprado uma mulher, coisa que Pru não sabia, embora, como Gregg o diga em tom de quem afirma algo que é conhecido por todo mundo, ela finja que sabia.

Pru então propõe partir disso, mas abrir a reportagem para outros poetas chilenos. Fala de Nicanor Parra e dos preparativos para a comemoração de seu centenário como festividade nacional, e Gregg não leu Parra mas se lembra de que Bolaño o citava constantemente, porque é fã de Roberto Bolaño e por extensão dos inúmeros autores que Roberto Bolaño citava, autores que Gregg não leu mas que tem certeza de que são sensacionais.

Pru diz que aparentemente é impossível entrevistar Parra, mas que pode tentar, e fala daqueles poetas jovens, tão sérios, tão briguentos, tão seguros de si mesmos, que acaba de conhecer. Gregg adora a ideia de um artigo sobre esse país onde os poetas são importantes. Mais que falar de Parra, o que gosta é da ideia de um país literário, onde a poesia é curiosamente, irracionalmente relevante.

Como os poetas chilenos de hoje dialogam com essa herança? Como é ser poeta num país onde, ao que parece, a única coisa boa é a poesia? Pede que entreviste poetas desconhecidos para os leitores de língua inglesa, num espectro amplo, sem que importem as idades, a ideia é captar a atmosfera, a cena.

— Vamos descobrir um monte de detetives selvagens — diz Gregg, prevendo o artigo impresso na revista, muito mais entusiasmado que Pru.

O quartinho de fora havia sido, historicamente, o depósito natural de todo tipo de tralha, até que Carla, logo que completou dezoito anos e estando prestes a entrar na faculdade, convenceu os pais de que precisava de um pouco de independência. Desocuparam-no, pintaram-no, reformaram o minúsculo banheiro anexo, e Carla pensou que passaria muito tempo naquele quarto que chamava, com enorme alegria, de *minha casa*. O lugar não era tão independente, pois de todo modo era necessário entrar pela porta principal e atravessar a cozinha e enfim caminhar uns vinte passos para chegar àquele cômodo pequeno e gelado. Alguém mais ou menos atlético, porém, poderia cortar caminho saltando um muro lateral não muito alto — foi o que fez León, três vezes: na primeira houve sexo sem preservativo, na segunda com preservativo e, na terceira, em vez de sexo houve uma reunião desesperada na qual discutiram acaloradamente que porra iam fazer.

O quartinho retomou sua condição de armazém até que Gonzalo foi morar naquela casa e se apropriou dele — comprou uma escrivaninha, encheu as paredes de estantes e começou a se referir ao local pomposamente como *meu escritório* e às vezes também como *meu estúdio*, ainda que no dia a dia o espaço tenha continuado sendo para todos simplesmente *o quartinho*. Quando Carla começou a estudar fotografia, decidiu transformar o banheiro do quartinho num quarto escuro (quartinho escuro, diziam, é claro), mas isso durou poucos meses, porque a fotografia digital já começava a ganhar o jogo.

Algumas semanas depois da separação, dois amigos de Gonzalo foram pegar as coisas dele, que eram basicamente os livros que preenchiam as prateleiras. Não levaram a escrivaninha, que era linda, nem a cadeira, que não era muito confortável, e tampouco o colchão novo em folha. Naquela manhã, Vicente saiu de seu quarto. Quando viu pela janela que a caminhonete se afastava, desceu correndo até o quartinho, e a visão daquelas estantes vazias lhe pareceu tenebrosa e desoladora. Ficou olhando as partes mais brancas na pintura e teve o pensamento confuso de que os livros perdidos haviam protegido as paredes, que agora estavam mais expostas, nuas. Percorreu com as mãos as marcas da biblioteca e pensou que aquelas linhas irregulares que subiam e desciam conforme o tamanho dos livros eram como inúteis escadas horizontais.

Sentado no colchão, entregou-se à ideia de que se esfregasse os olhos com mais força que nunca e se permitisse que o iridescente e fascinante caos elétrico crescesse, justo no momento em que voltasse a abrir os olhos todos os livros reapareceriam. Arrependeu-se logo desse pensamento, que mesmo para um garoto de doze anos era infantil demais, e no entanto fez algo ainda mais infantil: não quis abrir os olhos e saiu do quarto tateando o espaço, como um cego. Voltou no meio da noite, insone, e se deitou no colchão para dormir; Carla o encontrou ali, às quatro da manhã: tentou carregá-lo, mas foi impossível, e então o acordou, e como se Vicente tivesse uma perna quebrada levou-o até a cama, a dela, a cama que agora era somente dela. Acordou ao meio-dia, com a vaga sensação de que sua mãe o resgatara do quartinho.

Nos dias seguintes, Vicente visitou o quartinho a toda hora, ainda sem a clara intenção de se apropriar dele. Às vezes se deitava no colchão e não pensava em nada, outras vezes se lembrava, com algo que não era nostalgia e sim uma espécie de perplexidade, de Gonzalo. Pensava que seu padrasto ou ex-padrasto não deveria ter levado os livros: sabia que eram dele, que tinham chegado com ele e que portanto era lógico que com ele desaparecessem, mas mesmo assim sentia que era injusto ele tê-los levado. Não que valorizasse especialmente os livros em geral nem aqueles livros em particular, embora às vezes, quando Gonzalo estava trabalhando, Vicente entrasse no cômodo e olhasse as prateleiras e pensasse que algum dia os leria. Era uma ideia vaga que provavelmente se relacionava com a muito menos vaga sensação de que aquela biblioteca estaria sempre ali, porque Gonzalo estaria sempre ali.

Uma manhã de sábado, enquanto jogava bola numa quadra poliesportiva a dez quarteirões de sua casa, pensou que o primeiro passo para tomar posse do quartinho era tirar as prateleiras. Continuou jogando, mas não se aguentava de ansiedade, de modo que inventou uma dor de cabeça e correu para casa, numa velocidade em que nenhum colega jamais o teria alcançado, para começar a tocar seu projeto. Não parecia difícil retirar aquelas tábuas de pinho cheias de veios e sustentadas por mãos francesas, não era nada muito elaborado: transformado de repente num esforçado carpinteiro adolescente, desaparafusou algumas prateleiras com cuidado e depois tampou os buracos nas paredes com massa de modelar de várias cores, pensando em conferir ao local um ar meio artístico, mas ficava horrível, então voltou a instalá-las, o que acabou se mostrando consideravelmente mais difícil que desinstalá-las — levou a tarde toda do sábado e o domingo inteiro.

No banheiro havia uma caixa onde Vicente encontrou um velho aspirador, os pontiagudos galhos de plástico de uma árvore de Natal e vários brinquedos esquecidos, entre eles um autorama que havia ganhado dos avós maternos fazia anos — decidiu montá-lo, mas não com o propósito de brincar, e sim para que o cômodo não parecesse tão vazio. Em meio às peças do autorama estavam os livros que Gonzalo havia escondido na noite do simulacro. Vicente folheou primeiro o de Emily Dickinson, mas não entendeu muita coisa, e depois leu alguns poemas do outro livro, o de Gonzalo Millán, que também o deixaram meio perdido, apesar de ter dado risada com um que se chamava "Blaaammm!" (deu risada do título, não do poema). Deixou os dois livros juntos numa estante, onde pareciam o que no fundo de fato eram: os solitários sobreviventes de uma catástrofe. Montou o autorama no colchão e quis brincar, porém não tinha pilha.

Vicente se esqueceu do quartinho e do autorama e daquele par de livros órfãos por vários meses, mas uma manhã acordou com o projeto de fazer lá uma academia para gatos — imaginou Oscuridad e um monte de gatos de rua agradecidos se instalando nesse recinto que talvez fosse melhor conceber como um refúgio ou mesmo como um spa, com comida ilimitada e dezenas de bolinhas que acendem, novelos de lã, massageadores de parede, ratinhos que fazem barulho, almofadinhas com erva-gateira e um monte de caminhas para os hóspedes que preferissem passar o dia dormindo, provavelmente a maioria. Pensou que em vez de se livrar das prateleiras poderia reinstalá-las em forma de tobogãs, e desenhou um engenhoso projeto que batizou, com orgulho, de "escorrega em zigue-zague". Justo então, desgraçadamente, ocorreu a trágica morte de Oscuridad, que não morreu de complicações dentárias e sim atropelada, em plena luz do dia, por um camburão da polícia. Como Vicente já vinha fazia quase três anos pensando que Oscuridad morreria a qualquer instante, de alguma maneira estava preparado. Ele mesmo a enterrou no jardim, entre a roseira e as ligustrinas, e dedicou-lhe um pai-nosso, embora seu catolicismo fosse inexistente, de fato não lembrava a oração de cabeça, teve de procurar no Google.

O luto foi longo e múltiplo: tudo tinha, de repente, em pouquíssimo tempo, mudado, e, embora Vicente não formulasse a coisa dessa maneira, relacionava a morte de Oscuridad com a ausência de Gonzalo. Daria para contar nos dedos de uma mão as vezes que Oscuridad entrara no quartinho, e ainda assim Vicente achava que associava o quartinho com a desaparição de Oscuridad e, por extensão, com a morte.

O autorama continuava no colchão, Vicente conseguiu pilhas, mas sentiu-se bobo ao fazer o carrinho vermelho competir com o amarelo, nem mesmo conseguia se identificar com um dos dois. Isso foi numa terça-feira. Na quarta, desmontou o autorama e instalou em cima da escrivaninha a televisão que antes ficava em seu quarto. Não havia conexão para a tevê por cabo nem antena, mas o aparelho conseguia captar quase todos os canais abertos. Começou a assistir a uma novela chilena, parecia-lhe algo novo, e decidiu de antemão que continuaria vendo-a todos os dias, mas na quinta sentiu um tédio mortal e levou a tevê de volta para seu quarto. Nessa noite dormiu pensando que não queria nunca mais entrar no quartinho, porém na manhã seguinte voltou a entrar e voltou a ver aquelas duas coletâneas de poemas na prateleira e voltou a folheá-las e a deixá-las de lado, mas dessa vez a solidão dos livros se tornou problemática: não sabia se os dispunha juntos e na posição horizontal ou se os mantinha verticais em cantos distantes, e no fim optou por apoiar um no outro no meio de uma prateleira, formando com eles um triângulo forçado, como uma cabana capaz de abrigar centenas de formigas. No sábado, transferiu para o quartinho todos os livros que tinha em seu quarto e realocou também alguns que andavam dispersos pela casa, e nas semanas seguintes roubou diversos livros da casa de seus avós e também pediu alguns a León. Como o conjunto sequer chegava a preencher uma das doze prateleiras, decidiu acrescentar também umas quantas revistas.

Ainda que todas as bibliotecas pessoais, assim como todas as pessoas, vistas de perto pareçam muito estranhas, essa primeira versão da biblioteca de Vicente era especialmente desconcertante, porque próximos a Millán e Dickinson compareciam romances fantásticos como *Fronteiras do universo* ou *A história sem fim* ou *O feiticeiro de Terramar*, exemplares das *Seleções do Reader's Digest* e das revistas *Estadio*, *Rocktop*, *APSI*, *TV Grama*, *Fibra*, *Vanidades*, *La Bicicleta*, *Condorito*, *Barrabases* e *National Geographic*, romances de Hernán Rivera Letelier, Salman Rushdie, Agatha Christie e Lawrence Durrell, manuais sisudos e entediantes de direito, ensaios de Paul Johnson e de Francis Fukuyama, vários volumes de autoajuda, num espectro que ia de best-sellers como *Todo está en ti* e *Acreditar no impossível antes de tomar o primeiro café* a *Shakespeare para managers* e *Me toco y me voy*. Era difícil imaginar os interesses do dono dessa biblioteca, que parecia mais uma dessas ecléticas coleções que surgem como por geração espontânea nas casas de praia ou nos hotéis ou nos lixões.

* * *

Foi assim que, muito antes de se tornar um amante de poesia e um leitor voraz, Vicente se transformou num acumulador de livros. Tão logo juntava um pouco de dinheiro, ia ao Persa Bío-Bío e comprava livros como se fossem maçãs ou melancias, embora a comparação não seja das melhores, porque teria demorado mais escolhendo maçãs ou melancias, enquanto nesse caso só se importava com a quantidade: para ele, davam totalmente no mesmo os temas ou os gêneros ou os autores, comprava cinco ou dez livros, os mais baratos, seu projeto era simplesmente acumulá-los, ainda que sentisse que não estava colecionando, e sim recuperando-os, restituindo-os à biblioteca perdida. Mesmo assim os folheava e de vez em quando lia algum, mas esse não era seu objetivo.

Esse desejo de restituição suplantou a ideia de que Gonzalo era uma espécie de ladrão de bibliotecas. Já estava havia um ano sem saber o que fazer com a memória de seu padrasto ou ex-padrasto, que reaparecia periodicamente com uns e-mails amistosos e engraçados e talvez longos demais, que Vicente lia e às vezes também relia mas raramente respondia, porque não tinha certeza de quem Gonzalo era ou devia ser, agora, para ele. Carla costumava ensaiar elípticas explicações sobre o término, que só faziam demonstrar sua tristeza e sua hesitação em falar, e Vicente preenchia os vazios com suas próprias sensações. Mesmo que nunca houvesse saído da boca de sua mãe uma única palavra de condenação a seu ex, Vicente pensava que Gonzalo havia simplesmente sido cruel, desleal e egoísta. Repovoar a biblioteca se tornou uma missão urgente, que devolveria a eles a paz, ou a normalidade, ou a felicidade, ou tudo isso ao mesmo tempo.

Aos catorze anos Vicente conheceu Virginia, que foi sua primeira namorada estável. Ela tinha dezesseis e muito mais experiência, tanto com homens como com mulheres, embora não se definisse como bissexual (quando Vicente perguntou, ela respondeu, com raiva, que preferia não se definir de nenhuma maneira). A primeira vez que dormiram juntos foi no quartinho, de modo que seguiram inconscientemente uma tradição e ao mesmo tempo a modificaram, porque não houve gravidez. Em poucas semanas, o quartinho se converteu no que antigamente chamavam de ninho do amor, porque Virginia se instalou ali sem pudores, com propriedade, e até contribuiu com um novo jogo de lençóis cinza, um copo de plástico para as escovas de dentes e uma cortina de banheiro que reproduzia a tabela periódica.

— Precisa dar uma limpada nessa biblioteca — disse uma manhã Virginia, que até então havia se limitado a observar as prateleiras com uma altiva estranheza.

— Eu passei espanador de manhã — disse Vicente.

— Quis dizer, mandar embora algumas porcarias — disse Virginia. — Desculpe, mas seu mau gosto é impressionante.

— É que nem todos os livros são meus — disse Vicente, sem explicar muito.

— Mas na primeira vez que eu vim aqui você disse que todos eram seus — respondeu Virginia, de mau humor.

— Sim, são todos meus — disse Vicente. — Mas não são pra ler.

— Como assim? Pra que você tem esses livros, então?

Vicente ia inventar algo, mas preferiu dizer a verdade. Ela o ouviu boquiaberta, não porque fosse uma história incrível, mas porque estava resfriada e tinha dificuldades de respirar pelo nariz, de modo que Vicente foi pegar uns limões e quando voltou com uma limonada a temperatura ambiente Virginia já estava empenhada na classificação dos livros, até então ordenados por tamanho e pela cor das lombadas.

Virginia destinou uma prateleira para os inúmeros livros ruins e outra para os poucos que ela considerava bons. Suas decisões transmitiam certa segurança: os de autoajuda e os de direito eram por definição ruins e ela recomendava jogá-los fora, e o mesmo valia para os que pareciam best-sellers, enquanto os livros "literários" eram automaticamente bons e valiosos, e as revistas, é claro, ganharam uma seção separada. Quando Virginia se deparou com o livro de Emily Dickinson, ao prestígio da poesia se somou a lembrança da personagem Emily the Strange, que ela adorava quando criança, e se jogou na cama para ler em silêncio, e depois também leu em voz alta este poema:

O amor pode tudo, mas não ergue os Mortos
Duvido se mesmo aquilo
De tal gigante retido
Era carne, do mesmo modo.

Mas o amor está cansado, e deve dormir
Faminto, deve pastar
Então se alia a uma esquadrilha que brilha
Até sumir no ar.

— Não entendi nada, mas adorei — disse Vicente, com sincero entusiasmo.
— Dá pra perceber que a Emily estava triste pra caralho — disse Virginia. — Sério que você nunca leu nada dela?
— Li dois ou três poemas só, que não gostei, talvez eu ainda fosse muito novo. Já te falei que não li quase nenhum desses livros, só os de fantasia e alguns quadrinhos.
Isso aconteceu nas últimas semanas de sua relação com Vir-

ginia, que simplesmente se cansou de Vicente, que não era nada cansativo mas estava se apaixonando, e isso para ela era terrível. Na tarde em que terminaram, Vicente deu de presente a ela o livro de Emily Dickinson. Ela agradeceu, mas não quis levá-lo, e nem os lençóis cinza e o copinho para as escovas de dentes. A cortina do banheiro ela levou, porque era fascinada pela tabela periódica.

Vicente ficou arrasado, e sua reclusão permanente no quartinho foi o maior testemunho disso. Não se mudou oficialmente, ainda tinha seu quarto de sempre no segundo andar, mas preferia a desordem melancólica do quartinho. Levou para lá o computador e passava a tarde toda jogando jogos on-line e vendo filmes cujos finais quase sempre adivinhava. Às vezes, simplesmente dormia a tarde toda. Carla se preocupou, é claro. Nunca gostou de Virginia, mas gostava ainda menos da tristeza de seu filho.

— Você não pode ficar o dia todo na frente do computador — disse Carla uma manhã. — Você está deprimido.
Evocando seus antigos e breves estudos de psicologia, Carla conseguiu incutir em suas frases uma entonação profissional. Vicente se assustou: fazia parte de uma geração de crianças medicadas, muitos de seus colegas e amigos tomavam remédios para depressão e déficit de atenção, as duas doenças da moda, e ele não queria se somar à tendência, porque havia testemunhado o sofrimento dos amigos. Carla perguntou se ele queria ajuda médica, mas ele falou que preferia tentar se curar sozinho.
— E como?
— Vou fazer alguma coisa — respondeu Vicente.
— O quê?

— Ainda não sei, mãe, mas alguma coisa eu vou fazer. Tenho que sair dessa.

Carla ficou tranquila, porque sabia que era verdade, sabia que seu filho ia fazer alguma coisa, ou pelo menos ia pensar em fazer alguma coisa.

A primeira medida que Vicente tomou foi parar temporariamente de usar o computador, o que se mostrou quase impossível, de modo que testou usá-lo de outra maneira. Como nos últimos meses havia mergulhado na pornografia, decidiu, por ora, fazer o contrário de ver pornografia, e depois de pensar um tempo concluiu que, diante da impossibilidade momentânea de sexo verdadeiro, o contrário da pornografia era assistir a vídeos de esquimós no YouTube. Os resultados foram exitosos no começo, porque era realmente difícil imaginar aquelas pessoas tão agasalhadas tirando uma a uma as camadas de roupa para se entregarem a uma trepada intrépida, quarenta graus abaixo de zero, num bosque da Groenlândia, por exemplo. Era difícil, mas não era impossível, e de fato chegou a se masturbar umas boas vezes com essa inspiração que, em todo caso, era mais imaginativa que aquela proporcionada pela pornografia, o que, além do mais, melhorava sua autoestima, porque se masturbar vendo pornografia inevitavelmente o levava a comparar o tamanho de seu pênis com os pênis dos atores, e embora sua desvantagem nem sempre fosse significativa, esse lado da questão não existia na — para nomeá-la de algum jeito — masturbação esquimó. Claro que Vicente sabia que a masturbação esquimó também não resolvia nada, mas a masturbação sem estímulos audiovisuais era impensável, porque nas vezes que tentou pensava em Virginia e se lamentava mortalmente lembrando de seus ombros, de seus olhos verdes, de seus milhões de sardas, de seus quadris largos, de suas pernas magras — podia vê-la no banheiro, enrolada numa toalha, raspando a cabeça com a máquina de barbear que sempre levava consigo na mochila, como se temesse que o cabelo vermelho voltasse a crescer a qualquer momento.

Os livros continuavam dispostos na ordem dada por Virginia, e quando Vicente começou a lê-los foi basicamente para se lembrar dela, sobretudo o de Emily Dickinson, uma autora cuja obra nenhum psiquiatra ou psicólogo recomendaria como companhia para passar pela tristeza ou pela depressão, e que, no entanto, conseguiu conectar Vicente ao poder das palavras, à eficácia da poesia. "Uma vaga capacidade de Asas/ Degrada as Vestes que trago", Vicente lia, por exemplo, e continuava sem entender muita coisa, mas a imagem comunicava algo a ele e se transformava, por assim dizer, numa lembrança instantânea, numa espécie de verdade. Passou um dia todo lendo os seiscentos e tantos poemas do livro, e embora não tenha gostado de nenhum por inteiro, reteve de quase todos algum fragmento. Na verdade, gostou, sim, de alguns por inteiro, mas não teria sabido explicar por quê. Às vezes, recitava em voz alta alguma estrofe ensaiando distintos tons de voz, como que adivinhando o tom de Emily Dickinson, o modo como ela teria lido o poema — por exemplo, estes versos, que Vicente lia como um sussurro, em seguida como um lamento e enfim como alguém que comunica um achado ou revela um segredo:

Às vezes, em Tardes de Inverno,
Uma Luz Enviesada —
Como o Som das Catedrais
Opressora, Pesada

Queria ler mais poesia, mas evitava o livro de Millán, porque o incomodava o fato de o autor se chamar Gonzalo, e além do mais o título — *Vida* — soava meio absurdo para ele, e assim, num sábado, foi até a feira e comprou a preço de banana a coletânea de poemas *Existir todavía*, de Mario Benedetti, e a leu com boa vontade, queria mesmo gostar, mas achou o livro rudimentar e brega.

Não teve mais remédio a não ser ler o livro de Millán — todos os poemas lhe pareceram em princípio completamente estranhos e às vezes cômicos e misteriosos:

Os gigantes são feitos
de inúmeros anãos
como cachos de grãos

Não sabia se gostava ou não desses poemas, mas tendia a pensar que essa dúvida significava que sim, que gostava. Este poema breve, estranhíssimo, por exemplo, um dia lhe parecia grotesco ou tenebroso e no dia seguinte, inocente ou engraçado:

Às vezes
as gatas
têm
cachorrinhos.

Era como uma explicação mestra que servia para tudo, poderia até funcionar como um provérbio, como um ditado, pensou Vicente, depois de ficar indo e voltando nesse poema tão enganosamente simples. Os poemas de Millán que preferia, em todo caso, eram os de amor, tão físicos e ao mesmo tempo tão evocadores ("e você ri achando que te mordi") e os relacionados a eletrodomésticos, em especial à geladeira, que, ao que tudo indicava, era o objeto preferido do poeta. "A geladeira se sobressalta/ e trepidando muda de ritmo", dizia Millán, e até a comparava a um livro:

*A geladeira se abre
como um enorme livro
composto unicamente
de capas em branco.*

Havia outro poema sobre uma geladeira com a porta aberta, sendo degelada, inteiramente vazia salvo por uma ervilha ainda congelada, "muito pequena, redonda e verde". Vicente pensou muito na solidão dessa ervilha, que se parecia com a antiga solidão daquele punhado de livros na biblioteca.

Leu muitas vezes esses poemas, que mudaram para sempre sua relação com os objetos e com as palavras, sua maneira de olhar para o mundo, embora talvez não tenha sido exatamente assim; talvez já olhasse para o mundo dessa maneira e os poemas de Millán o surpreenderam por isso, porque sentia que eram próximos, familiares. Saber que essas impressões ligeiras, marginais, estranhas e, para a maioria das pessoas, inúteis foram parar num poema provocava nele enorme alegria; achava alucinante o fato de haver alguém, um adulto, dedicado a colecionar essas imagens, a resgatá-las, a compartilhá-las, bem como a ideia de que se entregar a essa aventura obsessiva fosse uma espécie de trabalho.

Não tinha nenhuma esperança na biblioteca de seu colégio, mas o catálogo afinal incluía alguns livros de poemas, nenhum de Millán, mas algumas antologias nas quais Vicente leu poemas de César Vallejo (que achou deslumbrante e hermético, embora não tivesse certeza do significado da palavra *hermético*), Nicanor Parra (obscuro e muito divertido), Gabriela Mistral (árdua e misteriosa), Vicente Huidobro (simpático à beça) e Oliverio Girondo (brincalhão). Quanto aos poemas de Delmira Agustini e de Julio Herrera y Reissig, pensou que eram como essas músicas em italiano ou em português que entendia mais ou menos, porém cantarolava e dançava com um entusiasmo louco.

Curiosamente, na biblioteca do colégio havia apenas um livro de Neruda, *Cem sonetos de amor*, que Vicente achou chato.

— Vamos lá, leia pra mim o poema de que você mais gosta — pediu Carla uma noite.

Tinha chegado cedo do trabalho e queria que fossem comer pizza, por isso apareceu no quartinho, ao qual quase nunca ia. Muitas vezes pensara em montar ali seu próprio ateliê, mas ao ver Vicente tão bem instalado entendeu que não poderia mais tirar aquilo dele.

Àquela altura, era difícil para Vicente decidir qual era seu poema favorito, mas algumas horas antes descobrira na internet o pdf de um livro de Carlos de Rokha e estava vidrado nestes versos:

O cão evoca sobre o solo sangue.

Toda manhã vem até minha mesa
como lembrança obscura que repousa
no tapete em que lhe atiro migalhas.

Só ele é a fiel testemunha a perdoar
essa maldade com que o trato às vezes
quando lhe sirvo sua água em pratos sujos.

— Esse que era o inimigo do Neruda, o que se suicidou? — perguntou Carla.

— Não, esse era o Pablo de Rokha. Esse poema é do filho dele, Carlos, que parece que também se suicidou.

— E será que você pode ler pra mim um poema de alguém que não tenha se suicidado?

Escolheu "Garrafa ao mar", de Jorge Teillier, um poema

que também havia encontrado na internet havia pouco, e que naquele momento funcionava para Vicente como a explicação final de seu amor pela poesia:

> E tu queres ouvir, queres entender. E eu
> te digo: esquece o que ouves, lês ou escreves.
> O que escrevo não é para ti, nem para mim, nem
> para os iniciados. É para a moça que ninguém
> tira para dançar, é para os irmãos que
> encaram a bebedeira e que são desdenhados
> pelos que se acham santos, profetas ou poderosos.

— É um poema genial mesmo — disse Carla, surpresa. — Bacana. Gostei muito. Principalmente do final.
— Fico feliz que você tenha gostado.

Vicente leu mais alguns poemas de Jorge Teillier, dos quais Carla também gostou, embora estivesse distraída pensando que a poesia era como uma doença que seu filho também havia contraído, uma doença associada ao quartinho, uma doença que sem dúvida preferia à doença prévia da tristeza, mas que de todo modo a preocupava.

Vicente queria continuar lendo poemas para sua mãe a tarde toda. Escolheu vários de Gonzalo Millán, entre eles justamente um dos que seu ex-padrasto havia plagiado, mas Carla quis ir logo para a pizzaria.

Caminharam dez quadras, ela fumava energicamente, ele contava as ameixas arrebentadas no chão.

— E você fala de poesia com o Gonzalo?
— Adoraria, mas o Gonzalo Millán morreu uns quatro anos atrás, de câncer no pulmão — respondeu Vicente, como se não tivesse entendido a pergunta.
— Me refiro ao outro Gonzalo.

— O Gonzalo Rojas?
— Isso.
— Ainda não li nada dele, mas vão me emprestar uma antologia chamada *Del relámpago*.
— Ai, Vicente, você sabe do que eu estou falando.
— Não, mãe.
— Do Gonzalo Rojas que morava com a gente.
— E por que eu falaria sobre poesia com ele? Quase nunca respondo aos e-mails desse homem.
— E por que você não responde? E por que chama o Gonzalo de "esse homem"?
— E como eu deveria chamar? Papai?
— E por que você não responde às mensagens dele? Não gosta delas? O que ele te fala?
— Não fala nada. Fala de Nova York, conta umas histórias meio divertidas. Pede pra eu contar como estou, mas tenho preguiça de responder.

Sobreveio um silêncio tenso, mas governado também por uma certa doçura contraditória. Carla olhou o cabelo comprido, preto e emaranhado de seu filho e pensou que se ele morresse ela nem esperaria o funeral, se mataria no mesmo instante. Imaginou-se contemplando as águas revoltas e sujas do rio Mapocho, de cima de uma ponte, um segundo antes de pular.

— Você sente falta do Gonzalo? — perguntou Carla.
— Mas por que eu deveria sentir falta dele?! No caso é você que teria que sentir falta dele, era seu namorado, não meu. — Notava-se em suas frases um desejo falho de que tudo parecesse razoável. — E se eu sentisse falta dele, responderia às mensagens. Não é só seu ex que gostava ou gosta de poesia. Milhares de pessoas no mundo leem poesia. Milhões. Zilhões.

— Tanta gente assim?
— É — disse Vicente. — O fato de você não gostar de poesia não implica que ninguém mais goste.

— Eu gosto de poesia, adoro, adoro a Blanca Varela, por exemplo — disse Carla, para soltar um nome, e não estava mentindo, talvez apenas exagerando, porque uma vez Gonzalo havia lido para ela uns poemas de Blanca Varela dos quais havia gostado.

— Mas você não tem nenhum livro dela.

— Agora estou lendo A *elegância do ouriço*, mas quando terminar vou comprar um livro da Blanca Varela pra mim, vou ler e depois te dou de presente.

— E você, sente falta do Gonzalo? — perguntou Vicente, enquanto esperavam uma mesa na pizzaria, o lugar estava lotado.

— Eu acho que você e eu estamos bem assim — disse Carla, como que respondendo a uma pergunta seguinte. — Nós dois sozinhos, na casa. Acho legal você guardar os livros no quartinho.

Depois, à noite, enquanto tentava terminar A *elegância do ouriço*, Carla se distraiu pensando que Gonzalo era como uma ferida no pé; uma ferida incômoda, mas que não a impedia de forma alguma de caminhar, que não a impedia nem mesmo de correr. Pensou intensamente nessa vida de família perdida, nas primeiras semanas, quando Gonzalo apareceu ou reapareceu e com ele a ideia do amor como companhia, como a mais séria das distrações. A palavra *família* se revelava na água com uma lentidão promissora: uma fotografia pendurada sob o sol como um lençol que nunca ficava totalmente seco e que de repente, no entanto, da noite para o dia, amanhece apagada, queimada.

Abandonou a leitura, só tinha vontade agora de dormir e acordar cedo no outro dia, quem sabe muito cedo, com a promessa de um dia inteiro pela frente, de modo que dobrou a dose de soníferos. Vicente, por sua vez, no quartinho, tinha acabado de encontrar na internet alguns poemas de Enrique Lihn, estava morrendo de sono mas queria continuar lendo-os e relendo-os, de modo que preparou um litro de café e ficou grudado na tela do computador. Quando, às 3h34 da manhã, começou um dos terremotos mais ferozes da história do Chile, Vicente correu até o quarto de Carla e a pegou nos braços — ela estava dormindo tão profundamente que demorou alguns minutos para assimilar o que acabava de acontecer.

A casa resistiu, havia apenas alguns danos menores, mas tinham medo de o segundo andar desmoronar com as réplicas, e ainda que fosse um medo irracional, naquelas circunstâncias não era fácil estabelecer os limites do que era racional. Decidiram ficar no quartinho, uns livros haviam caído no chão e as estantes tinham se soltado um pouco. Tiraram as estantes, amontoaram os livros num canto e por quatro noites mãe e filho dormiram juntos no quartinho, ao qual chamaram provisoriamente de *bunker*.

Meses depois, já em plena primavera, Vicente empreendeu a reforma do quartinho: pintou-o de um azul-claro quase branco, lixou e envernizou as madeiras, e quando tudo ficou pronto decidiu que dali em diante naquela biblioteca só haveria livros bons — se desfez das revistas e de todo o recheio e procurou conseguir mais livros de poesia, chilena ou de qualquer lugar. Passava também muito tempo no Facebook, falando no chat com outros garotos de sua idade que liam poesia. Foi então que começou a ir a recitais e conheceu Pato e outros amigos que lhe emprestavam livros e o instavam a mostrar seus poemas a eles. Vicente nem sequer havia pensado em escrever poemas, mas uma noite, naquele mesmo quartinho, fez uma tentativa. Agora lia Alejandra Pizarnik, Blanca Varela (Carla cumprira sua promessa), Enrique Lihn, Carlos Cociña, Fernando Pessoa e principalmente Rodrigo Lira, mas no primeiro poema que escreveu imitou mais Gonzalo Millán, que no fim das contas era seu poeta favorito. O eu lírico do poema era um liquidificador que contemplava, atônito, como alguém o enchia com todas as frutas imagináveis e até com verduras — "O que vou fazer", perguntava-se o liquidificador, com uma desolação automática, mas não era um poema cômico e sim sentimental, e nunca era dito que o eu lírico era um liquidificador, só Vicente sabia disso. Leu-o para Pato e seus amigos e ninguém pareceu desgostar do poema — e isso o tranquilizou.

Quando Vicente completou dezoito anos o quartinho já era, com propriedade, novamente a morada de um poeta. As estantes estavam cheias, na verdade a biblioteca ocupava cerca de um terço da capacidade, mas todos os livros — noventa por cento de poesia — haviam sido lidos pelo menos uma vez e a maioria, cerca de cinco vezes. Ainda assim, para que o quarto não ficasse tão espartano, Vicente havia disposto uma série de retratos — de Allen Ginsberg, de Anita Tijoux, de Pedro Lemebel, de Mauricio Redolés — e uma espécie de altar que era compartilhado por fotografias de César Vallejo e Camila Vallejo, como se pertencessem à mesma família.

Esse foi o quarto que, durante os últimos minutos do ano de 2013, enquanto esperavam, em meio à multidão, os fogos de artifício do edifício Entel, Vicente ofereceu a Pru. E ofereceu gratuitamente, mas ela negou de cara e chegaram a um valor bastante modesto, quase ridículo, simbólico. Disse a ela que era um quarto independente (verdadeiro), desocupado (parcialmente verdadeiro), que costumavam alugar (falso) para estrangeiros (falso).

— Mas você sabe que não vai acontecer nada entre a gente — advertiu Pru, entusiasmada e cautelosa.

— Quem pensaria numa coisa dessas — respondeu Vicente, como se Pru de fato tivesse dito algum absurdo.
— Desculpe, só quero ficar seguro disso.
— Se fala *segura* — Vicente não gostava de corrigir o espanhol de Pru, mas ela havia pedido.
— Segura.

Três dias mais tarde, na manhã em que Pru chegou para se instalar no quartinho, Carla se deu conta de que, em sua persuasiva argumentação, Vicente tinha omitido alguns detalhes essenciais: falara, estrategicamente, de "uma mulher da sua idade, mais ou menos", o que não era necessariamente mentira, porque de muitos pontos de vista uma mulher de trinta e um anos comparada a uma mulher de trinta e oito são aproximadamente da mesma idade, inclusive era biologicamente possível que Pru tivesse um filho da idade de Vicente, ainda que teria precisado pari-lo em plena puberdade. Carla tinha achado razoável hospedar por um tempo moderado — Vicente havia falado em "algumas semanas mais ou menos" — uma gringa que estava estudando a poesia chilena, embora seu filho tivesse dado a entender ou Carla tivesse entendido que se tratava de uma sisuda doutora ou pós-doutora de óculos comoventemente grossos, dessas que precisam de uma bibliografia até para sair para uma caminhada, e não de uma risonha jornalista de short e camiseta, pela qual Vicente — Carla não tinha dúvidas — estava meio apaixonado.

Uma loira de pernas compridas, magra, de peitos mais para abundantes, rosto ovalado, olhos verdes e grandes, lábios grossos que deixavam entrever dentes perfeitos: Carla olhou Pru de cima a baixo e pensou que era decepcionante ou triste o fato de seu filho ter aderido a uma ideia tão típica, tão comum de beleza — culpou as estratégias dos meios de comunicação em massa e os desprezíveis concursos de beleza e a publicidade tóxica e depois culpou a si mesma ou talvez tenha se desculpado, porque a bem da verdade ela também achou a gringa bem bonita.

Vicente logo se tornou o intérprete de Pru, o que pode soar descabido, mas não era tanto, porque o espanhol de Pru havia desabrochado, e ainda que lhe custasse se adaptar ao tom rápido e sussurrado da fala chilena, nos momentos críticos combinava o inglês com alguns gestos rápidos e torções de lábios que, graças ao impulso amoroso, Vicente conseguia decifrar perfeitamente — continuava não sabendo a língua de Shakespeare, mas entendia quase na íntegra o idioleto de Pru.

Pato também ajudava, de seu jeito: assim que soube que Pru escreveria sobre poesia chilena, selecionou doze poetas, de vinte a quarenta anos, para uma rodada rápida de entrevistas preliminares. A seleção era notoriamente enviesada e, claro, incluía o próprio Pato e excluía Vicente. Quando Pru perguntou por que havia escolhido onze homens e apenas uma mulher, Pato respondeu, com sua habitual desfaçatez, que não havia mais mulheres ("tem poucas e não são muito boas, mas não é culpa delas, e sim do capitalismo patriarcal"). Ainda assim, Pru agradeceu seu arranjo não solicitado, pensando que seria um bom exercício prévio: precisava começar de alguma maneira. As entrevistas aconteceram no restaurante Galindo, de Bellavista, na primeira sexta-feira de janeiro, e a experiência foi confusa porém proveitosa. Eis aqui algumas conclusões provisórias e fora de ordem que Pru anotou num caderninho. Nem todas são fundamentais ou se referem estritamente a poetas chilenos, e algumas são particularmente discutíveis ou injustas, mas se mostraram valiosas, no fim das contas, para orientar a pesquisa:

— "Ser um poeta chileno é como ser um chef peruano ou um jogador de futebol brasileiro ou uma modelo venezuelana", me disse um entrevistado, e acho que falava sério.

— Pelo visto, os poetas chilenos adoram dar entrevistas. Alguns me diziam, "anote isso", ou "isso é importante", ou "isso vai te servir". Nem tentavam disfarçar o desejo de influenciar minha reportagem.

— Os poetas chilenos olharam para meus peitos descaradamente. E a única mulher que entrevistei também olhou para meus peitos descaradamente.

— Não deveria ter dormido com Vicente. Não deveria estar hospedada na casa dele. Não deveria querer encontrá-lo cada vez que vou à cozinha buscar um iogurte. E não deveria tomar tanto iogurte.

— Neruda, De Rokha e Huidobro se odiavam e escreviam sobre esse ódio e a imprensa dedicava páginas e mais páginas para registrar esses enfrentamentos. Os poetas ainda costumam aparecer na imprensa (embora quase não haja imprensa, são apenas dois ou três jornais), não necessariamente falando sobre poesia.

— Os poetas chilenos são extraordinariamente competitivos, parecem nova-iorquinos. É como se estivéssemos na bolsa de valores, como se houvesse muito dinheiro circulando. E não há. Nada. A maioria é composta de professores ou de pessoas que dão oficinas, mesmo os mais jovens dão oficinas. O governo concede algumas bolsas — insuficientes, ao que tudo indica.

— Acho que alguns desses poetas seriam capazes de liderar uma seita se alguém propusesse isso. Ou de se tornar senadores, presidentes. Vicente Huidobro e Pablo Neruda de fato foram, em sua época, candidatos à presidência. Talvez os poetas chilenos de hoje estejam seguindo esse exemplo.

— Os poetas chilenos são curiosamente mais famosos que os escritores de prosa, e há muitos prosadores que escrevem romances sobre poetas. São como heróis nacionais, figuras lendárias.

— Nenhum dos poetas que entrevistei, incluindo dois com sobrenomes mapuches, sabia mapudungun e todos pareceram incomodados com minha pergunta. Um me respondeu: "E por acaso você sabe falar navajo, cherokee ou sioux?".

— Preciso entrevistar mais duzentos poetas chilenos, tomara que sejam todas mulheres. Preciso encontrar poetas que não queiram ser entrevistados, e entrevistá-los.

— Tive a impressão de que boa parte dos entrevistados tinha sérios problemas de mau hálito.

— Nenhum deles se dedica exclusivamente à poesia. Bom, não sei se há algum país no mundo onde os poetas ganhem dinheiro. Dinamarca? Há poetas na Dinamarca? Se os dinamarqueses são felizes, acho que não, para que iam precisar de poetas se são tão felizes. Então ser poeta no Chile ou em qualquer lugar é como levar uma vida dupla. É como ter duas famílias, ou muitas famílias. E talvez isso seja bom, não ficam trancafiados, conhecem a realidade. Não ficam dentro de casa, escrevendo bonito.

— "Alguns são melhores preenchendo os formulários das bolsas do que escrevendo poemas", me disse um poeta que reclamava de tudo. Vestia uma camiseta com os dizeres *I love New*

York. Cometi o erro de fazê-lo notar, pensei que ele a teria colocado para a entrevista... "Vá dar uma volta aí pelas favelas, você vai ver dezenas de meninos pobres, ranhentos, vestindo camisetas com frases em inglês. Você acha que eles sabem o que essas frases significam? O cara põe a roupa que encontra por aí, barata. Agora lembrei que tenho um casaco da Universidade do Michigan, não sei onde arrumei. Tente comprar roupa para bebês com mensagens em espanhol, quase não existem." Vicente interveio para esclarecer o significado da palavra *guagua*, bebê. Perguntei ao poeta se ele tinha uma *guagua*. Ele disse que era uma pergunta muito pessoal. Depois insistiu em pagar meu café.

— Vicente me explicou que, no Chile, chamar alguém de *gringo* não é necessariamente um insulto, embora em algumas ocasiões possa ser pejorativo. E que os chilenos falam de gringos num sentido geral, querendo dizer estrangeiros. Franceses, alemães, todos podem ser gringos.

— O personagem de *Noturno do Chile* existe! Um padre da Opus Dei que escreve poemas e críticas literárias na imprensa e que se interessa por literatura de vanguarda... Seu nome verdadeiro é José Miguel Ibáñez Langlois e reza missas, eu acho, no bairro alto de Santiago e continua escrevendo no *El Mercurio* de vez em quando, embora, ao que parece, não sobre poesia, e sim a respeito de Tolkien e C. S. Lewis.

— Alguns dos entrevistados sabiam muito de poesia em língua inglesa. Um poeta com aparência de roedor me perguntou se eu achava que Eliot era o melhor poeta do século XX. Disse que sim, para ver o que ele respondia. Olhou para mim satisfeito e então me perguntou se eu achava que *A terra devastada* era melhor que *Quatro quartetos*. Falei que os *Quatro quartetos* (que nunca li) eram de longe o melhor feito de Eliot, sem dúvida alguma. Encarou-me decepcionado, como se minha resposta tivesse lhe causado um dano pessoal irreparável. Depois me disse que eu não entendia nada de poesia e se recusou a continuar com a entrevista. Outros dois entrevistados citaram autores estadunidenses dos quais eu nunca ouvira falar e em alguns momentos senti que estavam inventando só para debochar de mim, mas acabo de procurar no Google esses nomes e sim, eles existem.

— Talvez aspirem, sim, a ser milionários, porque Neruda foi milionário. Mas entendo que há muitos poetas chilenos que morreram na miséria. A meta, na verdade, é a transcendência. Quem sabe não descartem nenhuma das duas possibilidades: nem se tornar milionários nem morrer na miséria.

— Odeio, com toda a minha alma, os malditos plátanos-orientais. Não preciso da sombra protetora que oferecem, prefiro viajar direto para o centro do sol a me aproximar dessas árvores de merda que estão em tudo que é lugar. Sinto que essa alergia já dura anos, minha vida inteira.

— Tenho a sensação de que Carla me odeia. Não tenho nenhuma prova para afirmar isso, porque ela me trata bem, mas não acredito nela. É como se fizesse um esforço enorme para me tratar bem.

— Há um coletivo de poetas que organiza "chuvas de poemas" sobre lugares marcados pela violência política: lançam, de um helicóptero, marcadores de livros com milhares de poemas, fizeram isso em Dubrovnik, Guernica, Varsóvia e Berlim, entre outras cidades, e obviamente fizeram a mesma coisa primeiro em Santiago, no Palácio de La Moneda. É um projeto bonito, divertido e significativo. O problema é que esses são os mesmos poetas que organizaram um concurso para que as mulheres enviassem a eles fotos de suas bundas. Literalmente.

— Já vi três vezes na rua um mendigo com um carrinho de supermercado vendendo seus poemas manuscritos. Segundo Vicente, que já leu os poemas, eles são geniais. Segundo Pato, pelo contrário, são fruto da doença, e isso retira deles seu "valor estético".

— Alguns, a maioria dos entrevistados, pensam que a poesia salvará o mundo e se acham heróis revolucionários e me fazem rir. E mesmo assim não me atrevo a dizer que estejam enganados. Pode ser que sim, pode ser que de fato consigam mudar o mundo. Pode ser que sejam, sim, heróis revolucionários. Pode ser que em seus livros estejam as chaves de tudo.

— Todos me deram suas coletâneas de poemas, pareciam homens de negócio entregando o cartão. A todos eu avisei que não consigo ler literatura em espanhol. Ainda assim tento lê-los, às vezes consigo entender poemas inteiros, certamente entendo os poemas ruins e os bons são aqueles dos quais não entendo nada.

— Dei para Vicente os livros com que me presentearam, pedindo em troca que me dissesse se eram bons ou ruins. Disse que todos eram, de certo modo, bons, mas que não gostava de nenhum de verdade. Dois minutos depois ele me disse que não queria me contaminar com sua subjetividade. Adoro Vicente.

— Quero comer pão francês com abacate no café da manhã pelo resto da vida.

Graças a essas primeiras entrevistas, Pru já se sente mais preparada para empreender a segunda parte de seu trabalho, que começa com uma conversa com o professor Gerardo Rocotto, que, segundo várias fontes, é o maior especialista nas novas tendências da poesia chilena. O professor Rocotto — o dr. Rocotto, diriam em outros países, mas por sorte no Chile chamar alguém por seu grau acadêmico é considerado uma breguice — tem cinquenta anos, mas parece muito mais jovem: é fornido e baixinho como um jóquei, esse sim se parece com Gael García, pensa Pru, é uma espécie de Gael García moreno e em miniatura, é como uma miniatura de Gael García (a miniatura de uma miniatura).

A entrevista transcorre no apartamento de Rocotto, motivo pelo qual Pru espera deparar-se com a convencional paisagem de uma biblioteca repleta de livros, porém, ao contrário disso, a sala ampla do apartamento não tem absolutamente nada além de uma mesa pequena e duas cadeiras de praia.

— Acabei de me separar — explica Rocotto, com rapidez,

antecipando-se a uma pergunta que Pru sequer pensava em fazer. Seu inglês soa antigo e impostado, engraçado.

— Sinto muito — diz Pru. — Eu também acabei de me separar.

É a primeira vez que diz isso, que formula a coisa dessa maneira, e essa sensação de algum modo a acalma.

Rocotto dá por encerrado o breve bloco de confissões pessoais e pergunta quais poetas ela entrevistou. Pru recita a lista e pede sua opinião, ele responde que é uma seleção curiosa e depois de uns segundos num silêncio suspensivo diz que acha a seleção péssima. Ela concorda e diz que obviamente pensa em entrevistar mais poetas, sobretudo mulheres. Ele diz que isso é imprescindível e acrescenta que falta dar conta da poesia queer e da poesia indígena, e então se lança à habitual e valiosa, mas também desesperadora, enumeração de nomes e fontes bibliográficas. Ademais, as intuições de Pru são compatíveis com o trabalho acadêmico de Rocotto: por anos demais a poesia chilena foi estudada como uma luta de titãs, com aqueles machos heterossexuais brigando pelo microfone como únicos protagonistas, o que deixou muitos poetas de lado, sobretudo as mulheres e as minorias ("acho problemática a palavra 'minorias'", observa Rocotto em seguida). O momento atual é expansivo, de uma estimulante desordem.

— Imagino que você tenha lido Harold Bloom — diz Rocotto.

— Não — responde Pru, envergonhada. — É bom?

— Não.

— Eu deveria ler?

— Não.

Inesperadamente, Rocotto saca do bolso interno de sua jaqueta uma folha de tamanho carta e que desdobra e relê com atenção antes de entregá-la a Pru. É uma lista de cerca de cinquenta poetas, sobretudo mulheres ("não as chame de poetisas", adverte, "é a palavra oficial em espanhol, mas soa depreciativa demais"), indígenas e queer — nada mais, nada menos que um novo cânon, complementado por uma bibliografia de quinze artigos, todos assinados por Gerardo M. Rocotto Contreras.

— Te sobrecarreguei — reconhece Rocotto, inesperadamente.
— Não.
— Sim.
— Bom, um pouco — admite Pru.
— Desculpe, às vezes fico meio idiota — diz Rocotto.

Ela adora essa virada, como se ele interrompesse a si mesmo: como se fosse de fato duas pessoas, um professor erudito e bombástico, de um lado, e o sujeito cortês e bem-humorado que mora num apartamento vazio, de outro. O professor bombástico tenta se exibir e influenciar o artigo de Pru, que a seu ver não estaria completo sem a menção dos referidos poetas e sem a leitura dos diversos artigos que ele mesmo se deu ao trabalho de publicar em revistas indexadas, enquanto o homem razoável entende que a ideia de Pru é esboçar um panorama geral que, para além dos nomes, comunique uma atmosfera da poesia chilena de uma perspectiva jornalística, e não um tratado acadêmico.

O sujeito razoável risca jovialmente uns trinta nomes da lista e depois procura em seu telefone os dados dos poetas selecionados. A conversa ganha um ar casual que Pru aprecia enormemente. Rocotto propõe que jantem juntos e ela procura mas não encontra um motivo para recusar.

Vão a um restaurante peruano onde pedem dois pisco sour duplos e repetem a dose várias vezes, mas não chegam a ficar bêbados. Às vezes isso acontece, pensa Pru: quando a conversa

flui e as risadas se multiplicam, as pessoas consomem uma quantidade de álcool que deveria ser suficiente para ficarem bêbadas e no entanto não ficam.
  Rocotto a deixa em casa às duas da manhã. Vicente está no jardim da frente, regando, na verdade estava esperando Pru, mas ao ver o carro pega a mangueira e finge que está ali há um tempo regando. Rocotto desce do Volkswagen azul-metálico — Vicente sempre achou esse modelo Beetle ridículo, paródico —, abre a porta do carona e se despede de Pru com um abraço casual, não acontece nada estranho ou sensual. Ainda assim, Vicente fica morrendo de ciúmes. Pru abre o portão e o cumprimenta com curiosidade. Pergunta por que está regando o jardim a essa hora, e ele responde que é sabido que essa é a melhor hora para regar.

  Pru acorda às oito da manhã com uma ressaca colossal. Apesar do *hachazo* (acaba de aprender essa maravilhosa palavra do espanhol chileno, que também significa ressaca), levanta-se, toma café e tenta continuar com suas notas no futom, mas adormece num instante. Sonha que está caminhando pelo centro de Manhattan, no meio da tarde, é um dia ensolarado, perfeito, as ruas estão inverossimilmente vazias. Pru para a cada momento e olha para o chão, como se procurasse alguma coisa, talvez as placas com frases célebres da Library Way. De repente se dá conta de que está caminhando com Jessye, que está muito agasalhada. Entram num hotel, sobem uma quantidade enorme de escadas e chegam ao último andar. Há uma porta que dá para o terraço e um aviso proibindo a passagem, mas Pru a abre mesmo assim — o alarme soa e Jessye diz, com toda a calma do mundo, tentando não rir, que elas precisam sair dali imediatamente.
  Vicente se senta na poltrona contígua, com o computador sem som, pensando em passar de nível no Duolingo (acaba de

começar), mas fica entediado e começa, em vez disso, a simplesmente observar Pru dormindo. Repara no tremor de suas pálpebras. Está sonhando, pensa, e se lembra dos bonitos versos de Rosamel del Valle: "Nunca tive mais olhos/ Que quando dormias". Talvez por ter sentido o peso desse olhar, Pru acorda. Sua primeira impressão é de que Vicente está chateado ou abatido ou deprimido.

— Você está tristo?
— Se diz *triste*.
— Não entendo por quê.
— Eu também não entendo por quê — diz Vicente. — Ficaria muito melhor *trista* e *tristo*. Mas eu não estava triste, não mesmo.
— Você estava me olhando dormir? — diz Pru.
— "Nunca tive mais olhos/ Que quando dormias."
— Quê?
— Nada, é um poema do Rosamel del Valle.
— Rosamel? É lindo nome. É comum?
— Não, é um pseudônimo, ele se chamava Moisés Gutiérrez. Se baseou no nome de uma namorada que teve, Rosa Amelia del Valle. Foi uma homenagem. Qual é seu sobrenome? Que estranho, ainda não sei seu sobrenome.
— Smith.
— Então eu deveria usar Prudencio Smith.
— Mas eu não sou sua namorada — diz Pru, que se levanta para pegar um copo d'água.
— Não, mas mesmo assim seria como uma homenagem.
— Você estava me olhando dormir? — diz Pru.
— Estava.
— Por quê?
— Porque você é a mulher mais bonita que eu já vi na vida — diz, e se aproxima para lhe dar um beijo que dura três segundos.

Vicente aposta alto, não se pode negar sua ousadia. Mas não dá certo. Pru fala sobre Jessye, volta a contar a história, mas agora em espanhol. Tem dificuldades com os detalhes, as matizes, as palavras em geral, e no entanto essa pobreza expressiva de repente lhe parece adequada, necessária.

— E você está apaixonada pela Jessye?

— Não sei — diz Pru, e sabe que deveria dizer que sim, que essa seria a maneira mais eficaz de tirá-lo de seu pé, mas simplesmente não quer mentir e também não sabe se realmente quer tirá-lo de seu pé.

— O que ela fez com você não se faz com ninguém — diz Vicente, e é difícil decidir se ele soa ingênuo ou maduro.

— Eu sei. É um momento ruim. Agora não posso ficar com você nem com ninguém. Preciso ficar sozinha. E não deveria ficar perto de você.

Estão de pé, de frente um para o outro. Vicente a abraça, enfia a mão por baixo de sua camiseta, acaricia suas costas com naturalidade; em seguida, com apenas um movimento preciso, desata seu sutiã. Ela o afasta e volta a fechar o sutiã de maneira desajeitada, como se nunca tivesse feito isso antes.

Ficam em silêncio por vinte minutos. Pru decide deixar o quarto. Está determinada, Vicente consegue a duras penas que ela não vá.

— Promete que vai deixar eu sozinha? — pergunta ela, traduzindo a si mesma imperfeitamente.

— Sim — responde Vicente. — Prometo que vou te deixar sozinha.

Na segunda-feira pela manhã, Pru entrevista Tania Miralles, uma poeta muito jovem de La Florida que diz ter aprendido inglês ouvindo Radiohead e de fato cita alguns versos do *The Bends* e do *OK Computer* a cada instante, morrendo de rir. Pru pensa que ela é muito bonita e se surpreende pensando, não necessariamente com alegria, que Vicente se apaixonaria perdidamente por ela.

À tarde, entrevista Carmen Frías, uma mulher de sessenta anos que descreve a si mesma como poeta-curandeira. A conversa acontece num pequeno estúdio em Bellavista que ela chama de *meu consultório*, onde não há sofás ou qualquer coisa do tipo, e sim inúmeras almofadas bordadas com palavras de cura. Pru se senta na palavra "pesponto" e, como está um pouco desconfortável, acrescenta uma almofada com a palavra "herança".

Na manhã de terça, Pru entrevista Remo González, um poeta gay que resiste a se identificar como gay:

— Assim, eu sou gay, mas não gosto que me metam no cu, gosto de meter. E mais, nunca ninguém meteu o pau em mim, então eu sou gay e também sou virgem — diz o poeta, à maneira de declaração de princípios.

À tarde, Pru se encontra na Quinta Normal com a poeta e ensaísta Dariana Loo, que só faz falar contra o heteropatriarcado da poesia chilena, embora a cada tanto esclareça que seu ex-marido, que também é poeta, não é assim ("desconstruiu totalmente o próprio machismo"). Às cinco, o ex-marido chega com um menino de oito anos, que é filho dos dois. O menino não fala muito, dizem que tem problemas de linguagem, o que Pru acha um paradoxo, por ser filho de dois poetas. Dariana diz que é uma pena que ela não tenha considerado entrevistar também seu ex-marido, e Pru, que tem um tempinho livre, diz que pode entrevistá-lo já. A mulher vai embora com o menino enquanto Pru entrevista o ex-marido, que se chama Roddy Godoy e é um sujeito estranho, com olhos de husky siberiano e um sorriso meio pateta que parece a ela mal desenhado. Roddy se define como poeta experimental e não diz nada que Pru pense ser minimamente interessante.

Enquanto seu interlocutor monologa sobre pós-poesia sonora pré-verbal ou algo assim, Pru percebe que Dariana e Roddy planejaram tudo, e se distrai imaginando como teria acontecido: se o ex-marido pressionou para que sua ex-mulher conseguisse a entrevista para ele ou se ela realmente pensa que Roddy é um bom poeta ou pós-poeta sonoro pré-verbal e portanto deveria ser considerado na reportagem. Também pensa que talvez haja um pacto entre poetas que vai além do pacto amoroso, o que não acha necessariamente bom ou ruim. Os pais de Pru, por exemplo, são dentistas, e enquanto estiveram casados, e mesmo por uns bons anos depois do divórcio, dividiram um consultório e nunca deixaram de recomendar um ao outro.

— Pode ser que seu pai seja violento e insensível — costumava dizer a mãe de Pru —, mas é um bom dentista.
O poeta experimental continua falando pelos cotovelos. Dariana Loo volta com o menino, que agora Pru acha mais bonito, talvez por se identificar com ele — pensa que talvez ser filha de dentistas não seja tão diferente de ser filho de poetas, e é um pensamento bobo mas que demora alguns segundos para ir embora de sua mente.

A família se afasta a caminho do metrô, e Pru acha que lembra de si mesma caminhando uma vez de mãos dadas com seus pais dentistas já separados; lembra especialmente de um parque na Carolina do Norte, de seu pânico de abelhas, dos jardins escalonados, da grama úmida nos pés. Depois, enquanto observa o arruinado e deslumbrante jardim de inverno da Quinta Normal, pensa que se identifica com aquele menino porque o vaivém entre uma língua e outra a faz sentir-se como uma menina, sobretudo agora que já não conta com a ajuda de Vicente. Às vezes fala, como nessa mesma tarde, somente espanhol, e fica feliz por ser capaz de se comunicar com eficácia, e até se lembra de seu histriônico professor porto-riquenho de Advanced Spanish e pensa que ele ficaria orgulhoso dela. Mas nunca para de perceber a comunicação como um problema; nunca para de pensar nas palavras, e às vezes fica zonza e tem vontade de ficar calada, em espanhol e em inglês, indefinidamente.

Na quarta-feira de manhã, Pru entrevista Hernaldo Bravo, um poeta que escreve livros de mil páginas ("alguns o consideram um charlatão, outros, um gênio", Rocotto a avisara, sem dizer qual era sua própria opinião). Pru o acha divertido e carinhoso. Dez anos atrás, logo que entrou na faculdade, Bravo foi atropelado pelo filho de um multimilionário, que assumiu todos os gastos médicos e lhe deu informalmente uma substancial indenização, a qual o poeta usou para criar uma editora e publicar todos os seus amigos.

— Foi assim que minha geração nasceu — diz o poeta, com orgulho, verdadeiramente emocionado.

— E por que você escreve livros tão longos? — pergunta Pru.

— É melhor você perguntar aos outros por que escrevem livros tão curtos — responde. — Eles têm medo da poesia.

— E então por que escrevem poesia?

— Não sei, talvez queiram perder o medo. E é melhor que escrevam. É melhor escrever que não escrever. A poesia é subversiva porque te expõe, te rasga em pedaços. Você se atreve a desconfiar de si mesmo. Você se atreve a desobedecer. Essa é a ideia, desobedecer a todo mundo. Desobedecer a você mesmo, isso é o mais importante. É crucial. Eu não sei se gosto dos meus poemas, mas sei que se não os tivesse escrito seria mais idiota, mais tolo, mais individualista. Eu os publico porque estão vivos. Não sei se são bons, mas merecem viver.

— Muita gente diz que a poesia é inútil.

— As pessoas têm medo do inútil. Tudo tem que ter um propósito. Elas odeiam o ócio, são apaixonadas pelo negócio. Têm medo da solidão. Não sabem ficar sozinhas.

No começo da tarde, Pru entrevista Chaura Paillacar, uma poeta que escreve numa mistura de mapudungun e espanhol e que é cordial, embora encare a conversa com nítida desconfiança. Depois vai se soltando, muito aos poucos. Chaura pediu que fizessem a entrevista caminhando, foi sua única condição, e é isso que fazem, caminham pelo parque Forestal perseguindo as sombras das árvores.

— Paillacar significa "povo tranquilo", e Chaura é o nome de um arbusto que dá um fruto comestível, parecido com o mirtilo. As *chauras* são deliciosas e medicinais. Na verdade, Chaura é meu sobrenome materno, mas prefiro usar esse em vez do meu nome de verdade, que não vou te contar. Um dia de manhã, quando eu tinha doze anos, escrevi um conto sobre meus sobrenomes que foi se transformando, ao longo dos anos, no meu primeiro livro.

— E o que a *chaura* cura?

— Na minha família, usavam pra tratar acne, mas eu nunca tive — Chaura toca suas bochechas viçosas e sorri. — Ela tem duas vezes mais antioxidantes que um mirtilo. Mas é usada principalmente como substituta da aspirina, porque tem ácido salicílico. Dizem que é melhor que a aspirina. Mas em mim não funciona.

— E a aspirina?

— Também não. É que minhas dores de cabeça são ferozes, descomunais.

Depois, como se estivesse envergonhada de tanta autorreferência, Chaura muda o tom para falar da repressão policial, dos drones e helicópteros sobrevoando Wallmapu. Diz que cada vez que viaja ao Sul para visitar os pais volta com uma sensação de guerra e de derrota. Também fala da sua comunidade de poetas mapuches mulheres, em Santiago: professoras de escola, acadêmicas, empregadas domésticas, artesãs, ativistas, todas unidas na evocação de um lugar de origem que foi tirado delas, de uma língua que reconstroem com perseverança e paciência. Diz que lê quase apenas poetas mapuches, mas também gosta da tradição da poesia chilena, embora se entedie com a grandiloquência, com as brigas, a falta de solidariedade e o que ela chama de "inteligentolice" de alguns poetas santiaguinos.

— Pra mim, escrever é uma forma de voltar a um lugar onde nunca estive e que não conheço — diz, de repente, emocionada, como se tivesse acabado de pensar nisso.

No fim da tarde, entrevista Maitén Pangui, outra jovem poeta de origem mapuche que, além de escrever poesia, faz hip-hop.

— Como você sabe se o que está escrevendo vai se tornar um poema ou uma música? — pergunta Pru.

— Quando rima é hip-hop, quando não rima é poesia — responde a poeta, com total segurança.

Nessa noite, janta com um poeta anônimo — "ele não tem nome", Rocotto havia anotado na lista, junto ao número de telefone, e naturalmente Pru pensou que se tratava de um erro, mas o catedrático explicou que esse poeta preferia o anonimato mais radical, ninguém sabia seu nome, tinha ficado de fora de quase todas as antologias por esse motivo.

Há quem o identifique por seu número de telefone, que é bem fácil de conseguir, porque o poeta sem nome é paradoxalmente um sujeito bastante sociável. Publicou muitos livros, todos em xerox, sem registro legal.

— E como foi que você pensou nisso?
— Em quê?
— Em não ter um nome.

Pru espera uma explicação longa e complicada, mas o homem fica calado, em pose de absoluta seriedade, e depois desata a rir sem nenhum motivo aparente, como se tivesse contado uma piada a si mesmo, e depois fica novamente sério. É um homem gordo, pequeno e vigoroso, de cinquenta e tantos anos, com um cabelo ralo penteado com gel.

— Eu não pensei — diz, por fim. — Simplesmente aconteceu. Eu tinha conseguido dinheiro pra fazer as fotocópias do meu primeiro livro, *Trabajos voluntarios*. Estava tão feliz, e talvez tenha sido por isso que acabei esquecendo de pôr meu nome. Dei uma cópia em espiral pra minha namorada e foi a primeira coisa que ela me disse. Você esqueceu de botar seu nome, imbecil! Eu já tinha gastado todo o dinheiro na máquina de xerox, as espirais eram bem salgadas. No começo fiquei me mortificando, como pude ser tão imbecil, como fui esquecer de pôr meu próprio nome. Mas depois comecei a gostar e me acostumei. Existem tantas pessoas, tantos nomes, é um saco. Melhor não ter nome. E depois comecei a florear a coisa. Quero dizer, cada vez mais me ocorriam motivos pra não ter um nome. Dá uma certa vergonha "fazer um nome" neste país. Sobretudo se você é um poeta.
— Por quê?
— Porque a poesia, depois do golpe, não é mais possível. É como o que o Adorno falava sobre o Holocausto. Não dá mais pra escrever poesia neste país de merda. Mas eu continuo escrevendo, não consigo evitar. É minha fraqueza. Sou como um viciado na coisa. Nem percebo e já escrevi um poema, dois, três, vinte.
— Então não há esperanças para o Chile?
— Este país foi à merda faz tempo. Fodeu tudo. Acabou.
— A ditadura não terminou?
— Não terminou, minha querida, claro que não. O Pinochet ganhou, conseguiu, deve estar morrendo de rir no próprio túmulo, aquele filho da puta. Estamos todos no limite, estamos endividados e infelizes, condenados a trabalhar quinhentas horas semanais. Deprimidos, desconfiados, putos. Meio mortos.
— E você não acha que as coisas podem melhorar com o novo governo?
— A única esperança é a mesma de sempre: que o povo se levante. Mas o povo está deprimido demais. Seria preciso distri-

buir antidepressivos nas favelas. Primeiro o Rivotril, depois o fuzil. Não, desculpe, nada a ver. Era só pra rimar. Você me entrevista e isso me sobe à cabeça rapidinho. Fico com vontade de falar só sobre coisas importantes, amplas.

— E do que o povo precisa, então?

— Sei lá. Ioga, kickboxing, poesia, revolução. Educação de verdade, alegria de verdade, jardins, pedicure, ceviche. Ginástica rítmica, esgrima. Muito abacate, quinoa, *cochayuyo*.* Pedras afiadas, superpoderes, amuletos. E uns bons tênis. E sobretudo sexo, todos os dias, a cada oito horas, religiosamente, como se toma antibióticos. Mas sexo de qualidade altíssima, superlativa, cósmica. E boa música.

— E qual é a boa música?

— Essa questão vai de cada um. Eu, pessoalmente, gosto de música *ranchera*.

O poeta sem nome dá por encerrada a entrevista. Pagam a conta, saem do bar, caminham juntos algumas quadras.

— Esqueça os poetas, minha querida. Vá nos campinhos de terra, nas favelas, mas vá com cuidado, aí sim. Conte o que está acontecendo lá. Esqueça os poetas. Me esqueça também. Nós não somos importantes.

— Mas então por que você me deu uma entrevista?

— Porque sou extraordinariamente vaidoso.

— Você é vaidoso mas não quer dizer seu nome?

— Óbvio. Sou tão vaidoso que não quero dizer meu nome.

Na manhã seguinte, Pru entrevista Floridor Pérez, um senhor de quase oitenta anos que lhe parece particularmente jo-

---

* *Cochayuyo*: alga castanha comestível, rica em iodo, que habita a costa dos mares subantárticos, no Chile, na Nova Zelândia e no oceano Atlântico Sul.

vial. Talvez influenciada por sua conversa com o poeta sem nome, Pru julga que Floridor Pérez seja um pseudônimo. Ele percebe, e esclarece, segurando o riso, que não.

— Minha mãe me deu esse nome mesmo. Eu acho bacana ter nomes diferentes. Insisti muito quando tive meu primeiro filho, não queriam me deixar pôr Chile. Tive inclusive que levar um amigo poeta que era advogado também. Era absurdo, existem meninas que se chamam África ou América ou França ou Irlanda e tudo bem. Tinha até um jogador de futebol do Unión San Felipe que se chamava Uruguay Graffigna. Mas o sujeito do cartório não me deixava dar o nome de Chile pro meu filho. Chile é um nome muito bonito.

— E esse é o nome dele? Chile Pérez?

— Bom, quando ele fez dezoito anos mudou de nome. Queria um nome comum e simples.

A seguir, falam sobre o tempo que Floridor ficou detido nos primeiros meses da ditadura, e de seus anos relegado a morar em Combarbalá, exilado no próprio país.

— Tiraram tudo que eu tinha, mas de outras pessoas tiraram muito mais, eu não sou uma vítima — diz Floridor de repente. Insiste nisso. Diz que não gosta de falar tão em primeira pessoa, que o sofrimento foi coletivo.

Como Floridor Pérez conhece muitos jovens poetas, porque faz décadas que é o responsável pela oficina da Fundación Neruda, no fim da conversa Pru pergunta sua opinião sobre Pato.

— É um bom rapaz — diz Floridor. — Bom de festa.

— E você gosta dos poemas dele?

— Muito pouco, mas tenho certeza de que algum dia, no futuro, vou gostar — diz Floridor, com um sorriso sarcástico ou bonachão.

— E o que significou pra você ter conhecido tantos jovens poetas?

— São como filhos pra mim. Alguns se tornam ingratos, outros ainda vejo, leio todos, fico feliz quando as coisas dão certo para eles.

A autodenominada poeta urbana que Pru iria entrevistar no começo da tarde cancela dez minutos antes, dizendo estar resfriada. O poeta gay que iria entrevistar depois também cancela: diz que está quente demais para sair na rua. Pru agradece a trégua, fica em casa o dia todo. Lava roupa, pendura, despendura, dobra, guarda. Sai para caminhar, compra sorvete de mel de Ulmo, pensando em dividi-lo com Vicente e Carla, mas nenhum dos dois está em casa. Come meio litro enquanto lê as patibulares discussões entre poetas chilenos no Facebook.

Na sexta-feira, entrevista Miles Personae (esse sim um pseudônimo), um poeta que escreve monólogos dramáticos nos quais emula a voz de torturadores, criminosos e outras figuras funestas da extrema direita chilena. São poemas, conforme Pru pôde averiguar, paródicos e controversos. Ele também é autor de romances juvenis ingênuos, que vendem bastante bem e que ele assina com seu nome verdadeiro, Radomiro Robles. Pru pensava que se encontraria com um personagem desagradável, mas acha o homem até radiante.

— Eu percebi que no Chile não havia poetas de direita, é como se fosse uma contradição ser poeta e ser de direita. Então criei esse personagem-poeta de direita, que provocava rejeição e curiosidade. É difícil encontrar um espaço na poesia chilena. Eu encontrei esse lugarzinho — diz Miles, com inesperada simplicidade.

— E você é de direita?

— Claro que não! Mas graças a mim as pessoas sabem como aqueles imbecis são perigosos.

No sábado, quando Pru estava havia algumas horas trancada no quartinho trabalhando em suas anotações, chega uma mensagem de Jessye pedindo para se falarem por Skype. Nunca, ao longo de quase oito anos, tinham passado tantos dias sem se falar. Pru responde que está sem tempo, Jessye insiste, Pru entra no Skype mas diz que a internet não é boa, por isso prefere não ativar o vídeo, e claro que é uma desculpa para não vê-la. Diz, também, não sabe por quê, que está em Valparaíso.
— A Alessandra largou o marido — diz Jessye, de repente.
Para Pru, a liberação de dois detalhes que até então desconhecia — o nome da mulher e o fato de que tinha um marido, o que mais que um detalhe é um dado crucial, um indício para se montar uma história de amor escandalosa, apaixonada e corajosa — parece uma crueldade desnecessária. A ideia por trás da ligação era avisá-la de que Alessandra teve de se mudar por uns dias, por um tempo, para o quarto onde ainda estão todas as coisas de Pru.
— A gente quer conseguir um lugar pra nós duas, mas você sabe como são as coisas em Nova York — diz.
Soa como um discurso gravado, como se tivesse ensaiado a argumentação. Pru tem a impressão de que Alessandra está lá, perto de Jessye, do outro lado do computador, ouvindo.
Pru desliga o Skype e em seguida escreve um e-mail para Jessye dizendo que não voltará, que ela pode guardar suas coisas em qualquer lugar e viver tranquila até o fim dos tempos naquele quarto. Depois, escreve outra mensagem chamando-a de imbecil por ter comprado as passagens erradas. E a seguir escreve

um terceiro e-mail, que será o último, no qual diz que está bem, que desculpe, que não acha que ela seja uma imbecil e que não quer vê-la por muito tempo, talvez nunca mais, mas que não guarda nenhum rancor (o que é totalmente falso).

— Agora não tenho mais casa — pensa e diz em voz alta, para ninguém, para si mesma, com o fim de materializar isso.

Deita na cama e enquanto chora pensa que fazia muito tempo que não chorava e que é a primeira vez que chora por causa de Jessye, e pensa que é impressionante ter aguentado tanto tempo sem chorar por ela, e esse pensamento, que poderia tranquilizá-la, não a tranquiliza em absoluto, pelo contrário, acentua sua tristeza. E em seguida se lembra de que chorou por Jessye, sim, no sofá da casa das meninas e do pão amassado, em Hacienda San Pedro, e se pergunta como é possível ter se esquecido disso e conclui que sua cabeça não está funcionando bem. Toma um sonífero, procura a Barbie falsa na mala e adormece com ela aconchegada em seu peito.

Quando acorda, entra no chuveiro e começa a se masturbar pensando em ninguém, mas alguns segundos depois do orgasmo descobre que estava pensando em Vicente chupando entre suas pernas e então retoma a imagem e continua se masturbando e rapidamente chega a outro orgasmo. Deita na cama especulando que talvez não estivesse chorando por Jessye e sim por Vicente, que não a procura mais, apenas conversam por uns minutos quando calham de estar ao mesmo tempo na cozinha; são como dois colegas de trabalho que às vezes se encontram por acaso perto da cafeteira ou da máquina de xerox. Ouve no iPad sua playlist de músicas favoritas, todas tristes e dançáveis. Quando toca "Who Loves the Sun" ela começa, de fato, a dançar. Dança-a cinco vezes. Depois volta a escutá-la, deitada na cama, e tenta traduzi-la para o espanhol:

Quem ama o sol
Quem se importa que ele faça as plantas crescer
Quem se importa com o que ele faz
Desde que você partiu meu coração

No domingo, entrevista por Skype Rosabetty Muñoz, uma cativante poeta de Chiloé. Pru ainda está se recuperando de sua conversa com Jessye, mas consegue, inesperadamente, rir com vontade dos comentários sensatos e despreocupados da mulher, que diz que ela não pode ir embora do Chile sem visitar a ilha. Convida-a para ir a Ancud, dizendo que pode hospedá-la. Pergunta se Pru é vegetariana, e como ela responde que não, oferece matar um porco em sua homenagem. Pru tinha agendado alguns dias em Valparaíso, mas não está em condições de fazer mais viagens, muito menos para tão longe de Santiago, resta-lhe pouco dinheiro e, embora não seja vegetariana, nunca gostou muito de carne de porco, de modo que fica contente em presentear com alguns dias a mais de vida aquele pobre suíno.

— Você está triste — diz Rosabetty, a troco de nada.

A entrevistada parece querer entrevistar Pru de volta. Faz mil perguntas que Pru não quer responder, mas acaba respondendo. Ao fim e ao cabo, conta toda a história com Jessye. Rosabetty fica calada por alguns minutos, como se estivesse consultando uma bola de cristal.

— Expulsa logo essa Jessye. Baita de uma aproveitadora essa aí. Folgada do cacete.

— Bom, mas também não é minha casa — Pru não quer soar assim, desconsolada.

— São tão difíceis as separações. Estava escrevendo sobre isso agora mesmo.

— Você também se separou?

— Não, eu nunca me separei, nem a pau, estou superbem

com o Juan, faz uma porrada de anos. Mas um amigo que mora perto da gente se separou e a mulher levou a casa e ele ficou com o terreno.

— Como assim?

— Sabe o que são palafitas?

— Não.

— São casas com pilares afundados na água.

Pru dá um Google na palavra *palafita* e aparecem dezenas de casas construídas sobre águas tranquilas na Venezuela, na Birmânia e em Chiloé.

— Existem palafitas em muitos lugares do mundo, mas em Chiloé a gente também faz palafitas em terra firme — diz Rosabetty.

— Como?

— É só enfiar os pilares na terra, então não tem problema se o terreno for desnivelado. É como uma casa com patas. Então uma coisa é o terreno, e outra coisa é a casa. E se um casal se separa, às vezes um fica com a casa e o outro com o terreno.

— E como carregam a casa?

— Ajeitam a casa em cima de uns troncos grossos e põem uns bois pra puxar. Chamam essas mudanças de "puxadura de casa". E quando precisa levar uma casa de uma ilha pra outra, eles juntam os troncos formando uma balsa e puxam tudo com lanchas. É bonito. A casa navegando entre as ilhas. E além de tudo é prático, não precisa nem esvaziar as gavetas. Mas, mesmo assim, precisa tirar os quadros das paredes, porque podem cair.

— E as pessoas se separam muito em Chiloé?

— Não muito, mas às vezes você quer ir morar mais perto dos seus filhos ou netos, então arruma um terreno e leva a casa. É bom saber que sua casa não está grudada na terra. Que serve pra terra e também pro mar. É bom a casa ter patas, todas as casas deveriam ter patas.

— É lindo — diz Pru, verdadeiramente comovida.

* * *

Na segunda-feira, viaja a Valparaíso, onde passa quatro dias entrevistando poetas recomendados por Rocotto, três mulheres e dois homens. Os dois homens só fazem falar mal de Santiago, embora ambos sejam santiaguinos. Pru pensa que um deles é genial, e talvez o outro também seja, mas tem uma tendência a teorizar tudo e cita de maneira constante, massiva, filósofos alemães e franceses, e fala ou dita como um chefe faria com uma secretária.

Quanto às três mulheres, dizem ser amigas entre si, mas Pru acha que no fundo se odeiam. A que lhe agrada mais se chama Javiera Villablanca. A cada manhã, junto com o primeiro café, Javiera lê algum poema de outra pessoa dez vezes, tentando memorizá-lo. Depois toma o desjejum com a filha — moram sozinhas numa pequena casa no morro Miraflores —, deixa-a na escola e o dia vai passando em meio a trabalhos incertos e mal pagos. E assim vai até as onze da noite, quando a poeta se senta na mesa de jantar e escreve o poema que leu pela manhã, do jeito que se lembra dele. O nível de distorção varia muito, mas sempre existe. A ideia é se lembrar do poema durante o dia todo e que a vida, por assim dizer, corrija essa lembrança. Trabalha desse jeito há quase vinte anos e já publicou quatro livros nessas versões que ela entende como traduções ou tergiversações dos poemas originais.

É sua última noite em Valparaíso, Pru está exausta. Entra num restaurante qualquer com a ideia de comer umas batatas fritas e descansar a cabeça, não quer mais saber de poetas, porém mal tinha terminado a primeira cerveja quando começa nada mais, nada menos que uma leitura de poesia.

Pru sente que toda a população de Valparaíso deve se dedicar à poesia, embora tenha a impressão de que os que leem nesse bar pertencem a outro circuito, o dos poetas — chama-os assim, provisoriamente — amadores. Um deles, que tem o cabelo liso e comprido até as coxas, começa sua leitura desta maneira:

— Quero dedicar minha apresentação desta noite a um dos meus melhores amigos, alguém que mudou minha vida completamente: Julio, Julio Cortázar.

Seus poemas são horríveis, mas recebe o prêmio perene dos aplausos. Além da dedicatória geral a Julio Cortázar, cada poema é dedicado a algum outro amigo do poeta: John Lennon, Friedrich Nietzsche (a quem chama de Federico), Camilo Sesto, Joaquín Sabina, Jean-Paul Sartre e o jogador de futebol David Pizarro.

Pru pensa que gosta mais dos poetas amadores que dos profissionais. Mais tarde, quase à meia-noite, uns turistas franceses que conhece a levam a um recital do cantor e compositor Chinoy, que Pru acha fascinante: sua voz estranha, em permanente falsete, o ritmo febril de seu dedilhado caótico e delicado se instalam em sua memória para sempre.

— O Chinoy também é poeta — diz a ela, depois, um bêbado muito gentil que insiste em levá-la até o albergue —, parece que publica livros e tudo.

— E tem alguém em Valparaíso que não seja poeta? — pergunta Pru.

— Eu. Eu não sou poeta. Mas também escrevo.

— E o que você escreve?

— Aforismos.

Depois de conseguir se livrar com dificuldade do bêbado gentil, Pru se joga na cama do albergue e começa a ver vídeos de

Chinoy no YouTube. Há um em que o cantor toca violão sentado numa escada de madeira — "passa, pode passar", diz ele de repente, no meio de duas estrofes, para um menino que quer passar mas não se atreve a interromper a gravação, e então, sem parar de tocar, Chinoy desliza para um lado para que o menino suba a escada de modo rápido e cauteloso. Pru repete a cena várias vezes. Imagina-se a si mesma, anos mais tarde, vendo esse mesmo vídeo e se lembrando dessa viagem com uma nostalgia desmedida. Adormece pensando nos últimos versos da música, gosta muito deles:

> *Essa voz que me pede silêncio*
> *Se você partir, nunca peça o troco.*
> *Essa voz que me pede silêncio*
> *Se você partir, nunca peça o troco.*
> *Se havia marcas no rio*
> *Se havia mar, não havia final*
> *Se havia marcas no rio*
> *Se havia mar, não havia final*

Como era de esperar, durante os quatro dias em Valparaíso Pru recebe inúmeras declarações de amor à primeira vista, mas se apaixona mesmo pela cidade, que pensa ser muito grosseira e ao mesmo tempo acolhedora, belamente perigosa, selvagem, e até acha que os onipresentes *quiltros* daquele porto são mais bravos e mais felizes que seus colegas santiaguinos. Quer ficar ali, mas precisa voltar a Santiago para as últimas entrevistas. Quando desce do ônibus, a cidade parece mais triste, pensa que não faz sentido tantas pessoas morarem em Santiago: é como se quisessem se esconder do mar, pensa.

No dia seguinte, fala por horas com Armando Uribe, um

poeta de quase oitenta anos que tinha prometido nunca mais publicar um livro enquanto Augusto Pinochet continuasse no poder, e durante os dezessete anos de ditadura cumpriu com sua palavra. Desde que voltou ao Chile, em 1990, publicou mais de trinta livros. O poeta vive recluso em seu apartamento desde a morte da esposa, alguns anos atrás. É um senhor que fuma de maneira incessante, alternando aleatoriamente diversas marcas de cigarro. Pru começa a entrevista em espanhol, mas ele insiste em falar num inglês que a ela parece impecável, mesmo ele falando com o único dente que lhe resta.

Além de poeta, o homem foi diplomata e depois se dedicou a escrever sobre a intervenção norte-americana para derrubar o governo de Salvador Allende, tema pelo qual Pru se mostra interessada, de modo que o poeta se estende no assunto, e seu relato é tão apaixonado, cru e contundente que ela começa a ficar angustiada.

De repente, ouve-se a música de um tocador de realejo, que, ao que parece, para todas as manhãs diante do edifício em cujo segundo andar o poeta mora.

— A senhorita me desculpe — diz Uribe, em espanhol, e se levanta com uma jovialidade quase inverossímil. Abre a janela, cumprimenta o tocador de realejo enquanto procura em seu bolso umas moedas que depois arremessa para ele.

O poeta retoma a conversa, que agora versa sobre Ezra Pound e T.S. Eliot e outros poetas de língua inglesa. O papo é animado e, apesar de seu tom taxativo, Pru acha seu entrevistado particularmente gentil, mas a música do realejo os interrompe mais uma vez.

— A senhorita me desculpe — volta a dizer o poeta, e de novo se levanta, abre a janela e arremessa umas moedas.

O poeta se senta e diz:

— Pelo visto, ele achou que tinha sido pouco dinheiro.

* * *

    A penúltima entrevista é uma conversa delirante e cordial na casa de Aurelia Bala, uma poeta-performer em seus cinquenta anos, artificialmente loira e naturalmente enorme, famosa por sua vocação anticanônica ("para mim, Neruda, Huidobro, De Rokha, Parra, Lihn e Zurita são como um único machinho idiota, estridente e de pinto pequeno"). Em algum momento a poeta lhe oferece um biscoito de chocolate branco e maconha, Pru come menos da metade mas mesmo assim lhe sobrevêm os famosos ataques de riso e uma fulminante e inesperada larica — Aurelia prepara para ela um tremendo omelete de espinafre e cebolinha, Pru o devora e depois dorme por vinte minutos, embora quando acorde sinta que dormiu três ou cinco horas. A anfitriã está em sua escrivaninha escrevendo com as duas mãos em dois cadernos diferentes. É impressionante, a velocidade é praticamente a mesma, talvez escreva um pouco mais devagar com a mão esquerda. Além disso, as mãos desenham letras diferentes, seria difícil de dizer qual é a mais clara ou a mais bonita. A poeta escreve dois poemas simultâneos e completamente distintos.

    — Quando você aprendeu a escrever com as duas mãos? — pergunta Pru.

    — Muito pequena, quase desde sempre — diz a poeta, com um pedantismo amável. — Todo mundo deveria ser ambidestro. Se todos soubessem escrever com as duas mãos, haveria alguma esperança pra esse mundo de merda, *culiado* — pronuncia com calculado rigor a letra *d* intervocálica do xingamento, e depois desata a chorar, mas apenas por quinze ou vinte segundos. Pru pergunta se pode tirar algumas fotos dela.

    — Não — diz a poeta, com doçura.
    — Desculpe.

— Não se preocupe, mas temos que parar com esse registrismo, porra. O registrismo vai acabar com todo mundo, é um flagelo de verdade.
— É pra eu me lembrar, gosto de tirar fotos pra me lembrar.
— Você tira fotos porque sabe que nunca vai voltar. Você não quer me ver nunca mais, porque acha que eu sou intensa demais, todo mundo pensa isso. E porque me deseja.

Pru não sabe o que responder. Limita-se a olhar para ela.

— Fique pra dormir, quer fazer sexo? — a poeta lhe oferece sexo exatamente no mesmo tom com que antes ofereceu o biscoito.

Pru sorri, intimidada, e nega com a cabeça.

— Então vá embora, que estou trabalhando.

Aurelia Bala a acompanha até a porta e, ao se despedir, Pru fica tentada a perguntar se além de ambidestra ela é bissexual, pensa que é uma informação jornalisticamente relevante, mas não tem coragem.

A última entrevista acontece na terça-feira à tarde, embora fosse impróprio classificá-la como uma entrevista, porque Pru basicamente se entretém brincando com os gêmeos de dois anos de Bernardita Socorro, uma poeta de cabelo curto e loiro. Falam muito, mas quase nada sobre poesia.

— Quando eles eram mais novos, eu dormia quase todas as noites chorando. E tinha que chorar baixinho pra não acordar os dois. E acho que eles percebiam e quando acordavam choravam baixinho também. Ainda hoje, se comparados a outras crianças, eles choram baixinho, é uma coisa muito estranha.

— Ou seja, você ensinou os dois a chorar.

— Claro!

Com repentino entusiasmo, a poeta anota algo, talvez o começo de um poema, na mesma cartolina em que um dos gêmeos desenha com giz de cera azul. O outro dorme placidamente nos braços de Pru.

Por esses mesmos dias, Pato consegue que sejam convidados para uma festa na casa de Eustaquio Álvarez, um poeta-editor. Vicente avisa Pru por telefone, na esperança de, por assim dizer, recuperá-la. Pru diz que não pode acompanhá-lo, mas ele insiste, porque há um rumor de que Nicanor Parra iria à festa. Ela diz que é impossível que um senhor de noventa e nove anos viaje de Las Cruces até Santiago para ir a uma festa. Ele responde que não é tão difícil assim, porque Nicanor Parra tem uma casa ou mais de uma casa em Santiago, e ao que parece tem uma relação próxima com o organizador da festa. Ela diz que de todo modo irá conhecer Nicanor Parra em breve, graças a Gerardo Rocotto, que é amigo de um amigo de uma filha de Nicanor. Diz que irão juntos a Las Cruces na próxima terça.

Vicente fica pensando que realmente seria muito estranho um senhor de noventa e nove anos, com certeza à beira da morte — porque um senhor de noventa e nove anos só pode estar à beira da morte —, ir àquela festa. E pensa que talvez pudesse ir junto com Pru nessa visita a Las Cruces. Sou amigo de uma gringa que é amiga de um professor que é amigo de um amigo da filha de Nicanor, pensa Vicente, com uma autocompaixão bem-humorada, mas depois sintoniza novamente seu ciúme dirigido a Rocotto. E então odeia um pouco todos eles, não apenas Rocotto, mas também Parra e a filha de Parra e o amigo da filha de Parra. Quando se encontra com Pato, ele explica que o Parra que viria à festa é o poeta Sergio Parra, dono da livraria Metales Pesados, e não Nicanor Parra. Diz que como assim ele foi achar que, do alto de seus noventa e nove anos, Nicanor Parra iria pegar um ônibus lá de Las Cruces para ir a uma festa em Santiago. Vicente pensa que se ele tivesse noventa e nove anos iria a todas as festas a que fosse convidado e até tentaria dançar e se embebedar, mesmo que sua vida corresse perigo. E pensa que quer conhecer Sergio Parra, a quem muitas vezes viu na livraria, e a quem admira, embora nunca tenha tido coragem de falar com ele, justamente porque o admira.

Vicente e Pato chegam à festa às onze da noite, não querem demonstrar ansiedade. Para surpresa de Vicente, Pru está num canto, cercada por Rocotto e outros abutres. Pru explica sua presença: tinha se comprometido a ir a uma festa que pensava ser outra festa e não a mesma festa. Vicente se desculpa e diz que se confundiu, que o Parra que ia se chama Sergio e é o dono da livraria Metales Pesados, e que Sergio e Nicanor não são parentes. E, para se mostrar um pouco importante pelo menos, Vicente diz que, quando Sergio Parra chegar, ele pode apresentá-lo a ela. Ela diz que sabe que Nicanor e Sergio não são parentes, e que conhece bem Sergio, foi várias vezes a sua livraria. E ele já chegou, acrescenta Pru, depois de uma espécie de pausa dramática, apontando para um canto onde de fato está Sergio Parra, com seu característico terno preto e seu anel em forma de golfinho no anular direito. Pru diz que Sergio Parra tem um quê de Bob Dylan, mas um poeta-crítico escuta essa afirmação e se intromete para dizer que ele se parece mais com o cantor mexicano Emmanuel. Pru vê fotos de Emmanuel em seu celular e não concorda e fica conversando sobre o look de Sergio Parra com o poeta-crítico.

— E você também é poeta — Roncotto pergunta a Vicente, gentil, para puxar conversa.

— Eu sou alguém que não quer falar com você — diz Vicente, copo na mão, surpreso com sua própria hostilidade.

Além dos poetas-críticos, dos poetas-editores como Eustaquio Álvarez e dos poetas-livreiros como Sergio Parra, há na festa uma multidão de poetas-professores, poetas-jornalistas, poetas--romancistas, poetas-tradutores e uns quantos bardos dedicados a ofícios menos literários (um designer que trabalha numa loja de bebidas, dois agentes de pesquisas, uma professora de jardim de infância, uma tatuadora, duas sociólogas, duas telefonistas, dois DJs, um psicólogo educacional, um cabeleireiro, um advogado que também é bombeiro e que deixou todo mundo de saco cheio com suas analogias entre escrever poemas e enfrentar as chamas de um incêndio). Não há muitos não poetas, mas há alguns, como a própria Pru, que nunca estivera nem perto de escrever um poema, e o professor Rocotto, que, embora escrevesse uns versos em sua juventude, teve o tino de não publicá-los. A proporção homens/mulheres, entretanto, é alarmante: apenas umas vinte das quase sessenta pessoas espremidas na sala são mulheres. Pru também se surpreende, dessa vez positivamente, com a variedade etária: talvez predominem os quarentões, mas também há garotos jovens como Pato e Vicente e senhores de sessenta para cima (nenhum de noventa e nove, em todo caso). Parece, de algum modo, uma festa de família, com avós, pais e filhos amontoados na sala de uma casa não muito grande nem muito limpa, embora timidamente embelezada pelas estantes cheias de livros, quase todos com lombadas finas, porque quase todos são livros de poesia.

Vicente observa Pru de canto de olho, cercada por oito poetas alfa que disputam sua atenção. Está triste e apagado, enquanto Pato, obviamente, brilha: está como pinto no lixo, conversa e faz piada com todo mundo, usa frases compridas, cheias de orações subordinadas, que lhe permitem exaltar, de passagem, seus próprios méritos ("essa revista vai justamente publicar uns poeminhas meus"). Embora esteja em pleno networking, de repente olha para Vicente e se aproxima dele para dar seu apoio. Vicente quer se embebedar como nunca na vida; queria, diz a Pato, que a gringa fosse embora de sua casa, queria abrir a porta do cômodo e encontrá-lo vazio.

— Pra você deitar no colchão chorando e bater uma punheta pensando nela? — pergunta Pato, debochado.

Vicente olha para ele com raiva, mas pensa que se abrisse a porta daquele quarto vazio faria exatamente isto, desataria a chorar e bateria uma punheta, claro que sim.

Um poeta de bermuda pega o violão e canta uma música do Los Prisioneros, mas em homenagem a Pru canta em inglês (*"Like another skin/ another flavour/ like other hugs/ and another smell"*), e depois uma de David Bowie, mas em espanhol ("O tempo pega um cigarro/ e o coloca em sua boca"). Em tese está improvisando, mas realiza o número com tanta fluidez que parece ter ensaiado muitas vezes. Eustaquio Álvarez pede silêncio e, como ninguém percebe, volta a pedir em seguida, agora imitando a voz telúrica e rouca do poeta Gonzalo Rojas. Consegue captar a atenção geral, de modo que prossegue com a imitação recitando "Ao silêncio", um dos poemas mais conhecidos de Gonzalo Rojas, que assim caricaturizado, é claro, perde parte de sua beleza:

Oh, voz, única voz: todo o vazio do mar,
todo o vazio do mar não bastaria,
todo o vazio do céu,
toda a cavidade da beleza
não bastaria para te conter...

Outro poeta que usa até com bastante dignidade uns óculos ridículos interrompe o dono da casa com uma imitação de Armando Uribe que é tão boa que Pru reconhece o poeta de oitenta anos que acaba de entrevistar, embora o Uribe imitado fale em espanhol e com todos os dentes. O dono da casa e o poeta dos óculos ridículos seguem competindo com imitações de Pablo de Rokha, Enrique Lihn, Nicanor Parra e Jaime Huenún. Outro intervém e imita Zurita lendo apaixonadamente uma lista de supermercado, e depois alguém imita Neruda e recebe múltiplos olhares de desdém, porque o odioso tom monótono nerudiano é muito fácil de imitar.

Vicente se senta junto a Sergio Parra, que observa a cena em silêncio, com o desprezo e a distância desenhados no derrame de seus olhos.

— É isso que esses imbecis são, um bando de cantores de caracoê, olhe como ficam felizes, estão se esbaldando — diz Parra.

Vicente está prestes a dizer a Parra que a palavra é *caraoquê* e não *caracoê*, mas para quê? Está feliz de falar com Parra. Pensa que seu interlocutor inesperado está bêbado, mas em seguida repara que ele está tomando cerveja sem álcool. Justo então ocorre um oásis de relativo silêncio, que Sergio Parra aproveita para se erguer e gritar, com uma cólera serena, mais ou menos a mesma coisa que acabara de dizer a Vicente:

— Isso que vocês estão fazendo é pura e simplesmente um caracoê. Vocês são a geração do caracoê.

— É caraoquê, idiota! — várias pessoas o corrigem, em uníssono, e Vicente se arrepende de não tê-lo corrigido antes.

— Caraoquê, caracoê, é a mesma imbecilidade. Vocês são isso, o caraoquê da poesia, não têm nenhuma ideia na cabeça.

— Relaxa, Parrinha — várias pessoas dizem. É assim que seus amigos o chamam, Parrinha, o que Vicente pensa ser ofensivo.

Depois vem uma segunda interpelação que aparentemente é uma homenagem: o poeta dos óculos lamentáveis se lança a recitar um poema do próprio Sergio Parra, e a imitação também é excelente, embora o ridiculize além da conta. Parra recebe a imitação com humor, sorri com um gesto de desdém calculado, talvez acentuado por sua semelhança física com Bob Dylan ou com o muito menos famoso cantor mexicano Emmanuel ou com os dois ou com nenhum. Parece que tudo vai ficar nisso, mas um poeta muito gordo se aproxima e fica a dez centímetros do rosto de Parra (o que é, obviamente, uma provocação, e também uma desgraça, se considerarmos a observação de Pru sobre a tendência ao mau hálito nos poetas chilenos) e diz, ou melhor, crava nele, salivando:

— Seus livros não valem porra nenhuma.

Uma confusão de empurrões é armada. Sergio Parra leva vantagem, em tese, porque está completamente sóbrio, mas um sóbrio que briga com um bêbado costuma perceber a futilidade da briga, e além do mais Parra veio sozinho à festa e ficou sozinho por boa parte da noite; é amigo de todos eles, adora todos eles, lê todos eles, mas nesta noite decidiu ficar num canto, e a única pessoa com quem falou foi Vicente, que em todo caso, diante de uma eventual batalha campal, defenderia Sergio Parra, e não apenas por sua inata inclinação para a justiça, mas também porque o fato de alguém como Sergio Parra ter confiado seu comentário a ele antes de torná-lo público suscita em Vicente uma fidelidade instantânea, e assim, ainda que seja avesso às brigas e uma vez, aos quinze anos, tenha considerado seriamente a possibilidade de tatuar o símbolo da paz no peito (por sorte Carla não o autorizou), estaria disposto a se juntar às tropas mirradas de Sergio Parra.

No fim das contas, não vão além dos empurrões. Parra pega na geladeira as cervejas sem álcool que ele mesmo levara e, apesar dos gestos de aproximação, opta por ir embora; Vicente decide acompanhá-lo, por fidelidade e também porque pensa que essa saída enérgica lhe outorgaria certa aura de heroísmo que de fato Pru, meio em choque ao contemplar os acontecimentos, percebe. Ou melhor, percebe que Vicente parece formar parte desse grupo que poderia ser considerado representativo da poesia chilena, o que para ela não é algo necessariamente bom. Vicente nem sequer procura o olhar de Pru para se despedir.

Justo quando o clima beligerante ia terminando, irrompe na sala um poeta alto e raquítico, com o torso nu, o qual, pelo que disseram, tinha tentado cagar na cama do dono da casa. São dois poetas quarentões que o acusam, e há um terceiro bastante embriagado que não se sabe se apoia a acusação, mas não faz nada além de repetir, apontando para o poeta raquítico, em franco tom de *bullying*: "Com vocês, a sombra precária de Enrique Lihn, a sombra precária de Enrique Lihn, a sombra precária de Enrique Lihn". O poeta dos óculos ridículos aproveita o momento para acusar o raquítico de ter roubado dele, em outra festa, um livro de Nikos Kazantzakis, e como se essa acusação fosse muito mais grave que a de ter tentado cagar na cama do dono da casa (coisa que, aliás, o raquítico não nega, pelo contrário, diz que estava fazendo uma ação artística) ou a de ser a sombra precária de Enrique Lihn (tampouco nega essa, simplesmente ignora o acusador), ele se lança contra todos distribuindo socos e chutes a torto e a direito.

Pru está num canto, perto de Rocotto, que a abraça de modo protetor. Está assustada, mas sua veia jornalística é mais forte: quer entender a briga, ou ao menos identificar os bandos, mas não é fácil, porque em poucos segundos parece que estão brigando todos contra todos.

— Você monopolizou o José Emilio Pacheco em 1999, filho da puta — diz de repente um poeta de barba comprida e grisalha para Eustaquio Álvarez, que até o momento tinha conseguido milagrosamente se manter à margem, mas agora recebe um soco na fuça.

É uma mágoa antiga, em nada relacionada aos excessos do poeta raquítico: com efeito, nos últimos meses do século XX, José Emilio Pacheco passou vários dias em Santiago e Eustaquio Álvarez foi seu anfitrião, e era praticamente impossível ter acesso a Pacheco sem sua permissão. Essa não era nem foi a última visita a Santiago do poeta mexicano, que tampouco era considerado exatamente uma estrela do rock, mas houve poetas, como o da barba comprida e grisalha, que ficaram ressentidos, e o rumor de que o dono da casa era um monopolizador de visitas ilustres (na verdade só tinha monopolizado Pacheco, mas sabemos que os rumores tendem a generalizações) se instalou para sempre no agitado meio da poesia chilena.

Eustaquio Álvarez fica nocauteado no chão por uns segundos, com diversos amigos fiéis tentando reanimá-lo. Um poeta gay se apressa em fazer respiração boca a boca nele, o que não parece necessário — os primeiros socorros se tornam um beijo de língua e a seguir Álvarez se põe de pé, os convidados ficam em silêncio e Pru pensa que o anfitrião vai decretar o fim da festa, porém ele grita, em vez disso, imitando de novo a voz solene do poeta Gonzalo Rojas:

— Que a festa continue!

E a festa continua, sim: incrivelmente a festa volta à normalidade, não ficam marcas nem rescaldos das brigas, e há uns dez entusiastas tardios dançando "Sympathy for the Devil", mas o grupo se multiplica quando toca "Estrechez de corazón". Pru dança e conversa aos gritos com todo mundo, recebe conselhos e recomendações de livros, o que a deixa um pouco incomodada, pois o que ela quer é observar e escutar (e dançar), mas ainda assim desfruta um pouco do protagonismo. Recebe uma mensagem de Vicente ("tive que ir embora com o Sergio, desculpe"), que ela responde logo ("estou um pouco trista porque você foi embora, mas estou curtindo aqui"). Vicente responde: "Se diz *triste*".

Às três da manhã, Gerardo Rocotto decide ir embora e tenta convencer Pru a ir com ele, mas ela prefere ficar, um pouco por inércia e curiosidade, mas também porque não tem certeza das intenções de Rocotto nem de suas próprias intenções. Rocotto, chateado, retira-se.

Pru vai até a cozinha com a saudável intenção de pegar um copo d'água gigante. O dono da casa está mexendo uma panela imensa, tendo a seu lado uma mulher que o observa cozinhar com exagerada atenção, como se em vez de uma simples sopa de aspargos de saquinho o homem estivesse preparando uma beberagem das mais originais e misteriosas.

A mulher se chama Rita, tem cerca de cinquenta anos, o cabelo comprido e branco, e é extraordinariamente alta. Pru fica olhando para ela até que Rita nota sua presença.

— Todo mundo está doido pra sair na sua matéria — diz Rita. — Quer sopa?

— Quero.

Eustaquio Álvarez serve duas tigelas e bebe um pouco ele também, diretamente da concha de servir, antes de soltar um prolongado bocejo. Rita pega na geladeira uma garrafa de *cola de mono* e serve um copo para Pru. O dono da casa volta à sala, onde restam poucas pessoas. Pru pensa que é contraditório tomar a sopa quente, que poderia cortar a embriaguez delas, junto com essa bebida tão gelada, enjoativa e selvagem. Rita não pensa o mesmo, porque alterna sorvos tímidos de sopa com tragos longos de *cola de mono*, e de fato logo se serve outro copo. As mulheres vão até o pátio. Rita acende um cigarro e fuma olhando para o céu estrelado. Oferece um trago a Pru, que agradece, mas diz que não fuma desde a adolescência.

— Eu também não fumo quando estou fora do Chile — diz Rita. — Mas eu nunca saí do Chile.

Pru sorri, aceita o trago e, embora saiba que ao voltar a fumar depois de tanto tempo vai tossir e provavelmente achar horrível, mesmo assim fica surpresa de quão horrível acaba sendo a experiência. Tosse como uma tuberculosa, Rita tenta ajudá-la, dá uns tapinhas inúteis em suas costas. Pru toma um gole grande de *cola de mono*, na falta de água. Voltam à sala, são três ou quatro da manhã, o dono da casa está no sofá abraçado ao violão e roncando como num desenho animado, enquanto, a seu lado, os poetas discutem apaixonadamente sobre a palavra *ternura*. O poeta de barba grisalha está sentado no chão absorto numa partida de Snake II em seu celular quase obsoleto. O poeta raquítico, ainda sem camiseta, fala tranquila e eloquentemente com o poeta reanimador de mortos sobre um filme de Lee Chang--dong. Tania Miralles — a poeta que aprendeu inglês ouvindo Radiohead — acaba de chegar e cumprimenta Pru como se a conhecesse desde sempre e depois acende um tubo enorme que começa a sugar com tragadas ansiosas. Um poeta velho, o único vestido de terno e gravata na festa, bebe um copo d'água olhando por uma janela numa pose que demonstra desencanto, quase como se estivesse esperando que alguém o fotografasse. Um poeta muito bêbado se olha num pequeno espelho de mão enquanto canta com desafinada melancolia uma música do Los Bunkers, "No me hables de sufrir". Pato, num canto, com os rastros do vinho tinto estampados nos lábios, joga em total silêncio uma partida de xadrez. Pru se aproxima dele.

— Está jogando sozinho?

— Sim, mas me identifico com as pretas — diz Pato.

— E está ganhando?

— Não. As brancas estão tirando meu couro.

Pru fica olhando a partida e pensa que na verdade não, quem está ganhando são as pretas. Depois volta para perto de Rita, tomam mais um pouco de *cola de mono*.

— Não entendo por que não expulsaram aquele poeta magrinho e esse barbudo — comenta Pru, ainda impressionada com a briga e também surpresa consigo mesma, por ter ficado.

— Como é possível eles continuarem na festa?

— É que eles são amigos — diz Rita. — Muito amigos.

— Não dá pra acreditar — diz Pru, como se falasse consigo mesma.

— Alguns deixam de ser amigos por uns anos mas depois se reconciliam e continuam como se nada tivesse acontecido. Ou sei lá, estou falando por falar.

Rita quer ir embora e oferece uma carona a Pru. É perigoso e desnecessário, porque a mulher está visivelmente bêbada, mas Pru aceita. O carro é um Fiat pequeno, de cor laranja, Rita mal cabe no banco. Pru pensa que a motorista parece cômica e ao mesmo tempo majestosa. No espelho retrovisor há um crucifixo pendurado.

— Você é católica?

— Por causa do crucifixo? Não, é que o carro é do meu filho mais velho.

Pru quer perguntar quantos filhos ela tem, se mora com eles, e se esse filho mais velho é tão alto quanto ela. Pergunta, em vez disso, se é poeta. Ela diz que não, mas que gosta de se encontrar com poetas, porque é um mundo divertido. Ficam caladas. Por um momento, só se escuta o ruído do motor enquanto avançam pelas ruas vazias.

— É um mundo divertido, mas cansativo — diz Pru, para retomar a conversa. — Todo mundo é muito intenso.

— Mas é um mundo melhor. Um pouco. Um mundo mais genuíno. Menos chato. Menos triste. Quero dizer, o Chile é classista, machista, rígido. Mas o mundo dos poetas é um pouco menos classista. Só um pouco. E por último, eles acreditam no talento, talvez acreditem demais no talento. Na comunidade. Sei lá, são mais livres, até os riquinhos são menos metidos. Se misturam mais.

— Mas mesmo assim são muito machistas.

— Pra caralho.

— Tinha poucas mulheres na festa.

— É que nós, mulheres, vamos a festas muito melhores — diz Rita. — Eles são meio chatos, meio desagradáveis e uns urubus insuportáveis.

— Os homens ou os poetas?

— Os homens. Os poetas também, mas gosto mais deles. É um mundo melhor mesmo. Os poetas são mais toscos e genuínos. Trabalham com as palavras, mas não sabem nem falar.

— Eu entrevistei muitos deles, e me pareceu que sabiam falar, sim.

— Eles sabem dar entrevistas, sabem falar do que fazem, conseguem dar uma leve engambelada, mas quando você os afasta da poesia, ficam gagos, parece. É por isso que escrevem poemas, porque não sabem falar.

Pru está quase dormindo, mas acorda completamente com uma freada de Rita ao chegar a um semáforo vermelho. Se eu não estivesse com o cinto de segurança, pensa Pru, teria dado com a cabeça no vidro. Rita se desculpa. Diz que está muito bêbada, que não deveria dirigir, que a *cola de mono* devia ser proibida, porque engana, porque é traiçoeira. Abre a janela e tenta acender um cigarro, mas não consegue firmar a mão e desiste. Pru se oferece para dirigir e Rita aceita, inesperadamente. Param o carro, trocam de assento. Pru não dirige há muitos anos, nunca dirigiu em Nova York. Está nervosa, mas em duas quadras começa a achar prazeroso, e gosta também de saber ou meio que adivinhar o caminho de casa. Pru pensa que faz anos que não fuma, que faz anos que não dirige. Rita leva a mão ao rosto, ainda envergonhada pela freada.

— Entre um pouco, pra esperar passar a bebedeira — diz Pru.

Pede que entrem em silêncio, leva-a pela mão através da cozinha. Uma vez no quarto, Rita se deita na cama com naturalidade, quase com alegria.

— Gosto de colchões assim — diz. — As pessoas agora compram uns colchões moles que são horríveis pras costas. O chileno adora colchões moles. Esse aqui é perfeito.

Depois desata a falar sobre o tempo em que trabalhava numa loja de artigos diversos, com vinte e um anos, na seção Dormitório. Diz que era o trabalho ideal, que inclusive às vezes, no inverno, faziam turnos para tirar uns cochilos. E que chegou a saber muito sobre colchões, que ainda sabe muito sobre colchões, embora desde então a tecnologia tenha mudado muito.

Pru se deita ao lado dela. Rita conta que também é jornalista, mas trabalha vendendo seguros de vida. E que tem três filhos, dois homens e uma menina, a menina tem doze anos, o do meio tem vinte e o mais velho, vinte e dois. Diz que nunca foi apaixonada pelo marido. Diz que ele dorme com outras mulheres e que ela também dorme com outras mulheres. E com outros homens, mas só às vezes. Diz que os homens não sabem trepar e que todas as mulheres, sem exceção, sabem. Diz que a vida, para ela, está terminada. Pru pergunta a que ela se refere.

— A isso — responde Rita. — Que está terminada, que nada vai mudar.
— E você quer que algo mude?
— Sim. Quero que tudo mude, minha vida e a das outras pessoas. Mas nada vai mudar.
— Eu quero que quase tudo mude — diz Pru. — Tudo.
Rita vai ao banheiro, molha o rosto. Depois olha para os livros franzindo o cenho, como se estivesse resolvendo palavras-cruzadas.
— Quem mora neste quarto?
— Um poeta — diz Pru.
— Ah, claro.
Rita olha as fotos, detém-se no retrato de Camila Vallejo e dá um beijo nele.
— Que mulherão — diz.
Pru gargalha.
— E seu filho mais velho é católico? — Pru lembra de novo do crucifixo.
— É que quase todo mundo é meio católico no Chile, de alguma forma — diz Rita. — Eu não. Ou talvez sim, mas disfarço bem. Meu filho mais velho não disfarça. Por isso é que gosto dos poetas.
— Porque os poetas não são católicos?
— Não — diz Rita, taxativa. — Quero dizer, os poetas são poetas. São crentes, mas em outras besteiras.
Rita pergunta se Pru tem cocaína ou maconha ou uísque ou cerveja. Pru diz que não para tudo. Rita bebe muita água da torneira e volta a se deitar no colchão. Adormece. Pru se aconchega perto dela e apaga a luz. Dormem abraçadas, como colegas de turma ou como velhas amigas, seus roncos funcionam como um diálogo exausto de perguntas e respostas. Pru a acompanha até a porta, parece que não há ninguém em casa. Ambas

sabem que não voltarão a se ver, e olham uma para a outra com alegria ou com gratidão e se abraçam sem tristeza.

Enquanto tenta dormir um pouco mais, Pru pensa que vai comprar um carro bem pequeno e um crucifixo para pendurar no retrovisor. Imagina-se dirigindo o carro sozinha, pelas ruas de uma cidade que não é Santiago do Chile nem Nova York nem qualquer cidade que ela conhece. E pensa que, dirigindo sozinha por essa cidade desconhecida, será completamente feliz.

À tarde, fica com vontade de ver Vicente. Imagina que caminham juntos por algum desses parques sem esquilos e olham para as árvores em silêncio e depois começam a falar por horas, sobre qualquer coisa. Procura-o com ansiedade, não está em casa. Espera por ele, fica na sala lendo. Carla volta do supermercado, oferece umas bolachas com queijo brie, abre uma garrafa de vinho e diz que Vicente saiu de férias.

— E quando ele volta? — pergunta.

— Não sei. É verão, todos os amigos dele estão de férias. Não sei se ele foi pra praia, pra Cajón del Maipo ou pro Sul.

— Queria vê-lo — diz Pru, involuntariamente, como se pensasse em voz alta.

— Imagino que você queira se despedir — diz Carla —, porque você já deve estar de partida.

— Falta pouco pra eu terminar, mas ainda não sei quando volto pra Nova York.

— Bem, eu sei — diz Carla, enquanto amarra o cabelo numa pose despreocupada. — Você volta em breve, muito em breve. Amanhã, depois de amanhã. Daqui a cinco dias, uma semana, no máximo.

Acaba de ser expulsa e está furiosa, em parte porque entende os motivos de Carla. Sua reação instintiva seria ir embora da casa imediatamente, mas quando se acalma decide ficar mais uns dias, porque precisa esperar até terça para entrevistar Nicanor Parra. Sente-se como uma adolescente, e odeia isso. Liga para a companhia aérea e confirma sua passagem para a quarta--feira.

Rocotto não se interessa pela obra de Nicanor Parra, e se incomoda sobremaneira com o culto ao personagem — fala muito mal dele, é quase tudo o que faz durante as duas horas de viagem até o Litoral dos Poetas: diz que sua obra é superestimada, faz pouco dos amigos de Parra, que segundo ele conformam uma máfia organizada que controla os meios de comunicação. Diz que visitar a casa de Parra é como um ritual de passagem para os poetas chilenos. Que muitos o idolatram e outros o detestam, mas que mesmo assim vão conhecê-lo, como quem peregrina até o altar de um santo, e que Nicanor Parra é qualquer coisa menos santo.

— Já faz muitos anos que tudo o que o Parra faz é escrever piadinhas — sentencia Rocotto.

— Mas ele tem noventa e nove anos — diz Pru.

— E o que tem?

— Bom, se eu tivesse noventa e nove anos talvez quisesse ser capaz de escrever umas piadinhas.

— Mas todo mundo celebra essas coisas como se fossem palavras do Oráculo.

— Então o Parra não é o poeta vivo mais importante da poesia chilena? — pergunta Pru, um pouco cansada de Rocotto.

— Claro que sim, da poesia chilena e talvez também da poesia em língua espanhola, mas isso não importa.

— Parece que estou te obrigando a fazer algo muito desagradável — diz Pru.

— Não, claro que não é desagradável — diz Rocotto, tentando fazer com que sua voz soe mais profunda. — Sempre é agradável estar com você.

Em frente à praia Chica de Las Cruces, que está lotada, Pancho, o amigo da filha de Nicanor Parra que é amigo de Rocotto, espera por eles. Pancho mora em Santiago, mas está em Las Cruces para passar o verão — entra no carro e indica o caminho até a casa de Parra, onde são recebidos por Rosita, a babá-enfermeira-assistente de Nicanor, uma mulher pequena, de sorriso ocasional e uma atitude de permanente desconfiança. Pancho se apresenta, diz que já esteve muitas vezes com Nicanor, Rosita diz que não se lembra. Enquanto dura o cabo de guerra, Pru pensa que a casa é pequena: depois de ouvir tantas fofocas sobre Parra e sobre os poetas chilenos, imaginava que o poeta morasse numa mansão e que o balneário de Las Cruces fosse mais exclusivo que Malibu.

Nisso chega providencialmente Colombina, a filha mais nova do poeta, que cumprimenta Pancho com um abraço e diz para esperarem uns minutos.

— Achei que você tinha marcado a entrevista — diz Pru para Rocotto, que encolhe os ombros.

— É sempre assim — responde Pancho —, não se preocupe. Mas lembre que não é uma entrevista, você não pode gravar.

Pouco depois aparece o próprio Nicanor. Caminha lentamente, mas com firmeza. Em alguns momentos parece que vai perder o equilíbrio, mas trata-se de sua maneira de caminhar.

— A quem vocês procuram? — pergunta Nicanor.

— Nicanor Parra — responde Pancho, entrando na onda, e Pru não entende nada.

— Ah, o seu Nicanor está dormindo, ele passa o dia todo dormindo — diz Nicanor.

— É que a gente queria acordá-lo — diz Pancho.

— É que ele já tem noventa e nove anos, hã? Se você tivesse noventa e nove anos, com certeza passaria o dia todo dormindo, não?

— Acorde logo o seu Nicanor, queremos conversar — diz Pancho.

— Se você está mandando, então tudo bem.

Nicanor abre a porta cerimoniosamente, dá um abraço em Pancho, cumprimenta Rocotto e Pru com um ligeiro movimento de mãos e um sorriso meio cordial e meio distante. Acompanha-os até o terraço e desaparece por vinte minutos. Volta com um jornal aberto.

— Por isso você me parecia conhecida — diz Nicanor, apontando para uma foto de Britney Spears no jornal. — Você é aquela que deu um beijo na Madonna? Eu também teria dado um beijo na Madonna! A Madonna é coisa séria, hã?

— Obrigada, Nicanor — diz Pru —, mas não sou a Britney Spears, lamento decepcioná-lo.

— Mas você não é jornalista, certo? — responde Nicanor.

— Claro que não — diz Pru, brincalhona —, odeio jornalistas.

— Eu não os odeio — diz Nicanor, e em seguida acrescenta, como que soletrando —: eu os in-ve-jo.

— E por que os inveja?
— Porque é o trabalho ideal. Eles per-gun-tam, só isso. E ninguém pergunta nada de volta. Eu gostaria de fazer isso. Perguntar. Eu quero perguntar! E que ninguém me pergunte nada! Todas as perguntas são agressivas. As pessoas tinham que conversar e pronto. Mas os jornalistas perguntam porque esse é seu tra-ba-lho. O melhor trabalho do mundo!

Colombina se senta perto do pai, e Rosita também chega com umas taças de vinho tinto.

— Ela é a verdadeira antipoeta — diz Nicanor, apontando para Rosita. — Eu copio tudo dela!

Nicanor não olha para Rocotto, que tenta conversar com Rosita e Colombina e parece muito tenso. Só depois de meia hora o poeta parece notar a presença do catedrático.

— A você, eu gostaria de pedir um favor — diz.

— Diga-me — responde Rocotto, surpreso.

— "A antipoesia de Parra já foi totalmente su-pe-ra-da" — diz Nicanor.

A citação provém de um artigo de Rocotto, que fica paralisado, incomodado, mas também lisonjeado: acha incrível que Nicanor Parra tenha lido um artigo seu.

— O que eu queria dizer era que...

— Mas não se preocupe, você tem razão! Eu fui completamente superado!

— Então quer dizer que...

— É por isso, professor Rocotto, que eu queria lhe pedir um favor.

— Diga-me.

— A duas quadras daqui vendem um *arrollado** que é o melhor da região. Vá lá comprar um pra mim. Se você andar

---

* *Arrollado de huaso*: espécie de "enrolado de porco", prato típico chileno.

umas quadras mais, tem um supermercado bem pequeno onde vendem bons tomates. Gosto dos mais madurinhos.

Nicanor enfia com dificuldade a mão no bolso e tira uma nota de dez mil pesos. Rocotto olha para os demais em busca de solidariedade, mas estão morrendo de rir, sobretudo Colombina.

— Lembre-se de trazer o troco, por favor — diz Nicanor.

— Claro — responde Rocotto, de má vontade, e não tem outro remédio além de sair para comprar.

As risadas continuam, mas Nicanor, como todo bom humorista, permanece sério. Depois pede que ponham para tocar baixinho umas *cuecas*, e acompanha o ritmo perfeitamente batendo com as palmas das mãos nos joelhos. Quando a música acaba, Pru pergunta ao poeta se pode gravar a conversa.

— Claro que não!

— Tinham me dito que eu não poderia gravar, mas mesmo assim queria perguntar.

— Quer dizer, você pode me gravar sempre e quando eu não perceber.

— Ou seja, não posso gravá-lo.

— Pode me gravar, mas escondido. Já ouviu falar do Auden?

— O poeta? W. H. Auden? — Pru enfia a mão no bolso para ativar o gravador.

— Isso. O Auden foi meu professor. Era um bom professor. Ele também era contra gravadores.

— Ah, é?

— É, claro. Pelo mesmo motivo que eu. Se eu disser algo bom, algo que você poderia lembrar, então pra que ter um gravador? Se eu disser algo interessante, você se lembraria, hã? Eu tive aulas com o Auden, era um bom professor, o Auden.

Nicanor fala especificamente de uma aula de Auden sobre um soneto de Shakespeare. O professor tinha apagado uma palavra do soneto e pedia a seus alunos que adivinhassem qual era.

Nicanor conta que ele levantou a mão e disse imediatamente a palavra correta. Auden reagiu com estranheza e também contrariado, porque planejava desenvolver a aula exclusivamente em torno da ausência daquela palavra, e Nicanor tinha adivinhado de cara qual era.

— E sabe como eu adivinhei a palavra?

Pru imagina que a resposta não seja simples. Olha para Pancho, que continua ali, entre ausente e alegre.

— Porque eu tinha lido o soneto naquela mesma manhã! No café! Eu lia um soneto de Shakespeare todas as manhãs no café!

Quando Rocotto regressa, todos se sentam para almoçar o *arrollado* com tomate. Pru come apenas pão com tomate. Nicanor mastiga em silêncio, lentamente, trabalhosamente, e a cada tanto solta uma pergunta. De repente se anima e fala um pouco com Pancho, conversam sobre muitas pessoas em comum. Depois, na sobremesa, Nicanor lembra de Allen Ginsberg e Lawrence Ferlinghetti e cantarola a primeira estrofe da música "Dear Prudence". Também fala de Violeta Parra, a quem às vezes chama de "a Viola", e outras vezes "a Violeta Parra". Diz que pensa ser indigno continuar vivo quando quase todo mundo está morto. Diz que sua longevidade não encerra mistério algum. Diz que chegou aos noventa e nove graças a seu vício em vitamina C, mas sobretudo porque sua mãe o amamentou até os dez anos. Todos riem, mas ele explica que é verdade: como sua mãe continuava tendo filhos, sempre havia leite materno. Diz que às vezes não havia nada para comer, mas sempre havia leite materno.

Pru se levanta para olhar de perto a fotografia de Violeta e Nicanor pendurada na parede principal da sala. Nicanor a segue, e então ficam os dois olhando para a fotografia em silêncio, como num museu. Na foto, cada irmão está vestindo um poncho, e ele também um chapéu. Parecem sérios, o poeta curiosamente parece muito velho, embora fosse algo como cinquenta anos mais jovem que agora, mas a foto mostra um homem frágil, acabado. É uma cena cotidiana: Violeta, com uma concha na mão direita, serve algo para seu irmão, algo que para um chileno é claramente *vino navegado*, mas que Pru pensa ser talvez uma sopa, embora a xícara ou o copo lhe pareça muito pequeno para tomar sopa.

— Eu gostava de ser irmão da Violeta Parra — diz Nicanor, de repente, como num sussurro, como se falasse consigo mesmo. — Estava acostumado. Gostava muito.

Pru toma Nicanor pelo braço, ela mesma se impressiona com seu gesto familiar. Voltam à mesa.

— Na foto vocês estavam tomando sopa? — pergunta Pru.

— *Navegado* — responde Nicanor.

— O *vino navegado* é um vinho quente com casca de laranja, açúcar, cravo e canela. É algo bem de inverno, bem do Sul do Chile — explica Rocotto, em seu primeiro, e também último, aporte à conversa.

— Escute, Pru, o que você tem aí no bolso? — pergunta Nicanor.

— Nada — diz Pru.

— Será que não é um gravador?

— Claro que não. E você, o que tem aí nos seus bolsos?

— Eu tenho um lenço — responde Nicanor, sorrindo, claramente espirituoso. — É sempre bom andar com um lenço. É bem útil, serve pra tudo. Serve pra chorar e pra dançar *cueca*.

A seguir, tira o lenço, que de fato traz no mesmo bolso de onde tirou os dez mil pesos, e limpa a testa como se estivesse suando. Depois anuncia que vai dormir a sesta. Diz que se quiserem podem ficar e esperá-lo, que também podem dormir a sesta no terraço, ou que podem ir até a praia um pouco, para aproveitar o verão. Pru quer ir à praia e voltar para continuar falando com

Nicanor, mas Colombina diz que é melhor todos irem embora, porque seu pai está muito cansado, embora ele resista a admitir isso. Nicanor olha para Colombina e sorri como se tivessem acabado de se encontrar por acaso numa praça deserta.

Antes de se despedir, Pru tira de sua mochila um exemplar de *Poemas e antipoemas* que pegou no quartinho. Quer que Parra o autografe para Vicente, mas antes que diga isso Nicanor responde que pode assinar qualquer coisa, mas na próxima vez. Ela diz que não vai haver uma próxima vez, porque precisa voltar para os Estados Unidos. O poeta responde que não pensa em morrer ainda, então há tempo.

Enquanto Rocotto e Pancho, que tinham ficado com fome, comem uns *locos* meio duros no restaurante Puesta de Sol, Pru caminha pela beira-mar, não consegue acreditar como a água está tão fria. A praia está lotada, mas consegue se deitar na areia, adormece, acorda com uma bolada na cabeça e risadas anônimas. Ninguém se aproxima para pedir desculpas.

— Pena que você não veio de biquíni — diz um menino de dez ou doze anos, que pega a bola.

— Deixe a moça em paz — intervém uma garota de vinte, Pru pensa que deve ser a irmã mais velha do menino. — É uma turista, nem fala espanhol. Ou você fala espanhol?

Pru nega com a cabeça, levanta-se e caminha rápido até o restaurante. Fica com vergonha de ter sentido medo, de ainda estar sentindo medo. Fica com vergonha de não ter tido coragem de falar espanhol. Pancho e Rocotto estão tomando café, Pru pede uma infusão de camomila.

— O primeiro filho é a coisa mais incrível, aproveite — diz Pancho a Rocotto, ao se despedir.

— Você vai ter um filho? — pergunta Pru.

— Sim — responde Rocotto, olhando para a borra na xícara.

No caminho de volta a Santiago, ele não tem outra opção além de contar a Pru que tem uma noiva e que essa noiva está no sétimo mês de gravidez e que acabaram de se mudar para o apartamento que Pru conheceu. Pru não diz uma só palavra durante o resto do trajeto. Rocotto monologa por um tempo, ensaia explicações, até que por fim fica em silêncio. Pru pensa que deveria ter ficado na praia, jogando bola a tarde toda com aqueles meninos insolentes e tomando sorvete e falando espanhol.

Na manhã de seu último dia no Chile, Pru acorda com o pressentimento de que Vicente vai voltar e que pelo menos poderá se despedir, mas é puro *wishful thinking*. Escreve para ele, tem escrito todos os dias para ele, liga, procura-o no Facebook, mas ele não responde, é como se tivesse desaparecido. Às dez da manhã, sai e caminha por meia hora até o apartamento de Rocotto, para numa farmácia e, embora não lhe reste muito dinheiro, compra quatro pacotes de fraldas, que depois deixa para ele na portaria sem nenhum bilhete de despedida ou explicação.

Volta para casa, faz sua mala, ainda é meio-dia, o avião sai apenas perto da meia-noite. Vê suas anotações para o artigo, decidira começar a escrevê-lo apenas em Nova York, mas instintivamente abre um rascunho e avança rápido, porque gosta do tom que vai saindo, ligeiro, contundente, inesperadamente pessoal, em parte porque é o tom de uma despedida múltipla — uma despedida do Chile, e da poesia chilena, de Vicente, e daquele quarto de agregada, que para ela é, por ora, o único que tem. E também é uma despedida mais imprecisa, porque sabe que quando voltar para Nova York tudo será diferente. Sabe disso, teme isso, deseja isso.

Sente, enquanto escreve, uma segurança reconfortante; gosta de suas frases, de suas conclusões, que não são taxativas, pelo contrário, contêm um ar indeterminado, vacilante, um pouco como alguém que pensa em voz alta. Relê suas primeiras anotações e às vezes discorda de si mesma e adora isso, sempre gostou de mudar de opinião, talvez o que mais goste em seu trabalho seja o momento em que descobre que mudou de opinião. Pensa em Chaura Paillacar lidando com dores de cabeça e nos olhos esbugalhados do poeta sem nome e em Aurora Bala escrevendo com as duas mãos e em Floridor Pérez com seu filho Chile, a quem imagina como um adolescente tão magro e comprido como o país que lhe deu esse nome o qual quer trocar a todo custo. Pensa em Hernaldo Bravo, recém-atropelado, num hospital, escrevendo poemas eternos só por estar entediado, e nos gêmeos riscando incessantemente as paredes do apartamento pequeno e luminoso de Bernardita Socorro. Pensa na festa de Eustaquio Álvarez e se lembra das palavras de Rita e sente que é verdade, que o mundo dos poetas chilenos é um pouco menos estúpido e de todo modo mais genuíno, menos falso que a vida corrente dos que aceitam as regras e baixam a cabeça. Claro que há oportunismo e violência, mas também há verdadeira paixão e heroísmo e lealdade aos sonhos. Pensa que os poetas chilenos são cachorros vira-latas e que os cachorros vira-latas são poetas chilenos e que ela mesma é uma poeta chilena enfiando o focinho nas latas de lixo de uma cidade desconhecida — gosta de pensar em si mesma como uma poeta chilena, uma poeta chilena que não é poeta nem chilena, mas de algum modo sua peregrinação de jornalista em busca de oportunidades, o sonho sempre frustrado de publicar nas grandes revistas, ou ao menos de escrever uma reportagem notável e cabal, acabam por irmaná-la a esses homens e sobretudo a essas mulheres a vagar pelos becos do mito e do desejo. Sua vida em Nova York lhe parece, em retrospectiva, frívola, mas também é verdade que não quis simplesmente fazer qualquer coisa; sempre procurou, continua procurando algo, e mesmo que não saiba bem o que é, sabe que não tem a ver pura e simplesmente com o sucesso ou o reconhecimento; ela também é, de algum ponto de vista, uma figura meio heroica.

Termina o rascunho e ainda restam quatro horas; sem motivo algum, desfaz sua mala e volta a arrumá-la, com uma lentidão metódica. Observa minuciosamente, por um bom tempo, os livros de Vicente. Imagina-o organizando-os, quando voltar, relendo-os. Escreve para ele uma mensagem longa em espanhol, uma mensagem que lhe dá muito mais trabalho que o rascunho do artigo; recorre ao tradutor do Google e ao Wordreference.com e ao Linguee.com e não fica satisfeita com o resultado, mas precisa se despedir de alguma forma. Não parece exatamente uma mensagem romântica. Diz que queria ter se despedido pessoalmente, agradece sua amizade, mas fala, sobretudo, de Nicanor Parra e das palafitas e do cachorro Ben. Pergunta se ele já foi alguma vez a Chiloé. Diz que pensa que a poesia chilena é uma família enorme, com tataravós e primos de segundo grau, com pessoas que moram numa palafita gigante que às vezes flutua entre as ilhas de um arquipélago e há tanta gente dentro que deveria afundar, mas milagrosamente não afunda. Enfia a carta num envelope que dá a Carla.

— Claro que entrego a ele. Me perdoe. E perdoe meu filho — diz Carla, enquanto a ajuda a pôr a mala no táxi. — Ele se apaixonou por você!

Pru começa a rir, mas é um riso nervoso. Não ri, é claro, de Vicente. No caminho até o aeroporto pensa que ela também se apaixonou por ele, ao menos um pouco, e a ideia de não voltar a vê-lo lhe parece dolorosa. Pensa que uma amiga como a Jessye de antes lhe faria ver a insensatez de se apaixonar por um garoto chileno de dezoito anos, e de certo modo se alegra por não ter mais uma amiga como a Jessye de antes. Não saberia explicar nem negar o que sente. Gostava de olhar para Vicente, de falar com ele e de ouvi-lo. Muito. E isso é tudo, não há mais nada a explicar, não há mais nada a entender.

    E então Pru pensa em ficar no Chile, mas sua vida não é um maravilhoso filme ruim, de modo que entra no avião e eu fico com vontade de entrar junto com ela e acompanhá-la e segui-la, como o cachorrinho Ben, para todos os lugares, mas agora mesmo deve haver cerca de um milhão de romancistas escrevendo sobre Nova York, provavelmente enquanto escutam e cantarolam aquela música linda que diz *"New York, I love you/ but you're bringing me down"*, e eu quero ler seus romances sofisticados, dos quais quase sempre gosto, vou tentar ler todos eles para ver se em algum aparece Pru, ou alguém parecido com Pru — realmente adoraria entrar com ela no avião, mas preciso permanecer em território chileno, com Vicente, porque Vicente é um poeta chileno e eu sou um romancista chileno e nós, romancistas chilenos, escrevemos romances sobre os poetas chilenos.

— Já te vi mil vezes na minha livraria, mas nunca fomos apresentados, meu nome é Sergio Parra — Vicente já sabe e Parra sabe que ele sabe, mas Vicente gosta do fato de o poeta famoso se apresentar mesmo assim.

Acabam de sair da festa, caminham juntos já há algumas quadras, Parra para um táxi com elegante autoridade. No táxi, pergunta a Vicente se é poeta, e ele conta sua história confusamente, como corresponde à situação. Parra pergunta o que ele faz durante as tardes e ele não sabe o que responder.

— Preciso de uma pessoa — diz Parra.

Em sua embriaguez, Vicente pensa que o poeta acaba de realizar uma confissão amorosa, e assim responde que ele também precisa de uma pessoa, que se sente muito sozinho. Parra morre de rir e esclarece que precisa de uma pessoa para trabalhar algumas tardes na livraria e Vicente aceita, maravilhado, esperançoso, e desce do táxi com um sorriso pleno que dura mais apenas alguns minutos, porque logo se lembra de que Pru continua na festa e aposta que Rocotto alcançará seu objetivo.

Escreve para Pru e a resposta dela parece alentadora, mas em seguida volta a se sentir desalentado. Vai para seu quarto espiar da janela do segundo andar, cochila um pouco com a cabeça pousada na esquadria. Acorda com as vozes de Pru e Rita, vê as duas entrarem furtivamente no quartinho. Fica olhando, com um misto de raiva, desgosto e impotência, os movimentos das sombras nas cortinas. Interpreta tudo de forma caprichosa e dúbia.

Enquanto Pru e Rita dormem como os galhos entrelaçados de árvores distintas, Vicente se dedica a conjeturar os pormenores da cena, até que no meio dessa guarda penosa e inútil, depois de três longas horas, adormece. Carla o acorda cedo, obriga-o a se vestir e a tomar café. Vão até Providencia, ela compra para ele uns livros e um sorvete, ele diz que quer ir para a praia. Voltam para casa, ainda não é meio-dia. Vicente enfia uns vinte livros e umas roupas numa mochila enorme e parte imediatamente para El Tabito.

Durante a viagem, tenta dormir um pouco mais. Na televisão do ônibus passa um filme de Jackie Chan, Vicente consegue se interessar um pouco pela trama exígua. Depois folheia uma antologia de Antonio Cisneros:

As manhãs são um pouco mais frias,
mas nunca terás a certeza de uma nova estação.

Gosta desses versos, gosta de Cisneros: sua desinibição, sua lucidez, sua mordacidade. Distrai-se pensando que aprende algo ao lê-lo, não necessariamente sobre poesia. Fica estacionado nuns poemas breves, ao mesmo tempo divertidos e tristes:

Para me esquecer de você para não vê-la
contemplo a viagem de moscas pelo ar
Grande Estilo

Grande Velocidade
Grande Altura.

Troca para um livro de Andrés Anwandter. Lê e relê estes versos por um ou dois quilômetros:

Começas a escrever um poema
cujo tema é um lago profundo
em meio a isso a noite te encontra
agora não saberás como voltar.

Em El Tabito, seus amigos só querem saber de fumar maconha e falar sobre os iminentes primeiros dias na faculdade. Vicente também fuma um pouco, e enquanto os escuta sente que os adora e que são uns idiotas e que está isolado e que quer ficar o mais distante possível de todos eles e no momento esses não são sentimentos contraditórios. Estão deslumbrados com a faculdade, parece que já projetaram vidas sólidas, solventes, definitivas. Vicente pensa que estão indo direto para o matadouro.

À tarde, joga frescobol até ficar exausto, e pouco antes de findar a luz do dia se acomoda nas pedras para ler *Poema de Chile*, o livro póstumo e inacabado de Gabriela Mistral. Fica fascinado por estes versos:

— *Porque algumas coisas são*
a um tempo boas e más,
como no caso das folhas
em um lado aveludadas
porém o outro te deixa
com a palma ensanguentada.
Quase não parecem folhas,
parecem mulheres más.

Lê várias vezes essa estrofe, da qual gosta, e acha engraçado gostar dela — imagina Gabriela Mistral escrevendo esse poema magoada, depois de alguma briga com Doris Dana, pesquisa fotos de Doris Dana no celular e tenta decidir se ela se parece, pelo menos um pouco, com Pru. Nós dois nos apaixonamos por uma gringa, pensa. Então se lembra daquela senhora tão alta e grisalha que entrou no quartinho com Pru e como não sabe seu nome decide chamá-la de Gabriela Mistral. Além do mais, tem a impressão de que Gabriela Mistral era alta. Já é gente demais, pensa: Rocotto, Gabriela Mistral e eu, todos apaixonados por Pru.

Na terça-feira, parte para Las Cruces. Chega muito cedo, no povoado todo mundo sabe onde Nicanor mora, mas se tiver dúvidas, dizem, uns mochileiros escreveram a palavra *antipoeta* com spray vermelho na porta do jardim da frente. Não há nenhum carro diante da casa, de modo que desce até a praia e tenta se deitar para ler, mas não consegue: a leitura é a ocupação ideal dos que esperam, mas não para Vicente, que prefere ler sem planos concretos no horizonte. Fecha o livro, caminha afundando os pés na areia, de repente vê uma bituca de cigarro e a recolhe, e depois vê outra e pensa que faz sentido passar o tempo dessa maneira. Continua recolhendo bitucas, fica obcecado juntando-as; acumula-as na mão e depois as deposita numa casquinha de sorvete que encontra jogada, mas continua contando as bitucas, como se tivesse de preencher um formulário para informar a quantidade. Joga a casquinha com cento e sessenta e oito bitucas no lixo e pensa que são muitas, embora algumas delas estivessem completamente enterradas na areia e parecessem velhas, de dias ou semanas atrás. Ainda assim acha que são muitas, as pessoas não fumam mais tanto assim, cento e sessenta e oito são bitucas demais, ele pensa.

* * *

Quando volta à casa de Nicanor, o Beetle de Rocotto já está na entrada. Fica ali, meio escondido por trás de uns óculos escuros caricaturais. Em quinze minutos vê que Rocotto sai sozinho e decide segui-lo. Entra na mercearia, observa-o comprar o *arrollado*, segue-o também no supermercado, dá uma volta inteira para encontrá-lo de frente, o que não acontece, porque no meio do corredor o catedrático se detém para escolher, obediente, os tomates mais maduros. Enquanto escolhe também, para disfarçar, alguns tomates, Vicente pensa que odeia Rocotto; que embora não seja exatamente seu antagonista, odeia-o, despreza-o. Ambos entram na fila e voltam caminhando quase lado a lado. Rocotto não olha para ele em momento algum.

Vicente retoma seu posto de vigilância. Sente fome, lamenta não ter comprado um Súper 8* ou algo do tipo para si, mas come um tomate, nunca tinha comido um tomate desse jeito, como se fosse uma maçã. Acha delicioso, de modo que come outro (comprou seis, absurdamente). Quando ouve as vozes dos visitantes se despedindo, foge mais como um ladrão que como um espião. Já distante, vira para trás e consegue distinguir a cabeleira loira de Pru entrando no carro.

Sente-se um idiota por não ter feito nada. Não tinha um plano, achou que quando o momento chegasse pensaria em algo. Dá os tomates restantes a um mendigo e volta logo para El Tabito, caminhando pelo acostamento da estrada. Demora quase duas horas, porque caminha lentamente, a cada tanto se detém para recolher bitucas. Encontra quarenta e duas.

Passa uma semana numa cabine lendo apenas livros intensos e curtos que o fascinam e que também talvez o machuquem.

---

* Súper 8: marca de *wafer* coberto de chocolate muito popular no Chile.

E escreve, claro. São dias nublados, as rajadas de vento parecem incessantes e mesmo assim a praia está cheia de gente. Vicente escreve sobre isso e sobre sorrisos involuntários, queria escrever um livro inteiro sobre sorrisos involuntários, mas se limita por ora a um poema breve, narrativo e sentimental — uma pessoa destroçada, esmorecida, deprimida, talvez à beira do suicídio, em algum momento do dia sorri, porque o sorriso é parte da gestualidade inerente a seu rosto, ou porque houve um tempo, que agora parece distante, em que costumava rir, e então não consegue, mesmo se desejar fervorosamente, desfazer-se desse gesto, e o mais provável é que o momento eventual do sorriso coincida com o momento eventual em que se encontra na rua com alguém que sorri de volta.

Havia dito a Carla que voltaria no fim do mês, mas no começo da segunda semana de fevereiro acorda com a ideia fixa de voltar à sua vida, pega suas coisas e entra impulsivamente num ônibus. Durante a viagem, quer ler e escutar música e talvez repassar seus novos poemas, mas fica olhando pela janela durante todo o trajeto.

Quando sai do metrô, descobre que está feliz de voltar para casa. Caminha pensando que a primeira coisa que fará quando chegar será ir ao quartinho, não porque queira, como Pato havia lhe dito, bater uma punheta pensando em Pru, e sim para experimentar, sem mais delongas, sua ausência, para apagar o quanto antes as marcas de sua presença. E até se imagina no verdadeiramente alegre labor de passar seus novos poemas para o computador e de imprimi-los em papel azul-claro, mas esse projeto é adiado, todos os projetos são adiados, porque ao abrir a porta de casa encontra sua mãe nua no sofá trepando com:

a) Pato
b) Rocotto
c) Pato e Rocotto
d) Rita
e) Gonzalo

(Resposta na página seguinte.)

Nenhuma das opções corresponde à realidade, mas todas são mais verossímeis que a resposta correta. Porque naquela tarde, ao abrir a porta de casa, Vicente vê Carla trepando feito condenada com León.

Vestem-se de imediato, mas por alguns milésimos de segundo Vicente não consegue evitar a visão daquele enorme pênis ereto e umedecido e do abundante pelo pubiano cinza. A cena é cômica, mas para Vicente parece abominável, e essa sensação vai crescendo enquanto seus pais, ainda meio vestidos, tentam explicar a ele que foi algo de momento e depois tanto León como Carla tentam desviar o diálogo para a recusa de Vicente em fazer uma faculdade, dizem que por isso se encontraram para conversar e que...

Vicente sai correndo.

Carla se deita no futom, León se lança sobre ela para retomar a transa. Carla o rejeita com um empurrão, ele insiste, abraça-a de maneira brusca para demonstrar que ainda está com tesão. Ela dá uma joelhada no saco dele, León se contorce de dor no chão.

— Já deu, babaca, pare de chorar e vá embora — diz Carla, com um tom de voz involuntariamente alto.

Ele sai parecendo ofendido, embora com as bolas ardendo seja difícil adotar a pose de alguém que se retira ofendido.

Carla toma de um gole um copo d'água e pensa que tudo vai muito mal, mas depois vai ao banheiro, olha-se no espelho e começa a gargalhar, porque não há nenhum jeito de justificar o que acaba de ocorrer, e isso, no fundo, é cômico. León chegou de repente com a desculpa de mostrar a ela o carro novo e com uma garrafa de champanhe e ela achou tudo demasiadamente tosco e fora de lugar, mas como León parecia seguir metodicamente algum protocolo de sedução caricatural, quis deixá-lo continuar, quis saber até onde chegaria aquela tentativa patética, e de repente a distância altiva da qual Carla contemplava a cena simplesmente despareceu e quando viu estava no sofá se movimentando em cima de seu ex-marido e gostando daquilo. Ninguém, nem mesmo suas amigas mais namoradeiras, entenderiam esse relato que, mesmo para ela, soa inconsistente. Nem Samantha Jones me entenderia, pensa Carla, com um sorriso.

A garrafa continua sobre a mesa, com a champanhe já quase acabada. Toma uns goles, liga o computador e abre a pasta onde guarda seus projetos fotográficos. Uns meses atrás Vicente lhe deu de presente um livro de fotografias de pessoas lendo, e Carla adorou a ideia de seu filho querer unir os dois mundos. E ficou fascinada pelas fotos de André Kertész, e desde então se propôs a fotografar pessoas que visse lendo no metrô ou na rua, com a ideia de fazer uma espécie de livro próprio e dá-lo de presente, em troca, para Vicente.

Vê esses arquivos, essas fotos. Há uma em que um executivo

lê um romance de Stephen King e a seu lado viaja um menino em atitude distraída e fantasiado de Batman. Adora essa foto, porque a faz lembrar de Vicente aos quatro ou cinco anos, quando moravam, como agora, sozinhos nessa casa, e ele sempre estava fantasiado com uma capa de vampiro e levava sua espada de pirata para tudo que é lugar. Uma tarde, saíram apressados e o menino se esqueceu da espada e quis voltar para buscá-la, mas Carla disse que não podiam.

— Se a gente não voltar pra buscar a espada eu não vou ter como me defender, mamãe — disse Vicente, muito sério e um pouco triste.

Carla continua olhando os arquivos e tomando a garrafa de champanhe enquanto elabora alguma explicação decorosa ou razoável para dar a seu filho. Pensa também em não explicar nada, em se refugiar em sua condição de mãe. Pensa que, em vez de tentar uma explicação impossível, vai imprimir essas fotos de pessoas lendo para dar de presente a ele de uma vez, mas são menos de vinte e ela queria que fossem muitas mais.

Depois pensa que há uma explicação que de tão óbvia acabou ficando oculta para ela: está muito sozinha, simples assim. Então abre seu e-mail e responde à mensagem de um sujeito que há meses vem tentando convidá-la para sair. É um pretendente do qual gosta, não sabe por que não quis responder a ele antes. Também aceita um convite de uma colega de trabalho por quem não sente atração, porque nunca se sentiu atraída por mulheres — o que custa, pensa Carla, que em dois minutos agendou diferentes encontros para as noites de sexta e sábado.

IV. PARQUE DEL RECUERDO

*You send me your poems,
I'll send you mine.*
                              Robert Creeley

Quando o senhor chegar ao hospital, será fácil saber quem eu sou: serei aquele que mais se parece consigo.
                              Veronica Stigger

Gonzalo aproveita as horas mortas do fim do verão para olhar tranquilamente as estantes da livraria. Tem vontade de comprar algum romance longo e passar os últimos dias de férias deitado na cama perto do ventilador e com algumas cervejas, de modo que vai direto na seção de ficção, mas, em vez de procurar romances recentes ou clássicos que não leu, fica folheando livros que algum dia leu e que o fascinaram.

Lembra-se apenas disso, de ter gostado desses livros, de ter ficado encantado. Talvez seja estranho, mas é isso que acontece a ele com relação a romances, com prosa em geral: costuma recordar frases isoladas ou cenas pontuais e sobretudo atmosferas, de maneira que se tivesse de falar sobre esses livros soaria tão vago e inseguro como se relatasse um sonho. Além do mais, antes lia rápido, não tinha por objetivo memorizar nada, nem sequer fazia anotações e também não sublinhava — no máximo dobrava o canto de uma página para marcar passagens especialmente relevantes ou bonitas, mas tampouco fazia isso o tempo todo, porque os livros eram sagrados para ele, mesmo os livros ruins eram sagrados. Agora tem menos respeito por eles, agora sublinha sem pudor e enche-os de anotações e de papeizinhos, porque ler é seu trabalho. Talvez respondesse isto, charmosamente, se alguém perguntasse: meu trabalho é ler.

Os poemas, desses sim ele se lembra, porque a poesia é feita para ser memorizada, repetida, revivida, invocada, evocada. Há uma pitada de ostentação quando, no meio de uma aula ou conferência, lhe vem à mente algum poema de César Vallejo ou de Idea Vilariño ou de José Kozer e começa a recitá-lo de cor. Lembra-se de muitos versos, muitas estrofes, muitos poemas inteiros de cor, embora já não os faça passar por seus próprios poemas, o que é menos mal: aquela noite lamentável e decisiva em que preencheu seu livro com poemas alheios lhe parece muito distante. Carla também lhe parece muito distante. Passaram-se apenas seis anos desde a separação, mas sente como se tudo tivesse acontecido numa vida prévia ou alheia. É um tempo que só consegue visualizar em preto e branco. Lembra-se daqueles anos justamente como um filme que já não sabe se era bom ou terrivelmente ruim. Um filme mudo, talvez.

Agora, perto dos quarenta anos, sente-se mais jovem que naquela época, talvez por estar sozinho. Antes os outros estavam sozinhos e ele não, e agora ele está sozinho e os outros não estão mais. Por isso está sozinho: todos os outros estão com alguém, mas ninguém está com ele. Isso soa como um pensamento autocompassivo, mas não é, pois de fato está feliz com sua solidão, adora sua solidão, cuida dela como se cuida de um amuleto que esteve perdido por alguns anos e deu muito trabalho para recuperar. É uma solidão afável e barulhenta, povoada de pessoas que entram e saem de sua vida por uma porta giratória cujo mecanismo às vezes quebra, mas que em geral funciona bastante bem.

Folheia os capítulos finais do *Ulysses*, que leu com ansiedade, voluntarioso, quando ainda morava com os pais, e pensa que um dia deveria reler esse romance honestamente, disposto de verdade a entrar no jogo. Abre um exemplar de *Uma confraria de tolos* e, enquanto lê as cinco primeiras páginas, revive as gargalhadas e a cumplicidade e até fica com fome pensando nas pizzas com grissini de alho que costumava comer em seu minúsculo apartamento na época em que leu esse romance, pouco antes de se reencontrar com Carla. Lê a quarta capa de *Ao farol*, que leu aos dezessete anos, em meio a um temporal, e se lembra de ter pensado ou sentido que as frases de Virginia Woolf tinham a capacidade de intensificar a chuva. Lê os primeiros parágrafos de "O crime do professor de matemática", seu conto favorito de Clarice Lispector, e pensa na enorme e gelada mesa da biblioteca da Faculdade de Filosofia e Ciências Humanas da Universidade do Chile. Folheia as últimas páginas de *O romance luminoso*, de Mario Levrero, que leu sem parar, como se fosse um fulminante relato de aventuras, num fim de semana comprido em que Carla e o menino estavam na praia.

Detém-se nos contos de *Catedral*, de Raymond Carver: lê as primeiras frases de "Uma coisinha boa", um conto do qual, esse sim, lembra com perfeição, porque o leu mais ou menos cinquenta vezes. Enquanto seu olhar reconhece aquelas frases tão familiares, pensa que é deliciosamente absurdo ler esse conto ali, de pé, como um estudante sem grana, porque as pessoas vão às livrarias procurar livros que nunca leram ou que não têm, e ele tem *Catedral* em casa, desde os dezenove anos tem esse livro em casa, mudou-se de casa várias vezes mas sempre levou esse livro consigo, e quando foi embora do Chile partiu quase sem livros, mas também o levou e inclusive o duplicou: uma das primeiras coisas que fez em Nova York foi comprar, na livraria McNally Jackson, a edição em inglês, e até se lembra de quando se sentou em frente ao chafariz da Washington Square lendo esse conto pela primeira vez na língua de Carver e pensando que, embora não costumasse gostar nem um pouco das traduções para o espanhol da Espanha, achava "Parece una tontería", ao fim e ao cabo, um título mais preciso e mais belo que "A Small, Good Thing", o título original.

Quer ler algum romance, algum livro de contos — sobretudo, não quer ler poesia, ou melhor, não quer comprar um livro de poesia, porque a poesia é seu objeto de estudo e não quer trabalhar, mas também há um motivo secundário, ou que Gonzalo queria considerar secundário: não quer descobrir que, seis anos depois, o exemplar de *Parque del Recuerdo* que deixou nessa livraria continua ali. Mesmo assim fica tentado, e olha para a seção de poesia, mas a lombada branca e fina de seu livro é indistinguível, à distância, em meio à multidão de livros em sua maioria também brancos e finos. Melhor assim, pensa Gonzalo, melhor não saber, e se prepara para retomar a leitura do conto de Carver quando percebe que o rapaz do balcão olha fixo para ele. Gonzalo devolve seu olhar, sorri, momentaneamente despreocupado, mas quando as frases de Carver voltam a comparecer diante de seus olhos, a identidade do rapaz se revela em sua mente.

Não via Vicente desde a noite em que saiu com os olhos vermelhos e o rosto ardendo da casa de Carla. Foi tudo tão desolador que até parecia conveniente ou lícito ou mesmo legítimo ir embora sem mais cerimônias além de uma batida de porta. Mas Gonzalo subiu até o quarto de Vicente para se despedir; subiu com a mala, o que era certamente um despropósito, deveria tê-la deixado lá embaixo, junto à porta — de maneira instintiva e tola, Gonzalo subiu a escada com aquela mala pesada, precipitada, malfeita, e, apesar de parecer indigno encarar o menino com os olhos chorosos e a certeza de que choraria ao falar com ele, não havia tempo para preparar uma cena mais digna.

Olhou para Vicente em silêncio, como se o fotografasse: a camiseta do Colo-Colo, as bermudas no joelho, descalço, o cabelo comprido e meio ondulado, e uma penugem irregular no rosto — o projeto de um bigode e de uma barba ainda impossíveis. Vicente estava sentado no chão, brincando de lego, e era uma imagem extemporânea, porque com seus doze anos é claro que já não brincava de lego havia muito tempo, mas quando lá embaixo os gritos se intensificaram ele pegou uma velha caixa de plástico que estava no fundo do armário e encontrou aquelas peças multicoloridas — brincar de lego era na verdade a ocupação perfeita para aguentar, trancado ali, aquela cena inesperada. Ouvia os gritos e o inédito pranto de homem adulto, que lhe pareciam tão irreais como as frases arrebatadas que não queria escutar mas escutava. Vicente montava algo com o lego — um indefinido arranha-céu ou um volumoso tronco de uma árvore sem folhagem —, mas também encarava o piso flutuante mal colocado, um pouco inclinado, que dava ao chão o aspecto de um quebra-cabeça terminado à força. Não estava triste nem com medo. Naquele momento, a única coisa que os gritos significavam com clareza era que ele não podia descer, que não podia aparecer de repente para pegar um copo de leite com chocolate ou uma barrinha de cereal. Depois, movido pelo desejo de tornar o passado mais compreensível, inventou mais ou menos que havia pressentido a separação, que era óbvio que as coisas entre sua mãe e Gonzalo não iam nada bem, mas isso não era verdade: ele entendia que alguma coisa estava acontecendo, talvez grave ou incomum, e no entanto naquela noite não era sequer capaz de conjeturar o capítulo seguinte.

    O menino intuiu a presença de Gonzalo, adivinhou que ele o observava a dois metros de distância e parecia que Vicente evitava olhar de volta, mas na verdade temia que ao levantar os olhos seu padrasto não estivesse ali, porque às vezes sentimos com total certeza a presença de alguém e levantamos os olhos e no fim não havia ninguém, e isso é tão decepcionante. Cinco segundos depois, comprovou que Gonzalo de fato estava ali e que sua mala também estava, e de súbito Vicente ao mesmo tempo entendeu tudo e não entendeu nada.

Então o padrasto disse algo que é difícil registrar aqui sem maiores detalhes; é preciso imaginar o ritmo lento, cerimonioso da frase, que era uma pergunta e uma confirmação, talvez mais uma confirmação que uma pergunta:

— Estou indo embora, Vicho, mas você sabe que sempre vai poder me ligar e que eu vou estar sempre aqui por você, que vou ser sempre o seu padrasto.

Deveria ter começado balbuciando, deveria ter aterrissado em alguma imagem que lhe permitisse avançar aos poucos em direção a frases mais radicais e calorosas, compatíveis com a lembrança, que ferviam em sua cabeça. Mas era como se falassem línguas diferentes. Gonzalo falava uma língua composta unicamente por frases finais, uma língua que feria, uma língua obscura e mortífera, enquanto Vicente falava uma língua imaculada, de palavras vacilantes e vivas, de frases hesitantes que começavam e continuavam indefinidamente.

Os dois choraram abraçados, por três minutos inteiros, sem dizerem nada. Gonzalo deu um beijo na bochecha direita de Vicente, que foi um dos poucos beijos na bochecha que houve entre os dois durante os anos em que viveram juntos, porque os pais beijam as bochechas dos filhos meninos o tempo todo, mas os padrastos só fazem isso nos aniversários ou no Ano-Novo ou quando voltam de uma longa viagem ou quando vão embora por muito tempo, nesse caso para sempre.

* * *

"Havia uma janela iluminada, alta demais para que se pudesse olhar lá dentro." Gonzalo se concentra nessa frase de Carver, ou melhor, refugia-se, esconde-se nela: o livro é uma máscara, e essa frase qualquer, escolhida ao acaso, é o elástico a prendê-la. Lembra de quase todo o conto, seria capaz de resumi-lo em detalhes e de citar frases do texto em espanhol e em inglês, mas essa frase em particular lhe parece nova, o que não tem nada de estranho, porque não é em si uma frase memorável, e talvez por isso, porque não significa nada de específico, serve de álibi para ganhar alguns segundos escondido atrás do livro. Decidiu se aproximar, ou nem sequer decidiu, é necessário, é natural, seria imperdoável se não o fizesse, e mais que tudo tem vontade de fazê-lo, muita vontade, mas precisa do refúgio momentâneo dessa frase qualquer; precisa quiçá respirar através dessa frase qualquer para em seguida fazer bem-feito, supondo que exista uma forma de fazer bem-feito o que virá adiante. (E o que seria, nesse caso, fazer bem-feito? Reconhecer que antes, que sempre, que por toda a sua vida fez tudo malfeito?)

Ao entrever que Gonzalo se aproxima, Vicente quer manter o olhar não no chão, mas na superfície que se interpõe entre seus olhos e o chão, que não é um livro e sim a mesa com o talão de notas e a maquininha da Redbanc, mas levanta o olhar e sorri com uma honestidade crua. O breve abraço começa desajeitado, porque no meio dos dois está justamente a mesa. Vicente se põe de pé e contribui para que o abraço seja menos estranho.

— Quer dizer que vocês se conhecem — diz Sergio Parra, que vem chegando.

Nem Gonzalo nem Vicente se lembram neste momento

daquele episódio com a caixa do supermercado; nenhum dos dois pensa que numa circunstância como essa a melhor resposta e ao mesmo tempo a pior, a resposta perfeitamente paródica, tão oportuna quanto cruel, seria repetir a frase que Gonzalo disse à moça do caixa do supermercado: somos amigos.

— A gente se conhece há muitos anos — diz Gonzalo, em vez disso.

— Muitos — acrescenta Vicente, com uma voz baixa e rouca, como se tivesse acabado de acordar.

Gonzalo pensa na voz de Vicente; pensa que se tivesse escutado essa voz em outro lugar, ainda assim a teria reconhecido. É um pensamento confuso, ele não conhece a voz adulta de Vicente, ou melhor, acaba de conhecê-la.

Parra percebe a tensão, sabe que acaba de interromper alguma coisa. Vai lá fora fumar para que Gonzalo e Vicente conversem, e enquanto fuma encara a vitrine da livraria como se fosse apenas um cliente curioso. Não acha que Gonzalo represente algum tipo de ameaça, mas em todo caso quer que Vicente se sinta protegido.

Comportam-se como dois tímidos e cordiais embaixadores de países distantes. Gonzalo conta que voltou ao Chile poucos meses atrás e que em breve começará a dar aulas na universidade. Vicente diz que terminou o colégio e fala de sua recusa a continuar estudando e de seu interesse pela poesia. Ao saber que seu enteado ou ex-enteado escreve poemas, Gonzalo sente uma espécie de pontada ou um estremecimento que não sabe se descreveria como uma sacudida calorosa ou um calafrio. Compra o livro de Carver como se não o tivesse, e por um segundo pensa em dá-lo de presente a Vicente, mas não faz isso, porque é estranho presentear um vendedor com o que ele acaba de lhe vender, embora, é claro, os livros não pertençam a Vicente, que é apenas um funcionário — um funcionário que faz seu trabalho: recebe o dinheiro e enfia o livro numa sacola que entrega, junto com a nota e o troco, ao comprador.

Antes de ir embora, com o tom demasiadamente gentil de uma sugestão, Gonzalo o convida para frequentar suas aulas, diz que começam em duas semanas, que quem sabe isso poderia ajudá-lo a tomar uma decisão. Ele assente, com um sorriso de bom menino ligeiramente impostado. Gonzalo anota no verso do recibo seu e-mail, que é o mesmo que Vicente conhece há anos, e seu número de telefone. Acrescenta que, de qualquer jeito, quando ele quisesse, poderiam tomar um café. Vicente responde que sim, adoraria, qualquer dia. Não há um abraço de despedida nem um beijo na bochecha, apenas um desastrado aperto de mãos.

Em Nova York, acostumou-se a caminhar grandes distâncias. Um ou dois dias por semana, em vez de pegar o metrô, caminhava uma hora e meia desde o quarto que alugava num *brownstone* em Caroll Gardens até a universidade. Ao voltar para o Chile, manteve esse costume. Gosta de sentir as distâncias reais, e até mesmo o cansaço ele acha prazeroso, um prazer que inclui a satisfação do tempo perdido: enquanto os outros caminham automaticamente, perdidos na fúria silenciosa de uma eterna segunda-feira, ele pode se perder olhando, pensando, vagando. E gosta de saber que de seu novo apartamento, perto da Plaza Ñuñoa, até o centro de Santiago, também dá uma hora e meia. Às vezes, caminhando pela Irarrázaval, imagina que está se aproximando da ponte do Brooklyn e se sente idiota e estrangeiro e acha graça, porque em Santiago ele não é, e nunca poderia ser, um estrangeiro, pelo contrário: observa os edifícios novos e horríveis que encontra em seu caminho como quem nota mudanças brutais na própria pele; como quem inspeciona hematomas e cicatrizes nas próprias pernas e braços.

Nesta tarde, em todo caso, caminhar é mais uma necessidade que um exercício ou um passatempo: avança numa velocidade imprecisa, como se procurasse um endereço, como se quisesse parar mas não soubesse onde, como se a cidade fosse nova ou ele fosse novo; fica preso nas esquinas, como se não compreendesse de todo o funcionamento dos sinais de trânsito.

Talvez exista uma palavra para designar o contrário do luto, o que se sente não depois que alguém morre, e sim quando esse alguém reaparece; o que se sente quando, de súbito, recuperamos alguém que havia permanecido ausente até mesmo de nossos sonhos. Palavras como *renascimento* ou *ressurreição* são tão inadequadas, porque o que Gonzalo sente é mais complexo, mais específico: o contrário do luto coexiste com o luto, é uma espécie de alegria elegíaca. Além do mais, é ele quem acaba de reaparecer, embora tenda a pensar o contrário, como se Vicente fosse o recém-chegado. Vicente sempre esteve ali: quem foi embora, quem o abandonou, foi Gonzalo; e é Gonzalo quem agora regressa.

— Eu não desapareci, fui expulso, eu não era o pai, era apenas o padrasto — diz em voz alta enquanto caminha.

Sente falta disso em Nova York, havia tantos loucos falando sozinhos nas ruas que pegou o costume de também lançar umas palavras ao vento, sobretudo naquelas caminhadas longas: subitamente dizia uma frase e ninguém olhava para ele, e conseguia até saborear o espanhol, que soava a seus ouvidos tão exuberante, tão vivo, tão genuíno. Não sabe se em Santiago há menos loucos ou se os loucos chilenos são menos expressivos, mais ensimesmados. Distrai-se pensando nisso, mas é uma distração falsa, autoinduzida. Quer evitar a todo custo que emerja em sua mente a figura de seu avô; repete para si mesmo, como se precisasse recapitular tudo para entender, que não há quase nenhum ponto em comum, porque aquele velho de merda abandonou cada um de seus muitos filhos, enquanto Gonzalo não tem filhos e tampouco é possível acusá-lo de ter abandonado esse não filho ou enteado ou ex-enteado que teve (nem mesmo está claro se ele pode dizer que o teve, ou pelo menos não da maneira que um pai "tem" um filho), porque não o abandonou, porque ele é que foi expulso. Também não pareço com meu próprio pai, pensa Gonzalo — com seu pai que nunca o abandonou, que sempre esteve lá para ele, que continua lá, algo pelo qual nunca lhe agradeceu e que provavelmente nunca agradecerá.

— Sou alguém que estava perdido e voltou — diz, sussurrando, não quer falar tão alto, porque em Santiago as pessoas olham, sim, para os loucos que falam sozinhos na rua. — Sou alguém que acaba de voltar depois de uma desaparição forçada.

Mas não é verdade, porque ele escolheu se perder. Escolheu se perder e conseguiu. Gostou de se perder, desfrutou muito de se perder. Conseguiu se perder, venceu. Conseguiu abandonar, venceu. Conseguiu esquecer, venceu.

— Venha à minha aula, venha ver minha aula — diz agora, de novo em voz alta; quer repassar a frase, imaginar o que Vicente ouviu, imagina-o ouvindo, recebendo suas palavras. — Venha ver minha aula. Eu te abandonei, mas venha ver como eu sou bom professor.

Já é de noite quando chega ao apartamento. Abre a porta como se tivesse pressa, como se voltasse por apenas dez segundos para buscar o passaporte ou desligar a calefação. Mas não tem pressa alguma e, embora tome quatro copos d'água seguidos, também não está com sede. O apartamento é formado por dois espaçosos ambientes e é adequado para alguém sozinho, apesar de a acumulação de livros e especialmente de caixas conferir ao local ares de mercearia ou de armazém. As caixas, seladas com fita adesiva, são cerca de vinte, e há também algumas poucas meio abertas. Deveria ter comprado umas estantes logo, mas preferiu adiar tudo, como se ainda estivesse chegando, instalando-se, tateando o terreno.

Uma mala enorme cheia de sapatos e roupas de inverno funciona como mesa de centro, sobre a qual há vinte ou trinta livros empilhados e um vaso de flores vazio. Gonzalo prepara um chá e o toma rápido, sem saborear, como se toma um remédio. Ainda são oito e meia e no entanto sente que não poderia ler nem ver televisão, que o dia já terminou. Ainda assim tenta ler um livro qualquer, mas em seguida começa ali mesmo, na primeira página, como se não tivesse tempo de ir buscar uma folha em branco, uma operação matemática tão simples que poderia ser resolvida de cabeça — mas quer se demorar, fazer o passo a passo, desde o colégio não fazia um cálculo aritmético à mão.

$$6 : 18 = x : 100$$

e a seguir

$$600 = 18x$$

e a seguir

$$x = 600 : 18$$

e enfim

$$x = 33,333333$$

33,333333 é o percentual de tempo que Vicente viveu com Gonzalo — "um terço da vida dele", murmura Gonzalo, que não calcula a quantidade de tempo em sua própria vida que passou junto a Vicente (15,78 por cento). Depois repara que é um cálculo errado, porque não moraram juntos desde o início, e em seguida pensa que talvez Vicente já tenha feito dezenove anos — tem certeza de que faz aniversário em março, mas não se lembra se é dia 3 ou 30, e hoje é 3, de modo que talvez seu aniversário era, é hoje. A possibilidade de que o reencontro tenha coincidido com o aniversário de Vicente parece a Gonzalo algo terrível, e não apenas por ter se esquecido de parabenizá-lo, mas também porque essa coincidência o transformaria, transformaria sua aparição, numa espécie de surpreendente e incômodo presente de aniversário.

Mas não, o aniversário de Vicente é dia 30 de março, agora se lembra com certeza, sua familiaridade com o dia 3 de março está relacionada ao terremoto de 1985 — pensa nesse terremoto, quando ele tinha nove anos, e então lhe vem à memória um terremoto muito pior, o de fevereiro de 2010, que ele não viveu porque estava em Nova York, dormindo — acordou às nove, comeu uns *hotcakes* de café da manhã no *diner* da esquina, e só lá pela segunda xícara de café pensou em olhar o celular e, ao ver as inúmeras ligações perdidas de seus amigos e dos pais, escreveu imediatamente para Vicente, que não respondeu. Horas mais tarde recebeu uma desoladora resposta de Carla, a qual não queria recordar, mas mesmo assim abre o computador pensando em reler essa mensagem — digita a senha muito rápido, sem pensar, porque não pensamos muito quando digitamos uma senha, já nos acostumamos ao movimento frenético dos dedos sobre o teclado:

****

É bom mudar a senha de tempos em tempos, por segurança, embora muitas pessoas, talvez a maioria delas, mantenham-

-se fiéis a alguma fórmula, porque o medo de esquecer a senha é ainda maior que o medo de uma fraude eletrônica ou de um roubo. Os especialistas aconselham usar combinações com maiúsculas, minúsculas, números e caracteres especiais, e certamente é importante não conter dados pessoais, para que não seja possível adivinhar as associações que levaram à criação da senha. Com base nessa perspectiva, a senha do computador de Gonzalo, que também é a de seu e-mail e que serve de base para suas contas de iCloud, Netflix e Spotify, é perfeita:

..VicentE50

Os especialistas recomendam não usar os nomes de filhos ou de familiares na senha, mas não dizem nada sobre os nomes de enteados e muito menos sobre os nomes de ex-enteados. Ainda assim, é um feito heroico que a senha tenha sobrevivido todos esses anos, apesar dos ajustes periódicos, porque a senha original era vicente26 (o número aludia à camisa de Humberto Suazo no Colo-Colo) e depois, quando teve de trocá-la, foram aparecendo as maiúsculas e os pontos e ele teve também de mudar os números. É uma senha do passado, uma sobrevivente das senhas, certamente com o tempo continuará em mutação, e a referência ao nome de Vicente se perderá por completo. E é muito triste o fato de Gonzalo digitá-la automaticamente justo nesta noite. É muito triste o fato de ele escrever o nome de Vicente sem perceber. É muito triste que ele não veja nada além de onze asteriscos.

São poucas as pessoas que associariam o nome de Vicente aos dados pessoais de Gonzalo, apesar de que, até não muito tempo atrás, costumasse revelar às pessoas que ia conhecendo a existência e a importância de Vicente em sua vida, uma importância que à luz dos fatos parecia discutível, dá até a impressão de que teria falado sobre Vicente para suas esporádicas namoradas a fim de mostrar a elas que um dia havia sido algo como um pai; parece até que teria usado a existência de Vicente para anunciar ou implicar ou proclamar que não era mais um desses solteiros empacados numa adolescência perpétua, numa instabilidade caricatural — mais um desses caras de trinta e poucos anos que caminham pelo Village se achando os protagonistas de algum romance mais ou menos bom ou de algum encantador filme independente.

Dizia, nessa época, que tinha um enteado com quem ainda mantinha contato, e era verdade, embora esse contato fosse escasso, talvez não por vontade de Gonzalo, que tentava. Na verdade, era um exagero dizer, embora fosse algo dito por alto, que mantinham contato: o correto seria explicar que não queria perder de todo o contato, que resistia a desaparecer completamente. Sua versão muito simplificada da história era esta: a mãe do menino havia desintegrado a família deles (dizia isso com discernimento, medindo as palavras, mas dizia). Como se mostrava disposto a responder a todas as perguntas — às vezes ficava claro que queria, que inclusive precisava falar sobre o assunto —, costumavam perguntar se ele sentia saudade do menino e ele dizia que sim, o que não era mentira: sentia saudade, de fato, muito mais do que sentia de Carla, a quem tinha conseguido demonizar e esquecer.

— Você não pode chamá-lo de ex-enteado — disse uma noite Flavia, uma antropóloga argentina com quem às vezes saía.

Estavam num bar do Harlem, tomando vinho tinto.

— E como devo chamar, então?

— Ele é seu enteado e ponto. Era seu enteado e continua sendo seu enteado. Vocês nunca quiseram ter outro filho?

— Sim — disse Gonzalo. — Ela perdeu um.
— Um filho seu?
— Bom, não chegou a ser um filho.
— Mas era seu?
— Era.
— Então você também perdeu o filho, Gonza. Você não sabe falar direito.

Gonzalo ia responder que achava ilegítimo reivindicar um protagonismo nisso, mas não falou, deu razão a ela; ele também tinha perdido aquele filho. Nunca havia pensado dessa maneira. Nunca havia pensado em si mesmo como alguém que perdera um filho. Foram para o apartamento de Flavia, era uma viagem longa, de metrô e a pé, até Bushwick.

— E aí, chileninho, quer trepar ou não? — disse ela, quando entraram em seu quarto.

Às vezes transavam, às vezes não, já levavam um tempo nesse jogo. Naquela noite se deitaram na cama e se deram uns beijos enquanto adormeciam. Quando acordaram, ambos sabiam que não voltariam a se ver.

Essa foi a única vez que Gonzalo falou de seu filho perdido. A partir de então mudou sua resposta também: quando alguém perguntava se tinha filhos, Gonzalo não mencionava mais Vicente — respondia simplesmente que não, e ao fazê-lo sentia uma amargura que demorava a se dissipar; uma amargura que se prolongava e que derivava na sensação de que havia mentido, de que tinha, sim, um filho, e esse filho não nomeado era Vicente e sem deixar de ser Vicente era também o filho perdido. Com o tempo, a amargura começou a durar menos, talvez pelo intervalo que demorava até tomar o primeiro uísque, e também a sensação física foi perdendo intensidade até se transformar numa pontada leve que durava o que dura uma tosse. A pontada nunca desapareceu de todo: mesmo hoje, quando perguntam se ele tem filhos, a pontada, a tosse, reaparece.

Os meses anteriores à viagem para Nova York poderiam ter servido para esboçar uma nova relação com Vicente, talvez Carla tivesse aceitado algum acordo temporário de visitas, mas Gonzalo desperdiçou totalmente esse tempo. Sentia-se ferido e decepcionado, pensava que Carla era a mulher mais idiota do mundo (evitava dizer seu nome, mas quando não tinha jeito a chamava de "a mãe do Vicente" ou às vezes simplesmente de "a idiota"), e sentia falta do menino de muitas maneiras: tinha saudade, em especial, da constante sensação de brincadeira, da possibilidade de resolver cantar ou contar piadas a qualquer hora, da alegria avassaladora de ser importante para alguém.

Tentava odiar a mãe de Vicente e se propunha a ensaiar com o menino uma relação como de amigos, como de irmãos, e no entanto, durante aqueles meses, ficou se escondendo na manifestação de suas feridas e acabou se perdendo em diálogos alcoólicos com amigos indulgentes que estavam muito distantes de entender qualquer coisa, assim como ele mesmo estava muito distante. Depois, durante todo o tempo em que esteve em Nova York, Gonzalo nunca quis voltar ao Chile: juntava dinheiro para viajar pelos Estados Unidos, e foi também a congressos em Marselha, Salamanca, Berlim, e até andou mais perto de Santiago, em São Paulo e em Lima — teria sido fácil, pensa agora, pagar uma passagem de Lima para passar uns dias em Santiago e pelo menos tomar um sorvete com Vicente.

Deveria bater a cabeça na parede seguidamente, de repente faz bem, nem sempre é contraindicado, de vez em quando é o certo, o mais sensato a se fazer, mas em vez disso ele está no chão, com o laptop sobre as pernas, repassando seus e-mails, procurando algum atalho, algum álibi. Não renuncia ainda ao método, à sequência, ao relato: procura mensagens em seu e-mail como se elas pudessem conter perguntas e respostas que ele sequer tinha se dado ao trabalho de formular, porque sabe que seriam insossas, maniqueístas: sou bom ou sou mau, mudei ou não mudei, estraguei tudo para mim ou não estraguei tudo para mim.

Lê as mensagens longas e divertidas que escrevia para Vicente de Nova York, e relê as respostas esporádicas e em geral lacônicas e evasivas do menino. Detém-se na mensagem que Vicente mandou para ele depois da morte de Oscuridad. Tinha apenas algumas linhas, escritas com uma formalidade enternecedora, ensaiando a distância das mensagens sérias:

> Prezado Gonzalo, hoje de manhã a Oscu morreu, foi atropelada, nós a enterramos no jardim, estou te avisando porque sei que você a amava muito.

Depois relê quarenta vezes a mensagem escrita não por Vicente e sim por Carla, embora enviada da caixa de entrada de Vicente, algumas horas depois do terremoto:

> Oi, espero que tudo esteja bem na sua vida.
> Fiquei sabendo que você escreveu pro Vicente pra perguntar como a gente estava depois do terremoto.
> Estamos bem. Não aconteceu nada. Parecia que o mundo estava acabando, mas a casa aguentou sem problemas. Tudo aqui está uma merda, principalmente em Concepción, mas imagino que isso você tenha visto na CNN.
> Por favor, e te peço isso numa boa, não escreva mais pro Vicente. Não tem sentido continuar alimentando essa confusão.
> Um abraço, se cuida, C.

Lê também a resposta que enviou a Carla, que é a última mensagem de toda a sequência:

O.k.

É possível reler uma mensagem de uma única palavra? É possível dizer que alguém relê vez após vez uma única palavra, como se fosse necessário pousar o olhar nela, como se fosse impossível simplesmente se lembrar dela? Parece que sim, porque é isso o que Gonzalo faz agora: relê cinquenta, cem, duzentas vezes a palavra *o.k.*

Sonha que está no Sit & Wonder, um café no Prospect Heights onde costumava encontrar seu amigo James Hey, que de repente aparece e se senta com naturalidade na frente de Gonzalo, sem cumprimentá-lo, como se estivesse voltando do banheiro. Em seguida, um sujeito de quase dois metros e cavanhaque se aproxima e pergunta a idade deles. Eles riem, acham que o sujeito quer saber seus nomes. O homem explica que não lhe interessam seus nomes, e sim suas idades. James diz que tem trinta e cinco anos, mas Gonzalo tem muita dificuldade de responder. Sou mais jovem que velho, mas de maneira alguma jovem, realmente jovem, pensa Gonzalo, como se estivesse lendo as pistas de uma palavra-cruzada. O sujeito continua esperando a resposta. Mais de trinta, menos de cinquenta, pensa Gonzalo a seguir. Sou mais novo que meu pai e mais velho que meu filho, responde enfim, e no sonho a frase não é absurda, e sim quase luminosa, como uma revelação.

— Tenho trinta e oito anos — diz, ao acordar.

Talvez diga isso ainda no sonho, dormindo: é um grito, são

cinco da manhã. Levanta-se e pensa nos significados óbvios do sonho, mas também pensa que os significados de um sonho nunca são óbvios. Enquanto toma um café, copia a frase num caderno e esboça um poema:

> Sou mais novo que meu pai
> Sou mais velho que meu filho
> E em meu peito uma camisa
> Se desmancha com a chuva.

Fazia anos que não tentava escrever poesia, talvez por isso se sinta ridículo e deixe o rascunho pela metade. Umas horas mais tarde sai para o Homecenter, onde compra seis estantes altas de aglomerado de madeira, não muito elegantes nem resistentes. Paga o frete de uma caminhonete cujo motorista é um sujeito de vinte e poucos anos taciturno e gentil chamado Mirko. Seu rosto parece familiar, acha que lembra Vicente, o novo Vicente: talvez a forma do corpo ou os olhos muito grandes, os cachos indecisos no cabelo. Pede que o ajude a montar os móveis e juntos terminam o trabalho em menos de duas horas. Pedem pizza, tomam cerveja. Gonzalo propõe que por uns pesos a mais ele o ajude a organizar os livros. Mirko diz que precisa ir, mas que pode ajudar com as primeiras caixas.

— Sua namorada te obrigou? — pergunta Mirko.
— A fazer o quê?
— A organizar.
— Não tenho namorada — responde Gonzalo. — Resolvi organizar os livros, só isso, não sei por quê.
— E como você organiza?
— Por gênero — diz Gonzalo. — Mas não por sexo, e sim por gênero literário.
— Eu entendi, claro — diz Mirko. — Poesia, romance,

conto, ensaio. Você acha que por eu trabalhar fazendo fretes sou um ignorante?

— Não foi isso que eu pensei, desculpe.

— Mas se você os classificasse por sexo, não teria sentido — diz Mirko —, porque você quase só tem livros de homens.

— Antes publicavam quase só livros de homens, por sorte isso está mudando — diz Gonzalo. — Imagino que em todas as bibliotecas pessoais seja assim. Mesmo nas bibliotecas de leitoras mulheres.

Diz o que pensa, mas soa um discurso pensado, ensaiado, estudadamente categórico. Mirko olha para Gonzalo com uma distância renovada, com ironia.

— Tranquilo, professor — diz. — Você realmente não se lembra de mim?

— Não — admite Gonzalo, surpreso. — A gente se conhece?

— Fui seu aluno por um semestre inteiro.

— Quando? — pergunta Gonzalo, com um entusiasmo incipiente.

— Faz tempo pra cacete.

— Quando? — insiste Gonzalo. — Dez anos atrás, algo assim?

— Quase dez, foi em 2005. No único semestre em que fiquei na faculdade.

— E não conseguiu continuar pagando os estudos — diz Gonzalo, com o tom de quem já ouviu mil vezes a mesma história.

Mirko assente.

— Minhas aulas eram boas? Pode falar a verdade.

— A verdade é que não me lembro.

— Pra compensar no caso de terem sido ruins, vou te dar uns livros.

— Mas você não vai me dar os que eu quero. Vai me dar os ruins, os que estão sobrando. Me dê a gorjeta e pronto, é melhor.

— E qual livro você quer?

— O que doa mais pra você se desfazer dele — diz Mirko, sorrindo. — Seu livro favorito.

Gonzalo dá para ele então a novíssima edição de *Catedral*.

— Mas este livro está novo — diz Mirko.

— É novo, mas tenho outro, então não dói tanto.

— Suas aulas eram boas — diz Mirko, inesperadamente.

— Então você se lembra?

— Era a única aula de que eu gostava — diz Mirko, com a voz seca, neutralizada, como se tentasse evitar qualquer vislumbre de emoção. — Você era que nem eu, de Maipú, às vezes você falava de Maipú. Você era como um irmão mais velho. Sabia tudo, sabia explicar tudo, até os poemas mais estranhos, com palavras simples.

— Obrigado.

— Você não deveria dar aulas numa faculdade — acrescenta Mirko, gaguejando um pouco. — Deveria ser professor de crianças de quatro, cinco anos, em Maipú. Isso sim teria sentido.

— Eu adoraria — diz Gonzalo, que está surpreso e não mente, embora se sinta frívolo.

Conversam um pouco mais. Mirko precisa ir, resiste a aceitar a gorjeta, mas no fim a aceita e sai.

Gonzalo se deita no chão como se tentasse curar uma dor nas costas e cochila uma hora antes de retomar o trabalho. Limpa os livros com um pano de cozinha e também os sacode, para o caso de terem algo dentro. Procede com uma indiferença robótica, mas no meio do caminho entende que está procurando algo, que a súbita necessidade de organizar a biblioteca obedece ao desejo de encontrar, nesses livros, papéis, documentos, fotos, sobretudo fotos. Encontra algumas de Carla — tiradas por Carla: quando começou a estudar fotografia, era comum que desse a ele de presente o resultado de exercícios com os quais ficava satisfeita, e Gonzalo guardava essas fotos entre os livros, inspirado por associações vagas ou literais: uma borboleta em *Fala, memória*, de Nabokov; um tico-tico pousando num galho em *La ola muerta*, de Germán Marín; umas nuvens estranhas e brancas demais em *Ciudad gótica*, de María Negroni; um homem de shorts e camiseta na fila de um banco em *Bartleby e companhia*, de Enrique Vila-Matas; o mar refletido num óculos de sol em *O belo verão*, de Cesare Pavese; uma mosca solitária em *Escrever*, de Marguerite Duras; uma noiva ajeitando o vestido em *La nueva novela*, de Juan Luis Martínez; uma esquina em Providencia embelezada pelas flores do jacarandá em *Cartas para reinas de otras primaveras*, de Jorge Teillier.

Não é esse tipo de fotos que procura, o que quer é o registro mais casual da vida cotidiana — quer recuperar imagens de Vicente brincando com Oscuridad no pátio ou soprando as velas do bolo de aniversário ou caminhando pelo parque; quer, sobretudo, reviver as tardes de tédio animadas de repente pela tentação de posar diante da câmera, diante do futuro; essa segurança temerária, essa aposta cega e audaz num futuro compatível com o presente.

Carla estava sempre com a câmera pendurada no pescoço, eram uma família, por assim dizer, amplamente documentada, Gonzalo não aceita que todas as fotos tenham se perdido — tinha certeza de ter guardado pelo menos algumas, mas agora admite que também é possível que antes de partir tenha jogado todas no lixo. Lembra de ter jogado coisas no lixo, é possível que por desgosto ou num rompante de insensibilidade tenha tido vontade de se desfazer daquelas memórias familiares. Teria sido fácil, teria sido inclusive correto, fazer Carla se lembrar daquelas fotos e jogá-las no lixo, como uma lâmina repetida de um álbum de infância, mas mantendo Vicente. Poderia ter recortado a si mesmo das fotos, ter se jogado no lixo, ter se triturado ou queimado, mas mantido Vicente. Concentra-se nesta cena imprecisa, hipotética: ele queimando fotos, jogando fora, como quem se desfaz de muitas evidências, talvez na manhã em que fechou suas caixas e as deixou no sótão da casa de seus pais.

Quando estava quase terminando de organizar os livros, Gonzalo encontra, entre as páginas de uma coletânea de Wisława Szymborska, uma foto da gata Oscuridad, com todos os seus dentes:

Carla tentou tirar essa foto tantas vezes que chegou a pensar que era impossível, mas perseguiu a gata até conseguir que ela olhasse de frente para a câmera — é uma pose resignada, como se fosse para a foto do passaporte ou da ficha policial, seu olhar atônito e inocente parece comunicar certa decepção.

Lê "Gato num apartamento vazio", o poema de Wisława Szymborska marcado com essa foto, e depois se lembra de "Gato preto à vista", um poema de Gonzalo Rojas (do verdadeiro Gonzalo Rojas). Procura-o e se dispõe a relê-lo, mesmo não tendo certeza de que gosta, e ao folhear o livro se depara com outro poema, "Crescimento de Rodrigo Tomás", que o poeta dedicou ao filho de três anos, e fica paralisado diante destes versos que já conhecia, mas que apenas agora, sob a ameaçadora claridade do presente, isola e absorve:

Dei-te para a tua liberdade a neve augusta e o luzeiro.
Fui a sentinela que te velou na alvorada.
Ainda me vejo, qual árvore, respirando para teus pulmões
                                                   [nascentes,
livrando-te da perseguição e do rapto das feras.
Ah, filho meu de minha arrogância,
sempre estarei no cume desta paisagem andina
com uma faca em cada mão para te defender e salvar.

Teria ele defendido Vicente com uma faca em cada mão? Teria ele dado tudo para salvá-lo, para protegê-lo? Claro que sim, responde para si mesmo. Fez isso, de certo modo, empenhou-se em criá-lo e em cuidar dele, e no entanto depois deixou que o tempo e a distância fizessem seu trabalho. Ainda o defenderia, ainda poria seu peito na frente de uma bala dirigida a ele, ainda preferiria ser ele a morrer, morrer por Vicente, a se sacrificar. Ou não?

Lembra do conto de Carver, e o jogo de coincidências e assimetrias o deixa zonzo e ainda mais triste. Pensa em chamadas telefônicas, em pessoas solitárias assando bolos ou chorando no chuveiro, em crianças agonizando, em pais cochilando na sala de espera de uma clínica. Se Vicente morresse, se tivesse morrido, ou se tivesse sido atropelado e agonizasse, como o menino do conto de Carver, Gonzalo teria pegado um avião? Teria voado oito mil e tantos quilômetros até Santiago? E se tivesse ido, o que teria feito, além de chorar? Como seu pranto teria soado? Um pranto prudente, envergonhado, um pranto de personagem secundário? Ou um pranto dilacerante e honesto, que competiria em decibéis com o da mãe e com o dos avós e amigos? Um pranto para fazer pose, ou uma pose de prantear? Ele teria doado a Vicente um pulmão, um rim, o fígado, por exemplo, claro que sim. Teria dado, sim, daria agora mesmo, e talvez fosse uma boa maneira de pedir perdão, uma maneira inquestionavelmente concreta. Desculpe-me, aqui está um rim.

Há pessoas que nos momentos de desespero pegam a Bíblia ou o *I Ching* ou *O livro tibetano dos mortos*. Gonzalo faz o mesmo, mas com poemas. Procura poemas, na verdade esse é seu trabalho; se tivesse de definir com precisão, se tivesse de explicar honestamente, diria que seu trabalho consiste em tentar compreender o mundo através dos poemas que outras pessoas escreveram. Por isso precisava organizar a biblioteca: a ordem alfabética lhe proporciona certeza, familiaridade, sossego. É bom saber, por exemplo, que arquivado no L de Lihn, Enrique, está o livro no qual consta este poema:

> *Nada se perde ao viver, ensaia:*
> *aqui tens um corpo à tua medida.*
> *Nós o fizemos nas sombras por amor às artes da carne*
> *mas também a sério*
> *pensando em tua visita como em um jogo novo, jubiloso*
>   [*e doloroso;*
> *por amor à vida, por temor à morte e à vida,*
> *por amor à morte*
> *para ti ou para ninguém.*

Depois encontra um poema de Matías Rivas em que um pai atribulado e autocrítico pede perdão ao filho, e em seguida acha outro de Fabio Morábito em que um homem, com uma ternura persuasiva, aceita sombriamente que seu filho já está grande demais para brincar de cavalinho, porque os pés dele já encostam no chão. Também lê "A Prayer for My Son", de Yeats, "Catalina Parra", de Nicanor Parra, "O deus dos mamíferos", de Pedro Mairal, "Imagem e semelhança", de Germán Carrasco, "Universal Father", de Julián Herbert, e fragmentos de "Você vai ser pai", de Henri Michaux, e de "O passeio", de Silvio Mattoni.

Lê esses poemas como se estivesse se candidatando ao impossível lugar de pai, de pai de um filho duplo, metade abandonado e metade morto. Não sabe se está exagerando ou disfarçando. Não sabe se adultera ou não seus antecedentes. Fica claro que está se candidatando. Preenche formulários, constrói uma imagem de si mesmo, uma ficção que, assim como todas as ficções na história da humanidade, é baseada em fatos reais. Sabe algo de italiano, por exemplo, muito pouco, mas poderia sustentar uma conversa, poderia tentar ler algum poema de Valerio Magrelli, ou ao menos *La Gazzetta dello Sport*, por isso não fica nervoso quando, no momento de preencher um formulário, declara que fala e entende e escreve italiano fluentemente, e sabe que mente mas também sabe que nunca terá de demonstrar seu domínio do italiano e que inclusive se tivesse de demonstrar se sairia, de algum modo, bem. Diria que está afônico, por exemplo, de fato fez isso algumas vezes em Nova York quando precisava descansar do inglês, simplesmente se desculpava, fazendo um movimento com as mãos e tocando a garganta. Este tem sido seu método, sempre: aferrar-se a essas duas ou três coisas que sabe bem, que domina, e deixar para amanhã a conquista da verdadeira sabedoria; confiar em sua intuição e em sua sorte e, se a coisa ficar feia, tirar o dele da reta com relativa elegância ou pelo menos com astúcia.

Mas é verdade que foi pai durante alguns anos. Foi pai da maneira mais plena que alguém que não é pai pode ser. Seu álibi está de acordo com a verdade. Não me deixaram continuar sendo pai, poderia argumentar: estive a ponto de aprender o idioma da paternidade, estudei com disciplina, com fervor, ninguém me obrigava, eu me matriculei por conta própria num instituto, e pagava pontualmente as mensalidades porque o instituto custava os olhos da cara, não há subvenção estatal para estudar algo assim, e eu fazia todas as tarefas, era o melhor aluno mas mantinha a humildade, sabia que ainda tinha muito a aprender, usava todo o tempo livre para me aperfeiçoar, mas um dia simplesmente fecharam o instituto: numa segunda-feira, cheguei para as aulas às cinco para as oito da manhã, como sempre, e estava fechado. E o tempo passou e fui simplesmente me esquecendo desse idioma. Porque os idiomas precisam ser falados, você acaba esquecendo se não praticar. Dei tudo de mim, fiz o melhor que pude. Houve erros, muitos, é claro. Confiar em Carla, por exemplo. Me apaixonar por ela. Decidir me apaixonar por ela. Porque devo ter decidido. Em algum momento devo ter decidido e depois me esqueci, era conveniente me esquecer. Em algum momento decidi que estava apaixonado por ela e que tudo fazia sentido e que morreria por ela e pelo filho dela. Em algum momento decidi comprar umas facas e decidi que com aquelas facas eu subiria em todas as montanhas e em todos os morros do meu país para defender Carla e Vicente com minha vida.

Termina de organizar os livros desolado por esses poemas intensos que encerram uma beleza que ele não poderia subscrever. Continua tentando adaptá-los a sua própria vida, continua imaginando seu próprio poema, o poema que deveria escrever à guisa de desculpa ou homenagem ou reivindicação. Lembra de quando pensava que com seus poemas conseguiria influenciar outras pessoas: ser querido, ser aceito, ser incluído. Teria sido mais fácil se decepcionar com a poesia, esquecer-se da poesia, do que aceitar, como fez Gonzalo, o próprio fracasso. Teria sido melhor pôr a culpa na poesia, mas isso teria sido mentira, porque aqui estão esses poemas que acaba de ler, poemas que demonstram que a poesia serve para alguma coisa, que as palavras doem, vibram, curam, consolam, repercutem, permanecem.

Nos dias seguintes, Gonzalo se dedica a preparar suas aulas com especial afinco, entusiasmado com a possibilidade de Vicente aparecer. Imagina-o chegando atrasado, no meio da aula, sentando-se com prudência na última fileira. Escreve para ele relembrando o convite. Dois dias depois, Vicente responde. Pede que ele repita os horários, perdeu o recibo onde os anotara. Gonzalo envia seus horários imediatamente, fornece a ele todas as coordenadas para chegar à faculdade, como se Vicente viesse de outra cidade ou de outro país. Ele responde que irá à aula da terça, às 11h20, a primeira do semestre.

Gonzalo começa sua aula completamente convencido de que Vicente não chegará, mas ele chega, e não no meio da aula, mas a tempo, meio envergonhado. Sorri para ele lá do fundo, pega um caderno, faz anotações. Umas horas mais tarde, os dois caminham pela porção central da avenida Alameda, sob o sol indeciso de março — em seis anos, a velocidade de seus passos mudou: os dois avançam num ritmo veloz, mas em alguns momentos Vicente tende a ir mais rápido, de modo que a cada tanto dá um passo menor, que o deixa quase no mesmo lugar, para esperar por Gonzalo.

Se alguém os olhasse com atenção, pensaria que são pai e filho ou professor e aluno, mas se além de vê-los alguém os ouvisse, pensaria na verdade que são dois eruditos ou dois nerds ou dois jornalistas hiperinformados ou aquilo que de alguma forma de fato são: dois poetas chilenos de diferentes gerações compartilhando um com o outro suas leituras.

— E você leu o Yanko González?
— Sim, quase tudo.
— E a Bárbara Délano?
— Só uns poemas numa antologia.
— E o Bolaño?
— Os romances, não, é que todo mundo diz que tem que ler, como se fosse obrigatório.
— É que são maravilhosos — diz Gonzalo. — E os do Enrique Lihn?
— *La Fiesta de Cristal*?
— *La Orquesta de Cristal*.
— Isso. Esse eu comecei, gostei. Vou continuar. Assim, a verdade é que eu quase sempre acabo ficando entediado com os romances. É página demais. Como se um poema não fosse o suficiente.
— O Pound pensava isso — diz Gonzalo. — Numa carta pro William Carlos Williams, ele diz que só escreve as partes boas dos romances. E que todo o resto, as quatrocentas páginas restantes, são pura enrolação e tédio.
— Eu concordo.
— Eu também, às vezes. Mas existem bons romances — diz Gonzalo, com uma nuance pedagógica.

* * *

O diálogo é consideravelmente mais longo, parece um interrogatório e no entanto flui, funciona; os dois põem nomes na mesa, que é o esporte favorito ou talvez obrigatório dos poetas, e isso os entretém, mas sobretudo permite que falem muito sem dizer quase nada: fazem contato, acostumam-se às palavras, instalam signos entre eles. Gonzalo tende a recomendar autores que pensa estarem esquecidos, mas Vicente está informado e se move sem problemas pela tradição da poesia chilena. E também fala de poetas mais jovens, inéditos, que Gonzalo não conhece.

— Qual é o sobrenome desse Pato? — pergunta Gonzalo.

— Ele se chama Patricio López López, a mãe e o pai têm o mesmo sobrenome.

— E ele já publicou?

— O livro vai sair logo.

— E ele vai assinar com o sobrenome duplicado? — pergunta Gonzalo.

— Vai, ele gosta que as pessoas pensem que é filho de mãe solteira.

— Claro — diz Gonzalo, pensando em seu elaborado dilema com o próprio nome.

— Não sei se você iria gostar dos poemas dele.

— De qualquer jeito vou lê-lo, parece que é você que tem que me recomendar umas leituras, já leu tudo — diz Gonzalo, complacente mas verdadeiramente impressionado. Vicente se sente um pouco trapaceiro, um pouco culpado, porque não leu nem metade dos autores que acaba de dizer que leu. Quer lê-los, vai lê-los, isso é certo, porque quer ler tudo.

— E eu li você também — acrescenta Vicente, numa voz muito baixa, como se estivesse ensaiando a frase.

* * *

Gonzalo fica paralisado. Olha para Vicente com franca incredulidade, não sabe o que dizer. Inveja um pouco todos os poetas que deram a cara a tapa, porque conseguiram existir plenamente: se Vicente os conhece, já não há dúvidas de que encontraram seus leitores, o que é muito mais do que ele poderia dizer de si mesmo. Não é parte dessa lista improvisada, nunca foi e pensa que nunca será. Não figura em lista alguma, a não ser que houvesse um registro de poetas fracassados. E no entanto Vicente diz ter lido *Parque del Recuerdo*. Nem mesmo havia pensado nessa possibilidade. Poderia ter lido, ele mesmo mandou um livro para Carla, e é provável que o menino tenha cruzado com aquele exemplar; talvez ela por algum motivo o tenha mostrado a ele, pensa agora Gonzalo, com uma gratidão vacilante.

— É sério que você leu aquele livro? — Gonzalo não diz "meu livro", tampouco diz "me leu".
— Sim.

A verdade é que Gonzalo não jogou foto alguma no lixo nem queimou nada: dias depois da briga final, Carla foi ao quartinho e passou a tarde toda sacudindo um a um os livros para coletar, justamente, todas as fotos em que ela e o menino apareciam. Não fez isso por crueldade, simplesmente achava injusto que Gonzalo ficasse com elas. Guardou numa gaveta as fotos em que Vicente aparecia sozinho ou com ela, e as fotos em que ela aparecia sozinha ou com Gonzalo, ela enfiou num saco de lixo que guardou num armário em seu quarto, do mesmo jeito que se guarda um casaco velho, um casaco que não voltaremos a usar, que não serve mais em nós e do qual já não gostamos e que está puído, mas que mesmo que não estivesse tampouco quereríamos dá-lo a ninguém. Quando recebeu o livro de Gonzalo, depois de ler dez vezes a dedicatória impressa no livro ("Para Carla e Vicente") e vinte vezes a manuscrita ("Você nunca saberá o quanto este livro existe graças a você"), guardou-o no mesmo saco.

De modo que não foi esse exemplar de *Parque del Recuerdo* que Vicente leu. Três anos atrás, na primeira vez que foi à livraria

Metales Pesados, percorreu toda a seção de poesia e deu uma olhada nesse livro, que não chamou sua atenção. Folheou-o movido pela mesma curiosidade voraz que o levava a folhear qualquer livro de poesia. Não leu a dedicatória, e se a tivesse lido talvez nem teria pensado que aquela Carla era sua mãe e que aquele Vicente era ele e que aquele Rogelio González era seu ex-padrasto.

Na tarde do reencontro, Sergio Parra procurou pelas estantes o exemplar de *Parque del Recuerdo* e o deu a Vicente.

— Imagino que você tenha lido o livro do seu amigo — disse. — Está aqui há anos. Ele mesmo o trouxe quando publicou.

Vicente folheou ansiosamente o livro. Agora sim leu a dedicatória.

— Esse Vicente devo ser eu e essa Carla deve ser minha mãe — disse, mostrando a Parra os nomes com uma emoção ao mesmo tempo infantil e sombria.

Era como se tivesse aparecido na televisão por acaso; sentia-se delatado, usado ou iluminado.

— É seu pai? — perguntou Parra, surpreso.

— Não, mas foi meu padrasto.

— E você não conhecia mesmo o livro?

— Eu nem sabia que ele tinha publicado um livro — disse Vicente, que continuava passando as páginas com impaciência.

— E por que assinou como Rogelio González?

— Provavelmente pra não ser confundido com o Gonzalo Rojas — disse Parra. — Tem um monte de Gonzalos Rojas que usam pseudônimos. Fique com ele, é um presente.

— E se alguém vier comprar?

— Ninguém vai vir comprar. E eu tenho outro em casa, acho.

— O que você achou, chegou a ler?

— Não me lembro muito, mas gostei — disse Parra.

Era mentira, ou uma verdade parcial, porque realmente não se lembrava de muita coisa. Na época, com exceção de um punhado de poemas, tinha achado o livro sem graça e meio pretensioso; gostara da ideia, mas sentia que faltava ousadia a Gonzalo. Preferiu dizer a Vicente, por via das dúvidas, que tinha achado um bom livro.

Caminharam juntos naquela noite, depois de fechar. Vicente estava trabalhando havia menos de duas semanas na livraria, mas Parra percebeu que seu novo funcionário precisava conversar. Entraram num bar, Vicente pediu uma cerveja escura e Parra, sua tradicional cerveja sem álcool.

— Cerveja tem álcool — disse a Parra um garçom jovem, da idade de Vicente.

— Como é? Vocês não têm cerveja sem álcool? — perguntou Parra.

— Temos cervejas de todo tipo, mas todas com álcool, cerveja contém álcool — respondeu o garçom, como quem explica que a Terra é redonda. — Mas temos sucos e bebidas, tem de tudo.

— Cerveja sem álcool existe há muitos anos — disse Parra, indignado.

— Pessoalmente eu duvido que algo assim seja possível, senhor — respondeu o garçom, inabalável.

— Também existe café descafeinado — disse Vicente, tentando ajudar.

— Bom — disse Parra —, já que aqui a cerveja sem álcool não existe, vamos pra algum outro lugar onde ela exista.

Encontraram uma mesa num restaurante onde havia, sim, cerveja sem álcool, e Vicente quis provar, mas achou horrível, de modo que pediu logo uma cerveja escura.

— É impressionante — disse Vicente. — Seis anos. Em seis anos ninguém comprou o livro. É um fracasso.
— Não é tão raro — disse Parra. — A poesia é assim.
— Verdade.
— Ele era bacana com você?
— Sim — disse Vicente, sem hesitar. — Mas depois foi embora.
— Você saiu poeta, igual ao seu padrasto.
Era uma piada, mas Vicente a recebeu com perplexidade.
— Parece que sim.
— E seu pai, não é poeta?
— Não, não mesmo. É advogado, mas não trabalha mais como advogado. Mesmo assim, você acha que tem alguma influência?
— O quê?
— O fato de o meu padrasto, ou melhor, meu ex-padrasto ter sido poeta. Eu nem sabia que ele tinha publicado um livro.
— Mas você sabia que ele escrevia poemas?
— Sim, mas nunca dei tanta importância — disse Vicente. — Sabia que ele lia muito e que escrevia poemas, mas não que havia publicado um livro. Além do mais, no tempo em que a gente morou junto, eu não me interessava por literatura. Comecei a me interessar faz pouco tempo, já mais velho, tipo com quinze anos.

Parra soltou uma gargalhada e Vicente olhou para as próprias unhas, como se quisesse roê-las.

— A gente sempre acaba ficando parecido com as pessoas com quem vivemos — disse Parra a seguir. — Com o cônjuge, os amigos, inclusive com os colegas de trabalho, até com o gato. Eu, por exemplo, a cada dia me pareço mais com o Truman.
— Seu gato?
— Não diga a ninguém que tenho um gato.

— Por quê?

— Porque não gosto de falar da minha vida privada — disse Parra, a ironia relampejando em seus olhos. — Acho que você vai ser um poeta melhor que seu padrasto.

— Obrigado — Vicente sorriu. — Talvez ele nem seja mais poeta. Sabe se ele publicou mais alguma coisa?

— Acho que não. Mas se você publica um livro, é um poeta. Talvez se arrependa, mas já publicou um livro de poemas, então vai ser sempre um poeta, se ferrou.

— E se alguém foi seu padrasto por um tempo, continua sendo seu padrasto pra sempre?

Parra ficou calado por uns segundos antes de responder:

— Eu acho que sim. Sim. Se você quiser, sim.

Acendeu um cigarro, conseguiu dar três tragadas rápidas antes que uma garçonete viesse pedir que o apagasse ou que fossem embora.

— É que sou estrangeiro — disse Parra, emulando uma espécie de francês. — Não sabia.

— *We are not from here* — o inglês de Vicente soou bastante bem.

Chegaram à avenida Alameda, se despediram, Vicente caminhou algumas quadras olhando as janelas dos edifícios. Gostava especialmente dessa hora em que os quadrados recém-iluminados anunciavam o retorno de alguém, e às vezes duas janelas ou mesmo três, em diferentes lugares do edifício, iluminavam-se de forma simultânea: adorava imaginar essas vidas inconscientemente sincronizadas.

Sentou-se debaixo de um poste, na calçada da rua Santa Isabel, para ler *Parque del Recuerdo*. Não esperava encontrar poesia, na verdade, e sim pistas ou recados, sinais; encarou o livro como alguém lê um expediente, num ritmo especialmente lento, retrocedendo aos versos anteriores, como se receasse que o texto mudasse de um momento para o outro. Havia luz suficiente, mas mesmo assim ajudava com a lanterna do celular. Quando terminou de ler, pensou que havia ao menos um poema de que gostara bastante. Este poema:

GARFIELD

*Cada vez que um avião cai
em qualquer lugar do mundo
os jornais chilenos informam
se há chilenos
entre as vítimas.
Mas meu filho de quatro anos
não pergunta se morreram chilenos
pergunta se morreram crianças
porque as crianças pertencem
ao país das crianças
assim como os mortos pertencem
ao país dos mortos.*

*Penso nisso enquanto caminho
com meu filho pelo cemitério
e o vejo se afastar correndo
em direção a uma lápide
onde um cata-vento de papel
e um Garfield de pelúcia
manifestam a visita recente
de pais desconsolados.*

*Meu filho de quatro anos brinca
com a pelúcia de uma criança morta
e eu receio que queira levá-la para casa*

mas ele não diz nada, não quer
levá-la: alguns segundos depois
deixa-a respeitosamente
no mesmo lugar
e se despede não sei se da pelúcia
da lápide
ou da criança morta.

Bastaram a Vicente duas ou três leituras para decorá-lo. Não tentava memorizar os poemas, mas às vezes acontecia de os versos aderirem à sua memória sem esforço, e ficavam ali, como moscas que aterrissaram por acaso num insetário. Era um poema bonito, muito diferente de todos os outros do livro, achava Vicente — porém não estava seguro de seu juízo, tinha dificuldade de avaliar o texto como tal, porque pensava insistentemente naquele filho de quatro anos que aparecia no poema; supunha que era inventado, mas também pensava que era possível que Gonzalo tivesse um filho. Achava que aquele filho não era ele, muito embora quando pequeno tivesse um Garfield de pelúcia.

Perguntou a Carla que idade ele tinha exatamente quando Gonzalo apareceu na vida deles. Ela respondeu que seis anos, o que se ajustava aos cálculos e às sensações e às memórias de Vicente. Carla perguntou por que ele queria saber. Ele disse que por curiosidade. Perguntou também se Gonzalo tinha outros filhos.

— Que eu saiba não — disse Carla, estranhando. — Acho que não. Se ele teve um filho depois, há pouco tempo?

— Ou antes.

— Antes, não. Depois, não sei, faz anos que não sei nada dele. Mas acho que não, acho que o Gonzalo não teria muito talento pra ser pai.

— Por quê?

— Por nada — respondeu Carla. — Não sei se ele teve filhos, é isso. Por que você se lembrou dele?
— Por nada — respondeu Vicente.

Não quis revelar à mãe o encontro com Gonzalo. Nos dias seguintes releu *Parque del Recuerdo* muitas vezes, quase sempre deitado no colchão do quartinho. O pensamento de que aqueles poemas haviam sido escritos naquele mesmo lugar lhe parecia às vezes agradável e outras vezes perturbador. Estava em dúvida se ia ou não à aula de Gonzalo, por motivos difíceis de enunciar, ele mesmo não os entendia ou conhecia, mas enquanto adiava a decisão relia aqueles poemas uma vez atrás da outra. Sentia que ao reler aquele livro estava se preparando para o encontro. Rapidamente se tornou, de longe, a pessoa que mais vezes leu *Parque del Recuerdo*. Não sabia disso, não tinha como saber, é claro.

No dia da aula, acordou muito cedo para reler o livro mais uma vez, e inclusive o revisitou no ônibus, como se estivesse estudando de última hora para uma prova. Só então pensou que era a primeira semana de aulas e ele estava a caminho de uma universidade. A matéria de Gonzalo não era para alunos novos, em todo caso, tratava-se de um seminário de análise de textos literários para estudantes do terceiro e do quarto anos. Era uma aula longa, de dois tempos seguidos, com três horas no total. Quando terminou o primeiro tempo, Gonzalo quis se aproximar, mas Vicente correu para o pátio, comprou um café e o tomou num canto do refeitório. Gonzalo pensou que Vicente não voltaria para a sala, mas voltou. No segundo tempo, analisaram a letra de "Maldigo del alto cielo", de Violeta Parra. O professor perguntou se eles conheciam a música, e claro que os estudantes a conheciam, mas ninguém assentiu, de modo que começou a cantá-la — não cantava mal, e até fez gestos de tocar violão. Os alunos celebraram a interpretação com risinhos aprobatórios de cumplicidade e no final todos aplaudiram, exceto Vicente, perdido na bruma de uma nova lembrança: Gonzalo cantando essa música e marcando o ritmo com a cabeça enquanto preparava, na cozinha, um molho pesto.

Vicente achou a aula extraordinária, com certeza muito diferente das tediosas horas de língua e literatura no colégio. Gonzalo se movia com desenvoltura entre referências que para Vicente nem sempre eram familiares. Falava de Roland Barthes ou de Virginia Woolf como se fala de pessoas conhecidas, próximas, acessíveis. Pulava de Sylvia Molloy para Viktor Chklóvski ou para Elvira Hernández e depois falava de Marcelo Mellado ou de Yorgos Seferis ou de Haroldo de Campos e no entanto nunca soava pomposo, pelo contrário: ao ouvi-lo, Vicente pensava que Gonzalo simplesmente amava a literatura e havia se dedicado a ela com correspondente devoção, talvez até com humildade.

Pensou que Gonzalo sabia muito, que provavelmente sempre soube muito, que poderiam ter conversado por longas horas sobre poesia ou sobre o mundo, e até sentiu que havia desperdiçado os anos em que viveram juntos. Pensou, com enorme melancolia, que todos os alunos na sala, embora tivessem acabado de conhecer Gonzalo, teriam o privilégio de conhecê-lo mais do que ele, que fora seu enteado por anos, o conhecia ou conheceria.

Depois da aula, muitos estudantes cercaram Gonzalo e o encheram de perguntas às quais ele respondeu tentando disfarçar a impaciência enquanto olhava para Vicente, que continuava sentado na última fileira, com a mente cheia de imagens recém-desenterradas.

— É sério que você leu aquele livro? — Gonzalo não diz "meu livro", tampouco diz "me leu".
— Sim.
O barulho dos automóveis e dos ônibus prevalece por alguns minutos. Vicente já não tem certeza se foi uma boa ideia dizer a Gonzalo que leu *Parque del Recuerdo*. Disse porque quis, com uma leveza espontânea, mas agora sente a responsabilidade de formular uma opinião.
— Gostei — diz Vicente, e acelera a pergunta —, você vai publicar outro?
— Não. Não escrevo mais. Quer dizer, escrevo *papers*, pequenos ensaios, às vezes resenhas. E preciso terminar de escrever minha tese. Mas não escrevo mais poesia. Você gostou mesmo? Não precisa me dizer que gostou se não gostou. Eu nem ia te perguntar.
— Gostei, sim. Foi estranho lê-lo, mas gostei.
— Dediquei o livro a você.
— Sim, sim. Muito obrigado.

Aqui os dois começam a rir. Porque é absurdo, é graciosamente anacrônico que Vicente agradeça pela dedicatória.

— O poema de que mais gostei foi "Garfield".

— Que bom que você gostou. Eu acho que é o melhor poema do livro. Na verdade, acho que é o único bom.

— Eu sei de memória — diz Vicente, e começa a recitá-lo.

Na medida em que repete o poema, Vicente pensa que age como uma criança que está aprendendo a falar e imita todas as palavras que ouve, ou, mais precisamente, como um moleque insuportável contente de se exibir tocando piano para as visitas. E também sente que está sendo excessivamente generoso, que Gonzalo não merece essa generosidade. Gosta muito do poema. Mas elogiar Gonzalo é estranho. É um contrassenso, talvez uma traição.

Enquanto escuta seu poema na voz de Vicente, Gonzalo olha para seu enteado ou ex-enteado como se não entendesse o que está acontecendo. Sente orgulho e um pesar denso, minucioso. Só de imaginar Vicente memorizando aquele poema, a cena lhe parece de uma beleza complexa, azeda, pungente. A voz de Vicente é grave e jovem — é a voz de um filho, não a de um pai, é a voz de alguém que não teve um filho, pensa Gonzalo, à deriva em suas próprias divagações. Depois imagina, com razão, que Vicente é a única pessoa no mundo que decorou um poema de *Parque del Recuerdo*. Nem Gonzalo seria capaz de dizê-lo de cor, justamente porque tentou, com os anos, esquecer-se desse livro.

— Não consigo acreditar que você decorou.

— É que minha memória é boa — diz Vicente, quase como uma desculpa.

— Também é o poema de que sua mãe mais gostava — diz Gonzalo. — O único de que ela gostava de verdade.

A alusão a Carla modifica algo, estraga algo: até então, Gonzalo sequer havia perguntado a Vicente por ela. É como uma queda de voltagem. É como se tivessem combinado de não tocar em assuntos controversos e Gonzalo tivesse quebrado esse pacto.

Estão caminhando há quarenta minutos, param na Puente del Arzobispo, compram água mineral e uns Súper 8. Bate um vento leve e frio, talvez sentenciando o fim do verão.
— Gosto muito desse poema, mas não gosto do livro — diz Gonzalo, um pouco para encher linguiça.
— Eu penso o mesmo — diz Vicente. — Gosto desse poema, na verdade ele me fascina, mas do livro eu não gosto muito. Arrepende-se em seguida do que acaba de dizer. O comentário ficava bem na boca do autor, mas não desse leitor casual que, além do mais, tinha acabado de dizer que gostara do livro. Tenta se retratar, Gonzalo o tranquiliza, diz que realmente não espera que ninguém goste do livro, embora não seja verdade, porque por alguns minutos pensou, ainda há pouco, com uma inocência compreensível, que Vicente tinha de fato gostado não apenas daquele poema mas do livro todo, chegou até a sentir a fugaz carícia de um reconhecimento.
— Sou um *one hit wonder* — brinca Gonzalo, para arrefecer a intensidade —, e nem esse poema chegou a ser um hit.
— É que você tem que lançar outro disco — diz Vicente, enquanto retomam a caminhada. — E aquilo aconteceu?
— Aquilo o quê?
— O que o poema conta.
— Uma noite eu me sentei e o escrevi de uma vez, como se estivesse vivendo a coisa. Como se, à medida que eu escrevesse, vivesse. Ou como se tivesse acabado de viver. E eu tinha vivido aquilo, de algum modo. Lembra que você e sua mãe foram comigo algumas vezes ao Parque del Recuerdo?

— Não. Pra um funeral?
— Não. Eu ia ao cemitério fazer anotações.
— Não me lembro — no momento em que Vicente diz isso acha que sente o despontar da lembrança.
— Uma manhã fomos nós três, você, eu e sua mãe, deve ter sido um domingo. De repente vi umas crianças correndo, elas vinham na nossa direção, gritando, fazendo troça. E pulavam as lápides com muita destreza. Eram tipo atletas pulando obstáculos. Era um dia de sol. Lembro que eu passei protetor solar em você e depois caminhamos pelo cemitério olhando as árvores.
— Eu também estava pulando as lápides?
— Não. Você não era mais tão pequeno. Ficava do meu lado ou se afastava uns metros pra olhar as lápides. Você lia em voz alta os nomes dos mortos, as datas de nascimento e de óbito. E eu acho que você procurava os túmulos de crianças. Ou talvez a gente tenha parado justamente na frente do túmulo de uma criança e você leu duas datas próximas demais e achou aquilo desconcertante. Algo assim.
— Então eu sou o filho de quatro anos?
— De certo modo, sim.
— Mas eu não tinha quatro anos.
— Você tinha onze, eu acho. Ou talvez já tivesse feito doze.
— E você passou protetor solar em mim?
— Passei.
— Mesmo eu tendo doze anos?
— É. Acontece que você achava um saco passar protetor. Passar o protetor em você era minha função, minha responsabilidade. Sua mãe quase nunca fazia isso. E você resistia, sempre resistia. Às vezes você dizia que queria ser mais moreno que eu.
— Mas a gente tem mais ou menos o mesmo tom de pele.
— Você continua sendo um pouco menos moreno que eu.

Aquilo parece a Vicente intimidade demais. As mãos de

Gonzalo em seu rosto, em seus braços, espalhando protetor solar. Tem dificuldade de imaginar a cena.
— E aquele Garfield era meu?
— Era. As pessoas deixam bichos de pelúcia nos túmulos de crianças e eles são arruinadas pela chuva e pelo sol. Mas no poema é um bicho de pelúcia que os pais deixaram numa visita recente.
— Claro, e também o cata-vento é recente — diz Vicente, como se ainda estivessem na aula de análise textual. — Do contrário, também teria ficado destruído com a chuva ou com as geadas.
— Sim. Eu imaginei aquele bichinho de pelúcia que te dei de presente, foi quase o primeiro que eu te dei. Eu queria que você gostasse do Garfield.
— Por quê?
— Porque eu gostava, ainda gosto.
— E por que você falava de um filho de quatro anos?
— Imaginei assim. Imaginei um menino de quatro anos que não era exatamente você — diz Gonzalo. — Mas também era. Quando você estava com seis anos e eu tinha acabado de te conhecer, a gente viu na tevê a notícia de um acidente aéreo, não me lembro se na Colômbia ou no Peru. O narrador disse que ainda não sabiam se havia chilenos entre as vítimas. E você me perguntou se tinham morrido crianças no acidente.
— E era melhor para o poema dizer que era seu filho do que dizer que era seu enteado — diz Vicente, num tom que de maneira nenhuma poderia ser interpretado como de reprovação, e sim como se completasse uma frase inconclusa.
— Isso tudo aconteceu, mas em outra ordem, de outra maneira — diz Gonzalo, que prefere fingir que não escutou a frase de Vicente. — O poema saiu sozinho, de uma vez. Os outros poemas eu tive que tirar à força, à base de pura vontade, só com

a cabeça, me obrigando, ou como se alguém me obrigasse. Você tem razão, não é um bom livro. Eu deveria ter escrito um ensaio, algo assim. Queria falar desses cemitérios que escondem a morte, que querem maquiá-la, tirar dela o drama, evitar a todo custo o macabro, o tenebroso, o fúnebre.

— O lutuoso — diz Vicente, pelo puro prazer de acrescentar essa palavra incomum.

— O fatal — Gonzalo sorri.

— O funesto — diz Vicente.

— O tétrico.

— O sinistro.

— O calamitoso.

— O inefável.

— O indizível.

— O inenarrável — arremata Vicente.

Suas risadas são longas e seus passos, curtos, como se competissem para ver quem chega por último.

— A maneira de prestar homenagem aos mortos é limpar a lápide com cera — diz Gonzalo, quando voltam à seriedade. — E enterrar cravos na grama ou deixar um arranjo com rosas brancas. Era disso que eu queria falar. De uma mulher chorosa encerando freneticamente uma lápide. Agachada, honrando seus mortos, trabalhando. Quando você tenta escrever um poema há algo que acontece ou não acontece. Algo que não dá pra forçar. E dessa vez, nesse poema, aconteceu.

Inesperadamente, Gonzalo se senta num banco, como se estivesse cansado, embora não esteja.

— E você parou mesmo de escrever?

— Parei. Faz muito tempo que não escrevo. Não sou mais poeta.

— Mas você publicou um livro de poesia, então vai ser sempre poeta. Está ferrado.

Gonzalo sorri e olha para o horizonte, como se quisesse avistar alguém.

— Sobre o que é sua tese?

Por um segundo, Gonzalo pensa em responder a essa pergunta de maneira pormenorizada, mas não quer entediá-lo. Talvez não o entediasse, mas faria com que ele visse que esse é o final; que se estudasse letras teria de continuar estudando por muitos anos e terminaria escrevendo um estudo de redundantes quinhentas páginas que acabaria perdido nas estantes de uma biblioteca. Não parece uma opção muito sedutora.

— Mas me conte você sobre seus poemas.

— Ainda não são bons.

— Mas como são?

Vicente não responde. Retomam a caminhada, já são quatro da tarde, mas nenhum dos dois pensa em almoçar. Pela primeira vez é possível que o encontro termine. Não há nada combinado, nem Gonzalo nem Vicente sabem bem em que consiste o presente imediato. Ficam parados na esquina da Providencia com a Pedro de Valdivia. Parece uma despedida. Os dois sentem que há muito mais sobre o que conversar, mas também é possível que, de certo modo, não haja mais nada, ou que tudo comece a ficar difícil, que as palavras parem de fluir. Caminham mais uns passos e entram, quase sem decidir, numa livraria.

— Sua livraria está cada dia mais linda — diz Gonzalo a Joan, um catalão radicado há décadas no Chile.
— Obrigado, mestre — responde Joan. — E você está cada dia mais gordo.
Enquanto Gonzalo e Joan trocam pequenos insultos, Vicente perpassa as prateleiras. A primeira coisa que procura é *Parque del Recuerdo*, mas é claro que não está lá, nunca esteve, não está em lugar algum. Depois Gonzalo se aproxima da mesma seção e por um momento parecem dois desconhecidos com as cabeças lado a lado tentando não esbarrar um no outro. Gonzalo escolhe vários livros para dar de presente a Vicente. Pensa que é justo, são todos os presentes que não deu a ele, que lhe deve, e há algo de libertador nesse pensamento, mas logo entende que seu impulso é bobo e ofensivo: é como uma reparação, uma indenização. Então tenta escolher apenas um. Pensa que é melhor não dar poesia, porque Vicente parece ter lido tudo. Pensa em *Juventude*, de Coetzee, mas se arrepende em seguida, é uma escolha estúpida, literal, porque é um livro belo e áspero sobre al-

guém que enfrenta mais ou menos os mesmos dilemas e desejos que talvez Vicente esteja enfrentando, mas dá-lo de presente seria invasivo, caricatural. E talvez os dilemas e os desejos de Vicente sejam outros, pensa Gonzalo; talvez Coetzee fale de um mundo já meio enterrado, para o bem ou para o mal. Decide dar alguma coisa mais atual, mais apelativa, mas não de maneira explícita, e fica dando muitas voltas pensando em possibilidades, basicamente porque está escolhendo um presente para um desconhecido a quem resiste a ver como um desconhecido. Acaba por comprar A *montanha mágica*, que é quase o contrário do que procura, um livro em nada atual. E tudo bem, os velhos dão clássicos de presentes, pensa Gonzalo, com alegre resignação.

— Vamos tomar um café — diz para Vicente, ao saírem da livraria.

Soa quase como uma ordem. Obviamente não é, mas é assim que soa. Vicente sente que deveria ir embora, mas não conseguiria fazê-lo com elegância, sairia correndo, e uma das poucas coisas de que tem certeza é que não quer mais sair correndo de nenhum lugar, nunca mais. Gonzalo o conduz pelo ombro com naturalidade, como um pai faria. Não está mais gordo, pensa Vicente, lembrando das palavras de Joan. De forma alguma Gonzalo poderia ser descrito como alguém gordo, mas é evidente que deixou de ser magro. Também não tem rugas, apenas na testa quando sorri, e ainda falta muito para ficar grisalho ou careca, pensa Vicente, que depois tenta decidir qual dos dois é mais alto. Ele mede um metro e oitenta e tem a impressão de que Gonzalo também.

Sentam-se num café, demoram a ser atendidos.

— Você não fuma mais?

— Parei há uns anos.

— Você não usava óculos? — Vicente de repente acredita lembrar-se de Gonzalo com óculos, mas não tem certeza.

— Agora uso lentes de contato.

— Antes você usava óculos, certo?
— Só pra ler. Agora preciso o tempo todo.
— Achei que você ia me levar pro zoológico dos romancistas.
— Qual é esse?
— O Tavelli.
— Claro, está sempre cheio de escritores — Gonzalo solta uma gargalhada atrasada. — Mas eu não vou lá há séculos. Não gosto do Tavelli. Mas a *torta de panqueques de naranja* que eles servem é extraordinária.
— Gosto muito também.
— Então vamos, a gente come um pedaço de torta e de lá voltamos pra este café.
— Beleza.

É o que fazem. No Tavelli há, de fato, vários escritores, e Gonzalo e Vicente, de um canto, observam-nos como se realmente se tratassem de animais em exibição. Cada um devora uma *torta de panqueques* e a seguir voltam ao café próximo, onde Gonzalo entrega a Vicente o exemplar de *A montanha mágica* que acaba de comprar.

— E por que você está me dando esse livro?
— Porque é uma maravilha. Sobretudo o capítulo que se chama "Neve". Não me lembro bem, mas tem uma página que eu transcrevi e colei na parede e li muitas vezes.
— Sim, mas não foi isso que eu perguntei. Queria saber por que você está me dando um presente.
— Porque daqui a duas semanas você vai fazer dezenove anos. Dia 30 de março — diz Gonzalo.
— Verdade. Obrigado. Eu também tenho uns livros pra você, mas não são presentes, são devoluções.

Vicente tira da mochila os livros de Gonzalo Millán e de Emily Dickinson.

Por uma fração de segundo, Gonzalo não percebe que se trata de seus próprios livros. Quando os reconhece, toca-os e folheia-os com emoção, como se quisesse comprovar que são reais. Não sublinhava os livros, mas colocava seu nome na primeira página: distingue primeiro seu nome e um instante depois sua letra, embora sua letra não tenha mudado desde então. Folheia os livros, agora sim sublinhados por Vicente, que nunca pensou

que chegaria a devolvê-los — não quer devolvê-los, na verdade: aposta que Gonzalo não vai aceitá-los de volta, e é uma aposta arriscada, porque se baseia na ideia de que o conhece, o que não é nada óbvio. Mas aposta bem:
— São seus — diz Gonzalo.
— Não, são seus. Desculpe ter sublinhado.
— São totalmente seus. Feliz aniversário, Vicente — diz, com um sorriso hesitante. — Feliz aniversário antecipado.
— Então são três presentes no total.
— Mas eu te devo muitos presentes. De aniversário e de Natal. Esses livros não são presentes adiantados, e sim atrasados, muito atrasados.
— É verdade — diz Vicente, satisfeito.

Ficam vendo os livros, detêm-se em alguns trechos. O de Emily Dickinson foi comprado na livraria Ulises, que fica perto dali, a cinco passos. Custou caríssimo, ele lembra. O de Millán, ele conseguiu numa troca sacana: quando estava no segundo ano da licenciatura, ficou amigo de um calouro cujo pai era leitor de poesia chilena e tinha esse livro quase impossível de encontrar, que havia sido editado em Ottawa em 1984, durante o exílio de Millán, ao que parecia o próprio autor tinha lhe dado de presente. Gonzalo propôs ao calouro trocá-lo por um romance de Roberto Ampuero que tinha acabado de sair. Era uma permuta assimétrica, não fazia sentido trocar uma raridade bibliográfica como aquela por um livro recente que Gonzalo nem mesmo lera, que ganhara de presente de um típico parente desavisado ("me disseram que você gosta de ler"). Anos mais tarde, o enganado quis o livro de volta, não se interessava pela poesia de Millán, mas tinha descoberto que com o dinheiro que poderia fazer com esse livro daria para comprar em torno de vinte romances de Ampuero.
— E você não quis devolver.
— Não. Ele ficou de otário.

— No fim, os livros de poesia acabam valendo muito mais que os de prosa — diz Vicente, filosofando.
— Certamente.
— E você conheceu o Millán? — pergunta Vicente, em tom de franca, de perfeita inocência.
— Devo tê-lo visto umas cinco vezes, em leituras. Conversamos uma noite e pensei que um dia conversaríamos de novo, mas ele morreu de repente.
— Em 2006.
— Sim.
— Você sentia falta do livro?
Gonzalo responde que sim, mas não é verdade. Nunca mais leu Millán. Emily Dickinson, sim. É injusto. Depois do simulacro, envergonhado, castigou Millán, por assim dizer, mas não Emily Dickinson.

Permanecem no café por mais uma hora aproximadamente, falando de poesia, de poesia chilena, e tomando cafés pingados. Em alguns momentos falam como se tivessem acabado de se conhecer, como se fosse um encontro às cegas. Há silêncios, mas não chegam a ser incômodos, talvez porque os livros continuem sobre a mesa. A cada tanto Vicente relê algum poema e num momento abre também A *montanha mágica* numa página qualquer e lê:

> O moço gravemente enfermo, de apenas vinte anos, mas já um pouco calvo e grisalho, com uma tez de cera e o rosto emaciado, de mãos grandes, nariz grande e orelhas grandes, quase chorou de tão grato pelo consolo e pela distração.*

* Thomas Mann, A *montanha mágica*. Trad. de Herbert Caro. São Paulo: Companhia das Letras, 2016.

Vicente pensa que gosta desse fragmento e que vai ler o romance inteiro, que vai começá-lo amanhã mesmo, não sabe se deitado na cama, de pijama, ou no jardim da frente, com o primeiro café. Distrai-se com esse dilema, como se fosse preciso decidir agora mesmo.

Depois caminham de volta, como se regressassem à universidade, como se tivessem saído para um recreio longuíssimo. Avançam sem um rumo claro e agora, sim, parece que o encontro vai terminar, mas Vicente desata a contar sua história com Pru, desde a noite em que a conheceu até o desfecho, embora omita a cena de Carla e León trepando. Gonzalo não sabe o que dizer. Tenta consolá-lo, como um amigo faria.

— Como é Nova York? — pergunta Vicente, no mesmo tom descuidado com que antes perguntou se ele conhecia Millán.

Gonzalo poderia falar de Nova York por muitas horas, mas entende que Vicente vai relacionar essas imagens a Pru, que vai imaginar Pru nesse cenário. Percebe que Vicente não se interessa por Nova York, e sim por Pru em Nova York. Lembra-se de um poema de Ernesto Cardenal, tão piegas e tão preciso:

Se você está em Nova York
em Nova York não há ninguém mais
e se você não está em Nova York
em Nova York não há ninguém.

Vicente não o conhecia, agradece. Pensa em escrever para Pru e mandar o poema, embora preferisse mandar um poema próprio. E na verdade não tem certeza se o poema de Cardenal seria adequado. Não sabe se quer — e pensa nessa palavra entre aspas — cortejá-la, parece ridículo. Está há muitas semanas com vontade de escrever para ela, já leu e releu cem vezes a carta que ela lhe deixou, mas ainda não respondeu nada.

— Mas como é Nova York? — pergunta Vicente, de novo.

Gonzalo fala de algumas livrarias, da cor laranja espessa de um tupelo no Central Park, da extravagante biblioteca que ele montou pegando livros todos os domingos nas calçadas do Brooklyn. De suas tentativas de aprender a patinar no gelo no Bryant Park. Do zumbido dos aquecedores no inverno. Da vista da Washington Square a partir das janelas grandes da Bobst Library. Das eternas batalhas de verão contra os *waterbugs*. De um dia em que passou cerca de cinco horas procurando garrafas brilhando na Dead Horse Bay. De sua obsessão com alguns desenhos de Goya exibidos na The Frick Collection. De seu invariável pânico de esquilos. Daqueles poucos e raros dias silenciosos em que até as sirenes dos caminhões de bombeiro pareciam ter abandonado a cidade. Dos entardeceres lentos no East River State Park. Dos sorvetes da Morgenstern's. De uma viagem a Amherst. Das cartas que as pessoas deixam sobre o túmulo de Emily Dickinson. Da tarde que passou lendo essas cartas.

Vicente assimila essas cenas casuais, e de fato não imagina Gonzalo caminhando por Nova York e sim Pru, mas de repente lhe vem a ideia de que os dois se conhecem — de que Gonzalo conheceu Pru em Nova York, ou que a conheceu recentemente, que talvez ela o tenha entrevistado. Imagina, alarmado, que são amigos ou que dormiram juntos um dia. Visualiza a cena, com pânico, com rancor: Pru se movimentando em cima de Gonzalo, os dois muito sérios, muito concentrados.

— Você conhece a Pru.

— Não.

— Sério, pode me dizer a verdade — diz Vicente —, você conhece a Pru?

— Estou dizendo que não. Por que você não acredita em mim?

Gonzalo percebe o incômodo de Vicente, mas não entende. Vicente apressa o passo e por um segundo Gonzalo tem a sensação de que será impossível acompanhar o ritmo: de que Vicente caminhará cada vez mais rápido até desaparecer no horizonte.

— Minha mãe transou com meu pai — diz Vicente.

É uma frase extremamente cômica e atrapalhada, qualquer ser humano teria condições de dizê-la... Vicente se sente estúpido, mas mantém a intenção de ferir ou de ao menos impactar Gonzalo, de modo que termina o relato, fala do dia em que foi a Las Cruces, da última vez que viu Pru ou o cabelo de Pru entrando no carro de Rocotto, e do caminho de volta pelo acostamento até El Tabito. Fica calado por alguns segundos, como se estivesse por decidir se continuava falando ou não, e depois acelera: fala daqueles dias inúteis de verão, sob o sol mesquinho da costa em fevereiro, e da decisão repentina de voltar a Santiago, onde o esperava a grotesca surpresa de ver os próprios pais nus, fodendo.

Gonzalo não consegue acreditar, sente até um ciúme retrospectivo. Pergunta o que Vicente sentiu naquele momento, e ele fica calado, porque acha que qualquer coisa que responda seria de alguma maneira uma traição.

— Meu pai é um imbecil — diz, e se arrepende logo de tê-lo dito, mas não retira a frase, nem sabe como retirá-la.

— E agora eles estão juntos?

— Não. Dizem que foi algo de momento. E eu não acho que eles poderiam ficar juntos. Não têm nada a ver. E você, tem?

— Tenho o quê?

— Você tem algum interesse pela minha mãe?

— O quê?

— Em todo caso, parece que minha mãe agora tem um namorado. — Vicente está prestes a dizer que sua mãe tem na verdade uma namorada, mas não sabe com certeza, é só uma suspeita.

— Certamente — diz Gonzalo. — Devem chover pretendentes. Sua mãe é muito bonita, encantadora e talentosa. Não acho que ela teria interesse em voltar comigo.

Gonzalo também não tem interesse em voltar com ela, mas claro que não quer dizer isso. E Vicente entende, de todo modo. Não queria que Gonzalo voltasse com Carla, mas talvez queira, sim, que Gonzalo volte a existir. Que Carla e Gonzalo existam em mundos completamente separados, paralelos, tal como existem agora. E ter acesso a esses mundos. Nada mais que isso, nada menos que isso.

Já são sete da noite, a maioria das pessoas está voltando para casa. Chegam à Plaza Italia, Vicente olha para o ponto de ônibus onde conheceu Pru e pensa nela, ou melhor, tenta pensar nela, porque não consegue. Repassa mentalmente o que disse sobre seu pai, ainda quer retirar aquela frase, defender seu pai, e é quase impossível defendê-lo, sempre foi. Que caralho estou fazendo, Vicente se pergunta, por que quero defender meu pai e por que estou conversando com Gonzalo, por que o escuto e o aceito e acredito nele. De repente tem a visão brutal de sua mãe abandonada por esses homens igualmente medíocres: pensa que León e Gonzalo são a mesma coisa, que não servem para nada, que foram incapazes de ir além do estreito circuito de seus interesses; de entregar um amor de verdade, uma companhia de verdade.

— É verdade que meu pai é um imbecil — diz, com um leve tremor no rosto ou na voz —, mas você também é. Você é pior. Fez a gente acreditar que era melhor, mas era pior, é pior.

Gonzalo recebe essas frases como se recebe um merecido e esperado soco na cara, um soco que deveria nocauteá-lo, mas agora mesmo não pode se dar ao luxo de cair na lona. Em seguida aparece em sua mente uma resposta tristemente oportuna, que no entanto ele resiste a dizer: "Eu não te julgo por me julgar".

— Nunca quis te machucar — diz, em vez disso.

— Você não me machucou — responde Vicente, automaticamente. — Eu estou bem. Sou forte. Não é tão fácil me machucar.

— Está com fome? — diz Gonzalo, como se não o tivesse escutado.

— O quê?

— Se você está com fome.

— Estou — responde Vicente, desconcertado.

Entram na Fuente Alemana, pedem dois *lomitos italianos**
que devoram em poucos minutos.
— Você conhece o Gerardo Rocotto?
— Sim.
— Acha bacana?
— Assim, conheço o trabalho dele. Como pessoa acho insuportável — na verdade gosta dele, mas se solidariza.
— E você leu o artigo da Pru? — pergunta Vicente.
— Não — responde Gonzalo, com estranheza, mas logo entende que poderia ter lido, sim, afinal é sobre poesia chilena. E então acredita lembrar que alguém lhe falou de um artigo que com certeza tem de ser o de Pru. Vicente o procura no celular, mostra a ele.
— Coma outro *lomito* enquanto eu leio — diz Gonzalo, e Vicente aceita.

---

* *Lomito italiano*: sanduíche típico das *fuentes de soda* chilenas que leva lombo de porco, tomate, maionese caseira e palta (creme de abacate).

— Às vezes não estou com fome mas aí como alguma coisa e fico com mais fome — toma o suco de pêssego de uma golada.

— Sim — diz Gonzalo. Gosta quando Vicente solta essas frases frescas, cotidianas.

O artigo de Pru foi publicado uma semana atrás e todo o pequeno grande mundo da poesia chilena tem falado disso.

Há aqueles que dizem ser uma reportagem profunda, justiceira e renovadora, outros o consideram ressentido, enviesado, superficial, incompleto. Acusam Pru, sobretudo, de ser feminista e estrangeira. Alguém sugere que Gerardo Rocotto é o verdadeiro autor do artigo, que ditou tudo para a jornalista. Pato diz que Pru o tratava mal, Aurelia Bala diz que ela era uma lésbica reprimida, Rosabetty Muñoz acha que o artigo está ótimo mas deveria ser mais longo, Miles Personae o considera deficiente, Javiera Villablanca se surpreende com seu inesperado protagonismo, Roddy Godoy o lê cinco vezes procurando seu nome, não se conforma com a indiferença, mas logo se consola pensando que esse é o destino dos poetas verdadeiramente experimentais. Por fim, como sempre acontece nesses casos, os poetas não nomeados reagem ofendidos e os nomeados ajustam seu nível de conformidade ou de felicidade à quantidade de vezes que foram nomeados e não param de compartilhar e comentar o artigo no Facebook. Talvez por isso, por nunca ter entrado no Facebook, Gonzalo não tenha lido ainda o artigo de Pru. Há alguns erros, não muitos, que os detratores da publicação apontam como imperdoáveis e que ele nota logo, mas gosta da perspectiva e da linguagem de Pru. E gosta também do fato de ela mencionar Vicente, de agradecer sua ajuda com um pouco de carinho e galanteio ("*It was Vicente Aspurúa — a very young and thus far unpublished poet whose help in writing this article was invaluable in more ways than one — who told me the story of...*").

— Achei muito bom — diz Gonzalo. — É diferente, vivo, original. A Pru escreve bem.
— Sim — diz Vicente. — Na primeira vez que li entendi pouca coisa, depois traduzi no Google e entendi mais.
— Lembra que a gente estudava inglês?
— Não.
— Lembra que teve um ano que você quase reprovou em inglês? Que você tinha que aprender "Sweet Child o'Mine"?
— Não me lembro, mas deve ser verdade — diz Vicente, como se pensasse em voz alta —, porque é a única música em inglês que eu sei de cor e nem gosto dela.
— Eu também não gosto, mas a gente cantou mil vezes.
— Foi no ano em que eu repeti?
— Foi — diz Gonzalo. — Você repetiu, mas não por causa do inglês.
— Obrigado — diz Vicente, brincando, e depois pergunta, a sério, para testar a memória de Gonzalo: — E você lembra em quais matérias eu reprovei?
— Matemática e ciências — diz Gonzalo.

Saem da Fuente Alemana, nenhum dos dois quer ir para casa. Caminham até o La Terraza, pedem dois chopes.
— Você toma cerveja com álcool ou sem álcool? — pergunta Vicente.
— Com álcool — Gonzalo acha graça na pergunta. — Cerveja sem álcool é horrível.
Vicente puxa a manga da camisa e deixa ver metade de uma tatuagem no antebraço esquerdo. Gonzalo pensa se naquela outra tarde, na livraria, Vicente tinha essa tatuagem ou não, tem quase certeza de que não. Prefere não perguntar. Pede que ele mostre.

— É muito bonita. Por que você fez?

— Por isso, porque é muito bonita.

— Parece recente.

— Sim, é nova.

— Lembra que a gente tinha um desses na geladeira? — pergunta Gonzalo, que por um segundo tem certeza de que a resposta será afirmativa.

— Não me lembro, um barco? — diz Vicente. — Quando?

— Um tangram. Faz muitos anos. Um tangram magnético, vermelho, eu mesmo comprei numa loja em Merced. A gente brincava sempre, eu montava uma figura e você ia até a geladeira pra desmontá-la. Talvez tenha sido por pouco tempo, as peças acabaram se perdendo.

— Não me lembro. E que figura você montava? Esse barco?

— É que nem sempre montava a mesma figura, mas talvez algum dia tenha feito esse barco.

É mentira, sempre montava a mesma figura, sempre movia as peças do tangram até conseguir a imagem clássica de uma casa e depois Vicente ia desmontá-la. Mente para evitar que essa lembrança se volte contra ele; mente porque não suporta tanta ironia, tanta amargura.

— Com certeza você se lembra de coisas que eu não me

lembro e eu me lembro de coisas que você não se lembra — diz Vicente.

A frase fica no ar como uma iminência, como uma atmosfera, como um mantra sutil.

Chegam os chopes, e talvez seja sempre assim: chegam os chopes e o primeiro gole é imediato, e a pausa seguinte é para sorrir ou para olhar o celular e depois vem o segundo gole, que é um pouco mais demorado, e então sobrevém um silêncio de um tipo diferente e não há mais sorrisos, porque depois do segundo gole de chope ninguém sabe muito bem como se comportar. Vicente, por exemplo, refugia-se na espuma, observa as ínfimas borbulhas desaparecendo, e em seguida fecha os olhos e os esfrega energicamente.

O lugar começa a encher, porque nessa noite há um jogo da Copa Libertadores, San Lorenzo contra Unión Española. Os garçons apertam o passo distribuindo *piscolas* e *chacareros*,* o jogo começa, a cada tanto Vicente dá um novo gole e olha Gonzalo nos olhos e logo volta a baixar a vista em direção à minguante espuma do chope.

Então Gonzalo fala por muito tempo, sem interrupções, quase por uma hora — pede perdão repetidas vezes, apressa-se a atribuir a si mesmo toda a culpa: não relativiza nada, não há desculpas nem brechas nem eufemismos. Fala sobre família, fracasso, amor, futuro, ausência, inconsistência. Fala sobre a memória e sobre o poder das lembranças. Fala sobre egoísmo. Fala, principalmente, sobre egoísmo. Vicente olha para ele como se olhasse para uma pintura incompreensível num museu. Uma

---

* *Chacarero*: sanduíche tradicional no Chile, que leva tomate, pimenta, feijões e carne.

pintura estranha, na verdade feia, que no entanto gostaria de entender. Gonzalo pisca rápido e continua falando e repete algumas coisas, tenta reelaborá-las, conseguir outras ênfases e outras frases ainda mais certeiras, mais contundentes, mais honestas, frases que ele não sabe se existem.

— Vou ao banheiro — interrompe Vicente.

Volta rápido, com o rosto e o cabelo molhados.

— Pode continuar falando — diz.

Gonzalo não continua, fica calado. Pega um guardanapo e o amassa um pouco, como em câmera lenta, como se brincasse de destruí-lo.

— Acabaram as suas palavras — diz Vicente.

— Como é?

— Nada.

— Fale. Fale o que você quiser.

— Fale o que você quiser — Vicente o remeda. — Você veio com um discurso preparado. Eu não preparei nada. Vim totalmente nu.

— Não preparei nada, estou improvisando — diz Gonzalo, tentando uma piada.

— Mas pra improvisar tem que saber falar. E você sabe falar — diz Vicente, acelerado. — Não me lembrava disso. Não me lembrava de como você falava tão bem. Escutei você falar por muitas horas, muitos anos, e não me lembrava disso. Eu estou aprendendo agora.

— Você fala muito bem.

— Não é verdade. Não falo bem, não me lembro de nada. E não quero ser parecido com você, nem com meu pai, nem com ninguém que eu conheço. Não quero falar como você. Você não me ensinou a falar. Aprendi sozinho. Eu aprendo sozinho. Ainda sou medíocre. Falta muito pra mim. Falta eu aprender a falar das coisas que importam. Ainda estou aprendendo a falar. Mas vou aprender a falar melhor que você.

Eu também estou aprendendo a falar, pensa Gonzalo, mas não diz, porque entende que Vicente está pedindo que ele aprenda, mais que isso, a calar.

Pedem outra rodada de chopes e de novo vêm os dois primeiros goles e Vicente assiste aos últimos minutos do jogo e depois está prestes a se perder definitivamente na espuma do chope quando Gonzalo pega um guardanapo e desenha um jogo da velha e marca o quadrado do meio com um xis. Jogam muitas vezes, empatam muitas vezes. Gastam mais de vinte guardanapos, até que Vicente ganha:

— E você vai entrar na faculdade? — pergunta Gonzalo, em seguida.
— Não fode — responde Vicente, rindo. — Na sua?
— Em qualquer uma.
— Você acha que a universidade vai ser gratuita um dia?
— Tomara — responde Gonzalo, pensando em Mirko, pen-

sou em Mirko várias vezes durante a tarde; imagina-o folheando o livro de Carver enquanto espera clientes no estacionamento do shopping. Imagina-o carregando televisões, bicicletas, micro-ondas, móveis de cozinha, estantes de livros.
— O que você faria se fosse eu?

Gonzalo pensa, fica em silêncio, tenta amadurecer uma resposta honesta. Aos dezoito anos tinha tudo tão claro. Achava que era corajoso porque tinha desafiado a própria família. Achava que era inteligente porque lia os gregos, porque aprendia latim, porque citava Derrida. Mesmo antes, muito antes dos dezoito anos, aos doze, já tinha um plano: falar de outro jeito, viver de outro jeito, pensar de outro jeito, quebrar todos os espelhos da casa até se esquecer alegre e definitivamente de seu rosto. Todos os seus amigos fracassaram, nenhum ficou na universidade, todos seguiram o destino de Mirko, mas ele prosperou, tornou-se a exceção, o jovem empenhado que aproveitou as poucas oportunidades que teve. E houve um tempo longo em que ele se sentia orgulhoso disso. Hoje, não. Hoje se envergonha. Hoje pensa que também fracassou.
— E o que você faria se fosse eu? — Vicente volta a perguntar.
— Faria o que você está fazendo.
— Não acredito.
— Estudaria outra coisa.
— O quê?
— Sei lá, japonês. Física. Entomologia.

Pedem mais chopes, na tevê repetem dezenas de vezes os gols da partida, ainda há alguns trabalhadores de escritórios tomando os últimos tragos antes de irem para casa.
— Vai, bobão — diz então Gonzalo —, leia logo seus poemas pra mim.

Vicente resiste um pouco, mas quer, e é claro que, como todos os poetas chilenos, anda preparado para isso; tira da mochila um maço de folhas azul-claras e começa a ler:

se voltar a minha casa não se esqueça:
a chave que é redonda é a do portão

pintaram com tinta acrílica laranja
a que corresponde à porta principal

nós quase nunca usamos as outras chaves
são de uma porta velha com duas chapas

costumamos fechar somente a de baixo
minha casa tem doze interruptores

e treze tomadas duplas e uma tripla
e há duas extensões muito pouco extensas

a senha da internet você já sabe

minha casa tem fissuras invisíveis
e gatos desafiantes no telhado

e manchas que nunca vejo nas paredes
e um pé lotado de limões bem amargos

Vicente escreveu esse para Pru, obviamente, mas Gonzalo também se sente parte do poema, porque foi ele quem teve a ideia de pintar a chave da porta principal com tinta acrílica laranja — fez isso mais de uma vez, a cada tanto reforçava a pintura, que durava três ou quatro meses, e pelo visto Carla continuou a tradição, ou talvez tenha sido Vicente, pensa Gonzalo, ao mesmo tempo que revisita, de maneira imaginária e acelerada, cada um dos cômodos daquela casa para visualizar e contar as tomadas, os interruptores.

Gonzalo sente vontade de escrever, de voltar a escrever, ainda que seja apenas para mostrar a Vicente os resultados. Pede que ele continue lendo e Vicente não se faz de rogado, lê mais uns quinze poemas. Gonzalo gosta do que ouve, acha que são plenos, pessoais; são todos muito diferentes, e talvez isso seja o melhor de tudo: sua voz é a soma de todas essas vozes, de todos esses poemas, de todos esses poetas, está se multiplicando, pensa Gonzalo. Há versos de corte clássico, mas de repente surge um ritmo envolvente e desordenado, uma música inconstante, com imagens singulares, ousadas, turbulentas e calorosas. Gosta especialmente de um poema comprido que fala de casas flutuando de uma ilha para outra, de aviões suspensos indefinidamente no ar, de mensagens não enviadas; um poema que fala de alguém que contempla o movimento das ondas e faz um vídeo no celular e depois viaja por muitas horas enquanto chove a cântaros, mas durante todo o trajeto não olha pela janela, não vê as enormes gotas de chuva deslizando pelo vidro, só vê esse vídeo das ondas no celular, vez após vez, vez após vez.

O último poema que Vicente lê é também diferente dos anteriores e é o de que Gonzalo mais gosta:

o vento é ele
assim como o trovão e o raio são eles
mas a neve (que nunca vi)
e a geada (que conheço)
e a garoa (que é o mesmo que chuvisco)
e a tempestade são elas

a palavra lâmpada é ela
assim como a palavra mesa
e a palavra palavra
e a palavra palta

a palavra verão é ele
assim como o inverno e o outono

diz-se uma   primavera

diz-se um   terremoto
       um   vestígio
       um   sinal

diz-se uma   sarda
       uma   tatuagem
       uma   cicatriz
       uma   ferida
       uma   chuva
       uma   gota
porém
       um   conta-gotas

a unha e o cortador de unha
a lata e o abridor de latas
porém o pé e o pontapé

a noite e a meia-noite
o dia e o meio-dia
porém a sombra e o sol

o corpo e o espaço

a mão e a blusa

porém o pé e a pegada

e o desejo de nunca mais brincar com as palavras
e o desejo de nunca mais brincar com as palavras
e o desejo de nunca mais brincar com as palavras

— Gostei demais — diz Gonzalo.
— Mesmo?
— Sim.
Gonzalo fala das virtudes do poema como se tivesse sido escrito por outra pessoa, um terceiro, ausente, um poeta que ambos admiram, e Vicente sorri, com alívio e comedimento, mas também pergunta sobre passagens específicas, pede que ele aponte o que não gostou, o que mudaria.
— E aí, mando pra gringa ou não? — pergunta depois.
— Mande logo — diz Gonzalo.
— Ainda acho que falta alguma coisa. Não gosto. Quero dizer, não quero escrever assim.
— Assim como?
— Poemas de amor.
— E que tipo de poema você quer escrever?
— Poemas de verdade. Poemas honestos, poemas que me façam mudar, que me transformem. Sabe?
— Sei.
— Melhor não mandar pra ela.
— Mande, sim. Mas, mesmo assim, se você achar que minha opinião pode ajudar, a gente pode se encontrar pra ler de novo, editar. Quando quiser, qualquer dia. Ou pra ler mais poemas ou pra conversar sobre qualquer coisa.
— E aí você lê pra mim seus poemas novos — diz Vicente.

— Vou voltar a escrever só pra te mostrar meus novos poemas — diz Gonzalo.
— E tente fazer bem-feito.
— Mas se ficarem ruins você tem que me dizer.
— Beleza — promete Vicente.

É quase meia-noite, ninguém mais assiste a jogo algum, um garçom aumenta o volume de um *reggaetón* e Gonzalo e Vicente têm de falar mais alto para continuar conversando. Divertem-se, morrem de rir, nenhum dos dois sabe o que vai acontecer depois e nesse momento isso não lhes importa. Eu também não sei: talvez Gonzalo se entusiasme e volte a escrever poemas, volte a ser plenamente um poeta chileno, talvez Gonzalo e Vicente se tornem dois amigos que se encontram às vezes para falar de poesia. Ou talvez Vicente viaje atrás de Pru ou atrás de ninguém e não volte nunca mais, ou fique em Santiago para sempre, como Gonzalo, e se encontrem ou briguem ou se percam de vista e voltem a se ver depois de sete ou vinte anos, ou não se vejam nunca mais. Talvez se encontrem de vez em quando, a cada ano e meio, ou se encontrem por acaso em lançamentos de livros, em manifestações, em shows, em salas de aula, e esses encontros sejam sempre incômodos e tristes, até que um dia simplesmente parem de se cumprimentar.

Tomara que não se percam de vista, isso seria o mais próximo de um final feliz, e até sinto vontade de continuar escrevendo até chegar em mil páginas só para ter certeza de que pelo menos durante essas mil páginas Gonzalo e Vicente não se percam de vista, mas isso seria condená-los, desprovê-los de vida, de vontade, porque inclusive é possível que queiram parar de se ver, que para algum deles, provavelmente para Vicente, ou para os dois, seja o melhor.

Não vou saber, não vamos nunca saber, porque isto termina aqui, porque isto termina bem, como terminariam tantos livros que amamos se arrancássemos as páginas finais. O mundo desmorona e quase sempre tudo vai à merda e quase sempre machucamos as pessoas que amamos ou elas nos machucam irremediavelmente e não parece haver motivos para acalentar qualquer tipo de esperança, mas ao menos esta história termina bem, termina aqui, com a cena desses dois poetas chilenos que olham nos olhos um do outro e que dão gargalhadas e que por motivo nenhum querem ir embora desse bar, de modo que pedem outra rodada de chopes.

Cidade do México, 21 de fevereiro de 2019

1ª EDIÇÃO [2021] 5 reimpressões

ESTA OBRA FOI COMPOSTA EM ELECTRA PELO ACQUA ESTÚDIO E IMPRESSA
EM OFSETE PELA GEOGRÁFICA SOBRE PAPEL PÓLEN DA SUZANO S.A.
PARA A EDITORA SCHWARCZ EM MARÇO DE 2025.

A marca FSC® é a garantia de que a madeira utilizada na fabricação do papel deste livro provém de florestas que foram gerenciadas de maneira ambientalmente correta, socialmente justa e economicamente viável, além de outras fontes de origem controlada.